KB272868

인생의 양식

AGATHA CHRISTIE

인생의 양식

애거사 크리스티 장편소설
공경희 옮김

GIANT'S BREAD

문학동네

차례

일러두기

1. 본문의 주석은 모두 옮긴이주다.
2. 원서에서 이탤릭체로 강조한 부분은 고딕체로 표시했다.

프롤로그

런던의 새로운 내셔널 오페라 하우스가 문을 여는 밤이었
고, 따라서 중요한 날이었다. 왕실 가족들이 참석했다. 언론계
인사들도 왔다. 사교계 인물들도 대거 몰려왔다. 음악애호가
들도 어찌어찌 수를 내어 찾아왔다. 비록 이들은 천장에 가까
울 만큼 높은 맨 뒷줄에 앉았지만.

상연작은 무명 작곡가 보리스 그로엔의 신작 〈거인〉이었다.
1부가 끝나고 휴식시간에 사람들이 이야기를 주고받았다.

"정말 대단한데요.""사람들 말이 아주 그―뭐야―첨단이
라더군요! 일부러 전부 불협화음으로…… 이걸 이해하려면
아인슈타인이라도 읽어야겠어요……""맞아요, 난 사람들에
게 정말 대단했다고 말할 거예요. 하지만 개인적으로는 머리

가 지끈거리네요!"

"영국에서 오페라 하우스를 열면서 괜찮은 영국 작곡가의 작품을 올릴 순 없었을까요? 이 러시아 얼간이 짓이 다 뭐랍니까?"

화를 잘 내는 대령이 말했다.

"그렇긴 하죠." 그와 함께 온 사람이 느릿느릿 말했다. "하지만 쓸 만한 영국 작곡가가 없잖습니까. 유감이지만 상황이 그렇죠!"

"말도 안 되는 소립니다—그런 소리 마십시오, 선생. 영국 작곡가들에게 기회를 주지 않는 게 현실이라고요. 레빈이란 자가 어떤 작자죠? 더러운 외국 유대인, 그뿐 아닙니까!"

근처의 커튼에 몸을 반쯤 숨기고 벽에 기대서 있던 남자가 소리 없이 웃었다. 그가 바로 내셔널 오페라 하우스의 소유주, 업계 최고의 흥행사로 알려진 서배스천 레빈이었다.

그는 체구가 크고 살집이 아주 두툼했다. 얼굴은 누렇고 무표정하고, 눈은 검고 반짝이고, 얼굴 양옆으로 캐리커처 화가들이나 반길 법한 큰 귀가 튀어나와 있었다.

몰아치는 촌평이 그를 휘감고 지나갔다.

"퇴폐적—병적…… 신경증적…… 유아적……"

평론가들 이야기.

"충격적이에요…… 정말 엄청나요…… 기괴해요……"

여자들 이야기.

"미화한 익살극에 불과해." "분명 2부에서 대단한 효과가 나올 거야. 기계라잖아. 1부 '돌'은 단순한 도입부겠지. 레빈 그 사람이 이 공연에 모든 걸 쏟아부었다던데? 지금까지 이런 시도는 없었어." "정말 기묘하지 않습니까?" "볼셰비키 사상의 구현 같은 거겠지. 이런 걸 소음 음악이라고 하지 않나?"

여자들보다는 지적이고 비평가들보다는 편견이 덜한 젊은 남자들 이야기.

"인기를 얻진 못할 겁니다. 이목을 *끄는* 게 전부죠." "하지만 몰라요, 이 입체파 같은 음악에서 뭔가 느낄지도." "레빈은 빈틈없는 사람입니다." "가끔 무모하게 투자하긴 하지만 그래도 손해는 보지 않아요." "비용은 얼마나……" 비용 이야기가 나오자 묘하게도 사람들의 웅성거림이 사그라졌다.

동종 업계 종사자들 이야기. 서배스천 레빈은 미소 지었다.

벨이 울리자 모두 흩어져 자기 자리로 돌아갔다.

잠시 기다리는 동안에도 사람들은 시끄럽게 웃고 떠들었고, 이윽고 불이 꺼지고 어두워졌다. 지휘자가 단상에 올랐다. 지휘자 앞에는 코번트 가든 오케스트라보다 규모가 여섯 배쯤 크고 일반적인 오케스트라와 구성이 전혀 다른 오케스트라가 있었다. 기형의 괴물처럼 생긴 번쩍이고 괴상한 금속악기들이 보이고 한쪽 구석에는 크리스털로 만든 낯선 악기가 반짝이고 있었다. 지휘자가 치켜들었던 지휘봉을 내리자, 망치가 모루를 두드리듯 리드미컬한 낮은 소리가 시작됐다. 그 소리는 이따금 잦아들었다가―사라졌다가―둥둥 떠오듯 다시 이어지고 두서없이 부딪치며 다른 소리를 밀어내기도 했다.

막이 올랐다……

두번째 줄 박스석 뒤에서 서배스천 레빈이 서서 지켜보고 있었다.

사람들이 흔히 알던 오페라가 아니었다. 줄거리도 없고 내세울 만한 주인공도 없었다. 오페라보다는 웅장한 러시아 발레에 가까웠다. 특수효과와 특이하고 기이한 조명이 동원됐다. 모두 레빈이 직접 고안한 것이었다. 예전부터 그가 연출한 작품들은 획기적이고 감각적이라는 평을 들었다. 그는 이 공연에 제작자가 아니라 예술가로서 상상력과 경험으로부터 얻은 모든 것을 쏟아부었다.

프롤로그 '돌'은 인류의 출현을 상징했다.

이것―작품의 중심부―은 기계를 주제로 한 궁극적인 쇼였다. 환상적이었고, 장엄하기까지 했다. 발전소, 발전기, 공장 굴뚝, 기중기, 이 모든 것이 합쳐져서 흘러갔다. 그리고 입체파 예술가들이 만든 듯한 로봇 얼굴들―인간 부대―이 다양한 패턴을 만들며 흘러갔다.

음악은 고조되고 회오리쳤다. 괴상한 모양의 새로운 금속 악기들에서 깊고 낭랑하고 우렁찬 소리가 울려퍼졌다. 그리고 그 위로 수많은 유리잔이 울리는 듯한 묘하고 감미로운 고음이 흘러나왔다……

에피소드 '마천루'는 새벽하늘을 선회하는 비행기에서 내려다본 뉴욕을 형상화한 것이었다. 묘한 불협화의 리듬이 그 위압적인 단음을 증폭시키며 더욱 집요하게 흘러나왔다. 그러다가 몇 개의 에피소드를 거치면서 최고조에 이르렀다. 거대한 철골처럼 보이던 그것은 강철 얼굴을 가진 수천 명의 인간이 용접되어 만들어진 하나의 거인이었다……

곧이어 에필로그가 이어졌다. 휴식시간이 없었고, 불도 켜지지 않았다.

오케스트라는 일부 악기만 연주되고 있었다. 새롭고 현대적인 이 악구의 제목은 '유리'였다.

클라리온이 울려퍼졌다.

막이 오르자 안개가 깔리고…… 그것이 흩어지면서…… 갑자기 눈을 가려야 할 정도로 강렬한 빛이 쏟아졌다.

얼음—얼음이었다. 거대한 빙산과 빙하…… 광채……

거대한 얼음 첨탑의 꼭대기에서 작은 형체가 관객에게 등을 돌린 채, 떠오르는 태양을 의미하는, 똑바로 바라보기 힘들 만큼 눈부신 빛을 응시하고 있었다……

우스울 정도로 왜소한 남자……

빛은 점점 강해지다가 마그네슘의 순백을 띠었다. 그는 고통스러운 비명을 지르며 손으로 눈을 가렸다.

유리잔이 울리는 것 같은 소리―감미로운 고음―가 커지더니 굉음을 내면서 문자 그대로 산산조각났다.

막이 내리고 불이 켜졌다.

서배스천 레빈은 사람들이 건네는 다양한 찬사와 야유를 무표정한 얼굴로 받아들였다.

"그래, 이번에야말로 제대로 해냈군, 레빈. 제대로인걸?"

"정말 훌륭했어, 친구. 하지만 무슨 내용인지 다 이해한다는 건 아니네."

"'거인'이라고요? 맞아요, 우리는 기계의 시대에 살고 있죠."

"아, 레빈 씨. 간단히 말로 표현하기가 두려울 정도예요! 꿈에 무시무시한 강철 거인이 나올 것 같습니다."

"거인? 기계가 인간을 집어삼킨다는 건가? 틀린 소리는 아니군. 우리는 자연으로 돌아가고 싶어하지. 그런데 그로엔이 누구지? 러시아인인가?"

"그래요, 그로엔이 누구죠? 누구건 간에 그는 천재예요. 볼셰비키들이 마침내 대단한 작곡가를 내놓았다고 으스댈 것 같군요."

"유감이군, 레빈. 자네가 볼셰비키에 물들다니. 집단적 인간이라. 그래, 집단적 음악도 있겠지."

"성공을 비네, 레빈. 요즘 들어 음악이라고 불리게 된 이 거슬리는 소음을 나는 좋아하지 않지만, 어쨌거나 괜찮은 쇼였네."

거의 마지막에 이르러 다가온 사람은 약간 구부정하고 한쪽 어깨가 올라간 왜소한 노인이었다. 그는 아주 명료하게 말했다.

"술 한잔 주겠나?"

서배스천 레빈은 고개를 끄덕였다. 왜소한 노인은 영국의 음악평론가들 중에서도 가장 저명한 칼 보어먼이었다. 두 사람은 레빈의 방으로 갔다.

둘은 각각 안락의자에 앉았다. 레빈은 손님에게 위스키소다를 건넸다. 그런 다음 호기심어린 눈으로 그를 바라보았다. 레빈은 보어먼의 의견이 무척 궁금했다.

"어떠셨습니까?"

보어먼은 잠시 뜸을 들였다. 마침내 그가 천천히 말했다.

"난 늙은이야. 내게 즐거움을 주는 음악이 있지―오늘 들은 것처럼 다른 음악도 있고―하지만 난 천재의 작품은 알아볼 수 있어. 천재를 사칭하는 자가 백 명은 되지. 전통을 파괴하는 것만으로 대단한 것을 이뤘다고 생각하는 파괴자들이 수두룩해. 그런데 백한번째에 창조자가 있어. 대담하게 미래로 발을 내딛는 사람이―"

그는 잠시 멈췄다가 말을 이었다.

"그래, 나는 천재를 알아볼 수 있어. 설령 내 마음에 들지는 않더라도 알아보기는 해. 그로엔이 누구든 그는 분명 천재일

세…… 그건 미래의 음악이었네……”

다시 그는 잠시 말을 멈췄고, 레빈도 나서지 않고 기다렸다.

“이 시도가 성공할지 실패할지는 모르겠네. 난 자네가 성공할 거라 생각하지만 그렇더라도 그건 자네의 능력 덕분이겠지. 자네는 자네가 원하는 것을 대중에게 흡수시키는 능력이 있으니까. 성공의 수완이라는 거지. 자네는 그로엔이라는 존재를 신비화했어. 물론 미디어 전략의 하나라고 생각하네만.”

그는 예리한 눈으로 레빈을 바라보았다.

“자네의 미디어 전략을 방해할 생각은 없네만 한 가지는 말해주게. 그로엔은 영국인이지?”

“그렇습니다. 어떻게 아셨습니까?”

“국민성은 음악에도 분명하게 드러나지. 그는 혁명기 러시아 음악계에서 배우긴 했을 거야. 그래—하지만—말했다시피 국민성은 음악에도 여실히 드러나는 거야. 그로엔 이전에도 그가 달성했던 것들을 시도한 선구자들이 있었어. 영국에도 홀스트, 본 윌리엄스, 아널드 백스 같은 음악가가 있었지. 전 세계 어디서나 음악가들은 새로운 이상—절대적인 음악—에 근접해가고 있어. 그로엔은 이번 전쟁에서 목숨을 잃은 그 사람의 직속 후계자라 할 수 있을 걸세. 그의 이름이 뭐였지? 데어—그래, 버넌 데어—장래가 촉망되는 청년이었는데.” 보어먼은 한숨을 내쉬었다. “우리는 전쟁으로 정말 많은 것을 잃었네."

"네, 헤아리기도 어려울 만큼 그랬죠."

"생각하고 싶지도 않은 일이지. 그래, 생각하고 싶지도 않아." 그는 일어섰다. "할일이 많을 텐데 자넬 오래 붙잡아두면 안 되겠지." 보어먼의 얼굴에 희미한 미소가 떠올랐다. "거인! 자네와 그로엔은 아마 속으로 웃고 있겠지? 모두가 몰록* 신상 같은 그것을 거인이라고 생각했으니까. 왜소한 인간이 진정한 거인이라는 건 아무도 몰랐어. 돌의 시대와 철의 시대를 거쳐 살아남은 인간, 문명이 붕괴되고 멸망한 뒤 다시 새로운 빙하시대를 이겨내서 우리가 꿈도 못 꾸는 새로운 문명으로 우뚝 선 인간이 바로 거인이라는 걸 말일세……"

그의 얼굴에 미소가 번졌다.

"나이가 들면서 확신하게 됐어. 인간만큼 가련하고 바보 같고 우스꽝스럽고, 그러면서 그다지도 완전히 놀라운 존재는 없다는 것을―"

그는 문으로 걸어가 문손잡이를 잡고 섰다.

"궁금하군," 그가 말했다. "〈거인〉 같은 작품을 만들게 한 것이 말이야. 무엇이 그것을 만들었을까? 그 양분이 뭐였을까? 유전은 도구를 주고―환경은 그것을 연마해 완성시키고―욕

정은 그걸 일깨웠겠지…… 하지만 그 이상의 뭔가가 있어. 거인의 양식이.

피, 파이, 포 펌,
영국인의 피 냄새가 나는구나
그가 살았건 죽었건
그놈 뼈를 갈아 내 빵을 만들 거야.*

천재란 잔인한 거인이지! 인간의 피와 살을 먹고사는 괴물. 난 그로엔에 대해 아무것도 모르지만, 그는 분명 자기 피와 살, 어쩌면 다른 이의 피와 살까지 자신 안의 거인을 위해 바쳤을 걸세…… 그들의 뼈가 으스러져 거인의 양식이 된 거야……

난 늙은이야, 그런데 이 늙은이에게 바람이 있네. 오늘밤 우리는 끝을 봤지―난 그 시작을 알고 싶어."

"유전―환경―욕정." 레빈이 천천히 중얼거렸다.

"그래, 바로 그거야. 하지만 자네가 이야기해줄 거라고 생각하진 않네."

"제가 안다고 생각하십니까?"

"안다고 확신하네."

---

*『잭과 콩나무』에 나오는 거인의 대사.

침묵이 흘렀다.

"네," 마침내 레빈이 입을 열었다. "저는 압니다. 할 수 있다면 전부 이야기해드리고 싶습니다—하지만 그럴 수 없어요. 이유가 있습니다……"

그는 느리게 되풀이했다. "이유가 있습니다……"

"아쉽군. 흥미진진한 이야기였을 텐데."

"그럴까요……"

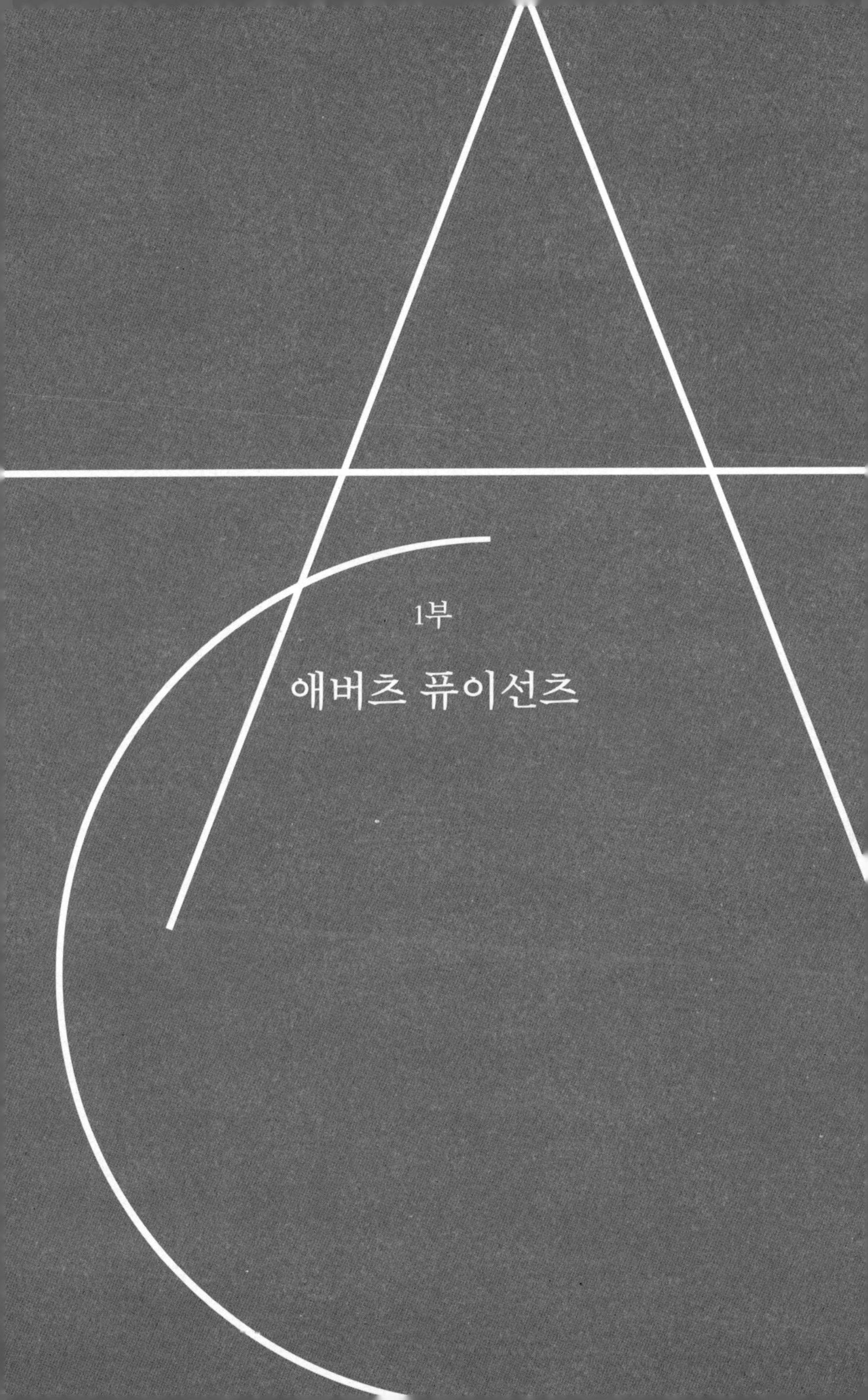
1부

애버츠 퓨이선츠

1

1

버넌의 세계에서 진짜 중요한 인물은 딱 셋이었다. 유모, 하느님, 미스터 그린.

물론 보모들도 있었다. 지금 있는 위니, 전에 있던 제인, 애니, 세라, 글래디스. 물론 더 있지만 버넌이 기억하는 보모는 그 정도였다. 보모가 진득하게 머물지 않는 건 유모와 잘 지내지 못하기 때문이다. 그들은 버넌의 세계에서 그리 중요하지 않았다.

엄마와 아빠라는 마치 쌍둥이별 같은 존재도 있었지만 이들은 버넌이 기도를 올리거나 디저트를 먹으러 아래층에 내려가는 것과 연관이 있었다. 그들의 모습은 희미했고, 꽤 멋지고 아름다웠지만—특히 엄마는—그들 역시 진짜 세계에는, 즉 버넌의 세계에는 없었다.

버넌의 세계에 있는 것들은 사실 아주 현실적이었다. 예를 들면 아기방에는 카펫이 깔려 있었다. 초록색과 흰색의 줄무늬 카펫은 맨 무릎이 닿으면 꽤 따끔거렸고, 귀퉁이에 구멍이 뚫려 있었다. 버넌은 그 구멍에 슬쩍 손가락을 넣고 돌려서 더 크게 뚫어놓곤 했다. 아기방 벽지에 프린트된 보라색 아이리스들이 얼기설기 위로 뻗은 모습은 다이아몬드처럼도 보이고, 오래 쳐다보고 있으면 십자가처럼도 보였다. 버넌은 그것이 아주 재미있고 신기했다.

방 한쪽에 흔들목마가 있었지만 버넌은 거의 타지 않았다. 주로 고리버들로 엮어 만든 기관차와 트럭을 가지고 놀았다. 낮은 선반에는 낡은 장난감들이 가득했다. 높은 선반에는 비 오는 날이나 유모가 특별히 기분이 좋을 때만 꺼내주는 비장의 장난감들이 있었다. 그림물감, 진짜 낙타털 붓, 그림이 그려진 종이오리기 책. 사실 유모는 그것들을 "쳐다보기도 싫은 잡동사니"라고 말했다. 다른 말로 하자면, 최고의 보물이었다.

그리고 이 현실적인 아기방 세계의 중심에 있는 지배자는 유모였다. 버넌의 삼위일체에서 첫째인 사람. 덩치가 크고 뚱뚱한 그녀는 아주 엄하고 딱딱거렸다. 전지전능했다. 당해낼 수가 없었다. 그녀는 남자아이보다 아는 게 많았다. 그리고 자주 이렇게 말했다. 평생 남자아이들을 돌봐왔고(여자아이를 돌본 적도 있는 것 같았지만 버넌은 여자아이한테 관심이 없었다) 그 아이들이 모두 커서 그녀의 자랑이 됐다고. 버넌은 이 말을 곧이곧대로 믿었고 자신도 잘 자라 유모의 자랑이 될 거라고 생각했다. 가끔 그 믿음이 흔들릴 때도 있었지만. 유모에게는 두려움을 품게 하는 위엄이 있었지만 동시에 한없는 편안함이 있었다. 그녀는 모르는 게 없었다. 언젠가 버넌이 벽지의 무늬가 다이아몬드로도 보이고 십자가로도 보인다는 이야기를 꺼내자 유모가 말했다.

"아, 그거요! 어떤 문제든 두 가지 관점으로 바라볼 수 있어요. 그런 말 들어봤죠?"

언젠가 유모가 위니에게 똑같은 말을 할 때 엿들었던 버넌은 납득하고 만족했다. 유모는 어떤 문제든 두 가지 면이 있다고 말했고, 나중에 버넌은 문제를 생각할 때마다 한쪽에는 다이아몬드 무늬가 올라가고 다른 한쪽에는 십자가 무늬가 내려오는 알파벳 A 같은 형상을 연상하게 됐다.

유모 다음으로 하느님이 있었다. 하느님 역시 버넌에게는 아주 현실적인 존재였는데, 그건 유모와 대화할 때 자주 등장하기 때문이었다. 누가 무슨 짓을 하는지 유모는 거의 다 알았지만 하느님은 전부 알았고, 유모보다 더 까다로운 것 같았다. 우리는 하느님을 볼 수 없다는 것이 너무 불공평하다고 버넌은 생각했다. 하느님은 우리를 볼 수 있으니까. 심지어 어둠

속에서도 우리를 본다니까. 밤에 침대에 누워 하느님이 어둠을 뚫고 내려다보고 있다고 상상하면 오싹해졌다.

하지만 유모에 비하면 하느님은 대체로 실체가 없는 존재였다. 대개는 적당히 잊고 지낼 수 있었다. 유모가 일부러 이야기에 하느님을 끌어들이지만 않는다면.

언젠가 버넌은 반역을 기도했다.

"유모, 내가 죽으면 어떻게 할 건지 알아?"

양말을 뜨개질하던 유모가 말했다. "하나, 둘, 셋, 넷. 이런, 한 코 빠졌네. 아니요, 도련님, 모르겠는데요."

"천국에 가면—난 천국에 갈 거야—곧장 하느님에게 가서 이렇게 말할 거야. '넌 나쁜 사람이니까 내가 널 잡아먹겠다!'"

침묵. 해버렸다. 버넌은 그 말을 해버렸다. 믿을 수 없는, 비길 데 없는 배짱! 어떤 일이 벌어질까? 지상에서든 천상에서든 무서운 벌을 받게 될까? 버넌은 숨죽이고 기다렸다.

유모는 빠진 뜨개코를 채웠고, 안경 너머로 버넌을 보았다. 그녀는 조용하고 침착했다.

"그런 일은 없어요." 유모가 대꾸했다. "전능하신 그분은 개구쟁이 꼬마 말에는 신경도 안 쓰실 테니까. 위니, 거기 있는 가위 좀 주련?"

버넌은 풀이 죽어서 물러났다. 소용없었다. 유모는 당해낼 수가 없었다. 버넌도 알고 있었을 것이다.

2

그리고 미스터 그린이 있었다. 미스터 그린은 볼 수 없다는 점에서 하느님과 비슷했지만, 버넌에게는 아주 구체적인 존재였다. 예컨대 버넌은 미스터 그린의 생김새를 정확히 알았다. 중키에 상당히 건장한 체구였다. 마을 성가대원으로 불안정한 바리톤 목소리를 가진 식료품 가게 주인과 얼핏 닮았다. 불그레한 얼굴과 턱으로 갈수록 넓어지는 둥근 구레나룻. 그리고 눈은 아주 밝은 파란색이었다. 미스터 그린의 장점은 잘 논다는 것이었다. 그는 노는 걸 무척 좋아했다. 버넌이 어떤 놀이를 생각하든 그건 전부 미스터 그린이 좋아하는 놀이였다. 다른 특징도 있었다. 예를 들어 미스터 그린에게는 백 명의 자식이 있었다. 그리고 세 명이 더 있었다. 백 명은 버넌과 미스터 그린 뒤편 주목들 사이 오솔길을 뛰어다니며 즐거워하는 무리로 버넌의 기억에 남아 있었다. 하지만 나머지 셋은 달랐다. 그들의 이름은 버넌이 아는 가장 아름다운 이름이었다. 푸들과 스퀴럴(다람쥐)과 트리.

버넌은 외로운 아이였는지도 모르지만, 자신은 그것을 알지 못했다. 함께 뛰놀 미스터 그린과 푸들, 스퀴럴, 트리가 있었기 때문이다.

3

　버넌은 미스터 그린의 집을 어디로 할지 오랫동안 고민했다. 그러다가 그가 사는 곳은 당연히 숲이어야 한다는 생각이 불쑥 떠올랐다. 버넌에게 숲은 언제나 매혹적이었다. 정원 한쪽이 숲으로 이어졌다. 그러나 초록색 높은 말뚝 울타리가 둘러져 있었다. 버넌은 혹시 숲을 들여다볼 수 있는 틈이 있는지 울타리를 따라 천천히 거닐곤 했다. 나무들이 속닥이는 것 같은 소리, 한숨 같은 소리, 바스락거리는 소리가 계속해서 들려왔다. 중간에 문이 있지만, 아쉽게도 언제나 잠겨 있었기 때문에 버넌은 숲의 모습이 어떤지 알 수 없었다.

　물론 유모는 데려가주지 않았다. 그녀도 다른 유모들처럼 도로를 따라 걷는 걸 더 좋아했다. 축축하고 더러운 나뭇잎이 신발에 달라붙는 것을 질겁했다. 그래서 버넌은 숲에 들어갈 수 없었고, 숲을 생각하면 더 감질났다. 언젠가는 미스터 그린과 숲에서 티타임을 가질 작정이었다. 그러려면 푸들, 스퀴럴, 트리에게 새 옷이 있어야겠다고 생각했다.

4

버넌은 방이 마음에 들지 않았다. 너무 좁았다. 방안 구석구석 모르는 데가 없었다. 정원은 달랐다. 정원에는 가슴을 두근거리게 하는 것이 있었다. 정말 다양한 곳이 있었다. 잘 다듬어 장식용 새들을 얹어둔 주목 울타리 사이 긴 산책로, 통통한 금붕어들이 헤엄치는 수생 정원, 담이 둘러진 과실수 정원. 또 야생의 정원에는 봄에 꽃을 피우는 아몬드나무들이 있고, 초롱꽃들 위로 자작나무 무리가 있었다. 허물어진 예전 수도원 근처에는 가로목이 둘러져 있었는데 버넌은 이곳을 가장 좋아했다. 여기가 버넌이 간섭받지 않고 혼자 놀고 싶은―올라가고 모험하고 싶은 장소였다. 정원에서는 마음대로 돌아다닐 수 있었다. 버넌은 늘 위니와 함께 나갔는데, 우연치고는 이상하다 싶을 만큼 매번 보조정원사와 마주쳤다. 덕분에 버넌은 위니의 지나칠 만큼 친절한 감시 없이 혼자만의 놀이에 몰두할 수 있었다.

5

버넌의 세계는 조금씩 넓어졌다. 쌍둥이별 같았던 엄마와 아빠는 두 사람으로 분명하게 분리되었다. 아빠는 여전히 희미했지만 엄마는 선명해졌다. 엄마는 '귀염둥이 아들과 놀아주기 위해' 자주 방에 왔다. 엄마가 오면 대개는 하던 놀이를 멈추고 좀 시시한 놀이를 해야 했지만 버넌은 의젓하게 굴었다. 때로는 여자 손님들이 같이 오기도 했는데, 그럴 때면 엄마는 버넌을 꼭 끌어안고(버넌은 질색했지만) 소리쳤다.

"엄마가 된다는 건 정말 근사한 일이에요! 지금도 신기할 따름이랍니다! 이 귀여운 아기가 내 자식이라니!"

그러면 버넌은 얼굴이 새빨개져서 몸을 빼곤 했다. 이제는 아기가 아니었다. 버넌은 세 살이었다.

어느 날 이런 장면이 펼쳐진 직후 버넌은 고개를 들다가 아빠를 보았다. 아빠는 못마땅한 표정으로 문가에 서 있었다. 아빠와 시선이 마주쳤다. 둘 사이에 뭔가 통한 것 같았다. 이해, 혹은 연대감.

엄마의 손님들이 말했다.

"아이가 엄마를 닮지 않은 게 안타깝네요, 마이러. 엄마 머리색을 닮았다면 얼마나 귀여웠을까."

하지만 버넌은 아빠를 닮았다는 것이 문득 자랑스러웠다.

6

버넌은 미국인 부인이 점심식사 하러 온 날을 잊지 못했다. 전부터 유모가 미국에 대해 이런저런 이야기를 해줬기 때문이다. 나중에 알았지만 그녀는 아메리카와 오스트레일리아를 혼동해서 말했다.

버넌은 신기한 기분으로 디저트를 먹으러 아래층으로 내려갔다. 부인이 지금 자기 나라에 있다면 머리를 아래로 향한 채 거꾸로 걸어다닐 텐데*. 이 생각만으로도 그녀를 빤히 쳐다보지 않을 수 없었다. 게다가 미국인 부인은 아주 쉬운 말도 괴상한 단어를 써서 말했다.

"아이구, 깜찍해라! 이것 봐라, 얘야. 너 주려고 사탕 한 상자를 가져왔단다. 와서 가져가지 않을래?"

버넌은 쭈뼛쭈뼛 다가가서 선물을 받았다. 그 부인은 자기가 무슨 말을 했는지 모르는 게 분명했다. 그건 사탕이 아니라 에든버러 록**이었다.

신사도 두 명 있었다. 한 사람은 미국인 부인의 남편이었다. 그가 말했다.

---

* 영국과 미국이 지구의 서로 반대편에 있다는 것을 상상함.
** 스코틀랜드 전통 과자.

"반 크라운짜리 은화 아니? 본 적 있어?"

그러더니 버넌에게 반 크라운짜리 은화를 주었다. 전반적으로 멋진 하루였다.

버넌은 자기 집을 대단하게 생각해본 적이 없었다. 가끔 다과에 초대받아서 가본 목사관보다 크다는 건 알았지만, 버넌은 다른 아이들과 놀지 않았고, 친구 집에 놀러가는 일도 거의 없었다. 그래서 그날 손님들의 행동은 놀랍고 충격적이었다. 손님들은 이 집에 매료됐고 미국인 부인은 계속해서 환성을 질렀다.

"와, 정말 멋지지 않아요? 이런 집 본 적 있어요? 오백 년 됐다고 하셨죠? 프랭크, 들었어요? 헨리 8세라니—마치 영국사를 듣는 것 같아요. 게다가 수도원은 더 오래됐다고 하셨죠?"

그들은 집안 구석구석을 돌아다녔고, 버넌과 묘하게 닮았고 검은 두 눈 사이가 가깝고 두상이 좁은 사람들이 오만하거나 냉담함을 띤 관대한 표정으로 내려다보고 있는 초상화들이 걸린 긴 갤러리 회랑을 지나갔다. 목 부분에 주름이 잡힌 옷을 입거나 진주 머리장식을 한 정숙한 여성들이 있었다. 겁도 없고 정도 없는 거친 귀족 남자들과 결혼한 데어가家 여자들은 언제나 온순하려고 노력했다. 그 여자들이 그들 아래를 걸어가는 이 가문의 마지막 여자인 마이러 데어를 평가하듯 내려다보고 있었다. 손님들은 갤러리 회랑을 지나 사각형의 홀로 갔고, 곧 예전의 사제실로 갔다.

버넌은 진작 유모에게 보내졌다. 손님들은 정원에서 금붕어에게 먹이를 주는 아이를 다시 보았다. 버넌의 아빠는 허물어진 수도원 열쇠를 가지러 집안에 들어가고 손님들만 남아 있었다.

"아, 프랭크," 미국인 부인이 말했다. "정말 근사하지 않아요? 그 긴 세월이요. 아버지에게서 아들에게 대대로 물려진 거잖아요. 낭만적이에요. 난 그렇게 생각해요, 대단히 낭만적이라고요. 그 긴 세월이라니. 생각해봐요! 어떻게 그럴 수 있었을까요?"

바로 그때 다른 신사가 입을 열었다. 버넌은 말수가 적은 그 신사가 말하는 걸 한 번도 듣지 못했었다. 그런 그가 입을 열었다. 너무나 매혹적이고 신비롭고 감미롭기까지 한 그 단어를 버넌은 그후로도 잊지 못했다.

"모조품이지." 그 신사가 말했다.

그에게 그 굉장한 단어가 무슨 뜻이냐고 물을 새도 없이(물어보려고 했지만) 버넌의 주의를 사로잡는 일이 있었다.

버넌의 엄마가 집에서 나왔다. 엄마 뒤로 지는 석양은 화가가 금색과 붉은색 물감으로 그린 그림 같았다. 버넌은 엄마가 흰 피부에 금빛이 도는 붉은 머리를 가진 우아한 여자라는 것을 알았다. 석양을 등진 엄마는 마치 동화 속 그림 같았다. 엄마가 갑자기 멋지고 아름다워 보였다.

버넌은 묘한 그 순간을 잊을 수 없을 것 같았다. 그녀가 버넌의 엄마였고, 아름다웠고, 그는 엄마를 사랑했다. 버넌은 통증 같은 것을 느꼈지만 진짜 통증과는 달랐다. 머릿속에서 묘한 소리가 윙윙거렸다. 천둥 같던 그 소리는 새소리처럼 높고 아름다운 소리로 바뀌었다. 전반적으로 아주 근사한 순간이었다.

그리고 거기에는 마법 같은 단어인 '모조품'도 녹아들어 있었다.

1

보모 위니가 떠나게 됐다. 아주 갑작스럽게 그렇게 됐다. 하녀들이 쑥덕거렸다. 위니는 울었다. 울고 또 울었다. 유모가 한바탕 설교하자 더 크게 울었다. 유모에게는 원래 무서운 구석이 있는데, 그날은 덩치도 더 커 보이고 목소리도 더 컸다. 버넌은 위니가 떠나는 것이 아빠 때문이라는 걸 알고 있었다. 이 사실을 특별한 흥미나 호기심 없이 받아들였다. 보모가 아빠 때문에 그만둔 일이 종종 있었기 때문이다.

엄마는 방안에 틀어박혀 있었다. 엄마 역시 울고 있었다. 버넌은 문틈으로 새어나오는 울음소리를 들었다. 엄마는 버넌을 부르지 않았고, 버넌도 엄마에게 가봐야겠다고 생각하지 않았다. 오히려 마음이 놓였다. 버넌은 우는 소리, 눈물 삼키는 소리, 코를 길게 훌쩍이는 소리가 싫었다. 사람들은 늘 버넌의 귓가에 대고 그런 소리를 냈다. 사람들은 울 때 항상 누군가를 끌어안았다. 버넌은 그런 소리를 가까이에서 듣는 것이 싫었다. 버넌이 세상에서 가장 질색하는 것이 거슬리는 소음이었다. 그런 소리를 들으면 몸통이 나뭇잎처럼 말라버리는 것 같았다. 미스터 그린의 좋은 점이 바로 그것이었다. 그는 거슬리는 소음을 내는 법이 없었다.

위니가 짐을 싸고 있었다. 그리고 무서운 유모가 아니라 거의 평소의 모습으로 돌아온 유모가 옆에 서 있었다.

"이번 일을 잘 새겨둬라, 위니." 유모가 말했다. "다음 집에서는 경거망동하지 말고."

위니는 훌쩍이며 자기에게는 잘못이 없다고 중얼거렸다.

"그리고 내가 지켜보고 있는 이상 더는 그런 일이 없으면 좋겠구나." 유모가 말했다. "빨강 머리 여자들에 대해서는 말들이 많아. 우리 어머니는 빨강 머리 여자가 경박하다셨지. 네가 그렇다는 말은 아니다. 하지만 네 처신은 걸맞지가 않았어. 걸맞지가—그래, 무슨 할말이 더 있겠니."

버넌은 유모가 이 특정한 말을 한 후에 더 많은 말을 늘어놓는 것을 자주 보았었다. 하지만 버넌은 걸맞지 않다는 표현에 몰두하느라 더이상 듣지 않고 있었다. 버넌이 알기로 그 말은 모자를 써볼 때 하는 말이었다. 여기서 모자가 왜 나오지?

나중에 버넌이 물었다. "걸맞지 않은 게 뭐야, 유모?"

유모는 버넌의 리넨 옷을 만드느라 입에 핀을 잔뜩 문 채 대답했다.

"적절하지 않다는 거죠."

"적절하지 않다는 게 뭔데?"

"남자아이들은 쓸데없는 질문을 해댄다니까요." 그녀는 경험 많은 노련한 유모답게 받아넘겼다.

2

그날 오후 아빠가 버넌의 방으로 왔다. 뭔가 살피는 분위기를 풍겼다. 불행해 보였지만 위압적이기도 했다. 아빠는 궁금해서 눈을 둥그렇게 뜬 버넌 앞에서 약간 주춤했다.

"안녕, 버넌?"

"안녕, 아빠?"

"난 런던에 간다. 잘 있어라, 아들."

"위니에게 뽀뽀한 것 때문에 가는 거예요?" 버넌이 들떠서 물었다.

아빠는 버넌이 들어서도 따라 해서도 안 된다고 알고 있는 단어를 중얼거렸다. 버넌이 알기로 어른은 쓰지만 아이는 쓰면 안 되는 말이었다. 그런 사실 때문에 한층 더 매력적이어서 버넌은 이 단어와 또다른 금지어를 잠들기 전에 중얼거려보곤 했다. 또다른 금지어는 코르셋이었다.

"대체 어떤 놈이 그런 얘길 했니?"

버넌은 잠시 생각한 후에 대답했다. "아무도 말하지 않았는데요."

"그런데 어떻게 알았지?"

"그럼 뽀뽀하지 않았어요?" 버넌이 물었다.

아빠는 대답하지 않고 방 한쪽으로 걸어갔다.

"위니는 가끔 나한테도 뽀뽀해요." 버넌이 말했다. "하지만 난 싫어요. 나도 해줘야 하니까요. 정원사도 위니한테 자주 뽀뽀해요. 뽀뽀를 좋아하나봐요. 난 그게 좀 바보 같던데. 어른이 되면 나도 위니와 뽀뽀하는 걸 좋아하게 될까요, 아빠?"

아빠가 천천히 말했다. "응, 그렇게 될 거다. 아들은 자라면서 아빠를 쏙 빼닮으니까."

"난 아빠처럼 되고 싶어요. 아빠는 최고로 훌륭한 기수잖아요. 샘이 그랬어요. 영국에 아빠만큼 말을 잘 타고 말에 대해 잘 아는 사람은 없다고요." 그런 다음 재빠르게 말했다. "난 엄마보다 아빠를 닮고 싶어요. 샘이 그랬는데, 엄마가 타면 말등이 아프대요."

잠시 침묵이 흘렀다.

버넌이 입을 열었다. "엄마는 머리가 아파서 누워 있어요."

"안다."

"엄마한테도 인사했어요?"

"아니."

"인사할 거예요? 서둘러야겠어요. 마차 오는 소리가 들려요."

"그럴 시간은 없을 것 같구나."

버넌이 현명하게 고개를 끄덕였다.

"그러는 게 좋겠어요. 나도 우는 사람에게 뽀뽀하는 건 별로니까. 아무튼 난 엄마가 막 뽀뽀하는 게 싫어요. 너무 꽉 껴안고 귀에 대고 말하거든요. 차라리 위니와 뽀뽀하는 게 나아요. 아빠는 어느 게 더 좋아요?"

아빠가 허둥지둥 방에서 나가버리자 버넌은 어리둥절했다. 유모가 그 조금 전에 방에 들어왔다. 그녀는 아빠가 지나가도록 공손하게 비켜섰고, 버넌은 유모가 아빠를 불편하게 했다고 얼핏 느꼈다.

잔일하는 하녀인 케이티가 들어와 다과를 내려놓았다. 버넌은 구석에서 장난감 벽돌을 쌓고 있었다. 방에는 다시 평소 같은 평온한 분위기가 흘렀다.

3

갑작스러운 방해를 받았다. 엄마가 문가에 서 있었다. 울어서 눈이 부어 있었다. 엄마는 비극의 등장인물처럼 손수건으로 연신 눈가를 눌렀다.

"네 아빠가 떠났어." 엄마가 외쳤다. "나한테 말 한마디 없이 갔어. 한마디도 없이. 아, 내 아들, 아들아."

엄마는 바닥을 쓸 듯 다가와 몸을 숙이더니 버넌을 껴안았다. 지금까지 쌓았던 탑들보다 적어도 한 층은 더 높이 올린 벽돌 탑이 와르르 무너졌다. 크고 흥분한 목소리가 버넌의 귀를 울렸다.

"내 새끼―내 아들―넌 나를 버리지 않겠다고 약속해다오―약속해―약속―"

유모가 다가왔다.

"자, 마님, 흥분하시면 몸에 해로워요. 침실로 가시는 게 좋겠어요. 이디스가 따끈한 차를 가져다드릴 겁니다."

유모의 말투는 권위적이고 엄격했다.

엄마는 계속 흐느끼면서 버넌을 더 세게 끌어안았다. 버넌은 버티느라 온몸이 뻣뻣해졌다. 버넌은 조금―아주 조금―밖에 참을 수 없을 것 같았고, 풀어주기만 한다면 엄마가 원하는 대로 뭐든 할 수 있을 것 같았다.

"네가 갚아줘야 해, 버넌―네 아빠가 준 고통을 네가 보상해줘—오, 하느님, 전 이제 어떻게 해야 하나요?"

버넌은 케이티가 이 장면에 완전히 몰입해 즐거운 듯 말없이 지켜보고 있는 것을 얼핏 의식했다.

"자, 어서요." 유모가 말했다. "이러시면 아이가 겁먹죠."

유모가 한층 위엄 있게 말하자, 엄마는 순순히 따랐다. 그녀는 유모의 팔에 몸을 기댄 채 방에서 나갔다.

몇 분 후 유모가 상기된 얼굴로 돌아왔다.

케이티가 말했다. "세상에, 난리시죠? 저런 게 히스테리 아닌가요! 아무튼 일 났네요. 설마 섣부른 행동을 하시진 않겠죠? 정원에 위험한 연못들이 있잖아요. 주인님도 문제지만, 그만하면 많이 참아주시는 거 아닌가요? 늘 저렇게 난리치고 짜증을 내시니—"

"이제 그만." 유모가 말했다. "어서 돌아가서 네 일이나 해. 아랫것이 주인에 대해 이러쿵저러쿵하는 건 지체 있는 집안에서 있을 수 없는 일이야. 네 어머니가 가정교육을 잘못 시키셨구나."

케이티는 고개를 획 돌리고 물러갔다. 유모는 버넌의 방 탁자 주변을 돌면서 평소와 달리 거칠게 컵과 접시를 치웠다. 그녀는 입술을 달싹이며 혼잣말했다.

"자식한테 그런 생각을 심어놓으려 하다니. 정말 못 봐주겠어……"

3

1

새 보모가 왔다. 왕방울 같은 눈에 피부가 흰 날씬한 여자였다. 그녀의 이름은 이저벨이지만 보모에게 '더 어울리는' 이름인 수전으로 불렸다. 버넌은 무척 이상했다. 그래서 유모에게 물어보았다.

"귀족에게나 어울리는 이름이 있는가 하면 하인에게나 어울리는 이름이 있어요. 그래서 그런 것뿐이에요."

"그런데 왜 진짜 이름이 이저벨이야?"

"아이 세례명을 지을 때 잔나비처럼 윗분들을 흉내내는 사람들이 있거든요."

잔나비라는 단어 때문에 헷갈렸다. 잔나비는 원숭이 아닌가? 사람들이 아이 이름을 지을 때 동물원에 가는 걸까?

"세례는 교회에서 받는 거잖아."

"그렇죠."

정말 이상했다. 뭐가 이렇게 다 이상할까? 왜 전보다 별별 것이 더 이상할까? 왜 이 사람은 이렇게 말하고 저 사람은 저렇게 말할까?

"유모, 아기는 어떻게 태어나?"

"그건 전에도 했던 질문이잖아요. 밤에 작은 천사가 아기를 안고 창문으로 들어온다고요."

"그 미-미-미—"

"더듬지 말고 말해봐요."

"저번에 그 미국인 부인은—구스베리나무 아래서 데려온다고 하던걸."

"미국 아기들은 그런가보죠." 유모는 침착하게 대꾸했다.

버넌은 안도의 한숨을 내쉬었다. 그렇구나! 유모가 고마웠다. 유모는 뭐든지 알았다. 그녀는 불안하게 흔들리는 버넌의 우주를 다시 가만히 세워주었다. 그녀는 절대 웃지 않았다. 엄마는 웃었다. 엄마는 다른 부인들에게 이렇게 말했다. "우리 애는 이상한 질문만 해대요. 글쎄, 이러더라니까요. 웃기고 귀엽지 않아요?"

하지만 버넌은 뭐가 웃기고 귀엽다는 건지 알 수 없었다. 버넌은 그저 알고 싶었다. 알아야 했다. 그건 어른이 되어가는 과정의 일부였다. 모르는 게 없고 주머니에 동전을 넣고 다니는 어른이 되는 과정.

2

세계는 점점 넓어졌다.

예를 들면 외삼촌과 고모가 있었다.

시드니는 엄마의 오빠였다. 그는 땅딸막하고 얼굴이 불그스름했다. 콧노래를 부르며 바지 주머니에 손을 넣고 동전을 짤랑거리는 습관이 있었다. 그는 농담을 즐겼지만 버넌은 별로 재미없었다.

"만약에 말이지," 시드니가 말했다. "내가 네 모자를 쓰면 어떨 것 같니? 응? 어때 보일까?"

어른들은 별걸 다 물었다! 별나고, 대답하기도 힘들었다. 유모가 늘 당부하는 말이 있었다. 어린아이들은 절대 인신공격적인 말을 해선 안 된다고 했다.

시드니는 끈질기게 물었다. "얼른 말해봐. 어떨 것 같니?" 그는 버넌의 리넨 모자를 낚아채서 자기 머리에 얹었다. "어떠니? 응?"

무슨 말이든 해야 했다. 버넌은 지친 기색으로 예의바르게 말했다.

"좀 바보 같아요."

"네 아들은 유머감각이 없구나." 그가 마이러에게 말했다. "유머감각이란 게 전혀 없어. 애석하게도."

아빠의 여동생인 니나는 그와 딴판이었다.

고모에게는 여름의 정원처럼 좋은 향기가 났고, 부드러운 목소리도 마음에 쏙 들었다. 고모에게는 또다른 좋은 점도 있었다. 고모는 버넌이 싫어하면 뽀뽀하지 않았고, 꾸역꾸역 농담을 해대지도 않았다. 하지만 애버츠 퓨이선츠에 아주 가끔만 왔다.

버넌은 고모가 아주 용기 있는 사람이 분명하다고 생각했다. 짐승도 길들일 수 있다는 것을 알려준 사람이 고모였으니까.

짐승은 넓은 거실에 살았다. 다리가 네 개고 갈색 몸통은 반들반들했다. 또 한 줄로 길게 늘어선 무언가를 가지고 있었는데 더 어렸을 때 버넌은 그게 이빨이라고 생각했다. 크고 매끈하고 누런 이빨. 처음 짐승을 봤을 때 버넌은 홀딱 빠지는 동시에 겁먹었다. 짐승은 건드리면 이상한 소리를 냈다. 화가 난 듯 으르렁대거나 날카롭게 울었는데, 세상 어떤 소리보다 버넌을 아프게, 몸속까지 아프게 하는 소리였다. 그 소리를 들으면 떨리고 울렁거리고 눈이 따갑고 화끈거렸다. 하지만 묘한 끌림 때문에 그 옆을 떠날 수 없었다.

버넌은 용이 등장하는 이야기를 들을 때마다 용이 그 짐승 같을 거라고 생각했다. 또 미스터 그린과 하는 재미있는 놀이 중에 짐승을 죽이는 놀이를 가장 좋아했다. 버넌이 짐승의 반들거리는 갈색 몸통에 칼을 꽂으면 뒤에 있던 백 명의 아이가 함성을 지르며 노래했다.

이제는 많이 자라서 잘 알게 됐다. 그 짐승의 이름은 그랜드 피아노이고, 짐승의 이빨을 두드리는 것은 '피아노 연주!'이며, 만찬이 끝나면 여자들이 남자들에게 그것을 해준다는 것을. 하지만 여전히 짐승이 두려웠고, 가끔 짐승에게 쫓겨 방으로 가는 계단을 뛰어올라가는 꿈도 꾸었다. 그때마다 비명을 지르며 깼다.

버넌의 꿈속에서 짐승은 숲속에 살았고, 거칠고 야만적이었고, 짐승이 내는 소리는 견딜 수 없이 끔찍했다.

엄마도 가끔 '피아노 연주'를 했고, 버넌은 겨우겨우 참았다. 버넌은 엄마의 연주로는 짐승을 깨울 수 없다고 생각했다. 하지만 고모는 달랐다.

버넌은 거실 구석에서 상상에 빠져 있었다. 푸들, 스퀴럴과 함께 소풍을 가서 가재와 초콜릿 에클레어를 먹고 있었다.

고모는 버넌이 거실에 있다는 걸 모르는 채 피아노 앞에 앉아서 내키는 대로 연주를 했다.

버넌은 홀린 듯이 조금씩 다가갔다. 마침내 고모가 돌아봤을 때 버넌은 눈물을 흘리면서 작은 몸을 떨고 있었다. 그녀는 연주를 멈추고 물었다.

"왜 그러니, 버넌?"

"난 그게 싫어요." 버넌이 훌쩍였다. "싫다고요. 그 소리를 들으면 여기가 아파요." 그러고는 두 손으로 배를 움켜잡았다.

마침 그때 마이러가 거실에 들어왔다. 그녀는 웃음을 터뜨리며 말했다.

"이상하죠? 애는 음악을 싫어해요. 정말 이상하다니까요."

"음악이 싫다면서 왜 그냥 나가버리지 않을까요?" 니나가 말했다.

"나갈 수가 없어요." 버넌이 울며 말했다.

"희한하죠?" 마이러가 말했다.

"난 좀 흥미롭다는 생각이 드는데요."

"아이들은 원래 피아노 치는 걸 좋아하잖아요. 지난번에 내가 〈젓가락 행진곡〉을 쳐줬을 때도 애는 좋아하지 않더라고요."

니나는 생각에 잠겨 어린 조카를 물끄러미 바라보았다.

"내 아이에게 음악성이 없다는 게 믿기지가 않아요." 마이러가 불만스러운 듯이 말했다. "난 여덟 살 때 꽤 어려운 곡도 쳤는데."

"아, 그럴 수도 있죠!" 니나가 모호하게 말했다. "음악성이 다른 방식으로 드러나기도 하니까요."

마이러는 니나가 데어가 사람답게 엉뚱한 소리를 한다고 생각했다. 음악성은 연주를 잘하느냐 못하느냐로 판가름나는 게 아닌가 싶었다. 버넌은 음악성이 없는 게 확실했다.

3

유모의 엄마가 아팠다. 버넌의 방에 별스럽고 다시없을 재앙이었다. 유모는 붉어진 암울한 얼굴로 수전, 즉 이저벨의 도움을 받아 짐을 챙기고 있었다. 버넌은 걱정도 되고 측은함도 느꼈지만 그보다는 흥미가 동해 유모 옆에서 궁금한 것들을 물어보았다.

"유모의 엄마는 엄청 늙었지? 백 살이야?"

"물론 아니죠. 백 살이라니요!"

"유모의 엄마가 죽을 거 같아?" 버넌은 자신이 친절하다는 것과 유모를 이해한다는 것을 보여주고 싶어서 계속했다.

요리사의 엄마가 병으로 죽었기 때문이다. 유모는 대답하지 않고 수전에게 날카롭게 말했다.

"맨 아래 서랍에서 구두 주머니 좀 꺼내 와라. 자, 얼른."

"유모, 유모의 엄마가—"

"도련님 질문에 일일이 대답할 시간이 없네요."

버넌은 친츠*를 씌운 오토만 의자 끄트머리에 앉아 생각에 잠겼다. 유모는 자기 엄마가 백 살이 아니라고 했지만 그래도 분명 많이 늙었을 것 같았다. 버넌은 유모의 나이가 아주 많다고 생각했다. 그런데 유모보다 나이가 많은 사람, 즉 아는 게 더 많은 사람이 있다고 생각하자 큰 충격을 받았다. 묘했지만 그 생각을 하자 유모가 평범한 인간처럼 작아 보였다. 더이상 하느님 다음가는 인물이 아니었다.

버넌의 우주가 변했다―중요한 순서가 조정됐다. 유모, 하느님, 미스터 그린―세 인물이 물러나면서 모호해지고 더 흐릿해졌다. 엄마, 아빠, 심지어 고모가 더 중요해 보였다. 특히 엄마. 엄마는 길고 아름다운 머리를 가진 공주 같았다. 버넌은 엄마를 위해 짐승처럼 반들거리는 갈색 용을 무찌르고 싶었다.

그 단어, 마법 같던 그 단어가 뭐였지? 모조품―맞다―모조품. 매혹적인 단어였다! 모조품 공주! 버넌은 잠들기 전 그 단어와 '빌어먹을'과 '코르셋'을 나직이 되뇌었다.

하지만 엄마는 절대, 절대, 절대 듣지 말아야 했다. 웃을 게 뻔했기 때문이다. 엄마는 언제나 그랬다. 속이 조여들고 가만있을 수 없게 만드는 웃음소리. 게다가 엄마는 늘 듣기 싫은 말만 했다. "아이들은 정말 웃겨요!"

---

* 꽃무늬가 나염된 면직물.

버넌은 자신이 웃기지 않다는 것을 알았다. 웃긴 걸 좋아하지도 않았다. 외삼촌도 그렇게 말했다. 엄마가 그러지 않으면 좋을 텐데—

친츠를 씌운 반들반들한 의자에 앉아서 버넌은 난처한 듯 얼굴을 찌푸렸다. 순간 엄마에게서 두 가지 모습이 보였다. 하나는 아름다운 공주, 버넌이 꿈꾸는 엄마였다. 석양과 마법, 용을 무찌르는 이야기 속 엄마였다. 다른 하나는 웃음을 터뜨리면서 "아이들은 정말 웃겨요"라고 말하는 엄마였다. 물론 그 둘은 같은 사람이었다……

버넌은 안절부절못하면서 한숨을 내쉬었다. 가방을 챙기느라 얼굴이 상기된 유모가 돌아보더니 버넌에게 상냥하게 물었다.

"왜 그래요, 도련님?"

"아무것도 아니야."

언제나 '아무것도 아니야'라고 대답해야 했다. 사실대로 말할 수는 없었다. 그래 봤자 아무도 알아주지 않을 테니까……

4

수전이 돌보면서 버넌의 방은 완전히 달라졌다. 버넌은 시키는 대로 하지 않았고, 그런 경우가 잦았다. 수전이 하지 말라고 하면 버넌은 그 일을 했다! 그러면 수전은 "어머니께 이를 거예요!"라고 말했지만, 진짜 그러지는 않았다.

수전도 처음 얼마간은 유모에게 넘겨받은 지위와 권위를 즐겼다. 사실 버넌만 아니었다면 계속 그 즐거움을 누렸을 것이다. 그녀는 하녀인 케이티에게 속마음을 털어놓았다.

"어디로 튈지 알 수가 없어. 어떨 때는 작은 악마 같다니까. 패스칼 부인 앞에서는 그렇게 착하고 얌전했으면서."

케이티가 대꾸했다.

"아이고, 그 부인은 괴짜야. 아무렴! 사람을 무섭게 잡잖아!"

그러면서 둘은 소곤대며 키득거렸다.

"패스칼 부인이 누구야?" 어느 날 버넌이 물었다.

"아이고 맙소사! 유모 이름도 몰랐어요?"

유모가 바로 패스칼 부인이었다. 또 한번의 충격이었다. 유모는 언제나 유모였다. 하느님의 이름이 로빈슨이라는 말을 들은 것과 비슷했다.

유모가 패스칼 부인이었다니! 생각할수록 이상했다. 패스칼 부인! 엄마가 데어 부인이고 아빠가 데어 씨인 것처럼 유모도 패스칼 부인이었다! 패스칼 씨가 있을 가능성을 생각해본 적이 없다는 게 너무 이상했다. (사실 그런 사람은 없었다. '부인'은 유모의 지위와 권위를 드러내는 암묵적 호칭일 뿐이었다.) 유모는 미스터 그린과 똑같이 당당하게 홀로 서 있었다. 미스터 그린은 백 명의 자식(그리고 푸들, 스퀴럴, 트리)을 두었지만 버넌은 미세스 그린이 있을 거라고 생각해본 적이 없었다.

버넌의 왕성한 호기심은 다른 방향으로 뻗어나갔다. "수전은 사람들이 수전이라고 부르는 게 좋아? 이저벨이라고 부르는 게 더 좋지 않아?"

수전(혹은 이저벨)은 평소처럼 키득거렸다.

"제가 뭘 좋아하는지는 중요하지 않아요."

"왜 안 중요해?"

"사람들이 시키는 대로 해야죠."

버넌은 입을 다물었다. 며칠 전까지만 해도 버넌 역시 그렇게 생각했었다. 하지만 그게 아닌 것 같다고 느끼기 시작한 참이었다. 시키는 대로 할 필요가 없었다. 모든 건, 누가 시키느냐의 문제였다.

벌을 받는 것이 문제가 아니었다. 수전은 벌줄 때 의자에 앉혀두거나 구석에 세워두거나 단것을 못 먹게 했다. 그러나 유모는 특유의 표정을 지으며 안경 너머로 버넌을 엄하게 쳐다볼 뿐이었지만 항복 아닌 다른 건 생각할 수도 없었다.

수전은 타고나기를 권위적인 면이 없었고, 버넌은 그것을 알았다. 수전의 말을 거역하면서 스릴을 느꼈다. 수전이 난처해하는 것도 재밌었다. 수전이 걱정하고 허둥거리고 당황할수록 재밌었다. 그 나이다운 행동이었다는 점에서 버넌은 아직 석기시대에 있었다. 잔인한 행동이 주는 쾌감을 즐기고 있었으니까.

수전은 버넌이 혼자 정원에 나가 놀게 내버려두었다. 수전은 별로 예쁘지 않았기 때문에 위니와 같은 이유로 정원에 나가는 일이 없었다. 게다가 아이 혼자 논다 한들 무슨 일이 있겠는가?

"연못 근처에만 안 가면 돼요, 알겠죠?"

"응." 버넌은 대답하며 당장 연못에 가야겠다고 생각했다.

"굴렁쇠 가지고 얌전하게 놀 거죠?"

"응."

아이 방에 평화가 왔다. 수전은 안도의 숨을 내쉬었다. 그녀는 서랍에서 『공작과 젖 짜는 아가씨』라는 문고판 소설을 꺼냈다.

버넌은 굴렁쇠를 굴리면서 담이 둘러진 과실수 정원을 돌았다. 굴렁쇠가 균형을 잃고 작은 텃밭으로 굴러갔다. 수석정원사 홉킨스가 빈틈없이 관리하는 곳이었다. 홉킨스는 단호하고 엄하게 당장 나가라고 말했고, 버넌은 물러났다. 버넌은 홉킨스의 말을 잘 들었다.

버넌은 굴렁쇠를 팽개치고 나무에 올랐다. 그래 봐야 땅에서 6피트쯤 되는 곳까지 조심조심 올랐을 뿐이다. 이 위험한 놀이에도 싫증이 나자 나뭇가지에 걸터앉아 무엇을 할지 궁리했다.

버넌의 생각은 주로 연못에 머물렀다. 수전이 연못 근처에 가지 말라고 했기 때문에 오히려 더 끌렸다. 버넌은 연못에 가 보기로 했다. 그런데 일어나면서 평소와 다른 광경을 보게 됐고, 다른 생각이 떠올랐다.

숲으로 통하는 문이 열려 있었다!

5

한 번도 경험하지 못한 일이었다. 몰래 열어보려 했었지만 문은 늘 잠겨 있었다.

버넌은 살금살금 문으로 다가갔다. 숲! 문에서 불과 몇 걸음 떨어진 곳에 숲이 있었다. 서늘한 초록색 심연으로 곧장 빠져들 수 있었다. 심장이 쿵쾅거렸다.

언제나 숲에 들어가고 싶었다. 드디어 기회가 왔다. 유모가 돌아오면 다시는 없을 일이었다.

그래도 버넌은 망설였다. 금지된 행동을 한다는 점이 걸리는 게 아니었다. 엄밀히 말해서 숲에 가지 말라고 한 사람은 없었다. 교활한 철부지는 이미 핑계를 준비하고 있었다.

아니다, 다른 뭔가가 있었다. 미지에 대한 두려움, 나뭇잎이 우거진 어둑한 그곳에 대한 두려움이 있었다. 원초적인 기억이 버넌의 발목을 붙잡았다⋯⋯

가고 싶기도 하고 가고 싶지 않기도 했다. 그곳에 '뭔가'가 있을지도 몰랐다. '짐승' 같은 뭔가가. 등뒤에서 다가오는, 괴성을 지르면서 쫓아오는 뭔가가⋯⋯

버넌은 긴장한 채 한 걸음씩 내디뎠다.

하지만 그것은 낮에는 쫓아오지 않는다. 게다가 이 숲에는 미스터 그린이 살고 있다. 미스터 그린이 예전만큼 현실적이지는 않지만, 그래도 미스터 그린이 산다고 생각하는 장소를 탐험하는 일은 꽤 즐거울 것이다. 푸들, 스퀴럴, 트리의 나뭇잎이 우거진 작은 집들도 있을 것이다.

"가자, 푸들," 버넌은 보이지 않는 친구에게 말했다. "활과 화살 챙겼지? 맞아, 우린 저 안에서 스퀴럴을 만날 거야."

버넌은 의기양양하게 걸음을 내디뎠다. 버넌의 눈에는 『로빈슨 크루소』 동화책에 나오는 차림으로 걸어가는 푸들이 똑똑히 보였다.

숲은 근사했다. 어둑하고 그늘지고 초록으로 울창했다. 새들이 노래하고 나뭇가지 사이를 날아다녔다. 버넌은 친구와 끊임없이 이야기했다. 평소에는 감히 자주 할 수 없는 행동이었다. 누군가 엿들으면 '얘 너무 웃기지 않아요? 옆에 친구라도 있는 것처럼 행동하네요'라고 했을 테니까. 집에서는 더 조심해야 했다.

"푸들, 우린 점심시간쯤 성에 도착할 거야. 거기 표범 구이가 있을걸. 오, 안녕! 스퀴럴 왔구나. 잘 지냈니? 트리는 어디 있어?"

"그런데 걸으니까 좀 피곤하네. 말을 타야겠어."

근처 나무에 말 몇 필이 묶여 있었다. 버넌의 말은 우윳빛 흰색이었고, 푸들의 말은 칠흑 같은 검은색이었다. 스퀴럴의 말은—버넌은 아직 색을 정하지 못했다.

그들은 말을 타고 나무들 사이를 달렸다. 무시무시하게 위험한 곳, 늪이 있었다. 뱀들이 쉭쉭거리고, 사자들이 덤벼들었다. 하지만 충성스러운 말들은 주인의 뜻대로 달렸다.

정원이나 여기 아닌 다른 곳에서 노는 건 정말 바보 같은 일이다! 버넌은 미스터 그린, 푸들, 스퀴럴, 트리와 함께 노는 것이 얼마나 즐거운지 잊고 있었다. 상상놀이를 하는 웃기는 꼬마라고 사람들이 늘 일깨우는데 어떻게 잊을 수 있었을까.

버넌은 뽐내듯 걸었고, 깡충깡충 뛰어다니다가 근엄하고 품위 있게 행진했다. 버넌은 위대하고, 근사했다! 자신은 몰랐지만 버넌에게 필요한 건 가슴이 자긍심으로 울리는 동안 박자를 맞춰줄 탐탐*이었다.

숲! 버넌은 숲이 그럴 거라고 생각해왔고, 정말 그랬다! 무너질 것 같은 이끼 낀 담장이 불현듯 눈앞에 나타났다. 성벽이었다! 이보다 더 완벽할 수 있을까? 버넌은 담장을 기어오르기 시작했다.

아주 흥분되고 아슬아슬하고 위험한 것이 많았지만 올라가는 건 무척 쉬웠다. 버넌은 이곳을 미스터 그린의 성으로 할지 사람을 잡아먹는 거인의 소굴로 할지 아직 정하지 못했다. 어느 쪽이든 매력적이었다. 거인의 소굴 쪽으로 마음이 기운 건 그때 호전적인 기분을 느끼고 있었기 때문이다. 버넌은 상기된 얼굴로 담장에 올라가 건너편을 내다보았다.

이쯤에서 서머스 웨스트 부인의 이야기를 한 단락(잠시) 등장시켜야 하는데, 낭만적인 고독을 즐기는 그녀는 우즈 코티지**를 샀다. "무슨 말인지 알죠? 어디에서나 뚝 떨어진 숲속 한가운데―자연과 하나가 되는 집 말이에요." 그림도 잘 그리고 음악에도 재능이 있는 부인은 그랜드피아노 놓을 공간을 마련하기 위해 벽을 허물어 방 두 개를 하나로 합쳤다.

버넌이 담장에 올라간 바로 그때 남자 몇이 땀을 흘리고 휘청거리면서, 문으로는 넣을 수 없는 그랜드피아노를 창문 쪽

---

* 두꺼운 청동 원반으로 만든 징.
** 숲속 작은 집이라는 뜻.

으로 천천히 옮기고 있었다. 서머스 웨스트 부인은 야생의 정원이라고 했지만 우즈 코티지의 정원은 그냥 덤불이었다. 그리고 버넌에게는 오직 '짐승'만 보였다! 힘차고 당당해 보이는 짐승이 악의와 복수심에 가득차 버넌에게 점점 다가왔다⋯⋯

버넌은 그 자리에서 굳어버렸다. 그리고 잠시 후 거친 비명을 지르며 도망쳤다. 허물어진 좁은 담장 위를 달렸다. 짐승이 쫓아오고 있었다⋯⋯ 짐승이 쫓아오고 있다는 것을 버넌은 알았다. 여느 때보다 빨리 뛰고 또 뛰었다. 아이비덩굴에 발이 걸렸다. 버넌은 굴러떨어졌다―아래로―아래로―

Chapter

4

1

한참 후 정신을 차려보니 버넌은 침대에 누워 있었다. 깨어난 곳이 침대인 건 자연스러웠지만 앞에 커다란 혹이 솟아 있는 게 이상했다. 버넌이 이 혹을 빤히 보고 있을 때 누군가 말을 걸었다. 버넌도 잘 아는 콜스 의사였다.

"그래, 그래." 콜스 의사가 말했다. "기분이 어떠니?"

버넌은 좀 메슥거린다고 대답했다.

"그래, 그럴 거야." 콜스 의사가 말했다.

"그리고 어딘가 아픈 것 같아요. 아주 많이요."

"그래, 그럴 거야." 의사가 다시 말했다. 버넌은 별로 도움이 되지 않는다고 느꼈다.

"일어나면 기분이 좀 나아질 것 같아요. 일어나도 돼요?"

버넌이 물었다.

"안됐지만 지금은 곤란해. 버넌, 넌 떨어졌단다." 의사가 말했다.

"네, 짐승에게 쫓겼거든요." 버넌이 말했다.

"짐승? 그게 뭔데? 무슨 짐승?"

"아무것도 아니에요."

"개가 담장에 달려들어 짖었나보구나." 의사가 말했다. "남자가 개를 무서워하면 되겠니?"

"안 무서워요." 버넌이 말했다.

"집에서 그렇게 멀리 떨어진 데서 뭘 한 거지? 거기서 할 것도 없었을 텐데."

"거기 가지 말라고 한 사람은 없었어요."

"흠, 이상하군. 아무튼 그만한 벌은 받은 것 같구나. 알고 있니? 넌 다리가 부러졌어."

"제 다리가요?" 버넌은 만족스러웠고, 황홀했다. 다리가 부러졌다니. 아주 우쭐한 기분이 들었다.

"그래, 한동안은 누워 지내야 할 거야. 그다음에는 한참 목발을 써야 할 거고. 목발이 뭔지는 아니?"

물론이다, 버넌은 알고 있었다. 대장장이의 아버지인 자버 씨가 쓰는 것이었다. 목발을 써야 한다고? 굉장하다!

"그거 지금 써봐도 돼요?"

의사는 웃음을 터뜨렸다.

"그렇게 빨리 쓰고 싶니? 하지만 좀 기다려야 해. 그리고 용기를 내서 노력해야 한다. 그러면 금방 나을 거야."

"고맙습니다." 버넌이 예의바르게 말했다. "몸이 별로 좋지 않은 것 같아요. 괴상하게 생긴 이것 좀 치워주실래요? 그러면 편안해질 것 같아요."

하지만 괴상한 그것은 이동식 받침대였고 치우면 안 되는 것 같았다. 또 버넌의 다리는 긴 판자에 고정돼 있어서 움직일 수 없는 것 같았다. 그러자 다리가 부러진 게 그렇게 좋은 일은 아니라는 생각이 들었다.

버넌의 아랫입술이 희미하게 떨렸다. 울지 않으려고 노력했다. 버넌은 다 컸고, 다 큰 남자아이들은 울지 않았다. 유모가 그랬는데―그 순간 유모가 보고 싶어졌다, 간절히. 옆에 있기만 해도 안심되고, 모르는 게 없고, 분주하고 활기차고 위풍당당한 유모.

"유모는 곧 돌아올 거야." 콜스 의사가 말했다. "그래, 곧. 그동안 프랜시스 간호사가 널 돌봐줄 거다."

프랜시스 간호사가 버넌의 눈에 들어왔고, 버넌은 말없이 그녀를 관찰했다. 그녀 역시 위엄 있고 딱딱해 보였고, 그래서 오히려 반가웠다. 하지만 프랜시스는 뚱뚱하지 않았다. 엄마보다 말랐고 고모만큼 날씬했다. 버넌은 그녀에 대해 확신이 서지 않았다.

그때 그녀와 눈이 마주쳤다. 회색이라기보다 초록에 가까운 침착한 눈이었고, 프랜시스 간호사를 만난 많은 사람처럼 버넌도 그녀라면 '다 괜찮을' 것 같은 기분이 들었다.

그녀가 버넌에게 미소 지었다. 하지만 버넌의 집을 찾는 손님들의 미소와는 달랐다. 진지한 미소, 어색하지만 친절한 미소였다.

"메슥거린다니 걱정이구나." 그녀가 말했다. "오렌지주스 마실래?"

버넌은 찬찬히 생각해보고는 그러면 좋겠다고 대답했다. 콜스 의사가 방에서 나갔고, 프랜시스 간호사는 오렌지주스를 가져다주었다. 주스는 주둥이가 긴 아주 괴상한 컵에 담겨 있었다. 그 주둥이에 입을 대고 마시는 모양이었다.

웃음이 났지만, 몸이 쑤셔서 멈췄다. 프랜시스 간호사가 좀 더 자라고 했지만 버넌은 자고 싶지 않다고 말했다.

"그러면 나도 안 잘 거야." 프랜시스 간호사가 말했다. "벽에 아이리스가 몇 송이나 있는지 세볼까? 오른쪽부터 세봐. 나는 왼쪽부터 셀게. 숫자 셀 줄 알지?"

버넌은 백까지 셀 수 있다고 우쭐대듯 말했다.

"많이 세네." 프랜시스 간호사가 말했다. "백 개는 안 될 것 같은데? 일흔아홉 개 정도일 거야. 어떨 것 같아?"

버넌은 쉰 개쯤일 것 같다고 대답했다. 그 이상은 아닐 거라고 확신했다. 버넌은 세기 시작했지만, 자기도 모르게 눈꺼풀이 감기더니 잠들었다……

2

소음…… 소음과 통증…… 버넌은 흠칫 놀라 눈을 떴다. 몸이 뜨거웠다. 너무 뜨겁고 몸 한쪽이 전부 아팠다. 그리고 소음이 점점 다가오고 있었다. 그것은 언제나 엄마와 관련이 있었다……

엄마가 망토 자락을 펄럭이며 회오리바람처럼 방에 들이닥쳤다. 엄마는 아주 커다란 새 같았고, 새처럼 아들에게 몸을 숙였다.

"버넌―내 아가―내 귀염둥이―누가 널 이렇게 만들었니? 무서워라―끔찍하기도 하지―내 아들!"

엄마는 울고 있었다. 버넌도 울기 시작했다. 갑자기 무서워졌다. 엄마는 구슬프게 울었다.

"내 아가, 엄마의 하나뿐인 보물. 하느님, 아이를 데려가지 말아주세요. 제게서 아이를 데려가지 말아주세요! 이 아이가 죽으면 저도 따라 죽겠어요!"

"데어 부인—"

"버넌—버넌—내 아들—"

"데어 부인—제발요."

부탁이라기보다 단호한 지시 같았다.

"아이를 건드리시면 안 됩니다. 아플 거예요."

"내가 아프게 한다고요? 내가? 내가 엄마인데?"

"부인은 아이의 다리가 부러진 걸 모르시는 것 같군요. 죄송하지만 방에서 나가시라고 할 수밖에 없겠네요."

"당신, 내게 뭔가 숨기는 거 아니에요? 말해요—말하라고요—다리를 절단해야 하는 거예요?"

버넌은 더 크게 울었다. 절단이 뭔지는 몰랐지만 고통스러운 일일 것 같았다. 고통스럽고 무서운 일 이상일 것 같았다. 울음은 비명으로 변했다.

"애가 죽어가는 거죠?" 마이러가 외쳤다. "죽어가는데 아무도 내게 말해주지 않는 거잖아요! 난 아이가 죽을 때까지 내 품에 꼭 끌어안고 있을 거예요."

"데어 부인—"

프랜시스 간호사가 마이러와 침대 사이로 겨우 비집고 들어왔다. 그녀는 마이러의 어깨를 잡고 말했다. 유모가 케이티에게 말할 때 같은 어조였다.

"데어 부인, 제 말 좀 들으세요. 제발 진정하세요. 제발요!"

그러고는 고개를 들었다. 월터 데어가 문가에 서 있었다. "데어 씨, 부인을 데려가주시겠어요? 아이가 흥분하고 불안해할 것 같습니다."

월터는 이해한다는 듯이 조용히 고개를 끄덕였다. 그는 버넌을 힐끗 보더니 말했다. "사고가 났나보구나, 버넌. 나도 전에 팔이 부러진 적이 있었어."

끔찍했던 세상이 갑자기 잦아들었다. 다른 사람도 팔이나 다리가 부러지곤 한다. 월터가 아내의 어깨를 잡고 낮은 목소리로 다독이면서 문가로 이끌었다. 마이러는 높고 날카롭고 격앙된 목소리로 반발하고 떼썼다.

"당신이 뭘 알아? 당신은 나만큼 아이를 사랑하지도 않잖아. 이건 엄마만 알 수 있어. 모르는 사람에게 어떻게 내 자식을 맡기라는 거야? 아이에게는 엄마가 필요해…… 당신은 몰라—난 우리 아이를 사랑해. 엄마의 보살핌만한 건 아무것도 없다고. 누구라도 그렇다고 할 거야."

"아가—" 마이러는 남편의 손을 뿌리치고 다시 침대로 오면서 말했다. "내가 옆에 있을까? 엄마가 있으면 좋겠지?"

"난 유모가 있으면 좋겠어요." 버넌이 울면서 말했다. "유모가요……"

프랜시스 간호사가 아니라 원래 유모를 말하는 것이었다.

"세상에!" 마이러가 외쳤다. 그리고 우뚝 서서 몸을 떨었다.

"이리 와, 여보. 나가자고." 월터 데어가 부드럽게 말했다.

마이러는 그에게 몸을 의지한 채 방에서 나갔다. 그녀의 목소리가 어렴풋이 들려왔다.

"내 자식이 날 밀어내고 생판 남을 찾다니."

프랜시스 간호사가 시트를 정돈하면서 물을 마시겠느냐고 물었다.

"유모는 곧 돌아올 거야." 그녀가 말했다. "오늘 우리 유모에게 편지 쓸까? 쓰고 싶은 말을 나한테 해주면 돼."

새롭고 묘한 감정이 밀려왔다—색다른 고마움 같은 것. 누군가는 버넌의 마음을 이해해줬다……

3

나중에 버넌이 어린 시절을 되돌아본다면 어느 때보다 유독 이때가 기억날 것이었다. '다리가 부러졌을 때'는 버넌의 유년 시절에 뚜렷한 획을 그었다.

또 당시 아무 생각 없이 받아들였던 소소한 사건들의 의미도 이해하게 될 것이었다. 가령 콜스 의사와 엄마 사이에 벌어진 격하다 싶던 언쟁 같은 것. 물론 버넌이 있던 방에서 그런 대화가 오간 건 아니지만, 문밖에서 마이러의 격앙된 목소리가 흘러들었다. 버넌은 그녀가 흥분해서 내뱉는 소리를 들었다. "내가 아이를 불안하게 만든다니 무슨 말인지 모르겠네요…… 자식은 엄마가 돌보는 게 마땅한 거 아닌가요? 당연히 난 엄마로서 가슴이 아파요. 난 인정머리 없고 애정이 눈곱만큼도 없는 사람과 다르다고요. 월터를 봐요. 눈썹 하나 까딱하지 않잖아요!"

마이러와 프랜시스 간호사 사이에는 언쟁이랄 만큼은 아니지만 사소한 충돌이 잦았다. 그럴 때면 언제나 프랜시스 간호사가 이겼지만, 대가가 따랐다. 마이러는 이른바 '고용된 간호사'를 극도로 맹렬히 질투했다. 콜스 의사의 지시에는 따를 수밖에 없었지만, 마지못한 듯 아주 무례하게 굴었다. 프랜시스 간호사는 모르는 척하는 것 같았다.

버넌은 분명 힘들고 갑갑했을 테지만 세월이 흐르자 그런 기억은 아예 지워졌다. 어떤 놀이를 하고 어떤 이야기를 나눴는지, 그전과는 달랐던 행복한 기억만 남았다. 왜냐하면 프랜시스 간호사는 그가 무슨 일을 해도 '우습다'거나 '괴상하다'고 보지 않는 어른이었기 때문이다. 진지하게 귀기울여주고 신중하고 적절한 제안을 해주는 어른이었다. 프랜시스 간호사에게는 푸들과 스퀴럴과 트리, 미스터 그린과 백 명의 자식 이야기를 할 수 있었다. 프랜시스 간호사는 '정말 우습다!'고 하지 않고 백 명의 자식이 남자인지 여자인지만 물었다. 버넌이 생각해본 적이 없는 문제였다. 그래서 버넌과 프랜시스 간호사는 남자애 오십 명, 여자애 오십 명으로 하기로 했고, 아주 공평해 보였다.

상상할 때 가끔 방심해서 소리를 내더라도 프랜시스 간호사는 신경쓰지도 이상하게 생각하지도 않는 것 같았다. 프랜시스 간호사는 유모처럼 차분하고 편안했지만, 버넌에게 훨씬 의미 있는 면모를 갖고 있었다. 그녀는 질문에 바로바로 대답하는 재능이 있었다. 그녀의 대답이 언제나 솔직하다는 것을 버넌은 본능적으로 알았다. "그건 나도 모르겠어"라거나 "다른 사람에게 물어보는 게 좋겠는데? 난 그걸 가르쳐줄 만큼 똑똑하지 못해"라고 말하곤 했다.

다과를 먹은 후에는 종종 이야기를 들려주었다. 프랜시스 간호사는 이틀 이상 같은 이야기를 하는 법이 없었다. 어느 날은 말썽꾸러기 아이들 이야기를 했고, 그다음날은 마법에 걸린 공주 이야기를 했다. 버넌은 마법에 걸린 공주 이야기를 특히 좋아했다. 가장 좋아하는 이야기에는 탑에 사는 금발의 공주와 초록색 모자를 쓴 누더기 차림의 방랑하는 왕자가 등장했다. 마지막 장면에 숲이 등장했는데 그래서 버넌의 마음에 쏙 드는 것 같았다.

가끔 이야기를 듣는 또 한 사람이 있었다. 프랜시스 간호사가 쉬는 이른 오후에는 마이러가 방에 오곤 했다. 하지만 아빠는 티타임 후 프랜시스 간호사의 이야기 시간에 맞춰 왔다. 월터 데어는 프랜시스 간호사가 앉은 의자 바로 뒤 어둑한 곳에 앉아서 아들이 아니라 이야기하는 사람을 지긋이 바라보았다. 어느 날 버넌은 아빠가 살짝 손을 뻗어 프랜시스 간호사의 손목을 가만히 쥐는 것을 보았다.

그때 버넌을 깜짝 놀라게 하는 일이 벌어졌다. 프랜시스 간호사가 의자에서 일어섰다.

"죄송하지만 오늘 오후에는 데어 씨를 내보내야겠네요." 그녀가 빠르게 말했다. "버넌과 할일이 있어서요."

버넌은 몹시 놀랐다. 할일이 뭔지 몰랐기 때문이다. 더 당황스러운 일이 벌어졌다. 아빠 역시 일어나더니 낮은 목소리로 이렇게 말했던 것이다.

"용서해줘요."

프랜시스 간호사는 살짝 고개를 숙였지만 여전히 서 있었다. 그녀는 월터 데어의 눈을 흔들림 없이 응시했다. 아빠가 조용히 말했다.

"정말 미안합니다. 내일 다시 와도 되겠습니까?"

그날 이후 버넌은 뭐라 설명할 수는 없지만 아빠의 태도가 달라졌다고 느꼈다. 그는 프랜시스 간호사 가까이에 앉지 않았다. 그리고 버넌에게 전보다 더 말을 많이 걸었다. 다 같이 게임을 하기도 했다. 보통은 버넌이 무척 좋아하는 올드 메이

드*를 했다. 세 사람은 행복한 저녁 시간을 보냈다.

어느 날 프랜시스 간호사가 방에 없을 때 아빠가 불쑥 물었다.

"넌 그 여자가 좋니?"

"프랜시스 간호사요? 아주 좋아요. 아빠는 아니에요?"

"아니, 나도 좋아." 아빠가 대답했다.

버넌은 아빠의 목소리에 슬픔이 어려 있다고 느꼈다.

"무슨 일 있어요, 아빠?"

"말할 수 없는 이야기들도 있단다. 한번 뒤처진 말은 승리의 기회를 잡기 힘든 법이지—그게 아무리 애초의 실수라고 한들, 상황을 호전시키지는 못해. 넌 무슨 말인지 모를 거야. 아무튼 프랜시스 간호사와 있는 동안은 즐겁게 지내라. 그런 사람은 많지 않으니까."

그때 프랜시스 간호사가 돌아왔고, 그들은 애니멀 그랩**을 했다.

하지만 버넌은 아빠의 말이 마음에 걸렸다. 다음날 아침 버넌은 프랜시스 간호사에게 대놓고 물었다.

"여기 계속 있지 않을 거예요?"

---

* 카드놀이의 일종.
** 동물 그림이 그려진 카드로 하는 놀이.

"응, 네 몸이 나을 때까지, 거의 다 나을 때까지만 있을 거야."

"여기서 계속 살면 안 돼요? 난 그러면 좋겠는데."

"하지만 그건 내 일이 아니야. 내 일은 아픈 사람을 돌보는 거란다."

"그 일이 좋아요?"

"응, 아주 좋아."

"왜요?"

"글쎄, 누구든 자신에게 잘 맞는 특별한 일이 있는 법이거든."

"엄마는 안 그렇잖아요."

"아니, 그렇지 않아. 엄마에게도 그런 일이 있어. 이 큰 집을 관리하고 모든 일이 제대로 돌아가는지 신경쓰고, 너와 네 아빠를 돌보는 일."

"우리 아빠는 군인이었어요. 전쟁이 나면 다시 전쟁터로 간다고 그랬어요."

"아빠를 많이 좋아하니?"

"물론 엄마를 더 사랑해요. 엄마가 그러는데 어린 남자애들은 자기 엄마를 가장 사랑하는 법이래요. 아빠랑 있는 것도 좋긴 하지만 그건 달라요. 아빠가 남자라서 그럴 거예요. 나는 크면 뭐가 될까요? 난 군인이 되고 싶은데."

"책을 쓰는 사람이 되지 않을까?"

"어떤 책이요?"

프랜시스 간호사는 살짝 미소 지었다.

"미스터 그린, 푸들과 스퀴럴과 트리 이야기일 것 같은데?"

"하지만 다들 그런 건 우습다고 할 텐데요."

"어린 남자애들은 그렇게 생각하지 않을걸? 그런데 좀더 자라면 미스터 그린과 자식들 이야기가 떠올랐던 것처럼 또다른 이야기가 떠오를 거야, 어른의 이야기 말이야. 그때는 그걸 쓰면 되지."

버넌은 한참 생각에 잠겼다가 고개를 저었다.

"난 아빠 같은 군인이 될 거예요. 엄마가 데어가 남자들은 대부분 군인이었다고 했어요. 물론 군인이 되려면 아주 용감해야 하지만, 나도 그렇게 용감해질 수 있어요."

프랜시스 간호사는 잠시 침묵했다. 그녀는 월터 데어가 어린 아들에 대해 한 말을 떠올렸다.

"대담한 녀석이에요. 두려움이 없어요. 두려움이 뭔지도 모르죠! 녀석이 망아지에 올라탄 걸 봤어야 하는데."

그랬다, 어떤 면에서 버넌은 두려움이 거의 없었다. 그리고 참을성이 있었다. 어린 나이치고는 다리 골절로 인한 고통과 불편도 잘 견뎠다.

하지만 다른 종류의 두려움이 있었다. 잠시 후 그녀는 버넌에게 천천히 물었다.

"그날 어쩌다 담장에서 떨어졌는지 다시 한번 말해볼래?"

프랜시스 간호사는 버넌이 말하는 짐승에 대해 전부 알고 있었고, 자신이 우습게 생각하지 않는다는 것을 보여주기 위해 신경써왔다. 그녀는 버넌의 이야기에 귀기울이다가 상냥하게 말했다.

"그런데 사실 전부터 넌 그게 진짜 짐승이 아니란 걸 알지 않았니? 나무와 철사로 만들어진 물건이란 걸 알고 있었잖아."

"알고 있어요." 버넌이 말했다. "하지만 꿈에서는 그렇지 않았어요. 숲에서 그게 날 쫓아오는 걸 봤을 때는—"

"도망을 쳤고? 그건 좀 아쉽네, 그렇지? 그 자리에 버티고 서서 살펴봤다면 좋았을 텐데. 그랬다면 일꾼들이 보였을 거고 그게 뭔지도 알았을 텐데 말이야. 뭐든 살펴보는 것이 좋아. 그런 다음에 도망쳐도 늦지 않아. 하지만 그러고 나면 보통은 도망치지 않게 돼. 버넌, 내가 해주고 싶은 말이 있어."

"뭔데요?"

"눈앞에 있는 건 뒤에 있는 것만큼 무섭지 않아. 그걸 기억해. 뒤에 있는 건 눈에 보이지 않아서 무서운 거거든. 그러니까 뒤돌아서 그걸 마주봐. 그러면 그게 아무것도 아니라는 걸 알게 될 거야."

버넌은 생각에 잠겨 대답했다. "그때 내가 뒤돌아봤다면 다리가 안 부러졌을까요?"

"그럼."

버넌은 한숨을 쉬었다.

"다리가 부러진 건 괜찮아요. 프랜시스랑 놀게 돼서 정말 좋으니까요."

프랜시스 간호사가 "가여워라"라고 중얼거린 것 같았지만, 버넌은 당연히 잘못 들은 거라고 생각했다. 그녀가 생긋 웃으며 말했다.

"나도 참 좋아. 나랑 놀기 싫어하는 환자들도 있거든."

"프랜시스도 노는 게 정말 좋은 거죠? 미스터 그린도 그래요."

버넌은 쑥스러워하며 조금 어색하게 덧붙였다.

"너무 빨리 가지는 말아줘요, 네?"

4

하지만 프랜시스 간호사는 예상보다 훨씬 빨리 떠났다. 버넌의 기억 속 일이 언제나 그렇듯 그 일도 아주 갑자기 벌어졌다.

시작은 아주 사소했다. 마이러가 아들에게 뭔가 해주려고 했는데 버넌은 프랜시스 간호사가 해주는 게 더 좋겠다고 했다.

버넌은 매일 잠깐씩 목발 짚는 연습을 하고 있었다. 아프긴 했지만 신기했다. 하지만 금세 피곤해져서 걸핏하면 침대로 갔다. 그날 엄마가 목발 연습을 돕겠다고 나섰다. 버넌은 엄마의 부축을 받아본 적이 있었다. 엄마의 크고 하얀 손은 이상하게 투박했다. 그 손으로 잡으면 아팠다. 엄마는 열심히 했지만 버넌은 움츠러들었다. 버넌은 프랜시스 간호사가 해야 아프지 않으니까 기다리겠다고 말해버렸다.

아이답게 요령 없는 솔직한 말이 튀어나왔고, 마이러 데어는 즉시 분노했다.

몇 분 후에 돌아온 프랜시스 간호사는 쏟아지는 비난을 뒤집어써야 했다.

아이를 내게서 등 돌리게 했어―잔인하고 사악해―하나같이 똑같아! 그러면서 다들 나한테만 뭐라고 하지―나한텐 이 아이밖에 없는데 이제 아이마저 내게 등 돌리게 하다니.

마이러는 끊임없이 퍼부었다. 프랜시스 간호사는 놀라지도 않고 분한 기색도 없이 잠자코 들었다. 그녀는 데어 부인이 어떤 여자인지 알고 있었다. 이런 꼴사나운 장면이 이 부인에게 도리어 위안을 준다는 것을 알았다. 프랜시스 간호사는 독한 말은 좋아하는 사람에게 들을 때만 영향을 끼칠 수 있다고 생각하며 냉소했다. 오히려 이런 신경질적인 폭발에 뼈저린 고통과 불행이 숨어 있다고 생각하자 안쓰러운 기분이 들었다.

월터 데어는 하필 이 불행한 순간에 버넌의 방을 찾았다. 그는 놀라서 멈칫했다가 화가 난 듯 얼굴을 붉히며 말했다.

"제발, 창피하게 이러지 마, 마이러. 당신 지금 무슨 말을 하는지 알고는 있어?"

마이러가 그를 향해 사납게 돌아섰다.

"난 내가 무슨 말을 하는지 아주 잘 알아. 그리고 당신이 무슨 짓을 해왔는지도 잘 알지. 매일 살그머니 이 방에 와서—내가 다 봤다고. 항상 이 여자 저 여자 기웃거리기나 하고. 보모에 간호사에—당신에겐 다 똑같은 여자니까."

"마이러—입다물어!"

그는 정말 화를 냈다. 마이러는 덜컥 겁이 났다. 하지만 기어이 마지막 독설을 내뱉고 말았다.

"다 똑같아! 간호사란 것들은 다 똑같다고! 다른 여자 남편과 시시덕대기나 하고. 부끄러운 줄 알아야지—그것도 순진한 아이 앞에서—아이 머리에 별별 이상한 생각이나 심어놓고. 그래, 당신은 해고야. 당신이 어떤 사람인지 콜스 선생에게 다 말할 거야!"

"이 교훈적인 연극은 다른 데 가서 하는 게 어때?" 그녀가 가장 질색하는 남편의 말투였다. 차갑고 조소하는 말투. "당신이 말하는 순진한 아이 앞에서 이런 말을 하다니 적절하지 않은 것 같군. 간호사, 아내가 한 말에 대해서는 내가 대신 사과할게요. 나와, 마이러."

마이러는 자신의 언행에 조금 움찔했고, 울면서 남편을 따라 나갔다. 매번 그렇듯 생각보다 말이 심하게 나와버렸다.

"당신은 잔인해." 마이러가 흐느끼며 말했다. "잔인하다고. 내가 죽어버리면 좋겠지? 날 미워하고 있잖아."

마이러가 나가자 프랜시스 간호사는 버넌을 침대에 눕혔다. 버넌은 묻고 싶은 게 있었지만 프랜시스 간호사가 어렸을 때 키웠던 커다란 세인트버나드에 대해 이야기하자 흥미를 느끼면서 다른 건 다 잊어버렸다.

그날 밤늦게 아빠가 버넌의 방에 왔다. 아빠는 창백하고 아픈 사람 같았다. 프랜시스 간호사가 일어나서 그가 서 있는 문가로 갔다.

"무슨 말을 해야 할지 모르겠군요—어떻게 사과해야 좋을지—아내가 한 말은—"

프랜시스 간호사는 담담하게 대답했다.

"아뇨, 아무렇지 않습니다. 이해해요. 하지만 가능한 한 빨리 그만두는 게 좋겠습니다. 전 부인을 자극하고 불쾌하게 만들기만 할 테니까요."

"얼마나 당치도 않은 말을 했는지 본인이 알까 모르겠어요. 당신을 모욕했다는 걸—"

프랜시스 간호사는 웃었다. 확신에 찬 웃음은 아니었다.

"모욕당했다고 화내는 건 말도 안 된다고 생각해요." 그녀가 밝은 어조로 말했다. "그건 정말 오만한 말 아닌가요? 아무튼 걱정하지도 신경쓰지도 마세요. 데어 씨도 아시겠지만 부인은—"

"네?"

프랜시스 간호사의 목소리가 달라졌다. 무겁고 서글펐다.

"몹시 불행하고 외로운 분이에요."

"그게 내 탓이라는 겁니까?"

잠시 침묵이 흘렀다. 프랜시스 간호사가 침착한 초록색 눈으로 그를 올려다보았다.

"네, 그렇다고 생각해요." 그녀가 대답했다.

월터 데어는 길게 숨을 내쉬었다.

"당신이 아니라면 아무도 내게 그런 말을 못했을 겁니다. 나는—당신의 용기에 정말 놀랐어요. 두려움을 모르는 정직함에요. 버넌에게는 아직 당신이 필요한데 이렇게 보내야 하다니 아이에게 미안하군요."

그녀가 침착하게 말했다.

"자책하실 필요 없습니다. 데어 씨 잘못이 아니니까요."

"프랜시스," 버넌이 침대에서 간절하게 외쳤다. "가면 안 돼요! 가지 마요, 제발—오늘밤은 안 돼요."

"물론이지. 콜스 선생님과 의논해봐야 하거든." 프랜시스 간호사가 대답했다.

프랜시스 간호사는 사흘 후에 떠났다. 버넌은 펑펑 울었다. 버넌은 처음으로 얻은 진정한 친구를 잃었다.

1

다섯 살부터 아홉 살 때까지의 버넌의 기억은 뿌옇다. 변화가 있었지만 아주 느렸기 때문에 기억에 남지 않았다. 아이 방에 군림했던 유모는 돌아오지 않았다. 뇌졸중으로 쓰러져 꼼짝도 못하게 된 자기 어머니를 보살펴야 했기 때문이다.

대신 로빈스라는 여자가 보모 겸 가정교사로 들어왔다. 너무 개성이 없는 사람이어서 훗날 버넌은 그녀의 얼굴조차 잊어버렸다. 버넌이 여덟 살 생일이 지나자마자 학교에 들어간 걸 보면 로빈스가 아이를 휘어잡지 못한 게 분명하다. 버넌이 첫 방학 때 집에 돌아와보니 사촌동생 조지핀이 와 있었다.

니나는 아주 가끔 애버츠 퓨이션츠에 왔지만 어린 딸을 데려온 적은 한 번도 없었다. 사실 니나의 방문조차 점점 뜸해지고 있었다. 아이들이 별로 생각하지 않고도 상황을 파악하듯 버넌은 두 가지 사실을 분명하게 의식하고 있었다. 하나는 월터 데어가 처남인 시드니를 좋아하지 않으면서도 항상 지나칠 만큼 정중하게 대한다는 것이었다. 또하나는 마이러가 니나를 싫어하고 그런 감정을 숨김없이 드러낸다는 것이었다.

정원에서 월터와 니나가 이야기를 나누면, 마이러가 끼어 들곤 했다. 그럴 때마다 잠시 침묵이 흘렀고, 그러면 마이러는 쏘아붙였다.

"또 내가 사라져줘야 하는 거겠지? 방해가 됐나? 아니, 괜 찮아, 월터. (그녀는 아니라고 말하는 남편에게 중얼거리듯 내 뱉었다.) 내가 환영을 받는지 못 받는지 정도는 안다고."

그녀는 입술을 깨물고 초조하게 손을 쥐었다 폈다 하면서 갈색 눈에 눈물이 그렁한 채 물러나곤 했다. 그러면 월터 데어 는 말없이 눈썹만 추켜세웠다.

어느 날 니나가 소리쳤다.

"마이러는 구제불능이야! 오빠하고 얘기 좀 하려고 하면 십 분도 안 돼 나타나서 민망한 꼴을 만든다니까! 오빠, 대체 왜 그랬어? 왜 그랬느냐고!"

버넌은 집을 둘러보다가 저멀리 폐허가 된 낡은 수도원으로 시선을 옮기는 아빠의 얼굴에 떠올랐던 표정을 기억한다.

"난 이곳이 좋았어." 그가 천천히 말했다. "피가 그렇게 시키나봐. 절대 놓고 싶지 않았어."

잠시 침묵이 흐른 뒤에 니나가 짧고 묘한 웃음을 터뜨렸다.

"우리 가족은 아무도 행복하지 못하네. 상황을 아주 엉망으로 만들어버렸어, 오빠도 나도."

다시 짧은 침묵이 흘렀고, 월터가 입을 열었다.

"너도 그렇게 안 좋은 거니?"

니나는 한숨을 내쉬며 고개를 끄덕였다.

"그렇지, 뭐. 더이상은 못 버틸 것 같아. 프레드는 내 얼굴을 보는 것조차 싫어해. 사람들 앞에서는 사이좋은 척하지만 둘만 있을 때는 정말이지—속사정은 아무도 모를 거야!"

"그래, 그래도 니나—"

버넌은 그뒤에 이어지는 대화를 잠깐 듣지 못했다. 목소리가 너무 작았다. 둘은 말다툼을 하는 것 같았다. 마침내 월터가 다시 목소리를 높였다.

"그런 정신 나간 짓을 하는 사람이 어디 있니? 앤스티를 사랑하지도 않으면서. 사랑하지 않잖니."

"맞아—하지만 그는 날 사랑해."

월터는 '사회적인 현실도피자'라는 말을 했다. 니나는 다시 웃음을 터뜨렸다.

"그래? 우리 둘 다 그런 건 신경쓰지 않아."

"앤스티는 언젠가 신경쓸 거다."

"프레드는 이혼하자고 할 거야. 기회가 왔다며 화들짝 반길 걸. 그러면 우린 결혼할 수 있어."

"아무리 그래도—"

"오빠가 사회적 관습 운운하다니! 정말 우습네!"

"여자와 남자는 전혀 달라." 버넌의 아빠가 냉정하게 말했다.

"그래! 나도 알아—안다고. 하지만 어떻게 되든 이 끝없는 불행보다는 나아. 물론 마음 깊숙한 곳에는 아직도 프레드에 대한 사랑이 있어. 줄곧 그랬어. 그는 날 사랑한 적이 없는데도."

"아이가 있잖니." 월터 데어가 말했다. "넌 아이를 두고 떠날 수 없을 거야."

"그럴 수 없다고? 난 사랑이 넘치는 엄마가 아니야, 오빠도 알잖아. 그래, 솔직히 아이를 데려가고 싶기는 해. 프레드는 신경도 안 쓸 거야. 그는 나만큼이나 아이도 싫어하니까."

또다시 침묵이 흘렀고, 이번에는 더 길었다. 니나가 천천히 말했다.

"인간이란 얼마든지 자기 자신을 소름 끼치는 혼란 속에 처박을 수 있는 존재야! 우리가 이렇게 된 건 전부 자기 자신 때문이야. 대단한 가족이지! 자신은 물론 우리와 관계한 모든 사람에게 불행을 안겨주니까."

월터 데어가 일어섰다. 그는 멍한 표정으로 파이프에 담배를 재더니 천천히 걸어갔다. 니나는 그제야 버넌을 발견했다.

"안녕, 버넌?" 그녀가 말했다. "거기 있는 줄 몰랐어. 네가 우리 이야기를 얼마나 알아들었을까?"

"모르겠는데요." 버넌이 몸의 중심을 이 발 저 발로 옮기면서 애매하게 대답했다.

니나가 체인이 달린 가방을 열어 거북이가죽 케이스를 꺼내더니 담배에 불을 붙였다. 버넌은 매료되어 쳐다봤다. 여자가 담배 피우는 것을 처음 보았던 것이다.

"왜 그러니?" 니나가 물었다.

"엄마가 그러는데 좋은 여자는 담배를 피우지 않는대요. 로빈스한테 그렇게 말했어요." 버넌이 말했다.

"아이고, 그래!" 니나가 대꾸했다. 그녀는 연기구름을 내뿜었다. "엄마 말이 맞는 것 같구나. 보다시피 난 좋은 여자가 아니거든."

버넌은 살짝 곤란해하며 그녀를 바라보았다. 그리고 수줍은 듯이 말했다.

"난 고모가 아주 예쁘다고 생각해요."

"그건 같은 얘기가 아니지." 니나는 활짝 미소 지었다. "이리 와볼래, 버넌?"

버넌은 순순히 갔다. 니나는 조카의 어깨에 양손을 얹고 장난스러운 표정으로 들여다보았다. 버넌은 참을성 있게 가만있었다. 고모가 만지는 것은 싫지 않았다. 고모의 손길은 부드러웠다. 엄마처럼 움켜쥐지 않았다.

"그래, 넌 뼛속 깊이 데어가 사람이야. 네 엄마에게는 안된 일이지만, 넌 그렇게 타고났단다." 니나가 말했다.

"그게 무슨 뜻이에요?"

"네가 아빠의 가족과 닮았고, 엄마의 가족과는 닮지 않았다는 뜻이야. 네겐 불행이지."

"왜 내게 불행이에요?"

"왜냐하면 데어가 사람들은 행복하게 살지도 못하고 성공하지도 못하니까. 잘 살아가질 못해."

니나는 정말 이상한 소리를 했다! 웃으면서 말한 걸 보면 어쩌면 진심이 아니었을 것이다. 그런데 왠지…… 버넌은 이해하지 못했지만 니나의 말에는 그를 걱정스럽게 하는 뭔가가 있었다.

"시드니 외삼촌처럼 되면 더 좋은 거예요?" 버넌이 불쑥 물었다.

"그편이 한결 낫지. 한결 나아."

버넌은 궁리했다.

"하지만 그러면," 버넌이 천천히 말했다. "시드니 외삼촌처럼 되면—"

버넌은 생각을 표현하기 위해 멈췄다.

"그래, 그러면?"

"라치 허스트에 살아야 하잖아요—여기가 아니라."

라치 허스트는 버밍엄 인근에 붉은 벽돌로 튼튼하게 지은 빌라인데 전에 버넌은 시드니 외삼촌, 캐리 외숙모와 거기서 지낸 적이 있었다. 3에이커나 되는 멋진 부지에 장미 정원, 퍼걸러*, 금붕어 연못이 있고, 멋진 욕실도 두 개나 있었다.

"거기가 싫다는 거니?" 니나가 계속 조카를 바라보며 물었다.

"네!" 버넌이 대답했다. 버넌은 작은 가슴을 들먹이며 크게 한숨을 내쉬었다. "난 여기 살고 싶어요—언제나, 언제나, 언제나요!"

2

그 직후 니나에게 이상한 일이 일어났다. 엄마가 그녀에 대해 말하려고 하자, 아빠는 힐끔 버넌의 눈치를 보면서 엄마의 입을 막으려 했다. 버넌은 몇 마디만 알아들을 수 있었다. "그 가여운 아이가 안쓰러워 죽겠어. 니나는 척 봐도 행실이 바른 사람이 아니고 앞으로도 달라지지 않을 거야."

버넌은 그 가여운 아이가 조지핀이라는 것을 알았다. 본 적

---

* 덩굴식물이 타고 올라가도록 만들어놓은 서양식 정자.

은 없지만 버넌이 크리스마스에 선물을 보내면 늘 답례를 했다. 조지핀이 왜 '가여운지', 엄마가 왜 그 아이를 안쓰러워하는지 궁금했다. 그리고 니나 고모가 왜 행실이 바른 사람이 아닌지도—그게 무슨 뜻이든—궁금했다. 버넌은 로빈스에게 물어봤지만 얼굴을 붉히면서 '그런 일들'에 대해 말하면 안 된다고만 했다. 그런 일들이 뭐지? 버넌은 궁금했다.

어쨌든 그 일에 대해 더이상 생각하지 않기로 했는데, 사 개월 후에 다시 그 문제가 떠올랐다. 이번에는 버넌이 있다는 걸 아무도 의식하지 않았다. 그만큼 흥분했던 것이다. 그의 엄마와 아빠는 심한 입씨름을 벌였다. 엄마는 언제나처럼 흥분해서 언성을 높였다. 아빠는 아주 침착했다.

"망신스러워!" 마이러가 말했다. "남자와 달아났다가 석 달도 안 돼서 또다른 남자와 사라지다니. 본성이 드러나는 거지. 난 니나가 어떤 사람인지 알고 있었다니까. 남자, 남자, 오로지 남자!"

"당신 좋을 대로 생각해, 마이러. 지금 중요한 건 그게 아니니까. 이 일을 당신이 어떻게 생각하는지는 잘 알겠어."

"다들 그렇게 생각할걸! 난 당신을 이해할 수가 없어, 월터. 유서 깊은 가문이다 뭐다 그러더니—"

"우리 집안은 유서 깊은 가문이야." 월터가 나직이 말했다.

"그럼 집안의 명예라는 것도 신경썼어야지. 니나는 집안의 명예에 먹칠을 했어. 그리고 당신이 진정한 남자라면 니나를 집안에서 쫓아내야 해! 니나는 그런 꼴을 당해 마땅하다고."

"멜로드라마에 나오는 전형적인 장면 같군."

"당신은 언제나 날 무시하고 비웃지! 당신에겐 도덕관념이란 게 없어―전혀 없다고."

"내가 몇 번이나 말했지만 지금 이건 도덕의 문제가 아니야. 내 동생이 돈이 없어서 궁지에 빠졌다는 게 문제라고. 내가 몬테카를로*에 가서 어떻게 해야 하는지 알아봐야 해. 지각이 있는 사람이라면 그렇게 생각할 거라고."

"정말 편리하네. 당신이 도덕을 따지지 않는 사람이라는 게 참 다행이지 않아? 니나가 그렇게 된 게 누구 탓이지? 버젓한 남편이 있고―"

"아니―그렇지 않아."

"아무튼 니나와 결혼한 사람이잖아."

이번에 얼굴을 붉힌 사람은 버넌의 아빠였다. 그는 아주 낮은 목소리로 말했다.

"난 당신을 이해할 수가 없어, 마이러. 당신은 좋은 여자야. 친절하고 우아하고 바른 여자라고. 그런 당신이 형편없고 천박한 조롱으로 스스로 품위를 떨어뜨리다니."

---

* 모나코 북부의 도시.

"그래, 날 욕해! 이제 익숙해졌으니까! 당신은 내게 아무 말이나 막 하지."

"그렇지 않아. 난 최대한 예의를 지키려고 했어."

"그래. 난 그래서 당신이 더 미워. 당신은 솔직하게 말하는 법이 없어. 항상 예의나 따지고 비웃고 빈정거리지. 체면 그까짓 게 뭔데? 내가 어떻게 생각하는지 집안 식구들이 다 아는데 무슨 상관이야!"

"그래, 그건 의심할 것도 없지, 당신의 그 시끄러운 목소리 때문에."

"봐, 또 조롱하잖아. 적어도 난 당신이 소중하게 여기는 여동생을 내가 어떻게 생각하는지 솔직하게 말했어. 이 남자와 달아났다가 저 남자와 또 눈이 맞아서 사라졌다고—그런데 이번 남자는 왜 계속 붙어 있지 못하는 거지? 벌써 니나한테 싫증이 난 건가?"

"그건 내가 이미 말했는데 당신이 귀담아듣지 않았어. 그는 농마성 폐결핵에 걸려 일도 그만둬야 했어. 재산은 하나도 없고."

"아이고! 니나가 완전히 헛다리 짚었네."

"그게 니나의 일면이지. 그 아이는 계산적으로 행동하지 않아. 어리석어 보일 만큼 지독한 멍청이지. 아니라면 이런 구렁텅이에 자신을 내던지지 않았을 거야. 하지만 니나를 움직이는 건 상식보다 애정이야. 상황이 정말 안 좋아. 니나는 프레드의 돈은 한 푼도 건드리지 않으려고 해. 앤스티가 돕겠다고 했지만 니나는 들은 척도 하지 않았어. 잘 들어, 난 니나가 옳다고 생각해. 사람으로서 해선 안 되는 일들이 있지. 아무튼 나는 상황이 어떤지 확실하게 알아봐야겠어. 그게 당신 마음에 들지 않는다면 유감이지만 그래도 어쩔 수 없지.”

“내가 원하는 건 아무것도 해주지 않으면서! 당신은 날 미워하지? 날 비참하게 하려고 일부러 이러는 거잖아! 하지만 한 가지는 분명히 해둘게. 내가 여기 있는 한 당신의 그 소중한 여동생을 이 지붕 밑으로 데려오는 건 용납 못해. 난 그런 여자와 얼굴 맞대고 살 마음 없으니까. 알겠어?”

“불쾌할 정도로 아주 잘 알아들었어.”

“만약 니나를 데려오면 난 버밍엄으로 갈 거야.”

아빠의 눈이 살짝 반짝이는 것을 보고 버넌은 엄마는 모르는 뭔가를 문득 알아차렸다. 버넌은 엄마 아빠 사이에 오간 말을 대부분 이해하지 못했지만 핵심은 파악했다. 고모가 어딘가에서 병에 걸렸거나 불행해졌고, 엄마는 그것 때문에 화가 났다. 고모가 애버츠 퓨이션츠에 오면 엄마는 외삼촌이 사는 버밍엄에 가겠다고 했다. 엄마는 겁주려고 한 말이겠지만, 버넌은 엄마가 친정으로 가면 아빠가 오히려 좋아할지도 모른다고 생각했다. 이해는 가지 않았지만 확실히 알았다. 그것은 로빈스가 삼십 분 동안 말을 못하게 하는 벌을 주는 것과 비슷했다. 그녀는 버넌이 간식에 잼이 빠진 것만큼이나 이 벌을 싫어한다고 생각했고, 다행히도 이 벌이 버넌에게 아무 고통도 주지 못한다는 사실은 알지 못했다. 사실 버넌은 아무 말도 하지 않는 게 더 좋았다.

월터 데어는 방안을 서성거렸다. 버넌은 궁금한 눈으로 그를 바라보았다. 그의 마음속에서 뭔가가 싸우고 있는 것 같았다. 하지만 뭐 때문인지는 알 수 없었다.

"어쩔 셈이야?" 마이러가 말했다.

그 순간 그녀는 무척 아름다웠다. 훌륭하게 균형 잡힌 풍만한 몸매. 고개를 젖히자 금빛 도는 붉은 머리에 햇빛이 쏟아졌다. 바이킹 뱃사람의 아내 같았다.

"난 당신을 이 집의 안주인으로 받아들였어." 월터가 말했다. "니나가 오는 걸 당신이 반대한다면 당연히 데려오지 않을 거야."

그는 문으로 걸어가더니 돌아서서 마이러를 바라보았다. "루엘린이 죽으면—아마 그렇게 되겠지만, 니나는 일을 해야 할 거야. 그러면 아이 문제를 고려해야겠지. 그 아이를 데려오는 것도 반대할 건가?"

"내가 자기 엄마와 똑같이 될지도 모를 여자애를 우리집에 들일 것 같아?"

월터는 조용히 대꾸했다. "대답은 그렇다, 아니다로도 충분했어."

그가 나갔다. 마이러는 남편의 뒷모습을 노려보며 서 있었다. 눈물이 고이더니 흘러내렸다. 버넌은 눈물이 싫었다. 그래서 슬금슬금 문 쪽으로 움직였지만 이미 늦고 말았다.

"내 아들, 이리 오렴."

버넌은 가야 했다. 엄마가 끌어당겨 안았다. 조각난 문장들이 버넌의 귓가에서 되풀이됐다.

"언젠가 네가 다 갚아주겠지―넌 내 아들이니까―심술궂고 날 무시하는 그 사람들처럼 되면 안 돼. 넌 날 실망시키지 않을 거지? 절대 그러지 않을 거지? 약속해다오―아들, 내 아들."

버넌은 모든 걸 아주 잘 알았다. 엄마가 원하는 대답을 했다. 적당하게 네 또는 아니요로. 이런 상황이 정말 진저리나게 싫었다. 언제나 너무 가까이에서 들렸다.

그날 저녁 차를 마신 후 마이러는 기분이 싹 달라졌다. 그녀는 책상 앞에 앉아 편지를 쓰다가 버넌이 들어가자 밝은 표정으로 말했다.

"네 아빠에게 편지 쓰는 중이란다. 니나 고모와 조지펀이 곧 오게 될 거야. 너도 좋지?"

그러나 그들은 오지 않았다. 마이러는 도무지 월터를 이해할 수가 없다고 중얼거렸다. 자신은 그저 빈말 몇 마디 했을 뿐이었다고⋯⋯

버넌은 그리 놀라지도 않았다. 그들이 오지 않을 거라고 생각했으니까.

전에 니나 고모는 자신은 좋은 여자가 아니라고 했다—하지만 아주 아름다운 사람이었다⋯⋯

Chapter

6

1

이후 몇 년의 일을 설명하라면 한마디로 요약하는 게 최선일 것이다—비극! 끝도 없이 되풀이되는 비극.

버넌은 특이한 현상을 깨닫기 시작했다. 비극이 반복될 때마다 엄마는 더 커지고 아빠는 더 작아지는 것 같았다. 힐난과 독설이 난무하는 감정의 폭풍이 지나가면 마이러는 몸도 마음도 고무되는 것 같았다. 그녀는 원기와 냉정을 되찾으며 비극에서 빠져나왔고, 그런 뒤에는 세상을 향한 선의로 넘쳐났다.

월터 데어는 반대였다. 아내의 맹공격을 겁내며 신경을 곤두세우고 예민하게 반응했고, 자기 안으로 움츠러들었다. 그가 방어 무기로 사용하는 얼핏 정중해 보이는 냉소는 어김없이 아내를 극도의 분노 상태로 몰아갔다. 사람을 지치게 만드는 조용한 그의 절제는 다른 어떤 것보다 그녀를 격분하게 만들었다.

마이러가 불만을 품을 만한 이유가 없다고는 할 수 없었다. 월터 데어는 애버츠 퓨이선츠에서 지내는 시간이 점점 줄었다. 집에 돌아오면 눈가에 그늘이 지고 손을 떨었다. 그는 아들에게 별 관심을 보이지 않았지만, 버넌은 아빠에게 남모르는 공감을 느꼈다. 아빠가 그러는 건 자식에게 '간섭하지' 않는다는 암묵적인 합의 때문인 것 같았다. 아이에 대한 최종 결정권은 엄마에게 있기 마련이었다. 월터는 아들이 승마 연습을 할 때를 빼곤 늘 옆으로 물러나 있었다. 그러지 않았다면 또다른 언쟁거리와 힐난거리가 됐을 것이다. 그는 마이러가 온갖 미덕을 갖춘, 누구보다 신중하고 배려심 깊은 엄마라고 인정할 용의가 있었다.

그래도 월터는 가끔 엄마가 아들에게 줄 수 없는 것을 자신이 줄 수 있다고 생각했다. 하지만 부자 사이가 서먹했다. 둘 다 감정 표현에 서툴렀다. 마이러 같은 사람은 이해하기 힘든 것이었다. 그들은 언제나 서로에게 진지하고 조심스러웠다.

하지만 '비극'이 시작되면 버넌은 아빠에게 말없이 깊이 공감했다. 버넌은 아빠의 기분이 어떤지, 고래고래 소리치며 화내는 걸 듣고 있으면 머리와 귀가 얼마나 아픈지 잘 알았다. 물론 엄마가 옳다는 건 알았다. 엄마는 항상 옳았고, 그건 의심하면 안 되는 믿음이었다. 하지만 무의식적으로는 아빠 편에 섰다.

상황은 악화됐고 결국 위기가 닥쳤다. 엄마는 이틀이나 방에 틀어박혔고, 하인들은 구석에서 신이 나서 속닥거렸다. 시드니가 도울 요량으로 찾아왔다.

의심할 것도 없이 시드니는 마이러에게 위안을 주는 존재였다. 그는 예전처럼 주머니에 손을 넣고 동전을 짤랑거리며 방안을 돌아다녔다. 전보다 건장하고 혈색도 좋아 보였다.

마이러가 하소연을 늘어놓았다.

"그래, 그래, 나도 알아." 시드니가 더 크게 동전을 짤랑거리며 말했다. "나도 안다, 마이러. 네가 참아야 할 게 없다는 말이 아니야. 참을 게 많지. 내가 누구보다 잘 알아. 하지만 주고받기라는 게 있잖니. 간단히 말하자면 결혼생활은 주고받기야."

마이러가 다시 폭발했다.

시드니가 말했다. "월터를 편들려는 게 아니야. 절대 그렇지 않아. 난 그저 세상 물정에 밝은 사람으로서 전체적인 상황을 보려는 거야. 여자들은 보호받으며 살아가고, 그래서 이런 일들을 남자들처럼 보지 않아. 당연하지. 넌 올곧은 여자야, 마이러. 그리고 이런 일은 올곧은 여자가 이해하기는 힘들지. 캐리도 그래."

"캐리가 뭘 참고 산다는 거야?" 마이러가 소리쳤다. "오빠는 천박한 여자들과 시시덕거리지 않잖아. 하녀들을 건드리지도 않고."

"아니지, 물론 안 그래. 난 일반론을 말하는 거야. 잘 들어봐, 캐리와 나도 매사에 마음이 맞는 건 아니야. 우리도 말다툼을 해. 때로는 이틀 내내 말 한마디 안 할 때도 있어. 하지만 다행히도 우린 화해를 하고, 전보다 더 사이가 좋아지지. 화해가 상황을 개선시킨다는 거야. 하지만 반드시 주고받는 게 있어야 해. 몰아붙이기만 하면 안 된다는 소리야. 제아무리 훌륭한 남자라도 잔소리는 못 참는 법이니까."

"난 잔소리 안 해." 마이러가 눈물이 고인 채 말했다. 그녀는 그렇다고 믿었다. "어떻게 그런 말을 할 수 있어?"

"그렇게 흥분할 것 없어, 마이러. 난 네가 그렇다고 말한 게 아니야. 일반론을 말했을 뿐이지. 그리고 명심해. 월터는 우리와 달라. 다루기 힘든 몹시 예민한 타입이라고. 그런 사람들은 아주 사소한 일에도 쉽게 흥분하지."

"내가 그걸 모르겠어?" 마이러가 격렬하게 대꾸했다. "어려운 사람이야. 내가 왜 그런 사람과 결혼했을까?"

"아무튼 너도 알겠지만 모든 걸 다 가질 순 없는 법이야. 너희는 잘 어울리는 한 쌍이었어. 나도 인정하지 않을 수 없을 만큼. 넌 이 멋진 저택에서 지역 인사들과 교류하며 살고, 왕족을 제외하면 누구보다 지체가 높아. 아버지가 살아 계셨다면 얼마나 자랑스러워하셨을까! 아무튼 내 말은 무슨 일이든 안 좋은 일면이 없을 순 없다는 거야. 한두 가지 문제도 없이 좋은 것만 차지할 순 없어. 이런 유서 깊은 가문들은 퇴폐적인 법이야. 그래, 그들은—퇴폐적이지. 너는 그걸 직시해야 해. 이득은 이러이러하고 손해는 저러저러하다는 식으로 사태를 실무적으로 파악해야지. 그럴 수밖에 없어. 내 말대로 해, 그게 유일한 방법이야."

"나는 오빠가 말하는 '이득들' 때문에 그이와 결혼한 게 아니었어." 마이러가 말했다. "난 이 집 같은 거 싫어. 처음부터 그랬어. 하지만 월터가 나와 결혼한 건 애버츠 퓨이션츠 때문이야. 나 때문이 아니라."

"말도 안 되는 소리야, 마이러. 넌 밝고 예쁜 아가씨였고, 지금도 예뻐." 그가 쾌활하게 덧붙였다.

"월터가 나와 결혼한 건 애버츠 퓨이션츠 때문이야." 마이러가 완고하게 말했다. "나도 잘 알고 있어."

"자, 자, 과거는 묻어두자꾸나."

"오빠가 나라면 이렇게 냉철할 수 없을 거야." 마이러가 비통한 듯이 말했다. "오빠가 그 사람과 살아야 한다면 그러지 못할 거라고. 나는 그 사람 기분을 맞추려고 별별 짓을 다 해. 그런데도 그는 날 비웃고 이렇게 대접한다고."

"네가 잔소리를 하잖아." 시드니가 말했다. "그래, 네가 그러잖니. 물론 그럴 수밖에 없겠지만."

"차라리 말이라도 하면 나을 거야! 아무 말이라도—입 다물고 그냥 앉아 있지만 말고!"

"그래, 하지만 그는 그런 위인이야. 네 입맛에 맞게 사람을 바꿀 순 없어. 나도 그 친구를 좋아한다고는 말 못한다. 그렇게 거만한 사람은 나와 맞지가 않지. 아이고, 월터 같은 사람에게 회사를 맡기면 두 주 만에 도산하고 말걸! 하지만 월터는 내게 언제나 정중하고 예의발라. 정말 신사답지. 런던에서 우연히 마주쳤을 때는 자기가 다니는 근사한 클럽으로 데려가서 점심을 대접하더구나. 그렇게 건전한 곳은 아니었지만 그게 월터 잘못은 아니지. 월터에게는 그래도 좋은 점이 있어."

"오빠도 다른 남자들과 똑같아." 마이러가 말했다. "캐리라면 알 거야! 그는 나를 배신했어. 날 배신했다고!"

"자, 자." 시드니가 또다시 동전을 한바탕 짤랑거리고는 고개를 젖혀 천장을 보면서 말했다. "남자는 다 그래."

"하지만 오빠, 오빠는 한 번도—"

"물론 아니지." 시드니가 당황한 듯이 대답했다. "물론 아니야—당연히 아니지. 일반적으로 그렇단 거야, 마이러—남자는 대개 그렇다고."

"다 끝났어." 마이러가 말했다. "어떤 여자도 나보다 더 참아줄 순 없을 거야. 이번에야말로 끝이야. 두 번 다시 그 사람 얼굴 보고 싶지 않아."

"아아!" 시드니가 탄식했다. 그는 의자를 탁자 앞으로 끌고 가더니 사업 이야기라도 하려는 분위기를 풍기면서 앉았다. "그러면 요점을 짚어보자. 마음을 정했다는 거냐? 네가 바라는 게 뭐지?"

"월터를 두 번 다시 보고 싶지 않다고!"

"그래, 그래." 시드니가 참을성 있게 말했다. "그건 당연히 알지. 그래서 네가 바라는 게 뭔데? 이혼이야?"

"세상에!" 마이러는 당황했다. "그 생각은 한 적 없었—"

"자, 우리는 이 상황을 실무적으로 봐야 해. 우선, 이혼이 성립할지가 불투명해. 넌 배우자의 부당한 대우를 입증해야 할 텐데 그럴 수 있을지 모르겠구나."

"그 사람 때문에 내가 얼마나 괴로웠는지 오빠가 안다면—"

"그렇겠지. 그걸 부정하는 게 아니야. 하지만 법적 정당성을 갖추려면 그 이상의 것이 필요해. 처자妻子 유기 또한 없었어. 네가 돌아오라고 편지를 쓰면 월터는 돌아올 것 같은데?"

"두 번 다시 보고 싶지 않다고 말했잖아."

"그래, 그래, 그랬지. 여자들은 다 그렇게 똑같은 말을 반복하지. 지금 우리는 실무적인 각도에서 바라보고 있어. 그런데 이 이혼은 성립될 것 같지가 않구나."

"난 이혼을 원하는 게 아니야."

“그럼 네가 원하는 게 뭔데? 별거냐?”

“그럼 그는 런던에서 천박한 여자와 살 거야. 살림을 차릴 거라고. 그러면 내 꼴이 뭐가 되겠어!”

“우리집 근처에 괜찮은 집이 많아. 아이는 주로 네가 데리고 있게 되겠구나.”

“그럼 월터는 바로 천박한 여자들을 이 집으로 끌어들일 텐데? 아니, 난 그의 손에 그런 식으로 놀아날 마음 추호도 없어!”

“아이고, 젠장! 마이러, 그럼 대체 네가 원하는 게 뭐냐?”

마이러가 다시 울기 시작했다.

“난 너무 비참해, 오빠, 너무 비참하다고. 월터가 달라지기만 한다면!”

“그는 그런 사람이고, 앞으로도 절대 달라지지 않아. 네가 각오해야 해, 마이러. 넌 돈 후안 같은 사람과 결혼했고, 노력했고, 너그럽게 바라보려고도 했었잖아. 넌 그를 좋아해. 키스하고 화해해. 그게 내가 해줄 말이다. 완벽한 사람은 없어. 주고받아야 한다는 걸 잊지 마라. 주고받기.”

마이러는 여전히 소리 죽여 울었다.

“결혼은 성가신 일이야.” 시드니가 생각에 깊이 잠겨서 말했다. “우리 남자들에게 여자들은 과분하지. 그건 의심의 여지가 없어.”

마이러가 울면서 말했다. “용서하고 또 용서해야 한다는 거야? 몇 번이라도?"

"그게 핵심이야." 시드니가 말했다. "여자는 천사지만 남자는 그렇지 못하니까 여자가 봐줄 수밖에 없지 않겠니? 지금까지 그랬고 앞으로도 그럴 거야."

마이러의 울음이 잦아들었다. 이제 그녀는 용서하는 천사 역할을 맡은 자신을 그리고 있었다.

"내 역할을 안 한 게 아니야." 그녀가 훌쩍이며 말했다. "난 살림을 잘 꾸려왔고, 나만큼 헌신적인 엄마도 없을 거야."

"물론 그렇지." 시드니가 대답했다. "그리고 네 아들도 착하고. 우리에게도 아들이 있다면 좋을 텐데. 딸만 넷이니—좀 너무하지? 그래도 난 캐리에게 언제나 '다음에는 좋은 소식이 있을 거야'라고 말해. 이번에는 우리 둘 다 아들이라고 확신한다."

마이러의 관심이 그쪽으로 쏠렸다.

"난 몰랐어. 언제야?"

"6월."

"캐리는 어때?"

"다리가 부어서 조금 고생하고 있어. 그래도 제법 잘 걸어다녀. 아이고, 안녕? 여기 있었니? 언제부터 있었지, 버넌?"

"아, 아까부터요." 버넌이 대답했다. "외삼촌이 방에 들어올 때부터 있었어요."

"정말 조용한 녀석이로군." 시드니가 푸념하듯 말했다. "네 사촌누나들과는 다르구나. 우리 아이들은 얼마나 시끄럽고 소란스러운지 가끔 못 견딜 정도란다. 들고 있는 게 뭐냐?”

“기관차예요.” 버넌이 말했다.

“아닌데. 우유 배달차로구나!” 시드니가 말했다.

버넌은 잠자코 있었다.

“봐, 우유 배달차 맞지?” 시드니가 말했다.

“아니요, 기관차예요.” 버넌이 대답했다.

“아니, 이건 우유 배달차야. 재밌지 않니? 넌 이걸 기관차라고 하고 난 우유 배달차라고 하는구나. 누구 말이 맞을까?”

버넌은 자기가 맞는다는 것을 알기에 대답할 필요도 없는 것 같았다.

“고지식한 녀석,” 시드니가 여동생에게 몸을 돌리면서 말했다. “농담을 못 알아듣는구나. 버넌, 넌 학교에 가면 놀림깨나 받겠다.”

“놀림이라고요?” 버넌이 물었다. 이 이야기가 학교와 무슨 상관인지 알 수 없었다.

“놀림을 받아도 웃어넘길 수 있는 아이는 사회에 나와서도 성공하는 법이지.” 시드니가 말하고는 다시 동전을 짤랑거렸다. 자연스럽게 이어지는 생각에 자극받은 듯이.

버넌은 생각에 잠겨 물끄러미 그를 쳐다보았다.

“무슨 생각 하니?”

"아무것도 아니에요." 버넌이 말했다.

"기관차 가지고 테라스로 나가 놀아라, 버넌." 마이러가 말했다.

버넌은 엄마가 시키는 대로 했다.

"저애가 우리 이야기를 얼마나 알아들었을까?" 시드니가 마이러에게 물었다.

"버넌은 이해 못할 거야. 너무 어려."

"흠," 시드니가 말했다. "그건 모를 일이다. 어떤 아이들은 꽤 잘 알아듣거든. 우리 에설이 그래. 하긴 에설은 눈치가 굉장히 빠른 편이지."

"버넌은 모를 거야." 마이러가 말했다. "차라리 다행이지."

2

"엄마, 6월에 무슨 일이 있는데요?" 나중에 버넌이 물었다.

"6월에?"

"네, 엄마랑 외삼촌이 얘기했잖아요."

"아! 그거—" 마이러는 순간적으로 평정을 잃었다. "글쎄, 그건—그건 비밀인데—"

"뭔데요?" 버넌이 적극적으로 물었다.

"시드니 외삼촌과 캐리 외숙모는 6월에 귀여운 남자아기가 태어나길 바라고 있어. 너한테는 사촌동생이 생기는 거지."

"에이, 그게 다예요?" 버넌이 실망하며 말했다.

잠시 후 버넌이 다시 물었다.

"캐리 외숙모는 왜 다리가 부었어요?"

"아, 그거—요즘 외숙모가 좀 피곤해서 그럴 거야."

마이러는 버넌이 또 무엇을 물어볼지 두려웠다. 그녀는 아까 시드니와 했던 이야기를 기억해보려 했다.

"엄마?"

"응, 아가."

"시드니 외삼촌과 캐리 외숙모는 남자아기를 갖고 싶어해요?"

"응, 물론이지."

"그런데 왜 6월까지 기다려요? 지금 가지면 안 돼요?"

"사람들에게 뭐가 가장 좋은지는 하느님이 아시니까. 하느님은 그 아이가 6월에 태어나길 바라셔."

"한참 기다려야 하잖아요." 버넌이 말했다. "내가 하느님이라면 사람들이 원할 때 바로 보내줄 텐데."

"불경스러우면 못써, 버넌." 마이러가 부드럽게 말했다.

버넌은 입을 다물었다. 하지만 어리둥절했다. 불경스러운 게 뭘까? 요리사가 남동생에 대해 말할 때 그 단어를 쓴 기억이 났다. 요리사는 남동생이 정말—어딘가—대단한 사람이라면서 한 방울도 안 마신다고 했다! 그녀는 그게 훌륭하다는 것처럼 말했다. 하지만 엄마는 그렇게 생각하지 않는 게 분명했다.

평소에 버넌은 "하느님, 엄마와 아빠를 축복하시고 제가 착한 아이가 되게 해주세요, 아멘" 하고 기도했지만, 그날 저녁에는 한마디를 덧붙였다.

"사랑하는 하느님. 6월에 제게 강아지를 보내주세요. 하지만 너무 바쁘시면 7월도 괜찮아요."

"왜 6월이에요?" 로빈스가 물었다. "정말 재밌는 도련님이네. 지금 당장 갖고 싶지 않아요?"

"그건 불경스러운 거야." 버넌은 그녀를 못마땅한 눈으로 쳐다보며 말했다.

3

갑자기 세상이 활기를 띠었다. 남아프리카에서 전쟁이 일어났고 아빠가 전쟁터에 나가게 됐다!

모두 흥분하고 초조해했다. 버넌은 보어인*이라는 말을 처음 들었다. 아빠가 맞서 싸울 사람들이었다.

---

* 네덜란드계 남아프리카인. 1899년부터 1902년까지 영국과 전쟁을 벌였다.

월터 데어가 며칠 집에 들렀다. 그는 더 젊고 더 활기차고 한결 밝아 보였다. 월터와 마이러는 서로에게 아주 친절했고, 비극도 다툼도 없었다.

버넌은 한두 번 정도 아빠가 엄마의 말에 불편한 듯이 움찔했다고 생각했다. 한번은 아빠가 짜증을 내며 말했다.

"제발, 마이러, 용감한 영웅이 조국을 위해 목숨 바친다느니 하는 말 좀 그만해. 그런 위선적인 말은 못 참겠어."

하지만 엄마는 화내지 않고 대꾸했다.

"당신이 싫어하는 건 알아. 하지만 사실이잖아."

떠나기 전날 저녁, 아빠는 어린 아들에게 산책을 가자고 했다. 두 사람은 집 주변을 돌았고, 말없이 걷다가 버넌이 대담하게 질문을 던졌다.

"아빠, 전쟁터에 나가게 돼서 기뻐요?"

"굉장히 기쁘지."

"전쟁은 재미있는 거예요?"

"네가 생각하는 재미와는 달라. 하지만 어찌 보면 그렇기도 하지. 전쟁은 흥분되고, 또 상황에서 벗어나게 해주지, 곧장."

"전쟁터에는 여자가 없으니까요?" 버넌이 골똘히 생각하며 물었다.

월터 데어는 놀란 눈으로 아들을 보았다. 그의 입술에 보일 듯 말 듯 미소가 감돌았다. 이따금 아들은 오싹하게도 무의식적으로 정곡을 찔렀다.

"전쟁은 평화를 지키기 위해 하는 거야." 그가 진지하게 말했다.

"아빠는 적을 많이 죽일 것 같아요?" 버넌이 흥미를 가지고 물었다.

아빠는 미리 단언할 수는 없다고 했다.

"아빠가 그러면 좋겠어요." 버넌은 아빠가 빛나기를 간절히 바라면서 말했다. "백 명 죽이면 좋겠어요."

"고맙다, 버넌."

"그런데." 버넌이 말을 꺼내려다 멈췄다.

"응?" 월터 데어가 부추겼다.

"가끔—전쟁터에서 죽는 사람도 있어요."

월터 데어는 이 애매한 문장을 알아들었다.

"가끔은 있지." 그가 말했다.

"아빠는 그러지 않을 거라고 생각하죠, 그렇죠?"

"그렇게 될 수도 있겠지. 거기서는 그런 일도 흔히 있으니까."

버넌은 골똘하게 생각했다. 그 말에 깔린 감정이 우울하게 다가왔다.

"그렇게 되면 싫겠죠, 아빠?"

"그게 가장 좋을 수도 있지." 월터 데어가 말했다. 아들에게라기보다 스스로에게 한 말이었다.

"난 아빠가 안 그러면 좋겠어요." 버넌이 말했다.

"고맙다."

아빠가 살짝 미소 지었다. 버넌의 말은 예의상 하는 말처럼 들렸다. 하지만 그는 마이러라면 저질렀을 실수, 아이가 무신경하다고 생각하는 실수를 하지 않았다.

두 사람은 폐허가 된 수도원에 다다랐다. 때마침 해가 지고 있었다. 부자는 주위를 둘러보았고, 월터 데어는 가슴이 저려 오는 것을 느끼며 깊이 숨을 들이쉬었다. 어쩌면 이곳에 다시 오지 못할지도 몰랐다.

'내가 상황을 망쳐버렸어.' 그는 생각했다.

"버넌?"

"네, 아빠."

"내가 죽으면 애버츠 퓨이션츠는 네 것이 된단다. 너도 알고 있지?"

"네, 아빠."

다시 침묵이 이어졌다. 그는 하고 싶은 이야기가 많았지만 말을 많이 하는 데 익숙지 않았다. 말로 표현하기 어려운 이야기들이었다. 이상하게도 이 작은 아이, 아들과 있으면 그는 마음이 편해졌다. 아들에 대해 더 많은 것을 알려고 하지 않은 건 잘못인지도 몰랐다. 두 사람은 즐거운 시간을 보낼 수도 있었을 것이다. 하지만 그는 아들을 스스럼없이 대하지 못했고,

아들은 아빠에게 수줍음을 느꼈다. 그래도 그들은 묘하게 어울렸다. 두 사람 다 말이 많은 건 싫어했다.

"난 오래된 곳이 좋아." 월터 데어가 말했다. "너도 그럴 것 같구나."

"네, 아빠."

"늙은 수도사들을 떠올리면 기분이 묘해ㅡ물고기를 잡는 뚱뚱한 수도사들ㅡ난 그들을 늘 그렇게 떠올린단다ㅡ편안한 친구처럼."

그들은 한동안 더 주위를 둘러보았다.

"자, 이만 돌아가자. 늦었구나." 월터 데어가 말했다.

그들은 발길을 돌렸다. 월터 데어는 어깨를 반듯이 폈다. 작별의 순간이었다. 마이러라면 감정이 북받치는 작별을 하려 할 게 뻔했고, 그는 그게 아주 끔찍했다. 금방 끝나긴 하겠지만. 작별은 슬픈 일이었다. 야단을 떨지 않으면 더 낫겠지만, 마이러는 그럴 사람이 아니었다.

애처로운 마이러. 그녀는 전반적으로 제대로 대우받지 못했다. 그가 마이러와 결혼한 건 그녀의 아름다운 외모가 아니라 애버츠 퓨이션츠 때문이었다. 그리고 마이러는 그를 사랑해서 결혼했다. 모든 문제가 거기서 비롯됐다.

"엄마를 부탁한다, 버넌." 그가 불현듯 말했다. "너도 알겠지만, 네게는 좋은 엄마니까."

월터 데어는 마음 한구석으로는 자신이 돌아오지 않는 편이 좋을 것 같다고 생각했다. 그게 최선일 것 같았다. 그가 없어도 버넌에게는 엄마가 있으니까.

하지만 그 생각을 하니 묘하게도 배반하는 것 같은 기분이 들었다. 마치 그가 아들을 버리기라도 하는 듯이……

4

"월터!" 마이러가 외쳤다. "버넌에게 작별 인사도 하지 않았잖아."

월터는 아들을 건너다보았다. 버넌이 눈을 말똥말똥 뜨고 서 있었다.

"잘 있어, 친구. 즐겁게 지내고."

"안녕, 아빠."

그게 전부였다. 마이러는 어이가 없었다—아들을 사랑하지 않는 걸까? 그는 아들에게 키스조차 하지 않았다. 데어가 사람들은 정말 이상했다. 너무 무심했다. 이상한 사람들. 넓은 방에 서로 멀찍이 서서 가볍게 고개만 끄덕이다니. 정말 똑같아……

그녀는 속으로 중얼거렸다. '하지만 버넌은 이담에 제 아빠처럼 되진 않을 거야.'

사방에서 데어가 조상들이 냉소적인 미소를 띠고 내려다보
고 있었다……

Chapter

7

1

아빠가 배편으로 남아프리카로 떠나고 두 달 후 버넌은 학교에 들어갔다. 월터 데어가 원한 일이었고, 마이러는 남편의 뜻을 당장 무슨 법처럼 받아들였다. 그는 그녀의 군인이고 영웅이었으며, 지난 일은 다 잊혔다. 이 무렵 그녀는 더할 나위 없이 행복했다. 군인들을 위해 양말을 뜨고, '하얀 깃털' 캠페인*을 열렬히 지지했다. 그리고 사악하고 배은망덕한 보어인들과 싸우기 위해 전쟁터로 나간 남편을 둔 부인들과 공감하고 대화했다.

버넌과 헤어지면서 마이러는 감미로운 고통을 느꼈다. 그녀

---

* 전시에 여자들이 민간인 복장의 남자들에게 '겁쟁이'를 의미하는 '하얀 깃털'을 건넸다.

의 귀염둥이, 그녀의 아기를 아주 멀리 보내야 했다. 엄마들은 얼마나 희생적인 존재인지! 하지만 남편이 원한 일이었다.

가여운 아이는 분명 집을 애타게 그리워할 거야! 이 생각을 하면 마이러는 견딜 수가 없었다.

하지만 버넌은 집을 그리워하지 않았다. 엄마에 대한 열렬하고 진정한 애착도 없었다. 엄마와 떨어져 있을 때가 오히려 가장 좋았다. 엄마의 감정적인 분위기에서 벗어나자 마음이 놓였다.

버넌은 학교생활에 잘 적응했다. 운동에 소질을 보였고 조용한 성격이지만 몸을 사리지 않는 용기를 가지고 있었다. 가정교사 밑에서 지루하고 단조롭게 생활하다가 학교에 들어가니 새롭고 즐거웠다. 데어가 사람답게 버넌은 사람들과 잘 어울리는 재주가 있었다. 친구를 쉽게 사귀었다.

하지만 툭하면 "아무것도 아니에요"라고 대답하던 어린 시절의 과묵함은 여전했다. 한두 사람과 이야기할 때가 아니면 그 과묵함은 평생 계속될 것 같았다. 버넌에게 학교 친구들은 '여러 가지'를 함께 하는 존재에 지나지 않았고 버넌은 속마음을 털어놓을 오직 한 사람을 원했다. 그 한 사람은 버넌의 인생에 꽤 일찌감치 들어왔다.

첫 방학을 맞아 돌아왔을 때, 버넌은 조지핀을 발견했다.

2

엄마는 거침없이 애정을 드러내며 아들을 맞았다. 버넌은 이제 그러는 게 한층 더 싫었지만 남자답게 잘 참았다. 마이러가 환영 인사를 마치고 말했다.

"깜짝 놀랄 만한 즐거운 소식이 있단다, 버넌. 누가 와 있는지 아니? 네 사촌 조지핀이 와 있어, 니나 고모의 딸. 이제 우리와 같이 살 거야. 잘됐지?"

버넌은 바로 대답할 수 없었다. 생각해봐야 했다. 그래서 시간을 벌려고 이렇게 물었다.

"조지핀이 왜 우리와 살게 된 거예요?"

"엄마가 죽었으니까. 조지핀에게는 끔찍하게 슬픈 일이니까 따뜻하게 대해줘야 한다."

"니나 고모가 죽었어요?"

버넌은 애석했다. 담배연기를 내뿜던 아름다운 니나 고모가 죽다니.

"응. 물론 너는 고모가 기억나지 않겠지만."

버넌은 그녀를 아주 똑똑히 기억한다고 말하지 않았다. 굳이 말할 필요가 없다고 생각했다.

"조지핀은 공부방에 있어. 가서 인사해봐."

버넌은 천천히 갔다. 기뻐할 일인지 알 수 없었다. 여자애라니! 버넌 또래의 남자애들은 여자애들을 무시했다. 주위에 여자애가 있으면 성가실 것 같았다. 하지만 누군가가 있으면 재밌을 것 같기도 했다. 어떤 아이냐에 따라 다르겠지만. 방금 엄마를 잃은 아이라면 따뜻하게 대해야 할 것 같았다.

버넌은 공부방 문을 열고 들어갔다. 창틀에 걸터앉아 다리를 흔들고 있던 조지핀이 버넌을 빤히 쳐다보았고, 버넌은 상냥하게 예의를 갖춰 인사하려던 마음이 싹 사라졌다.

조지핀은 버넌 또래이고 체격이 다부졌다. 까만 머리가 이마에 가지런히 내려와 있었다. 약간 튀어나온 턱은 단호해 보였고, 흰 피부와 풍성한 속눈썹을 갖고 있었다. 버넌보다 두 달 늦게 태어났지만 두 배는 어른스러운 세련미를 풍겼는데, 권태로운 듯하면서도 도전적인 분위기가 섞여 있었다.

"안녕?" 조지핀이 말했다.

"안녕?" 버넌은 약간 힘없이 인사했다.

두 사람은 서로를 계속 바라보았다. 아이들이나 개들이 흔히 그러듯 의심을 품은 눈으로.

"네가 조지핀이구나." 버넌이 말했다.

"응. 하지만 조라고 불러줘. 다들 그렇게 부르거든."

"응─조."

잠시 침묵이 흘렀다. 버넌은 어색함을 없애려고 휘파람을 불었다.

"집에 오니까 정말 좋다." 마침내 버넌이 입을 열었다.

"여긴 정말 좋은 곳이야." 조가 말했다.

"맞아! 집이 마음에 들어?" 버넌은 조가 좋아지기 시작했다.

"아주 마음에 들어. 내가 살아본 곳 중에서 가장."

"여러 곳에서 살았어?"

"물론이지. 처음에는 쿰즈*에서 아빠랑 살았어. 그런 다음 몬테카를로에서 앤스티 대령과 살았고. 그다음 툴롱**에서 아서 씨와 살다가 아서 씨가 폐병이 나서 스위스 여기저기로 옮겨다녔어. 아서 씨가 죽은 뒤에는 잠시 수도원에서 살았고. 그때 엄마가 날 제대로 돌볼 수 없었거든. 거긴 별로 마음에 들지 않았어. 수녀님들이 너무 답답했거든. 목욕할 때 속옷을 입고 하라지 않나. 그리고 엄마가 죽자 마이러 외숙모가 날 여기로 데려온 거야."

"진짜 안됐어—네 엄마 일 말이야." 버넌이 어색하게 말했다.

"응, 좀 그렇지." 조가 대답했다. "엄마에게는 최고로 잘된 일이지만."

"아!" 버넌은 깜짝 놀랐다.

"외숙모에게는 말하지 마. 그런 얘기에 쉽게 충격받는 것 같

으니까. 수녀님과도 비슷하지. 그런 사람에게 말할 때는 조심해야 해. 사실 우리 엄마는 날 별로 좋아하지 않았어. 잘해주긴 했지만 언제나 남자에게 정신이 팔려 있었거든. 호텔에서 사람들이 그렇게 말하는 걸 들었는데, 사실 정말 그래. 엄마로서는 어쩔 수 없었겠지. 하지만 정말 어리석었어. 나는 어른이 되면 남자는 상대도 하지 않을 거야."

"아!" 이 놀라운 여자애 앞에 있자 버넌은 자신이 아직도 많이 어리고 어수룩하다는 느낌이 들었다.

"난 앤스티 대령이 가장 좋았어." 조가 추억에 잠겨서 말했다. "물론 엄마는 오로지 아빠한테서 벗어나기 위해 앤스티 대령과 달아났을 뿐이지만. 앤스티 대령과 있을 때는 고급 호텔에 묵었어. 아서 씨는 아주 가난했고. 내가 어른이 돼서 누굴 좋아한다면 부자인지 아닌지 주의할 텐데. 그러면 살기 훨씬 편해지거든."

"네 아빠는 좋은 사람이 아니었어?"

"아빠? 엄마는 아빠를 악마라고 했지. 엄마도 나도 아빠를 싫어했어."

"어째서?"

조는 당황한 듯했고 검은색 일자 눈썹이 일그러졌다.

"나도 잘 모르겠어. 아마―내가 태어난 것과 관계 있을 거야. 엄마가 날 가졌기 때문에 어쩔 수 없이 결혼했나봐. 그래서 그럴 거야—그게 아빠를 화나게 만든 거지.”

두 사람은 우울하고 당황한 표정으로 서로를 바라보았다.

“월터 외삼촌은 남아프리카에 계시지?” 조가 대화를 이었다.

“응. 학교로 세 번이나 편지를 보내주셨어. 아주 재미있는 내용이었어.”

“좋은 분이시지. 난 외삼촌을 아주 좋아해. 전에 몬테카를로에 오신 적이 있어.”

버넌의 머릿속에 어떤 기억이 아른거렸다. 이제 기억이 났다. 그때 아빠는 조를 애버츠 퓨이선츠로 데려오고 싶어했다.

“외삼촌 덕분에 내가 수도원에서 살 수 있었어.” 조가 말했다. “원장 수녀님은 외삼촌을 멋진 분이라고 말씀하셨어. 영국 명문가 신사의 전형이라나 뭐라나—뭐 그런 웃기는 말을 했는데.”

두 사람은 가볍게 웃었다.

“정원에 갈래?” 버넌이 물었다.

“좋아. 다른 종류의 새 둥지를 세 개나 발견했어. 새들은 이미 떠나고 없었지만.”

그들은 새알에 대해 사이좋게 얘기하면서 밖으로 나갔다.

3

마이러에게 조는 수수께끼 같은 아이였다. 예의바르고, 뭘 물어보면 싹싹하고 깍듯하게 대답했다. 껴안거나 입을 맞추면 똑같이 해주지는 않아도 받아들였다. 조는 독립심이 강하고, 하녀가 할 일이 거의 없게 만들었다. 옷도 알아서 꿰매고 잔소리를 하지 않아도 단정하고 깔끔하게 몸단장했다. 사실 조는 마이러가 한 번도 만나본 적 없는, 호텔에서 자란 교양 있는 아이였다. 이 아이가 얼마나 해박한 지식을 가졌는지 알았다면 마이러는 놀라고 충격받았을 것이다.

하지만 조는 빈틈없고 영민해서 상대를 정확하게 파악했다. 조는 '외숙모에게 충격을' 주지 않으려고 조심했다. 그녀는 마이러에게 악의 없는 경멸 비슷한 감정을 느꼈다.

"네 엄마는 아주 좋은 분이지만 좀 바보 같기도 해, 그렇지 않니?" 조가 버넌에게 말했다.

"엄마는 정말 아름다워." 버넌이 열을 내며 대꾸했다.

"그래, 아름답지." 조가 맞장구쳤다. "손만 빼면. 머리카락은 아름다워. 나도 붉은 기가 도는 금발을 갖고 싶어."

"머리가 허리까지 내려와." 버넌이 말했다.

조는 좋은 놀이 친구였다. 버넌이 '여자애'에 대해 가졌던 개념과는 완전히 달랐다. 조는 인형을 싫어했고, 울지도 않았다. 조는 버넌보다 더, 적어도 버넌만큼 강했고 위험한 놀이를 할 준비가 되어 있었고 의지도 있었다. 두 사람은 나무에 오르고 자전거를 타다가 넘어지고 까지고 부딪쳤다. 여름방학 때 말벌집을 따는 데 성공했는데, 이건 기술이 있었다기보다 운이 따른 덕분이었다.

조에게는 말을 할 수 있었다. 조는 버넌에게 신기하고 새로운 세계를 알게 해줬다. 남의 남편이나 아내와 달아나는 사람들의 세계, 춤과 도박과 냉소의 세계. 조는 자기 엄마를 보호자 같은 뜨거운 감정으로 사랑했다. 마치 모녀의 역할이 바뀐 것처럼.

"엄마는 너무 여렸어." 조가 말했다. "난 안 그럴 거야. 사람들은 그런 사람을 괴롭히지. 어차피 남자는 다 짐승 같으니까, 내가 먼저 그들에게 짐승이 되면 괜찮아."

"바보 같은 말을 하는구나. 그리고 맞는 말도 아니야."

"너도 남자니까 그렇지."

"아니, 그렇지 않아. 그리고 난 짐승이 아니야."

"지금은 아니지만 너도 어른이 되면 그렇게 될지 몰라."

"하지만 조, 너도 언젠가는 결혼을 해야 할 텐데, 누가 자기 남편을 짐승 같다고 생각하겠어?"

"왜 결혼을 해야 하지?"

"그건―여자들은 결혼을 하니까. 크랩트리 같은 노처녀가 되고 싶지는 않겠지?"

조는 흔들렸다. 크랩트리는 무척 쾌활하고 '귀여운 아이들'을 아주 예뻐하는 마을의 나이든 독신녀였다.

"크랩트리 같은 노처녀는 되지 않을 거야." 조가 기운 없는 목소리로 우물거렸다. "난—그래! 난 일을 할 거야. 바이올린을 켜든가 책을 쓰든가 굉장한 그림을 그릴 거라고."

"바이올린은 안 하는 게 좋겠어." 버넌이 말했다.

"그건 사실 내가 가장 하고 싶은 건데? 넌 왜 그렇게 음악을 싫어해?"

"모르겠어. 그냥 싫어. 음악을 들으면 기분이 너무 끔찍해져."

"정말 이상하다. 난 음악을 들으면 기분이 좋아지던데. 넌 어른이 되면 뭘 할 건데?"

"글쎄, 모르겠어. 아주 예쁜 여자와 결혼해서 말과 개를 많이 기르며 애버츠 퓨이션츠에 살면 좋겠어."

"너무 시시하다." 조가 말했다. "재미있는 일이 없을 것 같은데."

"난 재미있는 일을 바라지 않아." 버넌이 대답했다.

"나는 바라는데." 조가 말했다. "재미있는 일이 많이많이 일어나면 좋겠어."

4

조와 버넌은 같이 놀 친구가 거의 없었다. 버넌이 어렸을 때는 목사관의 아이들과 놀았지만 그들은 다른 곳으로 가버렸고, 다음에 온 목사는 미혼이었다. 데어가와 수준이 맞는 집안들은 너무 멀리 살아서 어쩌다 한번 만나는 게 고작이었다.

유일한 예외가 넬 비어커였다. 넬의 아버지인 비어커 대위는 쿰벌리 경의 토지 관리인이었다. 그는 키가 크고 등이 구부정했고, 담청색 눈을 가졌으며, 행동거지가 조심스러운 사람이었다. 친척 중에는 세력가도 있었지만 그는 그저 그랬다. 남편이 부족한 만큼 아내는 유능했다. 비어커 부인은 키가 크고 아름답고 품위가 있었다. 짙은 금발에 눈은 새파랬다. 남편을 현재의 지위로 끌어올린 것도 그녀였고, 동시에 자신도 유서 깊은 가문이 많은 동네에 입성했다. 그녀는 괜찮은 집안에서 태어났지만 남편과 마찬가지로 돈이 없었다. 하지만 그녀는 출세를 벼르고 있었다.

버넌과 조는 넬 비어커가 지루해 죽을 지경이었다. 넬은 멋대로 뻗친 금발머리, 야위고 핏기 없는 얼굴을 한 여자애였다. 눈꺼풀과 콧등에는 살짝 분홍빛이 감돌았다. 넬은 잘하는 게 하나도 없었다. 달리기도 못하고 나무 타기도 못했다. 언제나 풀 먹인 하얀 모슬린 옷을 입었고, 인형으로 티파티 놀이 하는 걸 가장 좋아했다.

마이러는 넬을 무척 예뻐했다. "정말 완벽한 꼬마 숙녀"라고 했다. 비어커 부인이 넬을 티타임에 데려오면 버넌과 조는 상냥하고 친절하게 대했다. 둘은 넬이 좋아할 만한 놀이를 생각하려고 애썼다. 그러다 마침내 넬이 대여한 마차에 올라 엄마 옆자리에 꼿꼿이 앉아서 떠나면, 둘은 환성을 지르곤 했다.

디어필즈에 관한 소문이 나돌기 시작한 것은 버넌의 두번째 방학, 유명한 말벌집 소동이 벌어진 직후였다.

디어필즈는 애버츠 퓨이선츠와 이웃한 저택인데, 원래 찰스 알링턴 경 소유였다. 마이러의 친구들이 점심을 하러 왔고, 이 저택이 화제에 올랐다.

"꽤 확실해요. 믿을 만한 소식통에게 들었거든요. 디어필즈가 그 사람들에게 팔렸대요. 네―유대인이라죠. 아, 그럼요― 엄청난 부자겠죠. 터무니없이 비쌌을 거예요. 이름이 레빈이라나? 아뇨, 러시아계 유대인이라고 들었어요. 아, 그럼요, 정말 말도 안 되는 일이죠. 찰스 경이 너무 안됐어요. 맞아요, 물론이에요. 요크셔의 땅도 내놨다고 하던데. 최근에 찰스 경이 큰 손해를 봤다더군요. 그럼요, 거길 누가 찾아가겠어요? 당연하죠."

조와 버넌은 흥분되고 들뜬 기분을 느꼈다. 디어필즈에 관한 소소한 정보를 차곡차곡 모았다. 마침내 이방인들이 이사

왔다. 비슷한 이야기가 더 많이 오갔다.

"어머, 말도 안 된다니까요, 데어 부인…… 우리가 예상했던 그대로예요…… 그게 무슨 짓이래요? 무슨 기대를 하는 걸까요?…… 저러다가 팔고 나가겠죠…… 아이도 있어요. 아들 하나. 버넌 또래 같던데……"

"유대인은 어떤 사람들일까?" 버넌이 조에게 물었다. "왜 모두 유대인을 싫어하지? 우리 학교에 애들이 유대인이라고 생각하는 남자애가 있는데, 걔는 아침마다 베이컨을 먹어. 그러니까 걔는 유대인일 리 없지."

알고 보니 레빈 일가는 기독교도 유대인이었다. 그들은 일요일에 교회에 나가 신자석 한 줄을 차지하고 앉았다. 사람들의 관심은 기가 막힐 정도였다. 가장 먼저 들어온 레빈 씨는 통통하고 땅딸한 체구에 딱 붙는 프록코트 차림이었는데 코가 큼직하고 얼굴이 반질거렸다. 그다음에 들어온 레빈 부인은 참으로 놀라웠다. 풍성한 소매! 육감적인 몸매! 다이아몬드가 줄줄이 박힌 목걸이! 깃털로 장식한 커다란 모자 밑으로 흘러내린 검은 곱슬머리. 그리고 버넌보다 키가 조금 크고, 길고 누런 얼굴에 귀가 튀어나온 남자아이가 들어왔다.

예배가 끝나고 나와보니 말 두 필이 끄는 마차가 대기하고 있었다. 그 가족이 타자 마차는 떠났다.

"어머나!" 크랩트리 양이 말했다.

사람들은 삼삼오오 모여 열심히 수군거렸다.

5

"못됐어." 조가 말했다.

조와 버넌은 정원에 있었다.

"뭐가?"

"그 사람들."

"레빈 씨네?"

"아니. 왜 다들 고약하게 떠들어대는 거지?"

"글쎄," 버넌은 되도록 공정하려고 애쓰면서 말했다. "그 가족이 좀 별나 보이긴 했잖아."

"흠, 난 사람들이 더 싫은데."

버넌은 잠자코 있었다. 자라온 환경의 영향으로 언제나 반항적인 조는 항상 버넌에게 새로운 관점을 제시했다.

"그 남자애," 조가 말을 이었다. "아주 재미있는 애일 것 같아. 귀가 튀어나오기는 했지만."

"아마도," 버넌이 말했다. "새 친구가 생기면 재밌겠지. 케이트가 그러는데 디어필즈에 수영장을 만들고 있대."

"어마어마한 부자인가보구나." 조가 말했다.

버넌에게 부자는 아무 의미도 없었다. 부자에 대해 생각해 본 적도 없었다.

한동안 레빈 일가 이야기는 어디서나 화제였다. 그들은 디어 필즈를 대대적으로 수리했다! 런던에서 인부들까지 불러왔다!

어느 날 비어커 부인이 넬을 데리고 다과를 들러 왔다. 아이들끼리 정원에 나가자 넬은 구미 당기는 중대한 소식을 전했다.

"그 집에 자동차가 있어."

"자동차?"

그때만 해도 사람들은 자동차에 대해 거의 듣지 못했다. 버넌의 숲에 자동차라는 게 등장한 적도 없었다. 폭풍 같은 질투심이 버넌을 흔들었다. 자동차라니!

"자동차에 수영장." 버넌이 중얼거렸다.

너무 과했다.

"그건 수영장이 아니라 침상정원*이라는 거야." 넬이 말했다.

"케이트는 수영장이라던데."

"우리 정원사는 침상정원이랬어."

"침상정원이 뭔데?"

"나도 몰라." 넬이 솔직하게 말했다. "하지만 그게 맞아."

"못 믿겠어. 수영장을 만들 수 있는데 누가 그런 웃긴 걸 만

---

* 지면보다 낮게 파서 꾸민 정원으로 중앙에 분수나 조각물 등을 설치한다.

들겠어?" 조가 말했다.

"아무튼 우리 정원사는 그랬어."

"좋아." 조가 장난기 있는 눈을 빛내며 말했다. "가서 확인해보자."

"뭐?"

"우리가 직접 가서 보자고."

"난 못 해." 넬이 말했다.

"왜 못 해? 숲으로 몰래 가면 돼."

"좋은 생각이야." 버넌이 말했다. "가자."

"난 싫어. 엄마가 안 된다고 하실 거야." 넬이 말했다.

"분위기 깨는 소리 그만해, 넬. 가자."

"엄마가 싫어하실 거야." 넬이 다시 말했다.

"알았어. 그럼 넌 여기서 기다려. 금방 돌아올게."

넬의 눈에 눈물이 차올랐다. 혼자 남는 게 싫었던 것이다. 넬은 손가락으로 옷자락을 배배 꼬면서 토라진 듯 서 있었다.

"금방 돌아올게." 버넌이 다시 말했다.

버넌과 조가 뛰어갔다. 넬도 가만있지 못할 것 같았다.

"버넌!"

"왜?"

"기다려. 나도 갈래."

그렇게 선언하면서 넬은 마치 영웅이라도 된 듯한 기분을 느꼈다. 하지만 조와 버넌은 아무 감흥이 없는 것 같았다. 두 사람은 조바심을 내비치며 넬을 기다렸다.

"자, 그럼," 버넌이 말했다. "내가 앞장설게. 모두 내 명령을 따라야 해."

세 사람은 정원의 울타리를 넘어 피난처 같은 숲으로 들어갔다. 아주 조용히 속삭이면서 풀숲을 헤치고 디어필즈로 다가갔다. 이윽고 오른쪽에 저택이 보였다.

"조금 더 가서 비탈을 올라가자."

소녀들은 버넌의 말에 순순히 따랐다. 그때 갑자기 왼쪽 뒤에서 누군가 크게 외치는 소리가 그들의 귀를 울렸다.

"너희는 무단출입했어!"

모두 돌아보고 깜짝 놀랐다. 귀가 크고 얼굴이 누런 남자애가 서 있었다. 아이는 양손을 주머니에 찔러넣고 거만한 표정으로 세 사람을 훑어보았다.

"너희는 무단출입했어." 남자애가 다시 말했다.

그 태도에는 적의를 불러일으키는 뭔가가 있었다. 버넌은 '미안하다'라고 말할 생각이었지만 그 대신 "어!"라는 말이 나왔다.

버넌과 남자애는 서로를 쳐다보았다. 결투에 나선 원수들이 서로를 탐색하는 듯한 차가운 눈길이었다.

"우리는 옆집에 살아." 조가 말했다.

"그래?" 남자애가 대꾸했다. "그럼 거기로 돌아가. 우리 부모님은 너희를 반기지 않으실 거야."

남자애는 참을 수 없을 정도로 불쾌하게 말했다. 자신들의 잘못을 깨닫고 마음이 불편해진 버넌은 화가 나서 얼굴을 붉혔다.

"친절하게 말할 수도 있잖아." 버넌이 말했다.

"내가 왜 그래야 하는데?" 남자애가 맞받아쳤다.

수풀을 헤치는 발소리가 나자 남자애가 몸을 돌렸다.

"샘이에요?" 남자애가 말했다. "이 아이들이 멋대로 들어왔어요. 얼른 내쫓아줘요."

관리인이 수풀에서 나와 남자애 옆에 서더니 씩 웃으면서 이마에 손을 올려붙였다. 남자애는 더이상 흥미 없다는 듯이 걸어가버렸다. 관리인이 세 아이 쪽을 돌아보며 사납게 인상을 썼다.

"나가, 이 말썽쟁이들아! 썩 꺼지지 않으면 개를 풀 테다."

"개 따위는 하나도 안 무서워요." 버넌이 큰소리치고는 몸을 돌렸다.

"오호, 그래? 그럼 당장 코뿔소를 풀어야겠구나."

그는 성큼성큼 걸어갔다. 넬은 겁먹은 듯이 버넌의 팔을 잡아당겼다.

"코뿔소를 데려오려나봐. 아! 얼른—얼른—" 넬이 소리쳤다.

넬 때문에 덩달아 겁이 났다. 레빈 일가에 대해 별의별 소문이 다 돌았기 때문에 그들은 관리인의 협박을 진짜로 믿었다. 일제히 집으로 내달렸다. 줄지어 수풀을 헤치고 나갔다. 버넌과 조가 앞섰다. 넬이 애처롭게 비명을 질렀다.

"버넌―버넌―아! 기다려. 뭐가 걸렸어―"

정말 귀찮은 넬! 잘 뛰지도 못하고 제대로 하는 게 없었다. 버넌이 되돌아가 가시덤불에 걸린 옷자락을 힘껏 잡아당겨(옷이 크게 찢어졌다) 넬을 일으켜세웠다.

"자, 어서!"

"숨이 차서 더는 못 뛰겠어. 아! 버넌, 너무 무서워."

"어서 가자니까."

버넌은 넬의 손을 끌어당겼다. 그들은 정원의 말뚝 울타리에 도착했고, 재빨리 기어올라갔다……

6

"완전히 모험이었어." 조가 더러워진 리넨 모자로 부채질하며 말했다.

"옷이 다 찢어졌는데 어쩌지?" 넬이 말했다.

"난 그애 싫어. 짐승 같은 녀석이야." 버넌이 말했다.

"기분 나쁜 짐승 같아." 조가 맞장구쳤다. "우리, 그애에게 선전포고하는 게 어때?"

"좋아!"

"내 옷 어떡하지?"

"집에 코뿔소가 있다니까 만만치가 않겠어." 조가 생각에 잠겨 말했다. "톰보이를 훈련시키면 덤빌 수 있을까?"

"난 톰보이가 다치는 건 싫은데." 버넌이 말했다.

톰보이는 마구간에 사는 개였다. 버넌이 무척 좋아했지만 엄마가 집안에 들이는 걸 금지했기 때문에 마구간에서 키울 수밖에 없었다.

"엄마가 이 옷을 보고 뭐라고 하실까."

"어휴, 그만 좀 해, 넬. 그런 옷은 정원에서 입고 놀기에는 불편해."

"네 엄마에게 가서 내 잘못이라고 말해줄게." 버넌이 짜증스럽다는 듯이 말했다. "여자애처럼 징징거리지 마."

"난 여자애 맞아." 넬이 말했다.

"조도 여자애지만 너처럼 그러진 않잖아. 조는 언제나 남자애처럼 멋져."

넬이 울음을 터뜨리기 직전, 집에서 그들을 부르는 소리가 들렸다.

"죄송해요, 비어커 부인." 버넌이 말했다. "저 때문에 넬의 옷이 찢어졌어요."

마이러가 야단쳤고, 비어커 부인은 정중하게 괜찮다고 했다. 넬 모녀가 떠나자 마이러가 말했다.

"너무 거칠게 놀면 못써, 버넌. 꼬마 숙녀가 오면 네가 신경 써서 챙겨줘야지."

"우리가 왜요? 우린 걔 별로 안 좋아해요. 넬이 죄다 망쳐놓는다고요."

"버넌! 넬은 착한 애야."

"아니에요, 엄마. 지겨운 애예요."

"버넌!"

"아뇨, 지겨운 애예요. 난 그애 엄마도 싫어요."

"나도 비어커 부인이 그리 마음에 들진 않아." 마이러가 말했다. "사람이 너무 냉정하거든. 하지만 너희가 넬을 싫어하는 이유는 모르겠구나. 비어커 부인은 넬이 너밖에 모른다고 하던데?"

"난 그애가 그러는 것도 싫어요."

버넌과 조는 빠져나왔다.

"전쟁이야." 버넌이 말했다. "지금이 바로 그거야—전쟁! 사실 그애는 보어인인데 변장한 걸 거야. 전투 계획을 세워야 해. 왜 하필 그런 애가 옆집으로 이사와서 모든 걸 망치는 거지?"

　그날부터 버넌과 조는 게릴라전 같은 계획을 짜며 아찔한 즐거움을 맛보았다. 둘은 적을 골탕 먹이기 위해 온갖 궁리를 했다. 나무 틈에 숨었다가 밤송이를 던졌다. 장난감 총을 들고 뒤를 밟았다. 어두워진 저녁, 종이에 빨간 물감으로 손바닥을 그려 그 집 문 앞에 몰래 두고 왔다. 그림 아래에는 '복수'라고 써넣었다.

　때로는 적이 비슷한 방식으로 보복해왔다. 그애에게도 장난감 총이 있었고, 어느 날은 정원용 호스를 들고 숨어서 그들을 기다리기도 했다.

　열흘 가까이 교전 상태가 계속되던 어느 날, 버넌은 나무 그루터기에 걸터앉아 있는 조를 발견했다. 여느 때와 달리 풀죽어 보였다.

　"무슨 일 있어? 난 네가 요리사에게 얻은 썩은 토마토를 들고 적의 뒤를 밟는 줄 알았는데."

　"그랬지, 그러려고 했어."

　"근데 왜 이러고 있어?"

　"내가 나무 위에 있을 때 그애가 바로 밑을 지나갔어. 토마토를 던졌다면 명중했을 거야."

　"그런데 던지지 않았다는 거야?"

　"응."

　"왜?"

조는 얼굴을 붉히면서 재빨리 말했다.

"그럴 수가 없었어. 그래, 그애는 내가 숨어 있는 걸 몰랐는데, 표정이—아, 버넌! 그애 표정이 너무너무 외로워 보였어—그야말로 전부 싫은 표정이었다고. 너도 알잖아, 함께할 사람이 아무도 없다는 게 얼마나 끔찍한지."

"그렇긴 하지만—"

버넌은 생각을 정리하려고 잠시 입을 다물었다.

"사람들이 너무 고약하게 떠들어댄다고 우리가 얘기했던 거 기억나?" 조가 말했다. "다들 레빈 가족에게 너무 고약하게 구는데 이젠 우리가 누구 못지않게 그러고 있어."

"하지만 그애가 먼저 우리에게 못되게 굴었잖아!"

"그럴 마음은 아니었을지도 몰라."

"그럴 리 없어!"

"아냐, 그렇지 않아. 개는 두렵거나 불안할 때 사람을 물잖아. 그애도 우리가 괴롭힐 거라고 생각하고 선수를 쳤던 것뿐일지 몰라. 그애와 친구가 되자."

"전쟁중에 친구가 될 수는 없어."

"아니, 그럴 수 있어. 백기를 들고 행진하면 돼. 가서 협상을 요구하고 공평한 조건으로 화해할 마음이 있는지 물어보자."

"음, 그거 괜찮네." 버넌이 말했다. "뭔가 달라지긴 하겠지. 백기는 뭐로 만들지? 내 손수건으로 할까? 아니면 네 앞치마로 할까?”

백기를 들고 행진하는 것도 꽤 스릴 있었다. 두 사람은 곧 적과 마주쳤다. 남자애는 놀라서 눈이 휘둥그레졌다.

“뭐지?” 남자애가 물었다.

“우리는 협상을 원해.” 버넌이 대답했다.

“좋아, 나도 찬성이야.” 잠시 말이 없다가 남자애가 말했다.

“우리가 원하는 건 이거야.” 조가 말했다. “네가 동의한다면, 친구가 되는 거.”

그들은 서로 쳐다보았다.

“왜 친구가 되고 싶은데?” 남자애가 의심스럽다는 듯이 물었다.

“좀 우습지 않니,” 버넌이 말했다. “이웃인데 친구가 아니라는 게? 안 그래?”

“누가 먼저 그런 생각을 한 거지?”

“내가.” 조가 대답했다.

조는 그의 작고 까만 눈이 자신을 향하는 것을 느꼈다. 정말 이상한 아이였다. 전보다 귀가 더 튀어나온 것 같았다.

“좋아. 나도 그러고 싶어.” 남자애가 말했다.

잠시 어색한 침묵이 흘렀다.

“이름이 뭐니?” 조가 물었다.

“서배스천.”

아주 살짝 혀짤배기소리를 냈지만 거의 알아차리지 못할 정도였다.

"재미있는 이름이다. 난 조, 얘는 버넌이야. 버넌은 기숙학교에 다녀. 너도 학교 다니지?"

"응. 나중에 이튼*에 갈 거야."

"나도 그래." 버넌이 말했다.

둘 사이에 다시 긴장감이 흘렀다. 그러다가 누그러들었고—완전히 사라졌다.

"수영장 보여줄게." 서배스천이 말했다. "꽤 재밌어."

---

* 영국의 명문 사립 중등학교.

1

서배스천 레빈과의 우정은 금세 돈독해지고 끈끈해졌다. 그 열정의 절반은 그들의 우정이 비밀이라는 데 있었다. 그들의 관계를 알았다면 버넌의 엄마는 경악했을 것이다. 레빈 부부는 분명 그러지 않았겠지만, 그들이 흡족해했다 하더라도 결과는 마찬가지였을 것이다.

가여운 조는 가정교사의 수업시간이 무거운 날개로 나는 것 같이 지루했다. 가정교사는 매일 아침 왔고, 자기주장이 분명한 이 반항적인 학생을 은근히 못마땅해했다. 조는 방학만 기다리며 살았다. 방학하면 버넌과 조는 비밀 모임 장소로 달려갔다. 울타리 사이에 드나들 만한 틈이 있었다. 그들은 휘파람 외에도 몇 가지 신호를 정해두었다. 서배스천은 종종 미리 와 있었는데, 고사리 풀밭에 누워 있는 그의 누런 얼굴과 튀어나온 귀는 이상하게 니커스*와 어울리지 않았다.

셋은 함께 게임도 하고 이야기도 나누었다. 정말 즐거웠다! 서배스천은 러시아에 대해 들려줬다. 조와 버넌은 유대인 처형에 대해 알게 됐다. 대학살에 대해! 서배스천도 러시아에 가 본 적은 없지만 오랫동안 러시아계 유대인들 틈에서 살았고, 그의 아버지는 대학살에서 간신히 살아남은 사람이었다. 서배스천은 가끔 러시아어를 써서 버넌과 조를 즐겁게 해줬다. 러시아어는 무척 매력적이었다.

"이 마을 사람들은 모두 우리를 미워해." 서배스천이 말했다. "하지만 상관없어. 우리가 없으면 그들도 곤란해질 테니까. 우리 아빠는 정말 부자거든. 돈만 있으면 뭐든 살 수 있어."

서배스천에게는 묘하게 오만한 분위기가 있었다.

"뭐든 살 수는 없어." 버넌이 받아쳤다. "니컬 아저씨의 아들은 전쟁터에서 한쪽 다리를 잃었어. 하지만 돈으로 다리를 살 수는 없어."

"그런 건 못 사지." 서배스천이 인정했다. "그런 뜻이 아니었어. 하지만 돈이 있으면 아주 좋은 나무 의족과 최고급 목발을 구할 수 있어."

---

* 무릎에서 졸라매는 통이 넓고 느슨한 바지.

“나도 목발을 짚은 적이 있었어.” 버넌이 말했다. “꽤 재미있었지. 그리고 아주 친절한 간호사가 날 돌봐줬어.”

“거봐, 너희 집이 부자가 아니라면 그런 건 누리지 못했을 거야.”

부자라고? 버넌은 그럴지도 모른다고 생각했다. 그런 생각은 한 번도 해보지 않았지만.

“나도 부자면 좋겠다.” 조가 말했다.

“나중에 나한테 시집오면 돼.” 서배스천이 말했다. “그러면 부자가 될 수 있어.”

“찾아오는 사람 하나 없다면 조에게도 좋은 일이 아닐 텐데.” 버넌이 반대하고 나섰다.

“난 그런 건 상관 안 해.” 조가 말했다. “외숙모나 다른 사람이 반대해도 상관없어. 내가 서배스천과 결혼하고 싶어진다면 그렇게 하고 말 거야.” 조가 말했다.

“그때가 되면 사람들이 조를 만나러 올 거야.” 서배스천이 말했다. “너희는 모르겠지만, 유대인들은 정말 힘이 세. 아빠는 유대인들이 없으면 사람들이 아무것도 못할 거랬어. 찰스 알링턴 경이 디어필즈를 우리에게 팔아야 했던 것도 그런 이유 때문이지.”

버넌은 갑자기 한기를 느꼈다. 그렇다고 말할 수는 없었지만 적국의 사람과 대화하는 기분이 들었다. 물론 서배스천에게 적의는 없었다. 그건 오래전 일이었다. 버넌과 서배스천은 친구가 됐고—언제까지나 친구일 거라고 확신했다.

"돈으로는 물건만 살 수 있는 게 아니야." 서배스천이 말했다. "그보다 훨씬 귀한 것도 살 수 있어. 또 돈은 권력만 주는 것도 아니야. 돈이 있으면—아름다운 것을 많이 모을 수 있어."

서배스천은 두 손을 들어 영국인들은 하지 않는 이상한 동작을 했다.

"그게 무슨 뜻이야?" 버넌이 물었다. "아름다운 것을 모은다고?"

사실 서배스천도 무슨 뜻인지 몰랐다. 무심코 그 말이 나왔다.

"아무튼 아름다운 건 많지 않아." 버넌이 말했다.

"아냐, 있어. 디어필즈는 아름다워—하지만 애버츠 퓨이선츠의 아름다움은 못 따라가지."

"애버츠 퓨이선츠가 내 것이 되면," 버넌이 말했다. "너도 언제든 오고 싶을 때 와. 우린 영원히 친구일 거니까. 그렇지? 누가 뭐라든 그럴 거지?"

"우린 영원히 친구일 거야." 서배스천이 말했다.

2

레빈 일가는 서서히 세력을 확보했다. 교회의 오르간이 낡자, 레빈 부인은 새 오르간을 기증했다. 소년 성가대 야외행사 때는 디어필즈를 개방하고 크림 얹은 딸기를 대접했다. 앵초단*에 거액을 기부했다. 어디서건 레빈 일가의 부와 선의를 마주치게 됐다.

사람들이 떠들기 시작했다. "별난 사람들이긴 하지만 레빈 부인은 정말 친절하죠."

다른 말도 했다.

"아, 물론―유대인이지만! 그래도 편견을 갖는 건 우스워요. 아주 선량한 유대인도 있으니까요."

교구 목사가 그 말에 "예수그리스도를 포함해서요"라고 응수했다는 소문도 돌았다. 하지만 그 소문을 진짜라고 믿는 사람은 없었다. 목사는 미혼이라 별난 취급을 받았고 성찬식에 대해 독특한 견해를 가진데다 가끔 전혀 알아들을 수 없는 설교를 했다. 하지만 그가 실제로 신을 모독하는 말을 했으리라고 믿는 사람은 없었다.

레빈 부인을 자선 재봉 모임에 소개한 사람도 목사였다. 그

---

* 1883년 보수당 소속 디즈레일리를 추모하기 위해 결성된 단체.

들은 일주일에 두 번씩 모여서, 남아프리카에서 싸우는 용감한 장병들에게 보낼 이불을 만들었다. 매주 두 번이나 그 부인을 대면하게 된 사람들은 분명 난처했을 것이다.

결국 레빈 부인이 앵초단에 거액을 기부하자 마음이 누그러진 레이디* 쿰벌리가 나서서 분위기를 이끌었다. 레이디 쿰벌리가 앞장서면 모두 뒤따랐다.

레빈 일가가 모두에게 친근하게 받아들여진 건 아니었다. 하지만 공식적으로는 받아들여졌고, 사람들 사이에 이런 말이 오갔다.

"레빈 부인은 정말 친절해요—이런 시골에서 얼토당토않은 옷차림을 하기는 해도 말이죠."

하지만 그것 역시 달라졌다. 레빈 부인은 유대인답게 적응력이 뛰어났다. 바로 얼마 후 그녀는 이웃들보다 더 트위더** 같은 차림새로 나타났다.

서배스천이 격식을 갖춘 티타임에 조와 버넌을 초대했다.

"한 번은 가야 하지 않겠니?" 마이러는 한숨을 쉬면서 말했다. "하지만 꼭 친해질 필요는 없다. 그 아이는 정말 괴상하게 생겼더구나. 그래도 무례하게 굴지는 마라. 알겠니, 버넌?"

---

* 귀족의 아내나 딸, 또는 남성의 나이트에 해당하는 작위를 받은 여성에게 붙이는 호칭.
** 트위드를 입고 지방의 부유층에 속함을 드러내는 사람.

서배스천과 아이들은 정중하게 공식적인 인사를 나눴다. 그들은 아주 우스웠다.

하지만 눈치 빠른 조는 레빈 부인이 그들의 우정에 대해 마이러 외숙모보다 잘 알고 있다고 짐작했다. 레빈 부인은 바보가 아니었다. 그녀는 서배스천과 비슷했다.

3

월터 데어는 전쟁이 끝나기 몇 주 전에 목숨을 잃었다. 그는 용맹스러운 최후를 맞이했다. 부상당한 병사를 구하기 위해 쏟아지는 포화 속으로 돌아갔다가 총을 맞았다. 월터 데어에게 사후 빅토리아 십자무공훈장이 수여됐고, 마이러는 그의 연대장이 보낸 편지를 보물 중의 보물로 간직했다.

"그는 제가 아는 누구보다 위험을 두려워하지 않는 사람이었습니다. 부하들은 그를 존경했고 그가 어딜 가든 뒤따르려 했습니다. 월터 데어는 아주 용감하게 사지로 뛰어들었습니다. 부인은 그를 마땅히 자랑으로 여기셔야 할 것입니다."

마이러는 그 편지를 읽고 또 읽었다. 친구 모두에게 읽어주었다. 남편이 그녀에게 유언도 편지도 남기지 않았다는 데서 느끼던 희미한 아픔을 그 편지가 씻어주었다.

그녀는 혼잣말로 중얼거렸다. "하긴 그는 데어가 사람이잖아. 그런 걸 남길 리 없지."

하지만 월터 데어는 '전사할 경우를 대비해서' 편지를 남겼다. 그러나 수신인은 마이러가 아니었고, 그녀는 이 편지에 대해 전혀 몰랐다. 그녀는 슬픔에 잠겼지만 행복해했다. 남편은 죽어서 그녀 차지가 됐고, 그의 생전에 그런 일은 없었기 때문이다. 마이러는 상황을 원하는 대로 만드는 능력을 발휘해서 자신의 결혼생활이 아주 행복했던 것처럼 그럴듯한 이야기를 엮어가기 시작했다.

버넌이 아빠의 죽음으로 어떤 영향을 받았는지 단언하기는 어렵다. 버넌은 사실 슬픔을 느끼지 않았다. 감정을 드러내길 바라는 엄마의 노골적인 바람이 그를 더 담담하게 만들었다. 버넌은 가슴이 뻐근할 만큼 아빠가 자랑스러웠지만, 외삼촌이 전사한 것이 외숙모에게는 더 낫다고 한 조의 말뜻은 이해할 수 있었다. 아빠와 마지막으로 했던 저녁 산책은 아주 뚜렷이 기억에 남았다. 아빠가 했던 말—둘 사이에 오간 감정.

사실 아빠는 돌아오고 싶어하지 않았다는 것을 버넌은 알았다. 아빠가 불쌍했다. 언제나 그렇게 생각했었다. 왜 그랬는지는 모르지만.

아빠에게 느끼는 감정은 애도가 아니었다. 그보다는 가슴이 저릿한 외로움 비슷한 것이었다. 아빠는 죽었다—니나 고모도 죽었다. 물론 엄마는 살아 있지만, 그건 달랐다.

버넌은 엄마를 만족시킬 수 없었다. 지금까지 한 번도 그러지 못했다. 마이러는 늘 아들을 끌어안으며 이제는 우리가 하나가 되어야 한다고 한탄했다. 하지만 버넌은 엄마가 듣고 싶어하는 말을 할 수 없었다. 그냥 할 수가 없었다. 엄마 목을 껴안는 것조차 할 수 없었다.

방학이 끝나기만 기다렸다. 눈이 충혈된 엄마. 무거운 크레이프 상장을 두른 상복 차림의 엄마. 그녀는 여러 면에서 상황을 압도했다.

플레밍 변호사가 런던에서 내려왔고, 시드니 외삼촌이 버밍엄에서 왔다. 그는 이틀 동안 머물렀다. 이틀째 되던 날 그들이 버넌을 서재로 불렀다.

변호사와 외삼촌이 긴 탁자 앞에 앉아 있었다. 엄마는 난롯가의 낮은 의자에 앉아서 손수건으로 눈가를 훔치고 있었다.

시드니가 말했다. "그래, 버넌, 네게 할 이야기가 있다. 버밍엄 우리집 근처로 이사하는 게 어떻겠니?"

"감사하지만 전 여기가 좋아요." 버넌이 말했다.

"이 집에 살면 좀 우울하지 않을까?" 시드니가 말했다. "내가 괜찮은 집 하나를 봐뒀는데 말이지…… 너무 크지도 않고 살기에 아주 편할 듯해. 네가 방학 때 내려오면 어울릴 수 있는 사촌들도 가까이 있고. 난 아주 좋은 생각 같구나."

“물론 그렇죠.” 버넌은 예의바르게 대답했다. “하지만 전 이 집이 가장 좋아요. 감사합니다.”

“아! 흠,” 시드니는 탄식했다. 그는 코를 풀고, 재촉하듯 변호사를 쳐다보았다. 변호사는 가볍게 고개를 끄덕였다.

“하지만 그렇게 간단한 일이 아니란다, 버넌,” 시드니가 말했다. “너도 설명하면 다 알아들을 만큼 컸다고 생각한다. 이제 네 아빠가 죽었으니―그러니까―우리 곁을 떠났으니 애버츠 퓨이선츠는 네 것인 셈이다.”

“알아요.” 버넌이 말했다.

“그래? 어떻게 알았지? 하인들이 얘기했니?”

“아빠가 떠나기 전에 말씀해주셨어요.”

“아!” 시드니는 깜짝 놀란 듯했다. “그랬구나. 그래, 애버츠 퓨이선츠는 네 것이 됐지만 이런 집을 관리하려면 돈이 많이 드는 법이지. 하인들 급료도 그렇고 이래저래 비용이 들거든―이해되니? 상속세라는 것도 있단다. 사람이 죽으면 때로 정부에 큰돈을 내야 할 일이 생기거든.

네 아빠는 부자가 아니었다. 네 할아버지가 세상을 떠나고 네 아빠가 이 집을 물려받았을 때는 돈이 없어서 집을 팔아야 할 지경이었어.”

“이 집을 팔아야 한다고요?” 버넌은 깜짝 놀라서 소리쳤다.

“그래, 한정부동산권*이 설정되지 않았거든.”

"한정부동산권이 뭔데요?"

플레밍 변호사가 상세하고 확실하게 설명했다.

"하지만—하지만—당장 팔아야 하는 건 아니죠?"

버넌은 당황해서 애원하는 눈빛으로 변호사를 바라보았다.

"물론 아니란다." 플레밍 변호사가 대답했다. "부동산은 네가 물려받았고, 일정한 나이가 될 때까지 누구도 건드릴 수 없어. 스물한 살이 될 때까지는 말이다."

버넌은 안도의 숨을 내쉬었다.

"하지만 알다시피," 시드니가 말했다. "여기 계속 살기에는 돈이 넉넉지 못해. 아까 말했다시피 네 아빠는 여차하면 이 집을 팔아야 할 처지였어. 그런데 네 엄마를 만나 결혼했고, 다행히 마이러에게 집을 유지할 충분한 돈이 있었단다. 하지만 네 아빠가 죽으면서 사정이 많이 달라졌어. 우선 그는 상당한—음—빚을 남겼고, 네 엄마가 그걸 갚겠다고 고집하는구나."

마이러가 훌쩍거렸다. 시드니는 거북한 듯이 서둘러 말을 이었다.

"상식적으로 한다면 애버츠 퓨이선츠를 몇 년간 임대하는 방법이 있어. 네가 스물한 살이 될 때까지 말이다. 물론 모를 일이지, 그때가 된다고 상황이—음—좋게 변할는지 말이다.

---

* 영국법상 상속인에게 속한 부동산이 양도 불가능한 권리로 그의 직계비속에게 영원히 귀속되는 권리.

당연히 네 엄마는 친정 식구들 가까이에 사는 게 더 좋을 거야. 너도 엄마를 생각해야지?"

"네. 아빠도 그렇게 말씀하셨어요." 버넌이 말했다.

"그럼 그렇게 하는 거다―알았니?"

버넌은 그들이 정말 잔인하다고 생각했다. 버넌의 의견을 듣고 말고 할 것도 없으면서 물어보았기 때문이다. 그들은 하고 싶은 대로 처리할 수 있었다. 그럴 생각이었다. 그런데 왜 버넌을 불러서 연극을 했을까?

본 적도 없는 사람들이 애버츠 퓨이선츠에 살게 될 것이다.

하긴 무슨 상관이랴! 버넌은 언젠가 스물한 살이 될 것이다.

"버넌, 모두 널 위해서란다." 마이러가 말했다. "아빠 없이 이 집에 사는 건 너무 슬프잖니?"

그녀가 양팔을 뻗었지만 버넌은 외면했다. 버넌은 힘들게 말하고 서재에서 나왔다.

"고맙습니다, 외삼촌, 제게 말씀해주셔서……"

4

버넌은 정원을 걷다가 옛 수도원에 이르렀다. 주저앉아서 양손으로 턱을 괴었다.

"엄마는 그럴 수 있어!" 버넌은 중얼거렸다. "엄마가 원하면 그럴 수 있는 거라고! 외삼촌의 집처럼 파이프가 늘어선 흉한 빨간 벽돌집에서 살고 싶어하니까. 엄마는 애버츠 퓨이션츠를 좋아하지 않아. 좋아한 적도 없어. 그런데 왜 다 나 때문이라는 듯이 굴지? 거짓말. 엄마는 마음에도 없는 말을 진심인 것처럼 하지. 항상 그랬어—"

앉아 있으려니 화가 끓어올랐다.

"버넌—버넌—너 찾느라 사방을 헤맸어. 어디서 뭐하는지 알 수가 있어야지. 무슨 일 있어?"

조였다. 버넌은 조에게 이야기했다. 이해하고 공감해줄 사람이 옆에 있었다. 하지만 조는 버넌을 놀라게 만들었다.

"아니, 왜 안 된다는 거야? 외숙모가 버밍엄에서 살고 싶다는데 대체 왜? 난 네가 문제라고 생각해. 넌 방학 때만 내려오면서 외숙모한테는 계속 여기 살라는 거야? 돈은 외숙모 거잖아. 그런데 왜 자신이 원하는 대로 돈을 쓰면 안 돼?"

"하지만 조, 애버츠 퓨이션츠는—"

"글쎄, 외숙모에게 애버츠 퓨이션츠가 뭘까? 외숙모가 이 집에 대해 마음속 깊이 느끼는 감정이나 네가 버밍엄의 시드니 아저씨 집에 대해 느끼는 감정은 똑같은 거야. 네 엄마는 왜 원치도 않는 이 집에 살기 위해 악착같이 절약해야 하는데? 네 아빠가 네 엄마를 행복하게 해줬다면 아마 계속 살고 싶어했을지도 몰라. 하지만 월터 외삼촌은 그러지 못했어. 우리 엄마가 전에 그랬거든. 난 외숙모를 특별히 좋아하진 않지만—친절한 분이지만 그래도 사랑하진 않지—공정할 수는 있어. 돈은 외숙모 거야. 넌 그 사실에서 벗어날 수 없고!"

버넌은 조를 쳐다보았다. 둘은 대립했다. 의견이 다르고, 서로의 의견을 이해하지 못했다. 둘 다 화가 끓어올랐다.

"난 여자들이 끔찍한 인생을 산다고 생각해. 그래서 난 외숙모 편이야." 조가 말했다.

"그래," 버넌이 받아쳤다. "넌 엄마 편을 들어! 난 상관없으니까."

조는 가버렸다. 버넌은 옛 수도원의 무너진 담장에 그대로 앉아 있었다.

처음으로 인생에 의문이 생겼…… 아무것도 확신할 수 없었다. 어떤 일이 벌어질지 무슨 수로 짐작한단 말인가.

스물한 살이 되면.

하지만 그것도 확신할 순 없어! 안전할 순 없다고!

어렸을 때를 떠올려봤다. 유모, 하느님, 미스터 그린! 얼마나 확실한 존재들이었는가. 하지만 지금은 모두 사라졌다.

하느님은 여전히 있다고 생각했다. 하지만 그때의 하느님은 아니었다. 똑같은 하느님이 아니었다.

스물한 살이 되면 모두 어떻게 달라져 있을까? 너무 이상한 생각이지만, 나는 또 어떻게 되어 있을까?

버넌은 끔찍하게 외로웠다. 아빠, 고모—모두 죽었다. 외삼촌과 엄마는—그들은 살아 있지만—버넌과 다른 세상에 있다. 버넌은 혼란에 빠져 가만히 있었다. 조가 있었다! 조는 그를 이해해줬다. 하지만 조도 가끔은 알 수 없게 굴었다.

버넌은 두 손을 움켜잡았다. 아냐, 다 괜찮아질 거야.

스물한 살이 되면……

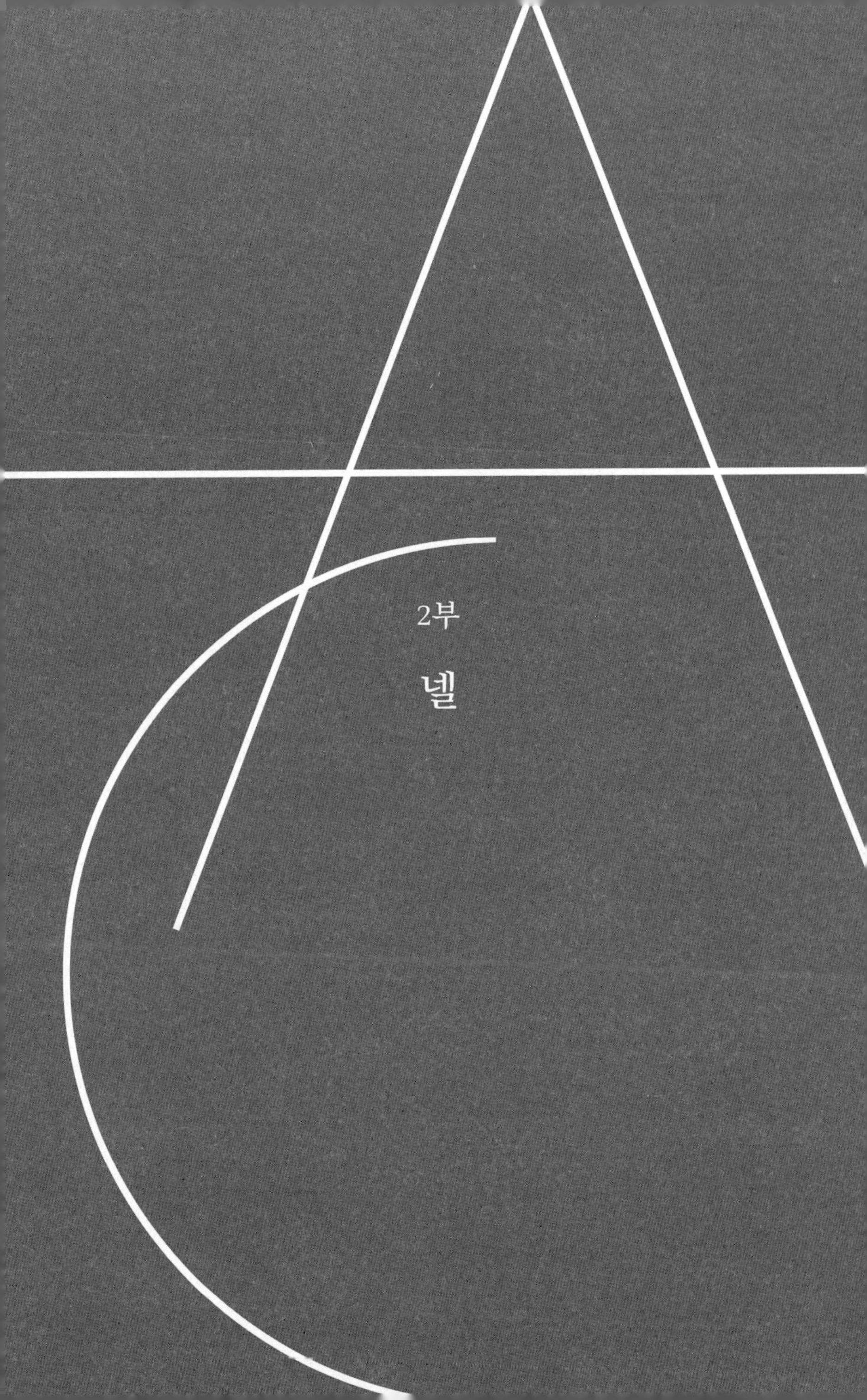
2부

넬

Chapter

1

1

방안은 담배연기로 자욱했다. 연기는 소용돌이치다가 옅푸른 아지랑이를 만들며 떠다녔다. 그 사이로 세 사람의 목소리가 들렸다. 그들은 인류의 발전과 예술, 특히 기성의 모든 관습에 도전하는 예술에 대해 논쟁하고 있었다.

서배스천 레빈은 어머니가 사는 타운하우스의 화려하게 장식된 벽난로 선반에 기대서서 담배를 든 길고 누런 손을 움직이며 설교조로 이야기했다. 여전히 혀짤배기소리를 냈지만 거의 티가 나지 않았다. 몽골인 같은 누런 얼굴과 놀란 듯한 귀 모양은 열한 살 때 그대로였다. 스물두 살이 됐지만 예전과 똑같았다. 자기확신이 강하고 통찰력이 있고 미에 대한 사랑도 여전했다. 여전히 냉정하고 확고한 가치관을 갖고 있었다.

서배스천 앞에 있는 커다란 가죽 안락의자에 버넌과 조가 등을 기대고 앉아 있었다. 외모에 날선 흑백논리까지 판박이처럼 닮은 두 사람이었다. 하지만 나이들수록 조는 더 공격적이 되었다. 원기 넘치고 반항적이고 맹렬했다. 키가 훌쩍 큰 버넌은 나른하게 앉아 긴 다리를 다른 의자의 등판에 올리고 있었다. 그리고 도넛 모양의 연기를 뿜어내며 생각에 잠겨 빙그레 웃었다. 그는 이야기를 들으면서 이따금 작게 툴툴거리거나 한두 마디 무심하게 던졌다.

"그러면 돈을 벌 수 없어." 서배스천이 단정적으로 말했다.

서배스천의 예상대로 조는 신랄하게 반격했다.

"누가 돈 벌고 싶대? 그런 관점은 너무 끔찍해! 어떻게 모든 걸 금전적인 관점으로만 따지지? 난 그런 게 싫어."

서배스천이 태연하게 대꾸했다. "그건 네가 구제불능일 만큼 낭만적인 인생관을 가졌기 때문이야. 넌 시인들이 다락방에서 쫄쫄 굶고, 무명 화가들이 죽어라 고생하고, 조각가들이 죽은 뒤에나 박수 받기를 바라지."

"그건—현실이 그렇잖아. 언제나!"

"아니, 언제나는 아니지. 아주 빈번하다면 모를까. 하지만 모두가 그렇게 살 필요는 없어. 내 관점은 그래. 세상은 새로운 것을 반기지 않지만, 나는 바뀔 수도 있다고 생각해. 적절한 방법으로 유도하면 그럴 수 있다는 거야. 하지만 어떻게 해야 성공하고 실패하는지를 알아야겠지.”

“타협하는 거군.” 버넌이 모호하게 중얼거렸다.

“아니, 상식적인 거야! 왜 내 판단대로 밀고 나가면 손해를 본다는 거지?”

“아, 서배스천,” 조가 외쳤다. “너는—너는—”

“유대인이지!” 서배스천이 차분하게 응수했다. “네가 하고 싶은 말이 이거지? 그래, 우리 유대인들은 감각이 있어. 뭐가 훌륭하고 뭐가 훌륭하지 않은지 알지. 우리는 유행을 좇지 않아. 자신의 판단을 밀고 나가고, 정확해! 사람들은 그걸 금전적인 기준으로만 보지만, 다른 면도 있는 거라고.”

버넌이 뭐라고 툴툴거렸지만 서배스천은 계속했다.

“우리가 지금 논하는 문제에도 양면이 있어. 새로운 것, 새로운 방식, 새로운 사상을 가졌으면서도 세상이 어떻게 받아들일지 두려워서 기회를 얻지 못하는 사람들. 그리고 그와는 달리 대중이 무엇을 원하는지 알고, 계속해서 그것을 주려는 사람들. 그들이 그러는 건 그게 안전하고 확실한 수익을 준다는 걸 알기 때문이지. 그리고 세번째 길이 있어. 새롭고 아름다운 것을 찾아서 도박을 하는 것. 그게 내가 하려는 일이야. 나는 본드 스트리트에 사진 화랑을 열 거야. 어제 계약서에 서명했어. 극장도 몇 개 운영할 거고, 나중에는 획기적인 방식의 주간지도 내볼 생각이야. 물론 전부 수익을 낼 거야. 내가 찬미하는 것들이 있어. 이미 교양 있는 몇몇 사람이 인정한 것이지. 하지만 난 거기에 손대지는 않을 거야. 내가 하는 사업은 모두 대중적으로 성공을 거둘 거야. 그래, 조! 이런 사업이 주는 재미의 절반은 수익을 내는 데 있어. 성공으로 자신이 옳았다는 게 입증되는 거니까."

조는 납득할 수 없다는 듯이 고개를 저었다.

"정말 그 일을 다 할 작정이야?" 버넌이 물었다.

두 사람은 시샘어린 눈빛으로 서배스천을 바라보았다. 서배스천의 배경은 이상하면서도 상당히 근사했다. 그의 아버지는 몇 년 전에 세상을 떠났다. 서배스천은 스물둘의 나이에 남들이 생각만 해도 숨이 막힐 만큼 큰돈을 가진 부자가 되었다.

오래전 애버츠 퓨이선츠에서 시작된 세 사람의 우정은 시간이 흐르며 더 단단해졌다. 버넌과 서배스천은 이튼 학교에서 친하게 지냈고, 케임브리지의 같은 칼리지에 다녔다. 방학을 하면 조도 함께 셋이 늘 붙어 지냈다.

"조각은 어때?" 조가 불쑥 물었다. "그것도 계획에 있어?"

"물론이지. 너, 여전히 조각에 관심이 있어?"

"물론이지. 내가 정말 좋아하는 일은 조각 작업뿐이야."

버넌이 놀리듯 웃음을 터뜨렸다.

"어련하겠어. 하지만 내년 이맘때는 또 어떤 일이 좋아질까? 열정적인 시인이 되어 있을지도 몰라."

"자신에게 맞는 일을 찾으려면 시간이 걸리는 법이야." 조가 발끈하며 말했다. "하지만 이번엔 정말 진지해."

"넌 언제나 진지하지." 버넌이 말했다. "하지만 그놈의 바이올린을 그만둔 건 정말 잘했어."

"넌 왜 그렇게 음악을 싫어해, 버넌?"

"몰라―옛날부터 그랬어."

조가 서배스천을 향해 고개를 돌렸다. 그녀의 말투가 자기도 모르게 달라졌다. 아주 부자연스러웠다.

"폴 라 마르 작품은 어떤 것 같아? 지난 일요일에 버넌과 그 사람 작업실에 갔었어."

"알맹이가 없어." 서배스천이 간단하게 대꾸했다.

조의 뺨이 약간 붉어졌다.

"그건 네가 그 사람의 예술 세계를 이해하지 못하기 때문이야. 난 훌륭하다고 생각해."

"주는 게 없다고." 서배스천이 흔들리지 않고 말했다.

"서배스천, 난 이럴 때마다 네가 너무 미워. 라 마르가 전통을 깨는 용기를 가졌다는 이유로―"

"당치도 않아." 서배스천이 말했다. "스틸턴 치즈* 비슷한 걸 만들어서 목욕하는 요정이라고 이름 붙이는 것까지는 좋

---

* 영국산 고급 블루치즈.

아. 하지만 우리를 설득하고 감동을 주지 못한다면 그건 실패한 거야. 사람들과 다른 방법을 쓴다고 다 천재는 아니지. 십 중팔구 하찮은 악명만 얻을 뿐이야."

문이 열리고 레빈 부인이 안을 들여다보았다.

"차 준비됐다." 부인도 살짝 혀짤배기소리를 내며 환하게 미소 지었다.

부인의 풍만한 가슴에 늘어진 흑옥이 반짝거렸다. 공들여 손질한 머리에 깃털 장식이 있는 커다란 검정 모자를 쓰고 있었다. 부인은 물질적인 풍요의 완벽한 상징처럼 보였다. 그녀의 눈에는 아들에 대한 뜨거운 사랑이 깃들어 있었다.

그들은 일어나서 레빈 부인을 따라나섰다. 서배스천이 조에게 소리 죽여 물었다.

"조―화난 건 아니지?"

서배스천의 목소리는 아까와 딴판으로 아이 같고 애절했다. 매달리는 듯한 말투는 그를 미숙하고 약한 사람으로 보이게 했다. 그는 방금 전까지 자신감에 넘치는 사업가처럼 당당하게 주장을 펼쳤었다.

"내가 왜?" 조가 냉정하게 대꾸했다.

그녀는 서배스천을 쳐다보지 않고 문으로 걸음을 옮겼다. 그가 아쉬운 듯이 조를 바라보았다. 조에게는 강렬하고 어두운 원숙미가 있었다. 피부는 새하얗고 숱 많은 검은 속눈썹이 하얀 뺨과 대비되어 흑옥 같아 보였다. 무의식적으로 하는 동작에는 마법같이 나른하면서도 열정적인 분위기가 감돌았다. 이제 막 스무 살 생일이 지난 조는 셋 중에 가장 어렸지만 가장 성숙했다. 조에게는 버넌과 서배스천이 여전히 소년 같았고, 그녀는 소년들을 무시했다. 서배스천이 애완견처럼 매달리는 것도 짜증스러웠다. 조는 경험 많은 남자, 알 듯 모를 듯한 말로 자신을 흥분시키는 남자가 좋았다. 그녀는 폴 라 마르를 떠올리면서 하얀 눈꺼풀을 내렸다.

2

　　레빈 부인의 거실에는 몹시 노골적인 화려함과 금욕에 가까운 고상함이 묘하게 섞여 있었다. 화려함은 레빈 부인의 것이고―벨벳 커튼, 화사한 쿠션, 대리석과 금박 장식―고상함은 서배스천의 것이었다. 벽에 질서 없이 걸려 있던 그림 몇 점을 내리고 직접 고른 두 작품을 건 사람도 서배스천이었다. 그의 어머니는 그 그림들이 맹숭맹숭했지만(그녀는 이렇게 표현했다) 엄청난 액수를 지불했다는 이야기를 듣자 위로가 됐다. 고풍스러운 스페인 가죽 가리개와 섬세한 칠보 세공 꽃병도 아들의 선물이었다.

유난히 커다란 은쟁반 앞에 앉은 레빈 부인은 양손으로 찻주전자를 들면서 대화를 이어갔다. 살짝 혀짤배기소리가 났다.

"어머니는 잘 지내시니? 요즘 통 런던에 오시지 않는구나. 그러다가는 나처럼 녹슬어버릴지도 모른다고 말씀드리렴."

그녀는 유쾌하지만 숨찬 듯이 웃음을 터뜨렸다.

"난 시골의 집을 두고 여기에 타운하우스를 마련한 일을 후회해본 적이 없단다. 디어필즈도 아주 좋지만 사람은 활기찬 생활을 바라는 법이잖니? 서배스천도 이제 여기서 지낼 거고―서배스천에게는 정말 많은 계획이 있단다! 그래, 아버지와 아주 똑 닮았지. 그는 사람들이 뭐라 하든 사업을 벌였고, 돈을 잃기는커녕 매번 두 배 세 배로 불렸어. 빈틈없는 사람이었지, 우리 가여운 야콥."

서배스천은 속으로 중얼거렸다.

'그만 좀 하세요. 조가 싫어하는 게 바로 그런 거라고요. 안 그래도 요즘 조는 내게 사사건건 반발하는데.'

레빈 부인이 말을 이었다.

"수요일 밤에 〈아카디 왕들〉 특별석을 사뒀는데 너희는 어때? 같이 갈래?"

"정말 죄송해요." 버넌이 말했다. "같이 가면 좋겠지만 저희는 내일 버밍엄에 가기로 했어요."

"아! 집에 가는구나."

“네.”

왜 ‘집에 간다’고 하지 않았을까? 버넌은 왜 그 말이 이렇게도 낯설게 들리는지 생각했다. 그에게 집은 오직 한 곳, 애버츠 퓨이선츠뿐이었다. 집! 이 이상한 단어에는 정말 많은 의미가 담겨 있었다. 그는 조가 만났던 청년이 목청껏 부르던 노래가 떠올라서(음악이란 정말 불쾌한 것이다!) 옷깃을 만지작거리며 감상적으로 레빈 부인을 바라보았다. “집은, 사랑은, 마음이 머무는 곳, 마음이 향하는 곳……”

그 가사대로라면 그의 집은 엄마가 있는 버밍엄의 집이어야 마땅했다.

버넌은 엄마를 생각할 때마다 어렴풋한 불안감을 느꼈다. 그는 엄마를 많이 사랑했다, 당연히. 물론 엄마들은 뭔가를 설명해도 잘 이해하지 못하는 답답한 사람들이었다. 그래도 버넌은 엄마를 많이 사랑했다. 아닌 게 도리어 이상할 것이다. 마이러가 입버릇처럼 말하듯이 그는 그녀의 전부였다.

버넌의 머릿속에서 갑자기 작은 악마가 요동치는 것 같았다. 악마는 불쑥 뜻밖의 말을 꺼냈다. ‘무슨 소리 하는 거지? 엄마에게는 집이 있고, 수다 떨고 호통쳐댈 하인들이 있어. 남 얘기를 해댈 친구들과 가까이 사는 친정 식구들까지 있다고. 엄마는 너보다 그것들을 잃는 걸 훨씬 아쉬워할걸? 엄마는 널 사랑하지만 네가 케임브리지로 돌아가면 안도해. 물론 네가

안도하는 것만큼은 아니지만!'

"버넌!" 조가 화난 목소리로 날카롭게 외쳤다. "무슨 생각 하는 거야? 레빈 부인이 애버츠 퓨이선츠에 대해 물어보셨잖 아―여전히 임대중이냐고."

사람들이 '무슨 생각 하고 있어?'라고 물을 때 진짜 무슨 생각을 하는지 궁금해하지 않는다는 것이 버넌은 정말 다행스러웠다! 물론 어릴 때 "아무것도 아니에요"라고 했던 것처럼 "아무것도 아냐"라고 대답하면 끝나는 일이지만.

버넌은 레빈 부인에게 대답했고, 전해달라던 말을 엄마에게 꼭 전하겠다고 약속했다.

서배스천이 문까지 배웅했고, 그들은 작별 인사를 나누고 런던 거리로 나왔다. 조는 황홀한 듯 공기를 들이마셨다.

"난 런던이 정말 좋아! 버넌, 나 마음 정했어. 런던에 올라와서 공부를 해야겠어. 이번에 마이러 외숙모와 이 문제를 담판지을 거야. 에설 숙모와 살지도 않을 거고. 난 혼자 살겠어."

"넌 그럴 수 없어, 조. 여자들은 그렇게 살지 않아."

"그렇게 사는 여자들도 있어. 하나든 여럿이든 같이 살면 돼. 에설 숙모와 살면 어디 가는지 누구 만나는지 시시콜콜 보고해야 할 텐데, 그럼 난 못 견딜 거야. 또 숙모는 내가 여성의 권리 운운하는 걸 끔찍해하잖아."

에설은 캐리 외숙모의 언니인데, 그들은 그냥 숙모라고 불렀다. 버넌과 조는 그녀의 집에서 지내고 있었다.

"참, 그러니까 생각났어." 조가 계속 말했다. "네가 날 좀 도와줘야겠어, 버넌."

"뭔데?"

"내일 오후에 카트라이트 부인이 날 특별히 〈타이타닉〉 음악회에 데려가준다고 했거든."

"그런데?"

"가고 싶지 않아. 그게 전부야."

"핑계를 대면 되잖아."

"그렇게 쉽지가 않아. 에설 숙모는 내가 음악회에 간 걸로 아셔야 하니까. 난 내가 어디 가는지 숙모에게 알리고 싶지 않아."

버넌은 휘파람을 불었다.

"아, 그래? 도대체 어딜 가는데? 이번엔 또 누굴 만나러 가는 거지?"

"진심으로 궁금하다면 가르쳐줄게. 라 마르야."

"그 망나니를?"

"망나니라니? 그는 멋진 남자야—얼마나 멋진지 네가 몰라서 그래."

버넌은 빙그레 웃었다.

"그래, 나야 모르지. 난 프랑스인은 별로야."

“이 지독한 섬나라 근성. 하지만 네가 그를 좋아하든 말든 상관없어. 그 사람 차를 타고 시골에 있는 그의 친구 집에 갈 거야. 거기 그의 셰되브르*가 있대. 정말 가고 싶은데 너도 알다시피 에설 숙모가 허락하지 않을 거야.”

“그런 인간하고 어울리며 그런 데 돌아다니면 안 돼.”

“멍청한 소리 그만해, 버넌. 내가 어련히 알아서 할까!”

“아, 그러시겠지.”

“난 세상 물정 모르는 멍청한 여자들과는 달라.”

“그래서 나보고 어쩌라는 건데?”

“아, 그러니까.” 조가 불안한 듯이 말했다. “그 음악회에 나 대신 가줘.”

“안 돼, 난 절대 못 가. 나 음악 싫어하는 거 알잖아.”

“아니, 가야 해, 버넌. 그 방법밖에 없어. 내가 음악회에 못 간다고 하면 카트라이트 부인은 에설 숙모에게 나 대신 다른 여자애를 보내라고 할 거야. 그렇게 되면 끝이야. 하지만 네가 약속 장소에 가서—앨버트 홀에서 만나기로 했어—대충 핑계 대면 말끔히 해결돼. 카트라이트 부인은 널 무척 좋아해. 나보다 널 훨씬 좋아한다고.”

“그래도 난 음악회는 싫어.”

---

* chef-d’oeuvre. 명작, 걸작을 뜻하는 프랑스어.

"알아, 하지만 오후 반나절 정도는 참을 수 있을 거야. 한 시간 반이야, 그동안만 참으면 돼."

"이런, 젠장. 난 싫어!"

버넌은 짜증이 치밀어 손이 떨렸다. 조는 그런 버넌을 빤히 쳐다보았다.

"버넌, 넌 음악 얘기만 나오면 이상해지는구나! 음악을 좋아하지 않는 사람은 봤지만, 이렇게—너처럼 싫어하는 사람은 처음 봐. 하지만 넌 분명 가줄 거야—나도 언제나 널 많이 도와줬잖아."

"알았어." 버넌이 퉁명스럽게 말했다.

어쩔 수 없었다. 그렇게 할 수밖에 없었다. 그와 조는 언제나 결속하며 지내왔다. 조의 말대로 한 시간 반만 견디면 된다. 그런데 왜 이렇게 중대한 결정이라도 내린 것 같을까? 마음이 납덩이처럼 무거웠다. 덜컥 겁이 났다. 가고 싶지 않았다. 아! 정말 가고 싶지 않았다……

치과에 갈 때 그러는 게 최선이듯 버넌은 그 일에 대해 생각하지 않으려 했다. 억지로 주의를 돌렸다. 그가 킥킥거리자 조가 번쩍 고개를 쳐들었다.

"왜 그래?"

"어릴 때 생각이 나서. 네가 남자는 상대도 하지 않겠다고 잘난 척하며 말했잖아. 그러던 네가 이제 이 남자 저 남자, 늘 남자들과 어울리면서 한 달에 한 번씩 사랑에 빠지고 있으니.”

“그만 좀 해, 버넌. 그건 아무것도 모르는 여자애가 품은 환상이었지. 라 마르는 열정적인 기질을 가진 사람이라면 그럴 수도 있다고 했어. 하지만 진짜 열렬한 사랑을 느끼면 완전히 달라진다고.”

“글쎄, 그 열렬한 사랑의 상대가 라 마르는 아니길 바란다.”

조는 대답하지 않았다. 그러다가 곧 말했다.

“난 엄마와는 달라. 엄마는—남자한테 너무 약했어. 그들에게 쉽게 지고, 사랑하는 사람을 위해서라면 물불을 가리지 않았지. 하지만 난 달라.”

“그렇지.” 버넌이 말했다. 그는 잠시 생각한 뒤에 말을 이었다. “그래, 나도 네가 다르다고 생각해. 너는 고모처럼 자기 인생을 망치지는 않을 거야. 하지만 다른 방식으로 그럴지도 모르지.”

“어떤 방식?”

“그건 잘 모르겠어. 넌 누군가에게 열렬한 사랑을 느끼고 결혼하겠지. 다들 그를 싫어한다는 이유로 그를 사랑하고 결혼해서 평생 싸우며 살지도 몰라. 아니면 자유연애가 멋지다느니 어쩌니 하면서 누군가와 달아날지도 모르고.”

“자유연애는 멋져.”

“그래, 그렇지 않다는 게 아니야. 솔직히 난 그게 반사회적이라고 생각하지만. 하지만 넌 늘 그래. 누가 하지 말라고 하면 더 하고 싶어하잖아. 네가 그걸 진심으로 좋아하는지 그렇지 않은지는 상관없이. 제대로 표현하긴 힘들지만 아무튼 내 말뜻은 너도 알 거야."

"내가 진심으로 원하는 건 일을 하는 거야! 훌륭한 조각가가 되고 싶어—"

"라 마르에게 빠져서 그런 거야—"

"그렇지 않아. 아, 버넌! 왜 이렇게 비꼬는 거야? 난 뭔가를 이루고 싶어—늘—언제나! 애버츠 퓨이선츠에 있을 때부터 얘기했잖아."

버넌이 생각에 잠겨 말했다. "이상하다. 서배스천은 그때도 지금과 별반 다르지 않은 이야기를 했던 것 같아. 어쩌면 인간이란 생각만큼 변하지 않는 존재인지도 몰라."

"넌 아주 예쁜 여자와 결혼해서 죽을 때까지 애버츠 퓨이선츠에서 살겠다고 했어." 조가 말하고 냉소적으로 덧붙였다. "아직도 그게 네 꿈은 아니겠지?"

"그보다 더 나쁠 수도 있지." 버넌이 대꾸했다.

"한심하다—진짜 한심해!"

조는 답답한 마음을 감추지 않고 버넌을 쳐다보았다. 조와 버넌은 어떤 면에서는 참 비슷했고 어떤 면에서는 참으로 달랐다!

버넌은 생각했다. '애버츠 퓨이선츠. 일 년 후면 나는 스물한 살이 된다.'

그들은 구세군 집회 현장 앞을 지났다. 조가 걸음을 멈췄다. 얼굴이 홀쭉하고 창백한 남자가 상자 위에 서 있었다. 높고 쉰 목소리가 울렸다.

"왜 구원을 바라지 않습니까? 왜 그러지 않습니까? 예수그리스도는 여러분을 원하십니다! 예수그리스도는 여러분을 원하십니다!" 그는 여러분을 특히 강조했다. "그렇습니다, 형제자매 여러분, 제가 여러분에게 말합니다. 여러분은 예수님을 원하고 있습니다. 여러분은 그 사실을 인정하지 않으려 하고, 그분에게 등을 돌리고, 두려워합니다. 그게 현실입니다. 여러분이 두려워하는 것은 그분을 정말 간절히 원하기 때문입니다. 그분을 원한다는 것을 여러분 스스로 모르고 있습니다!" 그는 양팔을 휘저었고, 창백한 얼굴이 황홀한 듯 빛났다. "하지만 알게 될 겁니다. 여러분은 알게 될 겁니다. 영원히 달아날 수 없는 것이 있습니다." 그는 느릿느릿 거의 위협적으로 말했다. "하느님께서 말씀하셨습니다. '이 어리석은 자야, 바로 오늘밤 네 영혼이 너에게서 떠나가리라. 그러니 네가 쌓아둔 것은 누구의 차지가 되겠느냐*—'"

---

* 「누가복음」 12장 20절.

버넌은 가볍게 떨면서 몸을 돌렸다. 군중의 끄트머리에서 한 여자가 발작적으로 흐느꼈다.

"정말 역겨워." 조가 고개를 쳐들고 말했다. "꼴사납고 우스워. 이성적인 사람이라면 무신론자가 아닐 수 없을 거야."

버넌은 대꾸하지 않았지만 혼자 슬며시 미소 지었다. 그는 일 년 전 일을 기억하고 있었다. 그때 조는 매일같이 새벽 예배에 나가고, 금요일에는 삶은 달걀만 먹겠다고 쓸데없는 고집을 부렸다. 그리고 성 바돌로매 교회에 홀린 듯이 앉아서, 잘생긴 커스버트 신부의 재미없고 독단적인 설교를 경청했다. 성 바돌로매 교회는 너무 '광신적'인 것으로 유명해서 로마에서도 어쩌지 못하는 곳이었다.

"궁금해." 버넌이 큰 소리로 말했다. "'구원받는 건' 어떤 기분일까?"

3

다음날 오후 여섯시 반, 조는 몰래 즐거운 하루를 보내고 집에 돌아왔다. 복도에서 에설 숙모와 마주쳤다.

"버넌은 어디 있어요?" 혹시 음악회가 어땠느냐는 질문을 받을까봐 조가 선수쳤다.

"삼십 분 전에 들어왔어. 아무 일 없었다고 하는데 어쩐지 좀 안 좋아 보이더구나."

"저런!" 조는 에설 숙모를 빤히 쳐다봤다. "지금 어디 있어요? 방에 있어요? 제가 올라가볼게요."

"그러렴. 사실 많이 안 좋아 보여."

조는 재빨리 계단을 뛰어올라가서 대충 노크하고 바로 문을 열었다. 침대에 앉아 있는 버넌을 보고 조는 깜짝 놀랐다. 버넌의 이런 모습을 본 적이 없었다.

그는 대답이 없었다. 엄청난 충격을 받고 넋이 나간 듯했다. 정신이 완전히 딴 데 있어서 말만으로는 소용없을 것 같았다.

"버넌," 조는 그의 어깨를 흔들었다. "무슨 일이야?"

버넌은 그제야 말소리를 들었다.

"아무 일도 아니야."

"틀림없이 뭔가 있어. 넌 마치―마치―"

버넌의 모습을 표현할 말이 떠오르지 않았다. 조는 더 애쓰지 않고 포기했다.

"아무 일도 아니야." 버넌은 멍하니 되풀이했다.

조는 침대 위 버넌 옆에 앉았다.

"내게 말해봐." 그녀는 부드럽지만 힘주어 말했다.

버넌은 몸서리치는 것처럼 긴 한숨을 내뱉었다.

"조, 어제 그 사람 기억나?"

"누구?"

"구세군 집회에서 진부한 말을 늘어놓던 남자. 그리고 성경
에 나온다는 그 위협적인 말. '오늘밤 네 영혼이 너에게서 떠나가
리라. 그러니 네가 쌓아둔 것은 누구의 차지가 되겠느냐' 그때 난
구원받는 건 어떤 기분일까 궁금해했지. 그냥 해본 말이었어.
그런데 이제 알았어!"

조는 그를 가만히 쳐다보았다. 버넌이 그랬다고? 천만에, 그
런 일은 있을 수 없다.

"그러니까 네 말은—네 말은—" 조는 마땅한 표현을 찾기
가 힘들었다. "네가 '종교를 갖게 됐다'는 뜻이야? 사람들이
그러는 것처럼 갑자기?"

조는 말하면서 말도 안 된다고 느꼈다. 그래서 버넌이 별안
간 웃음을 터뜨리자 마음이 놓였다.

"종교? 아니 전혀, 절대! 물론 그런 사람들도 있겠지? 아마
도…… 하지만 내가 말하는 건—" 버넌은 머뭇거렸고, 마침
내 아주 가만히, 용기를 끌어모은 듯이 말했다. "음악이야—"

"음악?" 조는 여전히 오리무중이었다.

"응. 프랜시스 간호사 기억나?"

"프랜시스 간호사? 아니, 기억 안 나는데. 그 사람이 누군데?"

"당연히 기억 못 할 거야. 네가 우리집에 오기 전이었으니까.
내 다리가 부러졌을 때 말이야. 난 프랜시스 간호사가 해준 말

을 지금도 기억하고 있어. 살펴보기도 전에 도망부터 치지 말라는 얘기였지. 그래, 오늘 내게 바로 그런 일이 일어난 거야. 난 더이상 달아날 수 없었어. 마주볼 수밖에 없었지. 조, 음악은 세상에서 가장 아름다운 거야—"

"하지만—넌 줄곧—"

"알아. 그래서 그만큼 충격도 컸던 거야. 지금 현재의 음악이 아름답다는 건 아니야. 음악을 의도대로 받아들인다면 그럴 가능성이 있다는 거지! 음악을 구성하는 부분들은 추해. 마치 어떤 그림에 바싹 다가서서 지저분한 회색 물감 얼룩을 보는 것과 비슷해. 하지만 떨어져서 보면 그 자국들은 아주 멋진 음영으로 제자리를 찾잖아. 전체를 봐야 해. 난 여전히 바이올린 소리는 듣기 싫고 피아노 소리는 끔찍하다고 생각해. 하지만 그 소리 하나하나에 다 쓸모가 있을 거야. 그래—아! 조, 음악은 정말 대단해질 수 있어. 그렇다고 확신해."

조는 당황해서 말을 잇지 못했다. 버넌이 처음에 한 말이 무슨 의미였는지 이제 알 수 있었다. 그의 얼굴은 종교에 빠진 사람처럼 꿈꾸는 듯한 묘한 행복감에 젖어 있었다. 하지만 조는 두려웠다. 이제까지 버넌은 언제나 무표정했다. 그러나 지금 그의 얼굴에는 수많은 표정이 담겨 있었다. 그건 더 좋게도 더 나쁘게도 볼 수 있었다. 보는 사람에 따라 다를 것이다.

버넌이 말을 이었지만, 조가 아니라 그 자신에게 하는 말 같왔다.

"그래, 오케스트라가 아홉 개였어. 대규모 편성이었지. 규모가 충분히 크면 소리가 웅장해질 수 있어. 단순히 음량이 커진다는 이야기가 아니야—조용히 연주할수록 더 많은 것이 들려. 하지만 반드시 규모가 충분해야 해. 난 그들이 무슨 곡을 연주했는지 몰라. 아무것도 현실적으로 들리지 않았던 것 같아. 하지만 알 수 있었어—난 알 수 있었어……"

버넌은 묘한 흥분으로 반짝이는 눈을 조에게 돌렸다.

"알아야 할 것, 배워야 할 것이 너무 많아. 악기를 직접 연주하고 싶지는 않아. 그럴 마음은 전혀 없어. 하지만 모든 악기에 대해 알고 싶어. 하나하나의 악기가 어떤 소리를 내는지, 그 소리들의 한계는 어디까지고 어떤 가능성이 있는지. 또 음에 대해서도 알고 싶어. 사용하지 않는 음이 있어, 사용해야 하는 음도 있고. 그런 음들이 있다는 건 알아. 조, 오늘 음악이 어땠는지 알아? 마치 글로스터 대성당 지하에 있는 작지만 단단한 노르만 양식 기둥들 같았어. 그리고 이건 시작일 뿐이야."

그는 몸을 숙인 채 꿈을 꾸듯 가만히 앉아 있었다.

"완전히 정신이 나간 것 같구나." 조가 말했다.

그녀는 일부러 현실적이고 태연한 척 말하려고 했다. 하지만 자기도 모르게 압도되었다. 그에게는 열렬한 확신이 있었다. 조는 언제나 버넌을 심드렁한 게으름뱅이라고 생각해왔다. 보수적이고 편파적이고 상상력이 없는 사람이라고.

"음악 공부를 시작해야겠어. 가능하면 빨리. 아, 이십 년이라는 시간을 허비했다는 게 너무 한심해!"

"말도 안 되는 소리야." 조가 쏘아붙였다. "요람에서부터 음악 공부를 하는 사람이 어디 있어?"

버넌은 미소 지었다. 그는 자신을 사로잡았던 관념에서 서서히 빠져나왔다.

"넌 내가 미쳤다고 생각하지? 하긴 미친 소리처럼 들릴 거야. 하지만 난 미치지 않았어. 그리고—아! 조, 이렇게 커다란 안도감을 느껴본 적이 없어. 마치 오랜 세월 연기하면서 살다가 이제 더이상 그럴 필요가 없어진 것 같은 기분이야. 이제까지 난 음악이 소름 끼치게 싫었어—언제나. 하지만 이젠—"

그는 앉은 상태에서 허리를 세우고 어깨를 폈다.

"난 공부할 거야—뼈가 빠지도록 공부할 거야. 악기에 대해 모조리 배울 거야. 세상에는 내가 모르는 악기가 많을 거야—아주 많겠지. 통곡 소리를 내는 악기도 있을 거고—어디서 들어본 것 같아. 그런 악기가 열 대—열다섯 대쯤 있으면 좋겠어. 하프도 열다섯 대 정도—"

버넌은 앉아서 평온하게 세부 계획을 구상했고, 조에게는 완전히 뜬구름 잡는 소리로 들렸다. 하지만 버넌의 눈에는 뭔가가 아주 뚜렷하게 보이는 것 같았다.

"십 분 후면 저녁 먹을 시간이야." 조가 쭈뼛대며 알렸다.

"아, 그래? 귀찮아. 난 여기서 머릿속에 울리는 음악이나 듣고 싶은데. 에설 숙모에게는 내가 두통이나 지독한 구토기가 있다고 말해줘. 사실 구역질이 날 것도 같거든."

조에게는 왠지 이 말이 다른 어떤 말보다 인상적이었다. 구역질은 흔히 있는 익숙한 일이니까. 좋든 싫든 어떤 일이 정신을 심하게 흔들면 그런 기분이 드는 법이다! 조도 툭하면 그런 기분을 느꼈다.

조는 문가에서 머뭇거렸다. 버넌은 다시 관념으로 빠져들었다. 정말 신기했다. 평소의 버넌과는 완전히 달랐다. 마치—마치—조는 적당한 표현을 찾았다—마치 버넌은 갑자기 살아난 것 같았다.

조는 두려움마저 느꼈다.

1

케리 로지는 마이러가 사는 새로운 집의 이름이었다. 버밍엄에서 8마일쯤 떨어져 있었다.

케리 로지에 가까워지면 버넌은 늘 묘하게 침울한 기분에 짓눌렸다. 그는 이 집이 싫었다. 이 집의 단단한 안락함, 두꺼운 진홍색 카펫, 라운지 홀, 마이러가 신중하게 골라서 식당에 건 사냥 풍경의 그림들, 거실에 넘쳐나는 장식품들이 싫었다. 하지만 그것들보다 그 뒤에 깔린 사실이 더 싫지 않았을까?

그는 정직하려고 애쓰면서 처음으로 자신에게 물었다. 그 집에서 그리도 편안해하고, 그리도 느긋이 만족하며 사는 엄마가 싫은 건 아닌가 하고. 버넌은 엄마를 애버츠 퓨이선츠와 연결지어 생각하고 싶었다. 버넌처럼 엄마 또한 유배자라고 생각하고 싶었다.

그러나 마이러는 유배자가 아니었다! 그녀에게 애버츠 퓨이선츠는 타국에서 시집온 왕비가 사는 왕국과 비슷했다. 마이러는 애버츠 퓨이선츠에서 중요한 사람이라고 느꼈고 스스로 만족했다. 새롭고 흥분되는 곳이었다. 하지만 집은 아니었다.

마이러는 언제나처럼 요란스럽게 애정 표현을 하며 아들을 맞았다. 버넌은 그러지 않기를 바랐다. 마이러의 그런 태도가 그를 더 반응하기 어렵게 만드는 면이 있었다. 마이러와 떨어져 있을 때면 버넌은 엄마에게 다정하게 대하는 자신의 모습을 상상했다. 하지만 함께 있으면 그런 상상이 모두 희미해지고 말았다.

마이러는 애버츠 퓨이선츠를 떠난 후로 확 달라졌다. 살이 많이 붙었다. 금빛 도는 아름다운 붉은 머리는 희끗희끗해졌다. 표정도 전보다 더 여유롭고 만족스러워 보였다. 시드니와 많이 닮은 얼굴이었다.

"런던에서 즐거웠다고? 아주 잘됐구나. 아들이 멋지게 자라 돌아와주니 얼마나 기쁜지 모르겠다. 내가 모두에게 자랑했어. 엄마들은 하나같이 바보 같지 않니?"

버넌은 정말 그렇다고 생각하다가, 그렇게 생각하는 자신이 문득 부끄러워졌다.

"만나서 정말 기뻐요, 엄마." 버넌이 중얼거렸다.

조가 말했다

"아주 건강해 보이세요, 외숙모."

"사실 그렇지는 못하단다, 얘야. 그레이 선생이 내 병을 잘 모르는 것 같아. 의사가 새로 온다는구나. 리틀워스 선생이 얼마 전 암스트롱 선생의 병원을 인수했거든. 사람들 말로는 대단히 똑똑한 의사래. 난 분명 심장에 이상이 있는 것 같은데 그레이 선생은 소화불량이라고만 하니 어처구니가 없어."

생기가 넘쳤다. 마이러는 자신의 건강 문제만 나오면 지칠 줄 모르고 이야기했다.

"메리는 그만뒀어―하녀 말이다. 그애에게 얼마나 실망했는지 몰라. 내가 그렇게 잘해줬는데."

이야기가 계속됐지만 조와 버넌은 건성으로 들었다. 그들의 마음에는 의식적인 우월감이 가득했다. 다행히 그들은 새롭고 계몽된 세대였고, 시시콜콜 집안 얘기를 떠드는 세대보다 훨씬 우위에 있었다. 그들 앞에는 새롭고 빛나는 세계가 열려 있었다. 그들은 앞에 앉아 떠들어대며 만족해하는 여자에게 가슴 아플 정도로 깊은 측은함을 느꼈다.

조는 생각했다.

'안됐어―가여운 외숙모. 정말 지독하게 여성스럽지! 외삼촌은 분명 지겨웠을 거야. 하지만 외숙모 잘못은 아니야! 교육도 제대로 받지 못했고 무엇보다 가정만이 중요하다고 배우며 자랐으니까. 그래서 외숙모는 지금 이렇게, 사실 아직도 젊은데—적어도 그렇게 나이들지는 않았어—하는 일이라곤 집에 들어앉아 남 얘기, 하인들 생각, 건강에 대해 야단 떠는 것뿐이야. 이십 년만 늦게 태어났다면 평생 행복하고 자유롭고 독립적으로 살 수도 있었을 텐데.'

아무것도 모르고 떠들어대는 외숙모가 측은해서 조는 상냥하게 맞장구치며 관심 있는 척했다.

버넌은 생각했다.

'엄마가 원래 저랬나? 애버츠 퓨이선츠에서는 안 저랬던 것 같은데. 내가 너무 어려서 몰랐나? 언제나 내게 정말 잘해주는데 엄마를 평가하는 건 나빠. 하지만 여전히 날 여섯 살 꼬마처럼 대하는 것만은 그만하면 좋겠어. 하긴, 엄마 입장에서는 어쩔 수가 없겠지. 결혼하고 싶은 생각이 싹 사라졌어—'

갑자기 강한 조바심에 떠밀려 그는 톡 쏘아붙였다.

"엄마, 난 케임브리지에서 음악을 공부할 생각이에요."

털어놓았다! 그는 그 말을 하고 말았다.

암스트롱 의사의 요리사에 대해 말하던 마이러는 애매하게 대꾸했다.

"하지만 넌 예전부터 음악에는 아무 관심 없었잖니? 정말 이상할 정도로 음악을 싫어했어."

"맞아요. 하지만 사람은 바뀌기 마련이에요." 버넌이 무뚝뚝하게 대답했다.

"아무튼 반가운 얘기구나, 버넌. 나도 결혼하기 전에는 아주 멋진 곡들을 직접 연주하곤 했지. 결혼하고는 어떤 것도 계속하지 못했지만."

"알아요. 너무 아깝죠." 조가 흥분하며 말했다. "전 결혼할 마음이 없지만 혹시 한다 해도 일을 포기하진 않을 거예요. 그리고 말이 나온 김에 말씀드리는데요, 외숙모, 훌륭한 조각가가 되려면 전 런던에서 공부해야 해요."

"하지만 브래드퍼드 씨가—"

"아, 망할 브래드퍼드 씨요! 죄송해요, 외숙모. 하지만 외숙모는 모르세요. 전 열심히 배워야 해요, 그리고 혼자 살아야 해요. 물론 다른 여자애와 같이 살 수도 있지만—"

"조, 애야, 엉뚱한 소리 좀 그만할래?" 마이러는 웃었다. "난 네가 내 옆에 있으면 좋겠어. 너도 알겠지만 난 너를 딸처럼 생각하며 살았잖니."

조는 안달이 났다.

"전 정말 진심이에요, 외숙모. 제 인생이 걸린 일이라고요."

조의 비장한 말은 마이러를 다시 웃게 했다.

"아가씨 때는 툭하면 그런 생각을 하는 법이지. 자, 입씨름으로 행복한 저녁을 망치지 말자꾸나."

"하지만 진지하게 생각해주시는 거죠?"

"시드니가 뭐라고 할지 모르겠구나."

"그분과는 상관없는 일이에요. 그분은 제 삼촌도 아니잖아
요. 물론 마음만 먹으면 제 돈으로 어떻게 해나갈 수도 있겠지
만—"

"조, 엄밀히 말하면 그건 네 돈이 아니야. 네 아버지가 네 생
활비로 내게 보내시는 거니까. 물론 난 그 돈을 받지 않아도
널 돌볼 생각이다만. 그리고 아버지는 네가 내 밑에서 안전하
게 잘 지내는 줄 아셔."

"그러면 아버지한테 편지를 쓰는 게 좋겠어요."

조는 단호하게 말했지만 내심 낙담했다. 부녀는 십 년 동안
딱 두 번 만났고, 그들 사이에는 해묵은 적대감이 있었다. 이
계획은 의심할 것도 없이 조의 아버지인 웨이트 소령에게 달
린 것이었다. 그는 일 년에 몇백 파운드를 보내는 것으로 딸의
일에서 손을 떼고 있었다. 조에게는 따로 돈이 없었다. 조가
외숙모에게서 독립하겠다고 고집한다면 아버지는 지원해주지
않을 것 같았다.

버넌이 중얼거리듯이 말했다.

"너무 초조해하지 마, 조. 내가 스물한 살이 될 때까지만 기
다려."

그 말에 조는 조금 기운이 났다. 버넌은 언제나 의지할 수
있는 사람이었다.

마이러는 아들에게 레빈 가족의 안부를 물었다. 레빈 부인의 천식에 차도가 있는지, 요즘 거의 런던에서만 지낸다는 게 사실인지.

"아니요, 그렇지 않을걸요. 물론 겨울에는 거의 가지 않지만 가을에는 내내 디어필즈에서 지내셨다던데요. 우리도 애버츠 퓨이선츠로 돌아갈 거니까 그때 다시 이웃하고 살면 좋겠어요, 그렇지 않아요?"

마이러는 놀라서 허둥대는 목소리로 말했다.

"아, 그래—그거 좋지."

그리고 바로 덧붙였다.

"시드니 외삼촌이 다과를 들러 오실 거야. 이니드도 온다는구나. 그런데 난 요즘 늦은 저녁은 하지 않아. 여섯시쯤 일찌감치 간단히 먹는 게 더 나은 것 같거든."

"그렇군요!" 버넌은 상당히 놀랐다.

버넌은 그런 식사에 대해 까닭 없는 편견을 갖고 있었다. 차와 스크램블드에그, 진한 건포도 케이크가 나란히 놓인 것만 봐도 못마땅했다. 왜 엄마는 다른 사람들처럼 제대로 된 저녁 식사를 하지 않는 걸까? 시드니 외삼촌과 캐리 외숙모도 늘 하이 티*를 먹었다. 지겨운 외삼촌! 모두 그의 탓이었다.

---

* 늦은 오후나 이른 저녁에 홍차와 함께 먹는 간단한 식사.

버넌은 이런 생각을 하다 말고 따져봤다. 모두라니 대체 뭐가? 그는 대답할 수 없었다—잘 몰랐다. 어쨌든 그와 엄마가 애버츠 퓨이선츠로 돌아가면 전부 달라질 것이었다.

2

이내 시드니 외삼촌이 찾아왔다. 그는 여전히 떠들썩하고 유쾌하고 전보다 풍채가 더 좋아진 것 같았다. 셋째 딸인 이니드도 왔다. 첫째와 둘째는 결혼했고, 넷째와 막내는 학교에 다니고 있었다.

시드니는 농담을 하며 즐거워했다. 마이러는 감탄한 눈으로 그를 바라보았다. 정말 오빠 같은 사람도 없지! 그는 분위기를 이끌 줄 알았다.

버넌은 시드니의 농담이 바보 같고 따분하다고 생각하면서도 예의상 웃어주었다.

"케임브리지에서는 어디서 담배를 사지?" 시드니가 말했다. "예쁜 아가씨가 있는 가게에서 사겠지? 하! 하! 마이러, 얘가 얼굴을 붉히는구나. 진짜 빨개졌네."

버넌은 '멍청한 노인네'라고 생각하며 무시했다.

"그럼 아저씨는 어디서 사시는데요?" 조가 당돌하게 끼어들었다.

“하! 하!” 시드니가 큰 소리로 웃었다. “좋은 질문이다! 똑똑한 아가씨구나, 조. 하지만 내 아내 캐리에게는 비밀이다, 알았지?”

이니드는 말이 별로 없었지만 키득키득 자주 웃었다.

“이니드, 사촌오빠에게 편지 쓰는 게 어떠니?” 시드니가 물었다. “버넌도 편지를 받으면 좋겠지?”

“그렇겠죠.” 버넌이 대답했다.

“그것 봐라.” 시드니가 말했다. “네가 그랬잖니, 이 꼬마 아가씨야. 얘가 편지를 쓰고 싶은데 부끄럽다고 했거든. 이니드는 늘 네 생각을 많이 한단다. 하지만 우리만의 비밀이니까 그만하는 게 좋겠지, 이니드?”

푸짐하고 잡다한 식사가 끝나자 시드니는 버넌에게 벤트사의 성공에 대해 한바탕 떠들었다.

“쑥쑥 성장하고 있지. 성장하고 있어.”

그는 회사의 재정 상태에 대해 한참 설명했다. 이익이 배로 늘었고 영역을 확장하고 있다 등등.

버넌은 차라리 이런 이야기가 나았다. 아무 관심이 없기 때문에 다른 생각에 빠질 수 있었다. 가끔 짤막하게 맞장구만 쳐주면 되었다.

시드니는 벤트사의 권력과 영광이라는 매력적인 주제에 대해 계속 얘기했다. 그것이 영원하기를, 아멘, 하고 기도라도 할 것처럼.

버넌은 그날 아침에 사서 기차에서 읽기 시작한 악기 관련 책에 대해 생각했다. 알아야 할 게 정말 많았다. 먼저 오보에. 오보에를 활용할 아이디어가 떠오를 것 같았다. 그리고 비올라. 비올라에 대해서도 그랬다.

시드니의 이야기는 멀리서 들려오는 더블베이스 소리처럼 유쾌한 배경음악이 되었다.

이윽고 시드니가 그만 가봐야겠다고 말했다. 그는 버넌이 이니드에게 작별 키스를 하느냐 마느냐를 놓고 농담을 해댔다.

바보 같은 사람들. 버넌은 이제 자기 방으로 갈 수 있다는 것이 다행스러웠다.

문이 닫히자 마이러가 흡족한 듯이 탄식했다.

"아, 네 아버지도 있었다면 얼마나 좋았을까. 정말 행복한 저녁 시간이었어. 그이도 즐거워했을 텐데."

"아버지가 안 계셔서 아주 다행이죠." 버넌이 말했다. "아버지와 외삼촌 사이가 아주 좋았던 기억은 없는데요."

"그때는 네가 어렸잖니. 두 사람은 굉장히 친했고, 내가 행복해하면 네 아버지도 덩달아 행복해했지. 그래, 버넌, 우린 정말 행복했어."

그녀는 손수건으로 눈가를 훔쳤다. 버넌은 엄마를 물끄러미 보았다. 순간 이런 생각이 스쳤다. '정말 눈물나는 애착이군.' 그러다가 문득 '아니, 그게 아니야. 엄마는 정말로 그랬다고 믿고 있어'라는 생각이 들었다.

마이러는 추억에 젖은 듯이 부드럽게 계속 말했다.

"사실 넌 아버지를 별로 좋아하지 않았지. 분명 아버지도 가끔은 서운했을 거야. 하지만 넌 나만은 정말 사랑했어. 정말 이상할 정도로."

버넌은 갑자기 격렬하게, 속으로는 아버지를 변호하는 기분을 느끼면서 말했다.

"아버지는 엄마에게 잔인했어요."

"버넌, 어떻게 그런 말을 할 수 있니! 네 아버지는 세상에서 가장 좋은 사람이었어."

마이러는 도전적인 눈빛으로 아들을 바라보았다. 버넌은 생각했다. '엄마는 여주인공 역할에 푹 빠져 있어. 죽은 남편을 감싸주는 자신의 대단한 사랑에 감탄하면서. 아! 정말 싫다. 다 싫어.'

그는 몇 마디 웅얼거리며 엄마에게 키스한 뒤 방으로 갔다.

3

밤늦게 조가 버넌의 방문을 노크하고 들어왔다. 버넌은 의자에 늘어지듯 앉아 있었다. 바닥에 악기 관련 책이 놓여 있었다.

"왔어, 조? 정말 힘든 저녁이었어!"

"그렇게 싫었어?"

"넌 안 그랬단 말이야? 다 엉망이야. 얼간이 같은 시드니 외삼촌에 유치한 농담들까지! 죄다 바닥이야."

"흐음." 조가 신음했다. 그녀는 침대에 앉아서 생각에 잠겨 담배에 불을 붙였다.

"넌 그런 생각 안 들었어?"

"그래―어떤 면에서는 동의해."

"계속해봐." 버넌이 재촉했다.

"음, 내가 하고 싶은 말은, 그들은 상당히 행복하다는 거야."

"누가?"

"마이러 외숙모, 시드니 아저씨, 그리고 이니드. 그들은 행복하고 서로에 대해서도 아주 만족하고 있어. 이상한 건 우리야, 버넌. 너와 나. 지금까지 여기서 살았지만 우린 그들하고는 어울리지 않아. 그러니까 여기서 벗어나야 해."

버넌은 생각에 잠겨 고개를 끄덕였다.

"그래, 네 말이 맞아. 우린 여기서 벗어나야 해."

그는 환하게 미소 지었다. 앞으로 갈 길이 아주 명확해 보
였다.

스물한 살…… 애버츠 퓨이선츠…… 음악……

스물한 살…… 애버츠 퓨이선츠…… 음악……

Chapter

3

1

“다시 한번 설명해주시겠습니까, 플레밍 씨?”

“그러지.”

나이든 변호사의 입에서 정확하고 단호한 말이 담담하게 흘러나왔다. 워낙 명료해서 잘못 알아들을 여지가 없었다! 지나칠 정도였다! 의심을 가질 작은 구멍 하나 없었다.

버넌은 귀담아들었다. 얼굴이 창백해진 채 의자 팔걸이를 꽉 쥐고 앉아 있었다.

사실일 리 없었다―그럴 리 없었다! 그러나 플레밍 씨는 오래전에도 거의 똑같은 말을 하지 않았던가? 그랬다, 하지만 그때는 기대할 수 있는 ‘스물한 살’이라는 마법의 단어가 있었다. ‘스물한 살’이 축복 같은 기적처럼 모든 것을 바로잡아줘야 했다. 그런데 그 대신에.

"그러니까 아버님이 돌아가신 당시에 비하면 상황은 꽤 좋아졌다고 할 수 있네. 하지만 곤경에서 완전히 벗어났다고는 할 수 없어. 주택융자금이—"

주택융자금에 대해서는 분명 한 번도 들은 적이 없었다. 하기야 그때 그는 아홉 살이었으니 설명한들 아무 소용 없었을 것이다. 설득하려 해봤자 소용없었을 것이다. 현재로서 분명한 사실은 그가 애버츠 퓨이선츠에서 살 형편이 되지 않는다는 것이었다.

버넌은 플레밍 씨가 말을 마치기를 기다렸다가 말했다.

"하지만 만일 어머니가—"

"오, 물론이지. 데어 부인이 그럴 준비가 되셨다면—" 그는 멈췄다가 다시 말했다. "하지만 이런 말을 해도 좋을지 모르겠지만, 난 데어 부인을 만날 때마다 잘 정착하셨다는 느낌을 받았네. 사실 아주 확실히 자리를 잡으신 것 같더군. 어머니가 이 년 전 케리 로지를 매입하신 건 알고 있겠지?"

버넌은 모르고 있었다. 그러나 그 사실이 무엇을 뜻하는지는 확실히 알았다. 왜 엄마는 말하지 않았을까? 차마 말할 수 없었을까? 버넌은 엄마가 당연히 애버츠 퓨이선츠로 함께 돌아갈 거라 생각하고 있었다. 그건 그가 엄마와 거기서 같이 살기를 간절히 바라서가 아니라, 그곳이—아주 당연하게—그녀의 집이기 때문이었다.

하지만 애버츠 퓨이션츠는 엄마의 집이 아니었다. 엄마는 그 집을 케리 로지처럼 생각하지 않았다.

물론 엄마에게 호소할 수도 있었다. 간절히 원하는 일인 만큼 자신을 위해 간청해볼 수 있었다.

아니다, 그건 죽어도 싫다! 진심으로 사랑하지도 않는 사람에게 간청할 수는 없다. 버넌은 엄마를 진심으로 사랑하지 않았다. 그랬던 적이 있었다고 할 수도 없다. 이상하고 슬프고, 조금은 끔찍하지만 그래도 사실이었다.

엄마를 다시 못 본다면 괴로울까? 그렇지 않을 것이다. 엄마가 건강하고 행복하게 잘 지낸다면 안심은 할 것이다. 하지만 그리워하지 않을 거고, 엄마의 존재를 절감하지도 않을 것이다. 이상한 일이지만, 사실 그는 엄마를 사랑하지 않았다. 엄마가 몸에 손대는 것이 싫었고, 잠들기 전 키스하는 것도 고역이었다. 버넌은 엄마에게 말할 수 없었다. 엄마는 아들의 감정을 헤아리지도 이해하지도 못했다. 다정다감한 엄마지만 버넌은 그녀를 좋아한 적이 없었다! 다른 사람들이 이 사실을 알면 버넌을 욕하겠지만……

버넌은 플레밍 씨에게 조용히 말했다.

"맞는 말씀입니다. 어머니는 분명 케리 로지를 떠나고 싶어 하지 않으실 겁니다."

"현재로서는 한두 가지 대안이 있네, 데어 군. 새먼 소령이, 알다시피 그동안 쭉 세간을 갖춘 집을 임대했던 그 사람이 집을 사고 싶어하는데—"

"안 됩니다!" 버넌의 입에서 말이 총알처럼 튀어나왔다.

플레밍 씨는 미소 지었다.

"그렇게 나올 줄 알았지. 난 솔직히 반갑네. 데어가는 애버츠 퓨이선츠에서—음—오백 년 가까이 살아왔지. 하지만 내 임무를 충실히 수행하기 위해 몇 가지는 반드시 짚고 넘어가겠네. 우선 저쪽에서 제안한 매입가가 상당히 높다는 것이고, 혹시 나중에 자네가 집을 팔기로 결정한다 해도 적절한 매수인을 찾기는 쉽지 않으리란 거야."

"더 말할 것도 없습니다."

"잘 알겠네. 그렇다면 가장 좋은 방법은 재임대하는 거겠군. 새먼 소령은 매입을 원하니, 그 말인즉슨 다른 세입자를 구해야 한다는 거지. 하지만 큰 어려움은 없을 걸세. 자네가 임대 기간을 얼마로 정하느냐가 문제지. 난 다시 한번 장기임대가 바람직하다고 말하겠네. 인생은 정말 불확실하지. 몇 년 후에 사정이—음—확 달라져서 자네가 그 집에 살게 될지 누가 알겠나."

'그럴 수도 있지만 당신이 생각하는 방식대로는 아닐 겁니다. 얼간이 영감님.' 버넌은 생각했다. '그렇게 된다면 내가 음

192

악가로 명성을 얻어서일 거야, 엄마가 죽어서가 아니라. 난 엄마가 오래오래 살길 바라.'

그는 플레밍 씨와 몇 마디 더 주고받고 일어섰다.

"꽤 충격을 받은 것 같군." 늙은 변호사가 악수하며 말했다.

"네—조금은요. 제가 헛된 꿈을 꾸고 있었던 것 같습니다."

"스물한 살 생일은 어머니와 함께 보내겠지?"

"네."

"외삼촌과도 의논해보게. 시드니 벤트 씨는 아주 빈틈없는 사업가니까. 벤트 씨에게 자네 또래의 딸이 있다고 하던데?"

"네, 이니드 말이군요. 위로 두 딸은 결혼했고, 아래로 두 딸은 학생이죠. 이니드는 저보다 한 살 어립니다."

"그렇군! 또래의 사촌이 있으면 아주 좋지. 그 아이를 자주 만나게 되겠군."

"아, 그럴 것 같지는 않은데요." 버넌은 애매하게 대꾸했다.

왜 이니드를 자주 만나게 된다는 거지? 이니드는 따분한 아이였다. 물론 플레밍 씨는 그 사실을 알 리 없었다.

웃기는 영감. 대체 왜 저렇게 다 안다는 듯이 음흉한 표정을 짓는 거지?

2

"아무튼 엄마, 난 그런 젊은 후계자가 아니에요!"

"걱정할 것 없어, 버넌. 일은 저절로 해결되기 마련이니까. 아무튼 시드니 외삼촌과 잘 얘기해보렴."

어처구니없었다! 시드니 외삼촌과 이야기하는 게 무슨 도움이 된다는 걸까?

다행히 이 이야기는 더이상 거론되지 않았다. 의아했던 건 조가 원하는 대로 살게 됐다는 거였다. 조는 런던에서 지내게 됐다. 다소 감시를 받고 보호자가 따라다니긴 했지만 그래도 하고 싶은 대로 할 수 있었다.

버넌의 엄마는 친구들과 자주 비밀 이야기를 나누는 것 같았다. 어느 날 버넌이 우연히 듣게 됐다.

"그래요―둘을 갈라놓을 수가 없어서―이러는 게 현명하다고 생각했죠―그런 일이 생기면 정말 큰일이니까―"

버넌이 '얼룩고양이 2호'라고 부르는 여자가 "사촌지간에 ― 정말 어리석은 일―"이라고 했다. 그러자 마이러는 갑자기 핏대를 세우며 소리를 높였다.

"세상에! 모든 경우가 그렇지는 않죠!"

나중에 버넌이 물었다. "사촌이라니 누구요? 대체 무슨 비밀 이야기를 한 거예요?"

"비밀 이야기라니? 무슨 말인지 모르겠구나."

"내가 들어가니까 말을 뚝 끊었잖아요. 무슨 얘기를 하고 있었는데요?"

"아, 별일 아니다. 네가 모르는 사람들 이야기였어."

마이러는 얼굴을 붉혔고 당황한 듯했다.

버넌은 궁금하지 않았다. 그래서 더 묻지 않았다.

버넌은 조가 몹시 그리웠다. 조가 없는 케리 로지는 삭막했다. 이니드는 전보다 훨씬 자주 보게 됐다. 매일같이 마이러를 찾아왔고, 버넌은 내키지 않았지만 이니드를 새로 생긴 롤러 스케이트장이나 재미도 없는 파티에 데려가야 했다.

마이러는 메이 위크*에 이니드를 케임브리지에 초대하면 어떻겠느냐고 버넌에게 권했다. 끈질기게 권하는 바람에 결국 그러기로 했다. 사실 중요한 일도 아니었다. 서배스천이 조를 부를 게 뻔했고, 버넌은 그런 행사에 관심이 없었다. 댄스파티에도 흥미 없었다. 음악 공부를 방해하는 건 무엇이든……

버넌이 돌아가기 전날 저녁, 시드니가 케리 로지에 찾아왔다. 마이러는 버넌을 시드니가 있는 서재로 떠밀다시피 하며 말했다.

"시드니 외삼촌이 네게 할 이야기가 있다는구나."

---

* 케임브리지대학의 조정 경기가 있는 주간으로 5월 말 또는 6월 초.

벤트 씨는 헛기침을 하며 잠시 우물거리더니 뜻밖에도 곧장 용건을 꺼냈다. 버넌은 다른 때보다 그의 태도가 마음에 들었다. 경박한 모습은 거의 보이지 않았다.

"단도직입적으로 얘기하마, 버넌. 그러니 내 말을 중간에 자르지 말아줬으면 한다, 알겠니?"

"네, 외삼촌."

"한마디로 하면, 나는 네가 우리 회사에 들어오길 바란다. 내 말을 자르지 말랬잖니! 넌 그런 생각을 해본 적도 없을 거고, 이 제안이 별로 내키지도 않을 테지. 난 단순한 사람이야. 그래서 누구보다 현실을 직시할 수 있다. 네가 수입이 많아서 애버츠 퓨이션츠에서 품위 있게 살 수 있다면 이런 일은 생각할 필요도 없을 거야. 그래, 나도 인정한다. 너는 네 친가 가족들과 닮았지. 하지만 동시에 벤트가의 피도 흐르고 있어. 버넌, 피는 속일 수 없는 거다.

내겐 아들이 없어. 너만 괜찮다면 난 너를 아들로 삼고 싶다. 딸아이들은 부족함 없이 살고, 사실 아주 넉넉할 정도지. 미리 말해두지만 평생 일을 시키진 않을 거야. 내가 그렇게 분별 없는 사람은 아니란다. 난 너만큼이나 네 상황을 잘 알아. 너는 젊어. 케임브리지를 졸업하면 회사에 들어와라. 밑에서부터 배워야 한다는 걸 명심해야 한다. 봉급은 적당한 선에서 시작해서 차츰 올리자꾸나. 마흔 살 전에 은퇴하고 싶으면―

그래, 그럴 수 있겠지. 좋을 대로 하려무나. 그때쯤이면 넌 부자가 되어 있을 테고, 애버츠 퓨이선츠에서 살 수 있을 거다.

난 네가 일찍 결혼하길 바란다. 결혼은 젊어서 하는 게 좋아. 네 큰아들은 집안의 재산을 물려받을 테고, 다른 아들들은 능력을 펼칠 수 있는 분야에서 최고의 회사를 찾게 되겠지. 나는 벤트사가 자랑스럽고—네가 애버츠 퓨이선츠를 자랑스러워하는 것만큼—그래서 애버츠 퓨이선츠를 생각하는 네 마음을 이해해. 난 네가 그 집을 팔길 바라지 않는다. 그렇게 오랜 세월 지켜왔는데 다른 집안으로 넘기는 건 원치 않아. 그건 수치스러운 일이기도 하고. 자, 내 제안은 이거다."

"정말 친절하시군요, 외삼촌—" 버넌이 말을 시작했다.

시드니가 커다란 손을 올려 버넌의 말을 가로막았다.

"괜찮다면 오늘은 여기까지만 하자. 당장 대답을 내놓으라는 게 아니야. 사실 나라도 대답할 말이 궁했을 거다. 대답은 네가 케임브리지를 졸업한 뒤에 들어도 충분해."

그는 일어섰다.

"이니드를 메이 위크에 초대해줘서 고맙구나. 그애가 얼마나 좋아하는지 몰라. 이니드가 너를 어떻게 생각하는지 안다면 넌 아주 우쭐해질 거다. 거참, 여자는 여자라니까."

시드니는 호탕하게 웃으며 현관문을 열고 나갔다.

버넌은 얼굴을 찌푸린 채 복도에 서 있었다. 사실 시드니 외

삼촌은 정말 친절했다. 너무도 친절했다. 그렇다고 그 제안을
받아들일 생각은 없었다. 세상의 돈을 다 준다고 해도 버넌을
음악에서 떼어놓을 수는 없을 것이다……

또한 어떻게 해서든 애버츠 퓨이선츠를 지킬 생각이었다.

3

메이 위크!

조와 이니드가 케임브리지에 왔다. 버넌은 보호자로서 에설
숙모도 불렀다. 세상에 벤트가 사람들만 있는 것 같았다.

조가 다짜고짜 소리쳤다. "대체 이니드는 왜 불렀어!"

버넌이 대답했다. "엄마가 권하셨어. 뭐, 대단한 일도 아니
잖아?"

이 순간 딱 하나를 빼면 버넌에게는 아무것도 중요하지 않
았다. 조는 그 하나에 대해 서배스천과 대화했다.

"음악에 대한 버넌의 관심은 정말 진지한 걸까? 버넌이 잘
하기는 해? 순간의 열정 같지 않아?"

서배스천은 뜻밖에 진지했다.

"정말 흥미진진하다고 생각해." 서배스천이 말했다. "내가
보기에 버넌이 목표로 삼은 건 완전히 혁신적인 거야. 이제 버

넌은 기초를 다 습득했고, 놀라운 속도로 발전하고 있어. 코딩턴 교수가 인정할 정도지. 물론 그는 버넌의 아이디어를 비웃어—아니, 버넌이 자신의 아이디어를 다 말한다면 그럴 거라고. 관심을 갖는 사람은 제프리스, 수학 교수야! 그는 음악에 관한 버넌의 아이디어가 사차원적이라고 하더군.

버넌이 결국 해낼지 아니면 하찮은 미치광이 취급을 받게 될지는 모르겠어. 사실 그건 종이 한 장 차이야. 제프리스는 아주 흥미로워했지만 격려해주진 않았어. 그는 아주 지당한 지적을 했지. 새로운 것을 발견해서 세상의 인정을 받는 일은 언제나 힘들고 보답 없는 과제일 뿐이라고. 또 버넌이 발견하려는 진실들은 적어도 이백 년은 받아들여지지 않을 거라고 말이야. 이상한 노인이야. 우주의 가상곡선인가 하는 걸 연구하며 앉아 있거든.

하지만 나는 제프리스의 말을 이해해. 버넌은 새로운 것을 창조하려는 게 아니야. 이미 있는 뭔가를 발견하려는 거지. 과학자와 비슷해. 제프리스는 버넌이 어릴 때 음악을 싫어했던 게 이해되고도 남는다고 했어—버넌의 귀에는 음악이 불완전했던 거야—드로잉과 비슷해. 전체적인 균형이 맞지 않았던 거지. 버넌에게는 그 소리가 마치—아마 우리가 원시 부족의 음악을 듣는 것처럼 들렸을 거야—참기 힘든 불협화음으로.

제프리스는 독특한 아이디어가 넘치는 사람이야. 그는 정방

형과 입방체, 기하학적 도형, 빛의 속도 같은 이야기만 나오면 아주 열광해. 아인슈타인이라는 독일인과 편지를 주고받는다더군. 이상한 건 음악에는 아무 관심도 없는 그 교수가 버넌이 지향하는 것을 정확히 꿰뚫어봤다는 거야. 적어도 그는 그렇게 장담해."

조는 깊은 생각에 잠겼다.

마침내 그녀가 말했다. "난 무슨 말인지 하나도 못 알아듣겠어. 하지만 버넌이 성공 못 할 것도 없겠다 싶기는 하네."

서배스천은 비관적으로 말했다.

"나는 그렇게 생각하지 않아. 버넌이 천재일지는 모르지만, 천재라는 사실과 성공은 완전히 별개거든. 사람들은 천재를 환영하지 않아. 어쩌면 버넌은 그저 살짝 미친 건지도 몰라. 가끔 버넌이 떠들어댈 때 그렇게 보이기도 하니까. 어쨌든 버넌의 말이 옳다는 느낌이 들었어. 이상한 방식이긴 하지만, 버넌은 그걸 잘 알고 이야기하는 것 같았거든."

"시드니 아저씨가 한 제안은 알고 있니?"

"응. 버넌은 바로 거절할 생각인 것 같지만 난 나쁘지 않은 제안이라고 봐."

"버넌을 설득하지 않을 셈이야?" 조가 발끈했다.

서배스천은 얄미울 만큼 평정을 유지했다.

"모르겠어. 생각해볼 문제지. 음악에 대한 버넌의 아이디어는 혁신적인 것일 수도 있어. 하지만 아이디어를 실행으로 옮길 수 있다는 보장이 없으니까."

"정말 너무하네." 조가 고개를 돌리면서 말했다.

조는 요즘 들어 부쩍 서배스천이 거슬린다고 생각했다. 그는 자신의 냉철한 분석 능력만 과시하는 듯했다. 그는 열정을 품어도 조심스럽게 감췄다.

지금 조에게 가장 필요한 건 열정 같았다. 그녀는 가망 없는 일과 소수자들에 대해 열정을 품었다. 약자와 억압받는 이들의 열렬한 옹호자였다.

조는 서배스천이 오직 성공에만 매달린다고 생각했다. 모든 일과 모든 사람을 금전적인 기준으로만 판단한다고 내심 비난했다. 둘은 만나기만 하면 부딪치고 언쟁을 벌였다.

버넌 역시 조와 멀어진 것 같았다. 그의 관심은 오로지 음악뿐이었고, 그녀가 잘 모르는 이야기만 늘어놓았다.

그는 악기―악기의 가능성과 효용―에 완전히 사로잡혀 있었고, 그나마 조가 연주할 줄 아는 바이올린에 대해서는 별 관심이 없는 것 같았다. 조는 클라리넷, 트롬본, 바순에 대해 대화하기에 적당한 상대가 아니었다. 지금 버넌이 바라는 건 이 악기들의 연주자들과 친분을 맺어 이론적인 지식이 아닌 실질적인 지식을 얻는 일인 것 같았다.

"아는 사람 중에 바순 연주자 있어?"

조는 없다고 대답했다.

버넌은 조가 음악하는 친구들을 사귄다면 자신에게 쓸모 있었을 거라는 듯이 말했다. 그리고 상냥하게 덧붙였다. "프렌치 호른도 괜찮아."

그는 실험하듯 핑거볼 둘레를 손가락으로 긁어 소리를 냈다. 조는 몸서리치면서 두 손으로 귀를 틀어막았다. 소리는 점점 커졌다. 버넌은 꿈꾸듯 황홀하게 미소 지었다.

"이런 소리를 잘 쓰면 좋을 텐데. 어떻게 해야 할까? 둥글고 아름다운 소리야. 안 그래? 원처럼."

서배스천이 핑거볼을 억지로 빼앗자, 버넌은 방을 돌아다니며 다양한 고블릿들을 튕겨 소리를 냈다.

"이 방에 좋은 유리잔이 많네." 버넌이 감탄하며 말했다.

"너 때문에 뱃사람들이 익사하겠다!"*

"종과 트라이앵글로는 부족해? 아니면 작은 징이나—" 서배스천이 말했다.

"부족해." 버넌이 대답했다. "유리잔이 필요해…… 베네치아 글라스, 워터퍼드 글라스 같은 것들…… 네가 이런 미적 취향을 가졌다는 게 기쁘다, 서배스천. 깨져도 아깝지 않은 흔한 잔은 없을까? 쨍쨍 소리 내며 산산조각나는 걸로. 유리는

---

* 유리잔 튕기는 소리가 장례식의 종소리를 연상시킨다는 이유로 선원들은 금기시한다.

멋진 재료야!"

"고블릿 교향곡이라." 조가 신랄하게 말했다.

"안 될 게 뭐 있어? 창자샘*을 당겨보다가 거슬리는 소리를 발견한 사람도 있고, 갈댓잎을 불다가 마음에 드는 소리를 발견한 사람도 있어. 처음 황동과 쇠로 악기 만들 생각을 한 건 언제일까―책에서 본 것 같은데―"

"콜럼버스와 달걀 같군. 버넌과 서배스천의 유리 고블릿들. 석판과 석필로도 해보지 그래?"

"그런 게 있다면―"

"너무 웃기지 않아요?" 이니드가 키득댔다. 그 소리에 대화가 중단됐다―어쨌든 잠시는.

버넌은 이니드를 별달리 신경쓰지 않았다. 그는 생각에 깊이 빠져 주위를 의식하지 않았다. 이니드와 에설 숙모가 마음껏 웃어도 내버려두었다.

하지만 조와 서배스천 사이가 삐걱거리는 건 조금 신경쓰였다. 셋은 언제나 똘똘 뭉쳐 지내는 삼총사였으니까.

"'나답게 살겠다'는 조의 곡에 같은 행동이 난 마음에 안 들어." 버넌이 친구에게 말했다. "조는 늘 성난 고양이 같아. 엄마가 왜 허락했는지 모르겠어. 육 개월 전까지만 해도 한사

---

* 장선이라고도 하며, 현악기의 현을 만드는 데 쓰인다.

코 반대했거든. 뭐 때문에 갑자기 마음을 바꾼 건지 짐작도 안 가. 넌 알겠어?”

서배스천의 길고 누런 얼굴에 미소가 번졌다.

“난 알 것 같은데.” 그가 말했다.

“뭔데?”

“말 못해. 첫째, 내가 틀릴지도 모르고 둘째, (아마도) 순리대로 일어나는 일에 끼어드는 건 질색이니까.”

“러시아인다운 복잡 미묘한 사고구나.”

“그럴지도.”

버넌은 더이상 채근하지 않았다. 워낙 무심한 성격이라 자기 일이 아니면 따지지 않았다.

메이 위크는 잘 지나갔다. 그들은 춤추고, 아침을 먹고, 차를 타고 시골길을 질주했다. 버넌의 방에서 담배를 피우고 대화하고 다시 춤을 췄다. 이 기간에는 다들 으레 잠을 자지 않았다. 새벽 다섯시에 그들은 강가에 나갔다.

버넌은 오른팔이 욱신거렸다. 이니드와 춤을 췄기 때문이다. 그녀는 무거운 파트너였다. 그래도 괜찮았다. 시드니 외삼촌이 좋아하는 것 같았으니까. 사실 그는 좋은 사람이었다. 그런 제안까지 해주다니 정말 친절했다. 버넌이 벤트가의 기질이 더 강하고 데어가의 기질이 덜했다면 좋았을 텐데.

버넌의 머릿속에서 희미한 기억이 꿈틀거렸다. 누군가 이렇게 말했다. "데어가 사람들은 행복하게 살지도 못하고 성공하지도 못하니까. 잘 살아가질 못해—" 누가 그 말을 했었지? 여자 목소리, 정원이었고—담배연기가 뭉게뭉게 피어올랐는데.

서배스천의 목소리가 들렸다. "이 친구 조는 것 같은데? 일어나, 버넌! 이니드, 이 녀석에게 초콜릿을 던져봐요."

초콜릿이 버넌의 머리를 휙 스쳤다. 이니드가 키득거리며 말했다.

"똑바로 못 던지겠어요."

이니드는 아주 재미있는 말이라도 했다는 듯이 다시 킥킥거렸다. 허구한 날 키득대는 따분한 여자애. 게다가 뻐드렁니였다.

버넌은 옆으로 돌아누웠다. 평소에는 자연의 아름다움에 심취하는 일이 드물었지만, 이날 아침에는 세상의 아름다움에 폭 빠졌다. 희미하게 빛나는 강이 있고, 강기슭 여기저기에 꽃이 만개한 나무들이 있었다.

배는 천천히 하류로 떠내려갔다. 마법에라도 걸린 것처럼 고요했다. 주위에 사람이 없기 때문이었다. 세상을 망치는 건 지나치게 많은 인파였다. 떠들고 이야기하고 웃어대는 사람들. 혼자 있고 싶은데 무슨 생각 하느냐고 물어대는 사람들.

버넌은 어릴 때 느꼈던 감정을 지금도 기억했다. 날 내버려뒀으면 좋겠어. 어릴 적 습관처럼 했던 웃기는 놀이들을 떠올리며 피식 웃었다. 미스터 그린! 버넌은 미스터 그린을 또렷이 기억했다. 그리고 놀이 친구 셋이 있었다. 이름들이 뭐였지?

아이의 세계란 우습다. 용과 공주가 나오기도 하고 아주 이상하게 구체적인 현실들이 뒤섞이기도 한다. 누군가 들려준 이야기가 있었다. 초록색 작은 모자를 쓴 누더기 차림의 왕자와 탑에 사는 공주 이야기. 공주의 황금색 머리칼이 어찌나 빛났는지 그녀가 머리를 빗으면 네 개의 왕국에 빛이 비쳐들었다.

그는 고개 들어 강기슭을 바라보았다. 나무들 아래 펀트* 한 척이 묶여 있었다. 배에 네 사람이 있었지만 버넌에게는 한 사람만 보였다.

금실 같은 머리에 분홍색 드레스를 입은 여자가 분홍색 꽃이 흐드러진 나무 아래 서 있었다.

그는 보고 또 보았다.

"버넌—" 조가 나무라듯 툭 차며 말했다. "눈뜬 걸 보니 잠든 건 아니었나보네? 네 번이나 불렀잖아."

"미안해, 뭐 좀 보느라고. 저 여자 꽤 예쁘지?"

그는 아무렇지 않은 듯 가볍게 말하려고 했다. 속으로는 요란하게 외치고 있었다.

'예쁘다고? 세상에서 가장 사랑스러운 여자야. 누굴까? 그

206

래야 해. 저 여자와 결혼할 거야—'

조는 팔꿈치를 짚고 몸을 일으켜서 쳐다보다가 탄성을 내질렀다.

"뭐야! 이럴 수가—맞아, 확실해. 쟤는 넬 비어커야—"

4

그럴 리가 없다! 그럴 수는 없었다. 넬 비어커? 핏기 없는 얼굴의 말라깽이, 분홍빛 코, 어울리지도 않는 풀 먹인 옷을 입고 다니던 그 넬? 그럴 리가 없었다. 세월이 그렇게 짓궂게 장난을 칠 수도 있을까? 만약 그렇다면 세상에 확실한 건 아무것도 없다. 옛날의 넬과 지금의 넬—둘은 완전히 다른 사람이었다.

모든 게 꿈 같았다. 조가 말했다.

"저 여자가 넬인지 얘기를 해봐야겠어. 우리, 강을 건너가자."

잠시 후 감탄과 놀라움, 인사의 말이 오갔다.

"어머 물론이지, 조 웨이트! 그리고 버넌! 정말 오랜만이다!"

무척 감미로운 목소리였다. 넬이 버넌의 눈을 바라보며 미소 지었다. 수줍은 듯했다. 너무 사랑스러웠다. 버넌이 예상했던 것보다 훨씬 더 사랑스러웠다. 머저리처럼 혀가 굳어버렸군. 왜 아무 말도 못해? 근사하고 재치 있고 매력적인 말을 해야지. 금빛 도는 긴 갈색 속눈썹에 둘러싸인 눈동자가 아주 파랬다. 넬은 머리 위의 나무에 핀 꽃 같았다―아직 아무도 손대지 않은―봄꽃.

낙담의 큰 물결이 버넌을 덮었다. 넬은 그와 결혼해주지 않을 것이다. 결혼해줄 것 같은가? 이렇게 어설픈 벙어리와? 그녀가 버넌에게 말을 걸었다. 아, 그는 귀기울여 듣고 지적으로 대답해야 했다.

"너희가 이사하고 우리도 곧 떠났어. 아버지가 일을 그만두셨거든."

버넌의 머릿속에 언젠가 들은 소문이 메아리쳤다.

"비어커 씨가 해고됐대요. 너무 무능해서 그렇게 될 줄 알았어요."

넬의 목소리가 계속 들려왔다. 정말 감미로웠다. 누구라도 내용보다 소리를 귀담아듣고 싶어할 것 같은 목소리였다.

"지금은 런던에 살아. 아버지는 오 년 전에 돌아가셨고."

그는 바보 같은 줄 알면서 말했다. "아, 그랬구나. 유감이야, 정말 유감이야!"

"나중에 집주소를 알려줄 테니까 꼭 들러."

버넌은 저녁에 다시 만나고 싶은 마음을 얼떨결에 내비치고 말았다. 어디서 하는 댄스파티에 가는지 물은 것이다. 넬이 대답했고, 버넌은 실망했다. 그래도 다행인 건, 내일 밤 파티는 그들도 가기로 한 곳이었다. 버넌이 서둘러 말했다.

"저, 나와도 한두 곡 추지 않을래?—그래야 해—우린 너무 오랫동안 못 만났잖아."

"아! 그건 좀 어려울 것 같은데?" 그녀가 곤란한 듯이 말했다.

"어떻게든 해볼게, 내게 맡겨."

만남은 금세 끝나버렸다. 작별 인사가 오갔다. 그들은 다시 강 상류로 올라갔다.

조가 아주 담담한 어조로 말했다.

"정말 이상하지 않니? 넬 비어커가 저런 미인이 될 거라고 누가 상상이나 했겠어? 지금도 예전처럼 멍청할까?"

모욕이었다! 버넌은 조와 자신 사이에 바다가 놓인 것 같았다. 조는 아무것도 보지 못했다.

넬이 결혼해줄까? 그럴까? 어쩌면 버넌 따위는 쳐다보지도 않을 것이다. 많은 남자가 그녀를 흠모하고 있을 테니까.

버넌은 크게 낙담했다. 캄캄한 고통이 그를 휘감았다.

5

버넌은 넬과 춤추고 있었다. 그는 꿈에도 생각지 못했던 행복을 맛보았다. 그의 품에 안긴 넬은 깃털이나 장미 잎사귀 같았다. 넬은 어제와 다른 분홍색 드레스를 입고 있었다. 드레스 자락이 몸 주위에서 나풀거렸다.

인생이 언제나 지금 같다면—영원히.

물론 이런 순간은 영원히 계속될 수 없었다. 버넌에게는 일초 같던 음악이 끝났다. 둘은 나란히 의자에 앉았다.

버넌은 넬과 오래오래 이야기하고 싶었지만, 어떻게 시작해야 할지 알 수 없었다. 그는 댄스플로어와 음악에 대해 바보같이 떠드는 자신의 목소리를 듣고 있었다.

바보 같다—최악의 바보! 몇 분 후면 다시 음악이 시작될 텐데. 다른 남자가 넬과 춤을 출 텐데. 버넌은 작전을 세워야 했다. 다시 만날 기회를 만들어야 했다.

넬이 이야기하고 있었다. 막간의 잡담이었다. 런던 이야기— 계절 이야기. 생각하기도 싫었다—넬은 매일 밤 댄스파티에 갔다—하루에 세 군데나 가는 날도 있었다. 그리고 그는 이곳에 다리가 묶인 사람이었다. 그녀는 누군가와 결혼할 것이다—돈 많고 똑똑하고 재치 있는 남자가 그녀를 채갈 것이다.

버넌은 런던에 갈 계획에 대해 웅얼대며 말했고, 넬은 주소를 알려줬다. 엄마도 버넌을 보면 무척 반가워할 거라고 했다. 버넌은 주소를 적었다.

음악이 다시 시작됐다. 버넌이 애가 타서 말했다.

"넬, 저, 넬이라고 불러도 될까?"

“그럼, 물론이지.” 그녀가 웃음을 터뜨렸다. “우리가 코뿔소에게 쫓기는 줄 알고 도망칠 때 날 말뚝 울타리 위로 끌어올려 준 거 기억나?”

그때 넬을 성가셔했던 기억이 났다. 넬을 성가셔했다니!

그녀가 말을 이었다. “난 버넌이 멋지다고 생각했었어.”

멋지다고 생각했었다고? 하지만 지금은 그렇게 생각할 리 없었다. 버넌은 또 한번 절망적인 기분이 되었다.

“난—나는 끔찍하게 못된 녀석이었어.” 버넌이 중얼거렸다. 왜 지적이고 현명하고 재치 있게 말하지 못할까?

“아니야, 버넌은 착한 아이였어. 서배스천은 여전하겠지?”

서배스천. 넬은 그를 서배스천이라고 불렀다. 그럴 만하다고 버넌은 생각했다. 자신에게는 버넌이라고 부르니까. 서배스천이 조 외의 여자들은 안중에도 없는 것이 정말 다행이었다. 서배스천은 부와 지성을 겸비한 남자였다. 넬이 서배스천을 좋아할까? 버넌은 궁금했다.

“어디서건 귀만 보면 알아볼 거야!” 넬이 웃으면서 말했다.

버넌은 마음이 놓였다. 서배스천의 귀를 까맣게 잊고 있었다. 그 귀를 눈여겨본 여자라면 사랑에 빠질 리 없다. 가여운 서배스천. 그렇게 흉한 귀를 가졌다니 운도 없다.

넬의 파트너가 걸어오고 있었다. 버넌은 서둘러 말했다.

“다시 만나서 정말 좋았어. 날 기억해줘. 난 런던에 갈 거야.

저, 저기, 다시 만나서 정말 좋았어.”(이런, 빌어먹을! 아까도 말했잖아!)“내 말은—대단히 기뻤다고. 넬은 모를 거야. 나 잊지 않을 거지?”

넬은 그에게서 떨어졌다. 버넌은 바너드의 품에 안겨 빙빙 도는 그녀를 바라보았다. 설마 저 녀석을 좋아하는 건 아니겠지? 바너드는 진짜 바보였다.

그녀가 바너드의 어깨 너머로 버넌을 보았다. 그리고 미소 지었다.

버넌은 다시 천국에 있는 기분이었다. 넬은 그를 좋아했다— 버넌은 그렇다는 것을 알았다. 자신을 보고 미소 지었으니까……

6

메이 위크가 끝났다. 버넌은 책상 앞에 앉아서 편지를 썼다.

친애하는 시드니 외삼촌

외삼촌의 제안을 고민해봤습니다. 외삼촌이 지금도 원하신다면 벤트사에 들어가고 싶습니다. 도움이 못 되어드릴까 걱정이지만, 열심히 노력하겠습니다. 외삼촌의 친절에 지금도 크게 감사하고 있습니다.

잠시 멈췄다. 서배스천이 가만있지 못하고 방안을 서성거렸다. 버넌은 그의 행동이 거슬렸다.

"부탁인데 제발 좀 앉아." 버넌이 짜증스러운 듯이 말했다. "무슨 일인데 그래?"

"아무것도 아냐."

서배스천은 평소와 달리 군말 없이 앉았다. 그는 파이프에 담배를 재고 불을 붙였다. 그리고 연기를 내뿜으며 말했다.

"버넌, 사실 메이 위크 마지막날 밤에 조에게 청혼했어. 조는 거절했고."

"안됐군!" 버넌이 말했다. 그러다 어떤 기억이 떠올랐고, 동정적이 되었다. "그러다가 변덕 부릴지도 몰라. 여자들은 다 그러니까." 버넌은 자신 없이 말했다.

"망할 놈의 돈 때문이야." 서배스천이 화를 내며 말했다.

"망할 놈의 돈 때문이라니?"

"내 재산 때문이라고. 조는 어릴 때부터 결혼은 나와 할 거라고 말했어. 조는 날 좋아해. 그건 분명해. 그런데 지금은 내 말과 행동을 좋아하지 않는 것 같아. 내가 고통받거나 무시당하는 사람이라면, 사회가 원치 않는 사람이라면, 조는 틀림없이 당장 나와 결혼할 거야. 조는 언제나 패자 편이니까. 그건 어떤 의미에서는 훌륭한 면모지만, 정도가 지나치면 아주 비합리적인 거야. 조는 비합리적이야."

"흠." 버넌은 건성으로 대답했다.

버넌은 자기 생각에 여념이 없었다. 서배스천이 조에게 연연하는 것이 이상했다. 서배스천에게 어울릴 만한 여자는 많았다. 버넌은 편지를 다시 읽어보고 한 문장을 덧붙였다.

"제 한몸 바쳐 일하겠습니다."

Chapter

4

1

"다른 남자가 필요해." 비어커 부인이 말했다.

그녀가 얼굴을 찌푸리자, 솜씨 좋게 연하게 그린 눈썹이 일자가 되었다.

"웨더릴 그 청년이 정말 짜증나게 우릴 실망시키는구나." 그녀가 덧붙였다.

넬은 시큰둥하게 고개를 끄덕였다. 그녀는 아직 옷을 갈아입지 않고 의자 팔걸이에 걸터앉아 있었다. 연분홍색 기모노 가운 위로 금발이 물결치듯 흘러내렸다. 넬은 아주 사랑스럽고 아주 젊고 무방비한 상태였다.

상감세공이 된 책상 앞에 앉은 비어커 부인은 찌푸린 채 생각에 잠겨 펜대 끝을 물었다. 언제나 무척 단호한 인상을 풍겼지만, 오늘은 한층 더했다. 인생의 세파를 부단히 헤치며 살아왔지만 이제 그녀는 질곡에 빠져 있었다. 임대료도 감당할 수 없는 집에 살면서 딸에게는 분수에 넘치는 옷을 사줬다. 다른 이들처럼 주위의 부추김 때문이 아니라 순전히 자발적으로 외상으로 물건을 샀다. 빚쟁이들에게 고개 숙이는 법이 없었고, 오히려 으름장을 놓았다.

그래서 넬은 다른 아가씨들처럼 어디든 가고 무엇이든 할 수 있었으며, 그들보다 더 잘 차려입었다.

"따님이 아름다우세요." 재봉사들은 그렇게 말하면서 다 안다는 표정으로 비어커 부인과 눈을 맞췄다.

미모가 출중한 이 아가씨는 일이 잘 풀리면 아마도 사교계 데뷔 첫 시즌, 늦어도 두번째 시즌이 가기 전에 결혼할 것이고, 그러면 그들도 풍성한 수확을 거둘 것이었다. 그들은 이런 도박에 익숙했다. 딸은 아름다웠고, 그녀의 어머니는 산전수전 다 겪은 여자였다. 재봉사들은 이 부인이 계획한 일을 성공시키는 데 능란한 사람이라는 것을 알아봤다. 그녀는 딸이 흡족한 배우자를 만나도록, 보잘것없는 사람과 결혼하지 않도록 단단히 살필 터였다.

비어커 부인이 겪었던 어려움과 차질, 스스로 벌였던 일의 씁쓸한 실패들은 본인 말고는 아무도 몰랐다.

"어니스클리프가 있긴 하지." 비어커 부인이 생각에 잠겨 말했다. "하지만 그 청년은 사람들과 잘 어울리지도 못하고 변변한 재산도 없어."

넬은 분홍색 매니큐어를 바른 손톱을 내려다보았다.

"버넌 데어는 어때요?" 넬이 말했다. "이번 주말에 런던에 온다고 편지를 보냈더라고요."

"그런대로 괜찮지." 비어커 부인이 말하고 딸을 예리한 눈으로 바라보았다. "넬―설마―어리석게 버넌에게 빠진 건 아니겠지? 요즘 우리가 버넌을 너무 많이 만났나보구나."

"그는 춤도 잘 추고 아주 똑똑해요." 넬이 말했다.

"그래," 비어커 부인이 말했다. "그래서 안타깝지."

"뭐가요?"

"재산이 별로 없잖니. 애버츠 퓨이선츠 같은 저택에서 살려면 돈 많은 여자와 결혼해야 할 거야. 주택융자까지 잡혀 있으니까. 내가 알아봤어. 물론 어머니가 죽으면 얘기가 달라지겠지만…… 하지만 그 부인은 여든 살 아흔 살까지도 너끈히 살 만큼 팔팔하지. 게다가 재혼을 할 수도 있고. 안 돼, 버넌 데어는 결혼 상대로 가당치도 않아. 딱하게도 네게 푹 빠져 있긴 하지만."

"그렇게 생각하세요?" 넬이 나지막한 목소리로 물었다.

"누구라도 알 거다. 얼굴에 쓰여 있으니까. 하긴 그 나이의 남자들이 다 그렇지. 한 번쯤은 그런 풋사랑을 겪으니까. 하지만 바보같이 굴면 안 돼, 넬.”

“아, 엄마, 버넌은 아직 소년 같아요—아주 좋은 사람이지만 아직 소년 같다고요.”

“잘생긴 소년이지.” 비어커 부인이 냉정하게 말했다. “지금 네게 경고하는 거야. 갖지 못할 남자를 사랑하는 건 고통스러우니까. 그리고 더 안 좋은 건—”

비어커 부인이 말을 멈췄다. 엄마의 생각이 어디로 흘러가는지 넬은 잘 알았다. 한때 비어커 대위는 파란 눈의 미남이었지만 무일푼의 젊은 하급 장교였다. 비어커 부인은 사랑에 빠져 그와 결혼하는 어리석은 실수를 했다. 그녀는 몹시 후회하며 살았다. 나약한 남자, 패배자, 술주정뱅이. 도의적으로 보아도 환멸만 가득했다.

“헌신적인 사람은 언제나 쓸모가 있는 법이지.” 비어커 부인은 실용적인 관점으로 돌아가서 말했다. “물론 버넌 때문에 네가 다른 사람과 사귈 기회를 놓치는 건 곤란해. 넌 똑똑해서 그에게 휘둘리진 않겠지만. 그래, 버넌에게 편지를 써라. 다음 일요일에 식사하러 오지 않겠느냐고.”

넬은 고개를 끄덕이고 일어나서 방으로 왔다. 질질 끌리는 가운을 벗어던지고 옷을 갈아입었다. 뻣뻣한 솔빗으로 긴 금발을 빗어 작고 예쁜 머리 위로 말아올렸다.

창문이 열려 있었다. 그을음이 묻은 런던의 참새가 시끄럽게 짹짹거렸다.

넬은 가슴이 답답했다. 아, 왜 모든 게 이토록—이토록—

이토록 뭐? 그녀는 몰랐다—밀려드는 감정을 표현할 수가 없었다. 이렇게 곤란하지 않고 잘될 수는 없을까? 하느님에게는 아주 쉬운 일일 텐데.

넬은 하느님에 대해 별로 생각하지 않았지만, 당연히 그 존재는 믿었다. 하느님이 모든 걸 올바르게 이끌어주시겠지.

런던의 여름날 아침, 넬 비어커는 아이 같은 감정에 빠져 있었다.

2

버넌은 최고의 행복에 빠져 있었다. 아침에 공원에서 넬과 만나는 행운을 누렸고, 이제 눈부시게 황홀한 저녁을 앞두고 있었다! 너무 행복해서 비어커 부인까지 친근하게 느껴질 정도였다.

평소라면 '저 여자는 고르곤* 같아'라고 느꼈겠지만, 이날은 이렇게 중얼거렸다. '알고 보면 그렇게 나쁜 사람이 아닐지도

---

* 그리스신화에 등장하는 세 자매 괴물로, 머리카락이 뱀으로 되어 있다.

몰라. 어쨌거나 넬을 많이 사랑하잖아.'

버넌은 만찬에 모인 사람들을 세심하게 살폈다. 넬과는 비교가 안 되는, 초록색 드레스를 입은 그저 그런 여자가 있었다. 또 키가 크고 가무잡잡한 소령이 있었다. 아주 말끔하게 차려입은 그는 인도에 대해 떠들어댔다. 못 봐줄 정도로 으스대는 위인이었다. 버넌은 그가 싫었다. 뻐기고 거들먹거리고 잘난 체하는 꼴이라니! 그러다가 가슴이 서늘해졌다. 넬은 이 작자와 결혼해 인도로 떠날 것이다. 버넌은 알았다, 그냥 알 수 있었다. 그는 정식의 한 코스를 사양하고 초록색 드레스를 입은 여자가 애써 말을 걸었는데도 무성의하게 대답해 그녀를 무안하게 만들었다.

또다른 남자는 나이가 더 많았다. 버넌보다 훨씬 많았다. 나무토막 같은 체형에 아주 꼿꼿했다. 회색 머리, 파란 눈, 각지고 단호한 얼굴. 미국식 억양이 전혀 없어서 아무도 눈치채지 못했지만 그는 미국인이었다.

그는 딱딱하고 약간 형식적인 말투로 이야기했다. 얘기를 들어보니 자산가 같았다. 버넌은 비어커 부인의 재혼 상대로 안성맞춤이라고 생각했다. 그녀가 이 미국인과 재혼한다면 딸의 결혼에 안달하는 어리석은 삶에서 벗어날 수 있을 것이다.

쳇윈드는 넬에게 무척 탄복한 듯했고, 그건 아주 자연스러운 일이었다. 그는 비어커 부인과 넬 사이에 앉아 넬에게 진부한 찬사를 던졌다.

"이번 여름에 따님과 함께 디나르*에 가시지 않겠습니까?"
그가 말했다. "꼭 같이 가시죠. 꽤 여러 명이 갈 겁니다. 멋진
곳이죠."

"재미있을 것 같네요, 쳇윈드 씨. 하지만 갈 수 있을지 모르
겠네요. 방문하겠다고 약속드린 분이 너무 많고 또 할일도 많
아서—"

"워낙 많은 초대를 받으셔서 제 차례가 멀다는 건 알고 있습
니다. 이번 시즌 최고 미인의 어머니라고 축하드릴 때 따님이
듣고 마음 상하지 않았기만 바랄 뿐입니다."

데이커 소령이 하는 말도 들렸다.

"그래서 마부에게 한마디했죠—"

데어가 남자들은 모두 군인이었다. 버넌은 자신이 왜 군인
이 되지 않고 외삼촌의 회사에 들어갔는지 생각해봤다. 그러
고는 스스로를 비웃었다. 지나치다 싶을 만큼 질투가 났다. 빈
털터리 하위층보다 초라한 처지가 있을까? 넬을 차지할 가능
성은 전혀 없을 텐데?

미국인들은 아주 지루하게 말을 늘어놓았고, 버넌은 쳇윈드
의 목소리에 지쳐갔다. 만찬이 빨리 끝나면 좋겠는데! 넬과 함

---

* 프랑스 서부 연안의 휴양 도시.

께 나무 그늘을 거닐 수 있다면.

넬과 산책하는 일은 쉽지 않았다. 비어커 부인이 방해했다. 어머니와 조의 안부를 물으면서 그를 잡아두었다. 전술에서 그는 비어커 부인의 상대가 되지 못했다. 그는 계속 그 자리에서 대답하고, 대화를 즐기는 척해야 했다.

한 가지 위안거리가 있었다. 넬이 데이커 소령이 아니라 그 나이 많은 남자와 산책을 나갔던 것이다.

그들은 산책길에서 갑자기 마주쳤다. 모두 서서 대화를 나눴다. 기회였다. 버넌은 넬 옆으로 가는 길을 찾았다.

"가자, 어서. 서둘러."

버넌은 해냈다! 넬을 무리에서 빼냈다. 그가 너무 서두르는 바람에 넬은 뛰다시피 했다. 하지만 넬은 아무 말도 하지 않았다. 싫다고 하지도, 웃어넘기지도 않았다.

사람들 목소리가 점점 멀어졌다. 이제 다른 소리가 들려왔다. 급하게 몰아쉬는 넬의 숨소리였다. 너무 빨리 뛰었나? 버넌은 왠지 그것 때문이 아니라는 생각이 들었다.

그는 속도를 늦췄다. 이제 둘만 있었다. 세상에 단둘이었다. 버넌은 무인도에 있다 해도 이렇게까지 호젓할 수는 없을 거라고 생각했다.

무슨 말이든 해야 했다. 일상적이고 자연스러운 말. 안 그러면 넬은 일행에게 돌아가버릴 텐데, 버넌은 그렇게 놔둘 수 없었다. 다행히 그녀는 그의 심장이 얼마나 뛰는지—목구멍 근처에서 크게 쿵쿵댔다—알지 못했다.

그가 대뜸 말했다.

"난 외삼촌 회사에 들어갔어, 넬도 알겠지만."

"응, 알아. 일은 마음에 들어?"

차분하고 다정한 목소리. 더이상 동요의 기미는 없었다.

"그렇게 마음에 들지는 않아. 하지만 해야지."

"일에 대해 더 알게 되면 흥미로워질 거야."

"글쎄, 그럴 수 있을지 모르겠어. 단추 만드는 회사거든."

"아, 그렇구나. 그래, 그렇게 흥미로울 것 같지는 않네."

잠시 침묵이 흐르다가 넬이 아주 부드럽게 말했다.

"그 일이 많이 싫은 거야, 버넌?"

"그런 것 같아."

"가여워라. 난—나는 그 기분 알 것 같아."

누군가가 이해해주는 것만으로도 세상은 달라진다. 다정한 넬! 버넌은 떨리는 목소리로 말했다.

"아, 그렇게 말해주다니, 넬은 정말 상냥해."

다시 침묵이 흘렀다. 보이지 않는 감정의 무게가 침묵을 더욱 무겁게 했다. 넬은 겁먹은 듯했다.

"그런데 버넌, 음악 공부를 하고 있지 않았어?" 그녀가 서두르듯 말했다.

"그랬지. 하지만 포기했어."

"왜? 너무 아깝잖아."

"음악은 내가 세상에서 가장 하고 싶은 일이지. 하지만 도움이 안 돼. 난 돈을 벌어야 하고―" 넬에게 말해야 할까? 이런 순간에? 버넌은 도저히 그럴 수 없었다―그냥 그럴 수가 없었다. 그는 곧바로 더듬거리며 말했다. "애버츠 퓨이선츠―넬도 애버츠 퓨이선츠 기억하지?"

"물론이야. 지난번에도 그 집에 대해 얘기했잖아."

"미안. 오늘밤 내가 멍청이가 됐나봐. 그래, 언젠가는 꼭 거기 돌아가서 살고 싶어."

"대단한 것 같아."

"대단하다고?"

"응. 좋아하는 모든 걸 포기하고 자기가 선택한 일을 좋아하기로 한 거잖아. 그건 굉장한 거야!"

"그렇게 말해줘서 정말 고마워. 그게―아! 그런 말이 얼마나 힘이 되는지 넬은 모를 거야."

"정말?" 넬은 아주 나지막이 말했다. "나도 고마워."

그녀는 생각했다. '돌아가야 해. 이제 돌아가야 해! 엄마가 많이 화낼 거야. 내가 지금 뭐하는 거지? 난 가서 조지 쳇윈드 씨 이야기를 들어줘야 하지만 그 남자는 너무 지루해. 아, 하느님, 엄마가 많이 화내지 않게 도와주세요.'

넬은 계속 버넌과 함께 걸었다. 숨이 찼다―이상했다―뭐가 잘못된 걸까? 버넌이 아무 말이라도 해주면 좋을 텐데. 그는 무슨 생각을 하고 있을까?

넬은 무심한 듯이 물었다.

"조는 잘 지내?"

"예술에 푹 빠져 있지. 둘 다 런던에 사니까 자주 볼 수도 있지 않아?"

"조는 한 번 봤어. 그게 전부야." 넬은 멈췄다가 머뭇거리며 덧붙였다. "조는 날 좋아하지 않는 것 같아."

"무슨 소리야. 당연히 널 좋아해."

"아니, 조는 날 우습다고 생각해. 그저 파티나 무도회에 돌아다닌다고."

"넬을 잘 아는 사람이라면 아무도 그렇게 생각 안 할 거야."

"나도 모르겠어. 난 너무―그래, 너무 바보 같다는 생각이 들 때가 있어."

"넬이? 바보 같다고?"

믿을 수 없다는 듯한 따뜻한 목소리였다. 고마운 버넌. 그의 말은 그녀를 좋은 여자라고 생각한다는 뜻이었다. 그녀의 엄마가 제대로 알아보았다.

두 사람은 얕은 물 위에 있는 작은 다리에 다다랐다. 다리 위에 나란히 섰다. 그리고 몸을 굽혀 물을 내려다보았다.

버넌은 숨이 막힌 듯한 목소리로 말했다.

"아름다워."

"응."

다가오고 있었다—그것이 다가오고 있었다. 넬은 그것이 뭔지 분명히 알 수는 없었지만, 느낄 수는 있었다. 온 세상이 멈춘 것 같았고, 뛰어오르고 솟구치기 위해 잠깐 숨을 고르는 것 같았다.

"넬—"

무릎이 왜 이렇게 후들거리는 것 같을까? 목소리는 또 왜 이렇게 멀리서 나는 것 같을까?

"응."

이 작고 이상한 목소리가 내 목소리가 맞을까?

"아, 넬—"

버넌은 말해야 했다. 그래야 했다.

"사랑해—정말 사랑해—"

"그래?"

설마 내가 이렇게 말한 건 아니겠지? 어떻게 그렇게 멍청한 대답을 할 수 있지? "그래?"라니. 그녀의 목소리는 딱딱하고 어색했다.

버넌은 넬의 손을 잡았다. 버넌의 손은 따뜻했고 넬의 손은 차가웠다. 그러나 두 손 다 떨리고 있었다.

"혹시—넬도—넬도 날 사랑하게 될 거 같아?"

넬은 거의 무의식적으로 대답했다. "모르겠어."

그들은 얼빠진 아이들처럼 우두커니 서 있었다. 두려움에 가까운 황홀감에 사로잡혀 손을 맞잡은 채.

곧 무슨 일인가 일어날 것만 같았다. 그들은 그게 뭔지 알 수 없었다.

어둠 속에서 두 사람의 그림자가 나타났다. 갈라진 웃음소리, 키득대는 여자 목소리.

"두 사람 여기 있었군요! 낭만적인 곳인데요!"

초록색 드레스를 입은 여자와 데이커라는 멍청이였다. 넬은 아주 침착하고 재치 있게 대답했다. 여자들은 대단했다. 넬은 달빛 아래로 걸어갔다. 침착하고 담담하고 느긋했다. 그들은 함께 걸으면서 대화하고 가벼운 농담도 주고받았다. 잔디밭에 다다라보니, 비어커 부인과 조지 쳇윈드가 있었다. 버넌은 쳇윈드가 무척 침울해 보인다고 생각했다.

비어커 부인은 버넌에게 유독 차가웠다. 작별 인사를 할 때는 무례하다 싶을 정도였다.

버넌은 개의치 않았다. 여기서 벗어나 혼자 기억에 파묻히고픈 마음뿐이었다.

넬에게 말했다—그는 그녀에게 털어놓았다. 그리고 감히 그녀에게 자신을 사랑하게 될 것 같은지 물었다—그랬다. 넬은 비웃는 대신 "모르겠어"라고 대답했다.

하지만 그 말은—그 말의 의미는—아! 믿을 수가 없었다! 넬, 요정 같은 넬, 정말로 아름다운 넬, 다가갈 수 없는 넬. 넬은 그를 사랑했다. 적어도 그를 사랑할 마음이 있었다.

버넌은 밤새도록 걷고 또 걷고 싶었다. 버밍엄행 자정 기차에 오르는 대신. 젠장! 계속 걸을 수 있다면 얼마나 좋을까—아침까지 걸을 수 있다면.

초록색 작은 모자를 쓰고 마술피리를 부는 동화 속 왕자처럼!

그때 불현듯 음악과 함께 모든 것이 떠올랐다—높은 탑과 폭포처럼 흘러내리는 공주의 금발—탑에 사는 공주를 부르는, 왕자의 잊히지 않는 기묘한 피리 소리.

이 음악은 버넌이 원래 착상했던 것보다 기존의 캐논 형식에 더 맞아떨어졌다. 내적 풍경을 그대로 유지하면서 기존 형식의 한계까지 치달았다.

그는 탑 같은 음악—공주의 보석처럼 둥근 공 같은 음악—방랑하는 왕자처럼 경쾌하고 거침없고 무법자 같은 음악을 들었다. "오라, 내 사랑. 오라—"

버넌은 마법에 걸린 세상을 떠돌듯 텅 비고 칙칙한 런던의 거리를 걸었다. 검은 덩어리 같은 패딩턴역이 보였다.

버넌은 기차에서 한숨도 자지 않고 편지 봉투 뒷면에 깨알같이 뭔가를 적었다. '트럼펫' '프렌치호른' '잉글리시호른'.

각 악기 옆에는 그가 듣고 이해한 것을 표현하는 선과 곡선을 그렸다.

그는 행복했다……

3

"한심하구나. 어떻게 그런 생각을 할 수 있지?"

비어커 부인은 크게 화를 냈다. 넬은 그 앞에 멍하고 가련한 모습으로 서 있었다.

부인은 매몰차고 신랄하게 몇 마디 더 쏘아붙이고는 잘 자라는 인사도 없이 몸을 홱 돌려 방에서 나가버렸다.

십 분 후 잠자리에 들 준비를 마친 비어커 부인은 갑자기 무의식적으로 웃었다. 으스스한 웃음이었다.

'그렇게까지 화낼 필요는 없었어. 솔직히 조지 쳇윈드를 생각하면 오히려 잘된 일이야. 정신이 번쩍 들었을 테니까. 그에게는 자극이 필요해.'

그녀는 불을 끄고 만족스럽게 잠들었다.

넬은 잠들지 못하고 누워 있었다. 계속 그날 밤 일을 떠올리면서 순간순간의 감정, 오간 말 한마디 한마디를 되새겼다.

버넌이 뭐라고 했지? 난 뭐라고 대답했지? 이상하게도 기억이 나지 않았다.

버넌이 자신을 사랑하게 될 것 같냐고 물었을 때—뭐라고 대답했지? 넬은 대답할 수 없었다. 눈앞 어둠 속에서 그 장면이 떠올랐다. 버넌이 그녀의 손을 잡았다. 갈라지고 자신 없는 그의 목소리가 들렸다. 넬은 눈을 감고 몽롱하고 감미로운 꿈에 빠져들었다.

인생은 아름다웠다—정말 아름다웠다……

Chapter

5

1

"그럼 날 사랑할 수 없다는 거야?"

"아니야, 버넌! 당신을 사랑해. 아, 당신이 이해하려고만 해 준다면!"

둘 사이의 갑작스러운 균열에 당황한 그들은 절망적으로 마주보았다. 이상하고 예측할 수 없고 변덕스러운 인생. 조금 전까지만 해도 그들은 서로를 아주 가깝게 느끼면서 저녁 시간을 보냈다. 그러나 이제 그들은 극과 극에 있는 것 같았고, 이해심이 부족한 상대에게 실망하고 상처받았다.

넬은 절망스럽다는 듯이 돌아서서 의자에 쓰러지듯 앉았다.

어쩌다 이렇게 됐지? 영원할 것 같았던 그때 그대로일 순 없을까? 래닐러에서 함께한 저녁, 행복에 겨워 잠 못 이루던

밤. 그날 밤 넬은 버넌의 사랑을 확인한 것만으로도 충분했다. 엄마의 심한 나무람도 그녀를 흔들지는 못했다. 엄마의 목소리는 멀리서 들려왔다. 그 목소리는 황홀한 꿈으로 엮인 빛나는 망을 뚫고 들어오지 못했다.

다음날 아침 넬은 행복한 기분으로 깼다. 그녀의 어머니는 기분이 좋아 보였고 더이상 아무 말도 하지 않았다. 넬은 비밀스러운 감정에 휩싸인 채 평소와 같은 하루를 보냈다. 친구들과 수다를 떨고 공원을 거닐고 점심식사를 하고 독서를 하고 댄스파티에 갔다. 누구도 그녀의 변화를 알아차릴 수 없다고 넬은 확신했다. 그러면서도 가슴 깊이 흐르는 한줄기 감정을 의식하고 있었다. 아주 잠깐씩 넬은 대화의 갈피를 놓치면서 "아, 넬—정말 사랑해"라는 말을 떠올렸다. 어두운 수면에 드리운 달빛. 그녀의 손을 잡은 그의 손…… 그녀는 얼핏 몸을 떨며 황급히 정신을 차리고 다시 대화에 끼어들었고, 웃었다. 아아, 그보다 더 행복할 수 있을까—정말 행복했다.

그러다가 궁금해졌다. 버넌이 편지를 쓸까? 넬은 우편물을 눈여겨보았고, 집배원이 대문을 두드릴 때마다 살짝 두근거렸다. 이틀 후 드디어 그의 편지가 왔다. 그녀는 다른 우편물들 밑에 그 편지를 숨겼다가 침대에 올라가서야 두근거리며 열어보았다.

넬! 소중한 넬! 당신도 진심이었던 거지? 편지를 세 통이나 썼다가 다 찢어버렸어. 혹시 기분 상하게 할 말을 쓴 게 아닌가 걱정돼서. 어쩌면 당신이 진심이 아니었을지도 모르니까. 하지만 진심이었겠지? 넬은 정말 사랑스러운 여자야. 그리고 난 당신을 미치도록 사랑해. 난 온종일, 이십사 시간 내내 당신 생각만 해. 당신을 생각하느라 회사에서도 큰 실수를 저지르곤 해. 하지만 넬—난 열심히 일할 거야. 정말 보고 싶어 죽겠어. 내가 런던에 언제 가면 좋을까? 빨리 보고 싶어. 내 사랑, 내 사랑 넬, 하고 싶은 말이 너무 많아. 편지에는 쓸 수 없어. 그러면 당신을 지루하게 만들 테니까. 언제가 좋은지 알려줘. 제발 곧 볼 수 있기를. 하루라도 빨리 보지 못한다면 난 미쳐버릴 거야.

영원한 당신의 버넌

넬은 편지를 읽고 또 읽었고, 잠들기 전 베개 밑에 뒀다가 다음날 아침 다시 꺼내 읽었다. 그녀는 정말 행복했다, 말로 다 못할 만큼 행복했다. 답장은 그 이튿날에 썼다. 막상 펜을 들자 서먹하고 어색한 기분이 들었다. 뭐라고 써야 할지 알 수 없었다.

버넌—

우습지 않을까? 사랑하는 버넌이라고 써야 할까? 아니, 그럴 수는 없었다. 그런 말을 쓸 수는 없었다.

버넌
편지 고마워.

한참의 정적. 넬은 펜대 가운데를 물고는 고민에 빠져 눈앞
의 벽만 멍하니 바라보았다.

우리는 금요일에 하워즈가에서 여는 댄스파티에 갈 거야.
여기서 함께 식사하고 우리와 같이 가는 게 어때? 여덟시야.

더 오랜 정적. 뭔가 써야 했다, 쓰고 싶었다. 넬은 몸을 숙이
고 바삐 적었다.

나도 당신이 보고 싶어—아주 많이.

당신의 넬

버넌이 답장했다.

사랑하는 넬
금요일에 꼭 갈게. 정말 고마워.

편지를 읽으면서 넬은 가벼운 낭패감을 느꼈다. 자신이 보낸 편지가 그를 언짢게 했을지도 모른다고 생각했다. 편지가 너무 짧았나? 행복한 기분이 사라져버렸다. 그녀는 괴로움과 불안에 싸여 자신을 탓하느라 잠도 이루지 못했다.

그리고 금요일 밤이 되었다. 버넌을 보는 순간 넬은 안도했다. 방안 이쪽과 저쪽에서 둘의 눈이 마주쳤다. 세상이 다시 행복으로 빛났다.

저녁식사 때 두 사람은 떨어져 앉았다. 댄스파티의 세번째 곡이 시작되고서야 둘은 제대로 대화할 수 있었다. 그들은 은은하고 감상적인 왈츠에 맞춰 번잡한 방안을 빙빙 돌았다. 버넌이 속삭였다.

"내가 춤 신청을 너무 많이 한 걸까?"

"아니."

버넌과 있으면 넬은 이상하게도 혀가 굳어버리는 것 같았다. 음악이 끝났지만 버넌은 잠시 그녀를 그대로 안고 있었다. 그는 넬의 손가락을 꽉 쥐었다. 넬은 그를 바라보며 생긋 웃었다. 두 사람 다 행복에 겨워 어쩔 줄 몰랐다. 잠시 후 버넌은 다른 여자와 가벼운 이야기를 나누며 춤을 추었다. 넬은 조지 쳇윈드와 추었다. 한두 차례 넬과 버넌의 눈이 마주쳤고, 둘은 보일 듯 말 듯 미소를 주고받았다. 둘만의 비밀이 있다는 것이 짜릿했다.

다시 넬과 춤을 출 때 버넌의 기분은 달랐다.

"넬, 둘이서 이야기할 만한 데가 없을까? 하고 싶은 말이 너무 많아. 이 집은 정말 이상해. 그럴 만한 데가 없어."

그들은 계단을 올라가보았다. 런던의 주택들이 그렇듯 계단이 길게 이어져 있었다. 하지만 사람들 눈을 피할 수는 없을 것 같았다. 그때 지붕으로 통하는 작은 철제 사다리가 눈에 들어왔다.

"넬, 저걸 타고 올라가자. 할 수 있겠어? 드레스가 망가질까?"

"드레스 좀 망가지면 어때."

버넌이 먼저 올라가서 천장문을 열고 나갔다. 그리고 무릎을 꿇고 넬을 잡아줬다. 넬도 무사히 올라갔다.

둘은 오붓하게 런던의 거리를 내려다보았다. 조금씩 서로에게 다가갔다. 넬의 손이 버넌의 손을 찾았다.

"넬……"

"버넌……"

그녀는 속삭이는 소리밖에 낼 수 없었다.

"이거 현실 맞지? 정말 날 사랑해?"

"응, 당신을 사랑해."

"얼마나 행복한지 현실 같지가 않아. 아, 넬, 키스하고 싶어."

넬이 그를 향해 얼굴을 돌렸다. 둘은 키스했다, 조금 떨면서 살며시.

"당신 얼굴은 정말 부드럽고 아름다워." 버넌이 중얼거렸다.

그들은 먼지와 검댕에도 아랑곳하지 않고 살짝 돌출된 곳에 앉았다. 버넌이 팔 벌려 그녀를 끌어안았다. 넬은 고개를 들고 그의 키스를 받았다.

"정말 많이 사랑해, 넬. 겁이 날 정도로 당신을 많이 사랑해."

넬은 그 말을 이해하지 못했다. 이상한 기분이 들었다. 넬은 버넌에게 더 가까이 다가갔다. 밤의 마법은 그들의 키스로 완전해졌다.

2

그들은 행복한 꿈에서 깨어났다. "아, 버넌. 너무 오래 있었나봐!"

꿈에서 깬 그들은 서둘러 천장문으로 갔다. 아래 계단참에서 버넌은 걱정스럽게 넬을 살피며 말했다.

"검댕이 많이 묻은 자리에 앉았나봐."

"그래? 큰일났네."

“나 때문이야, 넬. 하지만 이런 대가를 치를 만했어, 그렇지 않아?”

넬은 상냥하고 행복하게 활짝 웃었다.

“그럴 만했지.” 넬이 부드럽게 말했다.

계단을 내려오면서 넬은 가볍게 웃으며 물었다.

“하고 싶다던 이야기는 다 어디 갔어? 하고 싶은 말이 너무 많다며?”

그 말뜻을 아는 두 사람은 웃음을 터뜨렸다. 그들은 조금 수줍은 기분으로 다시 안으로 들어갔다. 여섯번째 곡이 끝나 있었다.

아름다운 밤이었다. 넬은 잠이 들었고 꿈속에서 버넌에게 더 많은 키스를 받았다.

그리고 토요일 아침, 버넌에게 전화가 왔다.

“할 이야기가 있어. 그쪽으로 가도 돼?”

“아, 지금은 안 돼. 누굴 만나러 가기로 했거든. 도저히 못 빠져나갈 것 같아.”

“왜 못 빠져나오는데?”

“엄마에게 뭐라고 해야 할지 모르겠어.”

“어머니한테 아직 아무 말도 안 했어?”

“응, 안 했지!”

넬이 “안 했지!”라고 힘주어 말하자 버넌은 멈칫했다. 그러나 '가여운 넬, 당연히 아직 말 못했겠지'라고 생각하고는 말했다. "내가 말씀드리는 게 낫겠어. 지금 그리로 갈게."

"아, 아니야, 버넌. 우리 둘이 먼저 얘기하고 하는 게 좋겠어."

"그럼 우린 언제 얘기할 수 있는데?"

"모르겠어. 사람들과 점심을 먹고 공연을 본 다음 저녁에 또 극장에 갈 거야. 당신이 주말에 온다고 미리 알려줬다면 일정을 이렇게 잡진 않았을 거야."

"내일은 어때?"

"음, 교회에 가야 하고—"

"그럼 그러자! 교회에 가지 않는 거야. 두통이든 뭐든 핑계를 대. 내가 갈게. 먼저 우리끼리 이야기하고, 어머니가 교회에서 돌아오시면 내가 담판짓는 거야."

"아, 버넌, 그랬다가는—"

"아냐, 할 수 있어. 당신이 더이상 핑계 대지 못하게 그만 끊어야겠다. 내일 열한시에 봐."

버넌은 전화를 끊었다. 그는 묵고 있는 곳조차 말해주지 않았다. 넬은 그의 남자다운 패기에 감탄하면서도 한편으로는 불안했다. 그가 모든 걸 망칠 수도 있을 것 같아서 두려웠다.

그리고 지금, 두 사람은 열띤 입씨름을 벌이고 있었다. 넬은 엄마에게 아무 말도 하지 말아달라고 부탁했다.

"그러면 모든 걸 망칠 수도 있어. 엄마는 허락하시지 않을 거야."

"뭘 허락하시지 않는다는 거지?"

"우리가 만나는, 뭐 그런 것."

"하지만 난 당신과 결혼하고 싶어. 당신도 그런 거 아니었어? 난 한시라도 빨리 당신과 결혼하고 싶다고."

그때 처음으로 넬은 화가 났다. 버넌은 현실을 제대로 못 보는 걸까? 그는 아이처럼 떼쓰고 있었다.

"하지만 버넌, 우리에겐 돈이 없어."

"알아. 그러니까 열심히 일할게. 가난이 두려운 건 아니지, 넬? 그렇지?"

넬은 버넌이 기대하는 대답을 했지만, 진심이 아니라는 걸 스스로 알고 있었다. 가난은 끔찍했다. 버넌은 그게 얼마나 끔찍한지 모르고 있었다. 그녀는 갑자기 자신이 버넌보다 훨씬 나이들고 경험이 많은 사람 같다는 생각이 들었다. 그는 꿈꾸는 소년 같았다. 현실을 몰랐다.

"버넌, 당분간 이대로 지낼 수 없을까? 우린 지금 무척 행복하잖아."

"물론 그렇지만 훨씬 더 행복해질 수 있어. 난 당신과 결혼하고 싶어. 모든 사람에게 당신이 내 여자라고 알리고 싶다고."

"그런다고 뭐가 달라지는데?"

"달라지지는 않겠지. 하지만 난 당신을 떳떳하게 만나고 싶어. 당신이 데이커 같은 멍청이들과 어울리는 것을 보며 괴로워하는 대신."

"질투하는 거야?"

"그러면 안 된다는 건 알아. 하지만 당신은 자신이 얼마나 아름다운지 몰라! 누구라도 당신을 보면 사랑에 빠질 거라고. 그 고지식한 미국 늙다리까지도!"

넬의 안색이 조금 변했다.

"아무튼 지금 말하면 다 그르칠지도 몰라." 그녀가 중얼거리듯 말했다.

"어머니가 당신을 나무라실 것 같아서? 이렇게 된 건 나 때문이잖아. 다 나 때문이라고 말씀드릴게. 어쨌든 어머니도 아셔야 할 일이야. 어머니는 당신이 돈 많은 남자와 결혼하길 바랐을 테니 실망하시겠지. 부모로서는 당연해. 하지만 돈이 많다고 행복한 건 아니잖아. 그렇지?"

넬은 갑자기 굳어서 절망한 듯 낮게 말했다.

"말은 그렇게 하지만 당신이 가난에 대해 뭘 안다는 거야?"

버넌은 깜짝 놀랐다.

"난 지금 가난한걸."

"아니, 당신은 가난하지 않아. 당신은 대학을 나왔고, 휴가 때는 부자 엄마 옆에서 지내잖아. 당신은 가난에 대해 아무것도 몰라. 아무것도 모른다고ㅡ"

그녀는 절망에 싸여 말을 멈췄다. 넬은 분명하게 표현하지 못했다. 자신이 너무나 잘 아는 그 그림을 어떻게 그려 보인단 말인가. 부침, 고생, 회피, 체면을 지키기 위한 필사적인 고투. '생활을 유지할 수 없게' 되면 사람들은 너무도 쉽게 못 본 척 한다. 모욕, 무시, 그보다 더 나쁜 건 짜증나는 후원이었다! 아 버지가 살아 있는 동안에도, 그가 죽은 후에도 상황은 똑같았 다. 물론 시골의 작은 집에서 아무도 만나지 않고 살 수도 있 다. 다른 여자들처럼 파티에 가지도 않고, 예쁜 옷을 차려입지 도 않고, 형편에 맞춰 살면서 서서히 시들어갈 수도 있다! 어 쨌든 지긋지긋하게 끔찍한 삶이다. 너무 불공평한 삶이다. 사 람에게는 돈이 필요했다. 그리고 어느 경우에도 결혼은 분명 한 탈출구였다. 더이상 고생하거나 무시당하는 일도 없고 있 는 척할 필요도 없어지는 것이다.

돈만 바라보는 결혼을 생각하지는 않았다. 젊은 여자답게 무한히 낙천적인 넬은 멋진 부자와 사랑에 빠지는 자신을 늘 꿈꿔왔다. 그러나 버넌 데어와 사랑에 빠지고 말았다. 그녀의 생각은 아직 결혼까지는 나아가지 않았다. 넬은 단지 행복할 뿐이었다. 황홀하도록 행복했다.

넬은 버넌이 자신을 구름 위에서 끌어내린 게 분할 지경이 었다. 또 버넌은 그녀가 그를 위해 가난을 감당하는 것을 당연 하다고 생각했고, 넬은 그게 싫었다. 그가 다르게 표현했더라면! '이런 말 하면 안 되는 걸 알지만, 날 위해 참아줄 수 없을까?'라고, 그런 식으로 말했다면!

그랬다면 넬은 그가 자신의 희생을 고마워한다고 느꼈을 것이다. 당연히 그건 희생이었다! 넬은 가난하게 살고 싶지 않았다. 가난은 생각만 해도 싫었다. 넬은 그것이 두려웠다. 돈을 업신여기는 듯한 버넌의 초연한 태도에 화가 났다. 돈이 부족해보지 않은 사람만이 돈을 쉽게 업신여길 수 있다. 버넌은 그런 경험을 한 적이 없었다. 그는 모르지만, 그게 사실이었다. 그는 지금까지 편안하고 안락하게 살았다.

버넌이 무척 놀란 투로 말했다.

"넬, 가난이 싫은 건 아니지?"

"분명히 말하지만, 난 지금까지 가난하게 살아왔어. 난 그게 어떤 건지 알아."

넬은 자신이 버넌보다 훨씬 어른스럽다고 생각했다. 그는 아이였다, 아니 아기였다! 돈을 빌리는 일의 어려움에 대해 그가 뭘 알까? 우리에게 빚이 있다는 건 알까? 넬은 갑자기 몹시 외롭고 비참해졌다. 남자가 다 무슨 소용일까. 그들은 달콤한 말을 늘어놓으며 사랑 타령을 하지만, 이해하려고 노력이나 할까? 지금 버넌은 노력하고 있지 않았다. 그는 상황만 탓했고, 그녀에 대한 자신의 평가가 얼마나 곤두박질쳤는지를 알려주려 했다.

"날 사랑할 수 없다고 말하는 건가." 버넌이 말했다.

넬은 무기력하게 대답했다.

"당신은 몰라—"

두 사람은 절망적인 눈으로 마주보았다. 무슨 일이 벌어진 걸까? 둘 사이에 왜 이런 일이 벌어졌을까?

"당신은 날 사랑하지 않아." 버넌이 화를 내며 말했다.

"아, 버넌, 난 당신을 사랑해, 사랑한다고—"

갑자기, 마법에라도 걸린 듯 사랑이 다시 그들을 감쌌다. 둘은 끌어안고 키스했다. 그들은 과거의 수많은 연인들이 꿈꾸던, 사랑하기 때문에 틀림없이 다 잘될 거라는 착각에 빠졌다. 버넌이 이겼다. 그는 비어커 부인에게 말하겠다고 계속 고집부렸다. 넬은 더이상 반대하지 않았다. 버넌은 그녀를 껴안고 입술을 포갰다. 넬은 더이상 거역할 수 없었다. 사랑받는 기쁨에 자신을 던지는 편이 더 낫다고 생각하고 이렇게 중얼거렸을 뿐이다. "좋아—그렇게 해, 버넌. 당신이 원한다면—뭐든 원하는 대로 해."

그녀는 의식하지 못했지만 그 사랑 밑에는 희미한 분노가 있었다……

비어커 부인은 영리했다. 그녀는 놀랐지만 내색하지 않았다. 그리고 버넌의 예상과는 다른 반응을 보였다. 그녀는 비웃는 듯했고 재미있어했다.

"그러니까 두 사람이 서로 사랑한다고? 그래, 그렇구나!"

그녀가 가당치 않다는 표정을 지으며 버넌의 이야기를 귀를 세우고 듣자, 그는 애를 써도 허둥거리고 말을 더듬게 됐다.

버넌이 입을 다물자 비어커 부인은 작은 한숨을 내쉬었다.

"정말 청춘이란! 난 부러울 지경이구나. 버넌, 내 말 좀 들어봐. 나는 결혼을 막지도 않을 거고 드라마 같은 데나 나오는 행동도 절대 하지 않을 거야. 넬이 진심으로 결혼을 원한다면 못할 것도 없지. 물론 내가 크게 실망하지 않는다는 말은 못해. 넬은 내 외동딸이니까. 넬에게 최고의 것을 줄 수 있고 안락과 부를 안겨줄 사람과 결혼하길 바라는 건 어미로서 당연한 거 아니겠니?"

버넌은 수긍하지 않을 수 없었다. 비어커 부인의 합리적인 태도는 너무 뜻밖이었기 때문에 그는 크게 당황했다.

"분명히 말했듯이 난 이 결혼을 막지는 않을 거야. 하지만 내가 하고 싶은 말은, 넬이 자기 마음을 분명하게 확인해야 한다는 거야. 버넌도 그 점에는 동의하지?"

버넌은 벗어나기 힘든 그물망에 걸린 사람처럼 불편함을 느끼며 고개를 끄덕였다. 당장은 거기서 빠져나갈 수 없을 것 같았다.

"넬은 아직 어려. 이번이 사교계 데뷔 첫 시즌이지. 난 넬이 다른 누구보다 버넌을 사랑한다고 스스로 확신할 수 있게 충분한 기회를 가져야 한다고 생각해. 너희끼리 약혼을 할 수는 있지만, 약혼을 공표하는 건 별개 문제야. 난 거기에는 동의할 수 없어. 두 사람이 무슨 약속을 하든 그건 철저히 비밀이어야 한단 소리야. 버넌도 그러는 게 마땅하다는 것을 알 거라고 믿어. 넬은 원한다면 마음을 바꿀 수도 있도록 충분한 기회를 가져야 해."

"넬은 그러길 바라지 않을 겁니다!"

"그렇다면 반대할 이유가 전혀 없겠지. 버넌도 신사라면 섣불리 행동할 수 없을 거고. 내 말에 동의한다면 난 두 사람이 만나는 걸 막지 않겠어."

"하지만 저는 하루라도 빨리 넬과 결혼하고 싶습니다."

"대체 뭘 믿고 결혼하겠다는 거지?"

버넌은 외삼촌에게 받는 급료가 얼마인지 말하고, 애버츠 퓨이선츠의 임대 상황도 설명했다.

그가 말을 마치자 비어커 부인은 집세와 하인들 급료, 의상비 등에 대해 간결하게 언급하고 이어 아이가 태어날 가능성도 고려해야 한다고 넌지시 암시했다. 그러고는 그것을 넬의 현재 상황과 비교했다.

버넌은 시바 여왕이 된 것 같았다. 몸의 기운이 다 빠져나간 듯했다. 그는 가혹한 현실 논리에 짓밟혔다. 넬의 어머니는 무서운 여자였다. 완강했다. 하지만 버넌은 그녀가 지적한 핵심을 알았다. 그와 넬은 기다려야 했다. 비어커 부인의 말처럼 넬에게 마음을 바꿀 수도 있는 충분한 기회를 줘야 했다. 물론 넬이 마음을 바꾸지는 않겠지만. 사랑스러운 넬의 영혼에 축복 있기를!

버넌은 마지막으로 반격해보았다.

"외삼촌이 제 급료를 올려주실 수도 있습니다. 외삼촌은 일찍 가정을 꾸리는 것이 좋다고 몇 번이나 말씀하셨고, 아마 무척 반기실 겁니다."

"그래?" 비어커 부인은 잠시 생각에 잠겼다. "그분에게 따님이 있던가?"

"네, 다섯 명 있습니다. 둘은 이미 결혼했고요."

비어커 부인은 미소 지었다. 단순하기는…… 버넌은 질문의 요지를 전혀 알아채지 못했다. 어쨌든 그녀는 궁금했던 것을 알아냈다.

"그럼 오늘은 여기까지 하자." 비어커 부인이 말했다.

영리한 여자였다!

4

버넌은 불안한 마음으로 그 집을 나섰다. 공감해줄 누군가와 대화하고 싶은 마음이 굴뚝같았다. 조를 떠올리다가 고개를 저었다. 그와 조는 넬에 대해 한바탕 입씨름을 벌였다. 조는 넬을 "완전히 골빈 사교계 아가씨"라며 경멸했다. 조는 편협하고, 편견이 있었다. 조의 마음에 들려면 머리를 짧게 자르고 예술가가 입는 작업복을 입고 첼시에 살아야 했다.

아무래도 서배스천이 적격일 것 같았다. 서배스천은 언제나 기꺼이 상대방의 입장에서 생각해주었고, 그의 현실적이고 상식적인 관점은 종종 큰 도움이 되었다. 아주 믿음직한 친구였다.

그는 부유하기도 했다. 세상이란 참으로 묘하다! 버넌이 서배스천만큼 부자라면 내일이라도 당장 넬과 결혼할 수 있을 것이다. 하지만 서배스천은 그렇게 돈이 많아도 자신이 원하는 여자를 가질 수 없었다. 조도 한량이나 예술가연하는 위인보다 서배스천과 결혼하는 게 나을 텐데.

서배스천은 집에 없었다. 버넌은 레빈 부인의 접대를 받았다. 이상하게도 버넌은 이 풍채 좋은 부인과 있으면서 위로 비슷한 감정을 느꼈다. 흑옥과 다이아몬드를 줄줄이 걸고 있는 유쾌하고 뚱뚱하고 나이든 레빈 부인이, 윤기 흐르는 검은 머리의 그녀가 그의 어머니보다 더 잘 이해해주는 것 같았다.

"풀죽을 거 없다, 버넌." 그녀가 말했다. "지금 그런 것 같은데? 어떤 아가씨 때문이겠지? 안다, 서배스천도 조 때문에 그러니까. 난 서배스천에게 기다려야 한다고 말한단다. 지금은 조가 내키는 대로 하고 싶은 걸 하는 거라고. 하지만 조도 언젠가는 마음을 잡고 진정으로 원하는 걸 찾게 될 거라고 말이야."

"조가 서배스천과 결혼하면 정말 좋겠어요. 그러면 좋을 것 같아요. 우리 셋이 잘 지내게 될 테니까요."

"그래, 나도 조를 무척 좋아해. 서배스천의 신붓감으로 어울린다고 생각하진 않지만 말이야. 둘은 너무 달라서 서로를 이해할 수가 없어. 난 옛날 사람이야, 버넌. 난 아들이 우리 같은 유대인과 결혼하면 좋겠어. 결과적으로는 그게 언제나 옳지. 관심사가 같고 본능이 비슷하니까. 게다가 유대인 여자들은 훌륭한 엄마들이야. 그래, 조가 정말 서배스천에게 마음이 없다면 그렇게 되겠지. 버넌도 마찬가지야. 사촌동생과 결혼하는 게 나쁘기만 한 건 아니란다."

"제가요? 제가 조하고요?"

버넌은 어이가 없어서 레빈 부인을 빤히 쳐다보았다. 뚱뚱한 그녀는 두겹진 턱이 흔들리도록 웃어젖혔다.

"조라니? 아니, 아니지. 네 사촌 이니드 말이다. 그게 집안 어른들 생각 아니니?”

“아, 아니요—적어도—그건 아니라고 확신해요.”

레빈 부인이 다시 웃음을 터뜨렸다.

“어쨌거나 지금 이 순간까지 네가 그 생각을 해본 적이 없다는 건 알겠구나. 하지만 그게 현명한 선택일지도 몰라. 다른 아가씨가 널 차지하지 않는다면 말이지. 그러면 집안의 재산을 지킬 수 있을 테니까.”

버넌은 얼떨떨한 채로 그 집에서 나왔다. 그간의 모든 일의 아귀가 맞아떨어졌다. 외삼촌의 놀림과 암시. 틈만 나면 이니드를 그에게 떠밀었던 것. 물론 비어커 부인의 질문도 그 암시였다. 그들은 그와 이니드가 결혼하길 바라왔던 것이다! 이니드라니!

다른 기억도 떠올랐다. 그의 엄마가 친구들과 소곤대던 말. 사촌에 대한 이야기였다. 갑자기 생각났다. 조가 런던에서 살도록 허락한 것도 그것 때문이었다. 엄마는 자신의 아들과 조가 혹시라도 하는 마음에서—

버넌은 갑자기 큰 소리로 웃었다. 나와 조라니! 엄마가 아무것도 모른다는 것을 분명히 보여주는 증거였다. 그는 한 번도, 어떤 상황에서도 조와 사랑에 빠진다는 상상을 해본 적이 없었다. 두 사람은 언제나 남매였고, 앞으로도 영원히 그럴 것이다. 잘 통하긴 하지만 둘은 뚜렷하게 다른 견해를 가진 사람들이었다. 서로에 대한 이성적 호감과 사랑 빼고 한 거푸집에서 찍어낸 짝처럼.

이니드라니! 외삼촌이 도모한 일이 바로 그것이었다. 안됐지만 그는 실망할 수밖에 없을 것이다. 하지만 그는 어리석은 사람이 아니다.

어쩌면 버넌이 성급하게 결론을 내린 것인지도 모른다. 어쩌면 그 일을 벌인 사람은 외삼촌이 아니라 엄마일지 모른다. 여자들은 자기 마음에 드는 사람을 자식과 결혼시키려고 하니까. 어쨌든 외삼촌도 조만간 사실을 알게 될 것이다.

5

버넌과 그의 외삼촌의 대화는 별로 만족스럽게 끝나지 않았다. 시드니는 조카에게 감정을 들키지 않으려 애썼지만 화가 나고 속이 상했다. 처음에는 어떻게 해야 할지 몰라서 다른 방식으로 한두 번 막연히 반대를 시도했다.

"말도 안 된다, 정말 말도 안 돼. 결혼하기에 너는 너무 어려. 어처구니없구나."

버넌은 외삼촌이 했던 말을 상기시켰다.

"허, 난 이런 결혼을 말한 게 아니었다. 사교계 아가씨라니—

그런 아가씨들이 어떤지는 내가 알아."

버넌이 열을 내며 반발했다.

"미안하다, 버넌. 네 맘을 상하게 하려던 건 아니었어. 하지만 그런 아가씨들은 돈을 보고 결혼하잖니. 앞으로 몇 년간 너는 그 아가씨에게 별 가치가 없을 거야."

"어쩌면 외삼촌이 —"

버넌은 말을 멈췄다. 부끄럽고 겸연쩍었다.

"내가 네 급료를 올려줄 거라고 기대하는 거냐? 그 아가씨가 그러든? 그럼 내가 물으마, 버넌. 그게 내게 이득이 될까? 아니지, 그렇지 않다는 건 너도 알 거다."

"저도 지금 받는 급료가 과분하다고 생각해요."

"흐음, 그런 이야기가 아니야. 넌 처음치고는 아주 잘하고 있어. 아무튼 이 문제만은 유감이구나. 널 고민하게 만들 테니까. 내가 하고 싶은 충고는 전부 포기하라는 거다. 그게 최선이야."

"그럴 수 없어요, 외삼촌."

"그래, 이건 내가 나설 일이 아니지. 그런데 네 엄마한테는 이야기했니? 안 했다고? 그렇다면 엄마하고 이야기해봐. 네 엄마가 나와 똑같은 말을 하는지 안 하는지 들어봐라. 내 장담하는데, 네 엄마도 똑같은 말을 할 거다. 옛말에도 있지만 엄마보다 나은 친구는 없는 법이야. 알겠니?"

시드니 외삼촌은 왜 그런 바보 같은 말을 늘어놓을까? 버넌이 기억하기로 외삼촌은 언제나 그랬다. 하지만 그는 빈틈없고 수완 좋은 사업가였다.

대화는 아무 소득이 없었다. 버넌은 물러서서 때를 기다려야 했다. 처음에 느꼈던 사랑의 몽롱한 황홀감이 사라지고 있었다. 사랑은 천국이 될 수도 있고 지옥이 될 수도 있었다. 그는 넬을 간절히 원했다. 정말 간절히 원했다.

버넌은 넬에게 편지를 썼다.

사랑하는 넬

아무 소득도 없었어. 당분간 참고 기다려야 할 것 같아. 어쨌든 자주 만나자. 당신 어머니도 그 점에 대해서는 무척 너그러우셨어. 내가 예상했던 것보다 훨씬. 나는 어머니가 무슨 뜻으로 그런 말씀을 하셨는지 잘 알아. 당신이 나보다 더 나은 사람을 좋아하게 될 수 있다는 사실을 깨달을 기회를 가져야 한다는 것. 지당한 말씀이야. 물론 그런 일은 없을 거야. 그렇지, 넬? 난 당신이 그러지 않을 거라고 생각해. 우리는 영원히 사랑할 거야. 우리에겐 가난도 문제없어……
아무리 작은 집이라도 당신과 함께라면……

6

1

엄마의 태도에 넬은 안도했다. 비난하고 꾸중할까봐 겁먹은 참이었다. 그녀는 엄마의 신랄한 말이나 어떤 태도에 알게 모르게 위축되곤 했다. 넬은 종종 자신을 한심하다고 생각했다. '난 겁쟁이야. 어떤 일에도 맞서질 못해.'

그녀는 분명 엄마를 두려워했다. 그녀가 기억하기로 아주 어릴 때부터 엄마에게 지배당했다. 비어커 부인은 마음이 약한 사람들을 지배할 수 있는 비정하고 거만한 성격의 소유자였다. 넬은 엄마가 자신을 사랑하고, 엄마 자신이 누리지 못한 행복을 딸에게 주려고 굳게 마음먹었다는 것을 잘 알기 때문에 더 쉽게 순종적이 되었다.

그래서 엄마가 야단도 치지 않고 그렇게만 말하자 넬은 뭐라 말할 수 없을 만큼 안도했다.

"네가 굳이 바보 같은 짓을 하겠다면 그래, 그러려무나. 여자애들은 결국 아무것도 아닌 사이로 끝나는 시답잖은 연애도 종종 하니까. 하지만 난 그런 감상적인 허튼 짓은 봐줄 수가 없어. 버넌은 앞으로 몇 년간 결혼은 꿈도 못 꿀 거고, 넌 많이 힘들어질 거다. 어디, 너 하고 싶은 대로 해봐."

엄마의 깔보는 듯한 태도에 넬은 자기도 모르게 영향을 받았다. 그녀는 버넌의 외삼촌이 어떻게든 해주지 않을까 하는 가망 없는 희망을 계속 품었다. 그러나 버넌의 편지가 희망을 무너뜨렸다.

그들은 기다려야 했고, 어쩌면 아주 긴 시간이 될 것 같았다.

한편 비어커 부인은 나름의 계략을 세웠다. 어느 날 그녀는 넬에게 예전 친구를 만나보라고 권했다. 몇 년 전에 결혼한 아멜리 킹이었다. 아멜리는 학창시절에 넬이 부러워하고 감탄하던 생기발랄하고 멋진 친구였다. 결혼을 아주 잘할 것 같았던 아멜리가 곤궁한 청년과 결혼하자 모두 깜짝 놀랐다. 아멜리는 자신이 군림하던 화려한 세계에서 자취를 감췄다.

"예전 친구들을 멀리하면 못쓰지." 비어커 부인이 말했다. "네가 찾아가면 분명 기뻐할 거다. 오늘 오후에는 특별히 할 일도 없잖니?"

그래서 넬은 친구를 만나러 나갔다. 호턴 부인이 된 아멜리는 일링 지역에 있는 글렌스터 가든스 35호에 살고 있었다.

무더운 날이었다. 넬은 교외선에 올라 일링 브로드웨이 역에서 내려 길을 물었다.

글렌스터 가든스는 역에서 1마일쯤 떨어져 있었다. 우중충하고 긴 길에 똑같이 생긴 작은 집들이 늘어서 있었다. 35호 문을 연 사람은 지저분한 앞치마를 두른 꾀죄죄한 하녀였다. 넬은 작은 거실로 안내받았다. 낡았지만 고급스러운 가구 한두 점, 색이 많이 바랬지만 패턴이 예쁜 크레톤 사라사 덮개, 커튼들로 꾸며져 있었다. 하지만 장난감들과 망가진 물건들이 어지럽게 널려 있었다. 안에서 아이 보채는 소리가 들리는가 싶더니 거실 문이 열리면서 아멜리가 들어왔다.

"이게 누구야! 넬, 대체 몇 년 만이니."

넬은 아멜리를 보고 큰 충격을 받았다. 매력적이던 아멜리가 어떻게 이렇게까지 변했나 싶었다. 흐트러진 모습에 집에서 만든 게 분명해 보이는 헐렁한 블라우스를 입고 있었다. 지치고 찌든 얼굴에 예전의 생기와 발랄함은 사라지고 없었다.

둘은 의자에 앉아 대화를 나눴다. 그러다가 아멜리의 아이들을 보러 갔다. 갓난아기인 딸은 아기침대에 누워 있었다.

"아이들과 산책 나갈 시간인데." 아멜리가 말했다. "너무 지쳐버렸어. 아침에 유아차 밀며 장보는 게 얼마나 고단한 일인지 넌 모를 거야."

아들은 귀여웠지만, 딸은 허약하고 보채는 것 같았다.

"이가 나려고 해서 보채나봐. 의사는 우리 아기 소화기가 약하대. 밤에 그렇게 울지만 않아도 좋을 텐데. 잭이 짜증을 내거든. 하루종일 일하고 오니까 잠이라도 푹 자야 하는데."

"유모는 없어?"

"그럴 형편이 아니야. 우리가 반편이라고 부르는 하녀애 하나야. 아까 문 열어준 애. 멍청하긴 하지만 급료가 싸고 다른 하녀들이 하지 않으려는 일도 하거든. 아이 있는 집에서 일하는 건 다들 질색해."

아멜리가 외쳤다. "메리, 차 좀 내와." 그녀는 넬을 다시 거실로 데려갔다.

"넬, 사실 난 네가 찾아오지 않길 바랐어. 넌 정말 근사하고 멋져 보이는구나. 널 보니까 행복했던 기억이 떠올라. 테니스, 댄스파티, 골프, 만찬."

넬이 머뭇거리며 말했다. "그래도 넌 행복하잖아……"

"물론이지. 불평 좀 하는 거야. 잭은 좋은 남자고 내겐 자식도 있지. 그저 가끔은—그래, 사람이 너무 지치면 누구에게도 어떤 일에도 신경쓰지 않게 되거든. 타일 깔린 욕실, 입욕제, 머리 빗겨주는 하녀, 예쁜 비단 가운. 이런 걸 누릴 수 있다면 가족이라도 내다팔고 싶을 때가 있어. 돈 많은 얼간이들이나 행복은 돈으로 살 수 없는 거라고 떠들어대지. 바보들!"

아멜리는 웃음을 터뜨렸다.

"네 이야기 좀 해봐. 다들 어떻게 지내는지 난 통 모르니까. 돈 없는 사람은 세상을 따라갈 수가 없어. 전에 어울리던 사람들과는 전혀 못 만나."

두 사람은 누가 결혼했고, 누가 남편과 크게 싸웠고, 누가 아기를 낳았고, 누가 끔찍하기 짝이 없는 스캔들을 일으켰는지 이야기했다.

차가 나왔다. 얼룩진 은쟁반에 두껍게 자른 빵과 버터가 아무렇게나 올려져 있었다. 차를 거의 다 마셨을 때, 현관문 열리는 소리가 났고 복도에서 남자 목소리가 들려왔다. 신경질적이고 짜증이 밴 말투였다.

"아멜리—어떻게 된 거야! 겨우 이거 하나 부탁했는데 잊어버린 거야? 이 소포, 존스에게 안 보냈어? 보내겠다고 했잖아."

아멜리가 복도로 달려갔다. 다급히 속삭이는 소리가 들렸다. 아멜리가 남편을 데리고 거실로 왔고, 그가 넬에게 인사했다. 아기방에서 아기가 또 울기 시작했다.

"가봐야겠어." 아멜리가 말하고 서둘러 나갔다.

"사는 게 다 그렇죠!" 잭 호턴이 말했다. 그는 한눈에도 허름한 차림새를 하고 있었지만 여전히 미남이었다. 입가에는 신경질적인 성격을 말해주듯 잔주름이 새겨져 있었다. 잭은 대단한 농담이라도 했다는 듯이 웃었다. "정신없이 사는 모습을 봤겠군요. 늘 이래요. 이런 날씨에 기차로 출퇴근하려니 몸은 아주 죽겠고 집에 와봤자 편하지도 않고!"

그는 다시 웃음을 터뜨렸고 넬도 예의상 웃었다. 아멜리가 아기를 안고 돌아왔다. 넬이 가려고 일어서자 부부가 현관까지 배웅했다. 아멜리는 비어커 부인에게 안부를 전해달라며 손을 흔들었다.

넬은 대문에서 뒤돌아보았을 때 아멜리의 얼굴에 떠오른 표정을 읽었다. 허기진 듯한, 부러운 듯한 표정이었다.

넬은 자기도 모르게 가슴이 철렁했다. 결국 이렇게 되고 마는 걸까? 가난이 사랑을 소멸시키는 걸까?

그녀는 중심가로 나와 역으로 걸어가다가 뜻밖의 목소리를 듣고 깜짝 놀랐다.

"넬, 여기서 이렇게 만나다니 반가워요!"

커다란 롤스로이스가 다가왔고, 운전석에 앉은 조지 쳇윈드가 그녀에게 미소 지었다.

"믿을 수 없는 행운인데요! 뒤에서 보고 당신과 많이 닮았다 싶어서 얼굴을 보려고 속도를 늦췄어요. 그런데 당신이군요. 런던으로 돌아가는 길인가요? 그렇다면 타요."

넬은 순순히 차에 올라 조수석에 편안히 앉았다. 차는 매끄럽게 구르면서 속도를 냈다. 넬은 천국 같다고 생각했다. 편하고 쾌적했다.

"일링에는 무슨 일이죠?"

"친구를 만나고 돌아가는 길이에요."

은근한 유도 질문에 넬은 그날의 만남에 대해 자세히 털어놓았다. 조지는 공감하며 들어줬고, 고개를 끄덕끄덕했고, 그러면서 능숙하게 운전했다.

"참 안된 일이지만, 난 그 가여운 여자를 생각도 하기 싫군요." 그가 동정하는 투로 말했다. "여자에게는 보살펴주는 사람이 필요하죠. 불편 없이 인생을 살 수 있어야 해요. 원하는 모든 것을 갖추고 말이죠."

그가 넬을 바라보며 다정하게 말했다.

"그래서 마음이 상했나보군요. 넬은 정말 마음이 고와요."

넬은 갑자기 마음이 따뜻해지는 것을 느끼며 그를 쳐다보았다. 그녀는 조지 쳇윈드가 좋았다. 상냥하고 믿음직하고 강인한 면모가 있었다. 조금 딱딱해 보이는 얼굴, 관자놀이 근처에서 쓸어넘긴 회색 머리도 좋았다. 어깨를 편 반듯한 자세, 빈틈없이 정확하게 핸들을 돌리는 모습도 좋았다. 그는 어떠한 위급 상황에도 대처할 수 있는, 의지할 수 있는 남자였다. 큰일을 언제나 자기 어깨에 짊어질 것 같은 남자였다. 그랬다, 그녀는 조지 쳇윈드가 좋았다. 그는 힘든 하루에 지쳐버린 여자가 만나기에 더할 나위 없이 좋은 남자였다.

"내 넥타이가 비뚤어지기라도 했어요?" 그가 고개를 돌리지 않고 불쑥 물었다.

넬은 웃음을 터뜨렸다.

"내가 그렇게 빤히 쳐다봤나요? 그랬나보군요."

"쳐다보는 것 같아서요. 왜요? 점수라도 매겼습니까?"

"그런 것 같은데요."

"형편없는 점수를 받았겠죠?"

"아니요, 전혀 그렇지 않아요."

"듣기 좋은 소리 할 필요 없어요. 진심 아니란 거 다 아니까. 당신 때문에 긴장해서 하마터면 트램과 부딪칠 뻔했잖아요."

"난 거짓말은 못해요."

"정말입니까? 못 믿겠는데요." 그의 말투가 변했다. "오래 전부터 당신한테 하고 싶었던 말이 있어요. 여기서 하기는 우습지만, 지금 해야겠어요. 나와 결혼해주겠어요, 넬? 난 당신을 진심으로 원해요."

"네?" 넬은 깜짝 놀랐다. "아, 아니요, 그럴 수 없어요."

그는 그녀를 힐끗 보고는 다시 운전에 집중했다. 차의 속도가 조금 느려졌다.

"그럴 수 없다고요? 물론 내가 당신 상대가 되기에 나이가 많긴 하지만—"

"아니요—그렇지 않아요—그래서 그런 게 아니에요—"

그의 입가에 희미하게 미소가 어렸다.

“난 당신보다…… 스무 살은 많을 겁니다. 나이 차이가 많이 나죠, 나도 알아요. 하지만 난 당신을 행복하게 해줄 수 있습니다. 이상하게 들릴지도 모르지만 난 그럴 거라고 확신해요.”

넬은 대답하지 않았다. 잠시 후 그녀가 힘없이 말했다.

“아, 하지만 그래도 안 돼요……”

“좋아요. 아까보다는 훨씬 덜 단호하네요.”

“하지만—”

“당장은 더이상 성가시게 하지 않을게요. 이번에는 당신이 거절한 걸로 해둡시다. 하지만 계속 그러지는 않을 거죠, 넬? 난 원하는 것을 위해서라면 얼마든지 기다릴 수 있어요. 언젠가는 ‘좋아요’라고 대답하는 자신을 보게 될 겁니다.”

“아니요, 그렇지 않을 거예요.”

“아닙니다, 그럴 겁니다. 다른 사람이 있는 건 아니죠? 아! 그럴 리 없다는 건 내가 알아요.”

넬은 대답하지 않았다. 어떻게 대답해야 할지 알 수 없었다. 버넌과 결혼하는 문제에 대해서는 누구에게도 말하지 않겠다고 엄마와 암묵적으로 약속하지 않았는가.

그러나 마음 깊은 곳에서는 수치스러웠다……

조지 쳇윈드는 화제를 바꿔가며 유쾌하게 이야기했다.

Chapter

7

8월은 버넌에게 힘든 한 달이었다. 넬과 비어커 부인은 디나르로 떠났다. 버넌과 넬은 편지를 주고받았지만, 넬은 그가 궁금해하는 것들을 거의 혹은 하나도 가르쳐주지 않았다. 버넌은 넬이 즐거운 시간을 보내고 있다고, 그가 와주기를 바라면서도 즐겁게 지낸다고 생각했다.

회사 일은 너무도 단조로웠다. 머리 쓸 일이 거의 없었다. 주의하고 규칙에 따르기만 하면 됐다. 신경을 곤두세울 일이 없어지자 버넌의 마음은 그의 은밀한 사랑이던 음악으로 다시 쏠렸다.

그는 오페라를 쓰기로 결심하고, 어릴 때 들었던 반쯤 잊어버린 동화를 주제로 삼았다. 이제 그 동화는 그의 마음에서 넬과 이어졌고, 그녀를 향한 사랑의 힘이 이 새로운 물길에 흘러들었다.

버넌은 열정적으로 매달렸다. 어머니 곁에서 안락하게 살아왔다는 넬의 말이 마음에 걸렸던 그는 독립하겠다고 고집했다. 그렇게 얻은 방은 아주 허름했지만, 독립은 그가 알지 못했던 자유를 주었다. 케리 로지에 계속 살았다면 버넌은 집중하지 못했을 것이다. 어머니가 따라다니면서 야단을 떨고 제발 자라고 잔소리했을 것이다. 그러나 아서 스트리트에 있는 그의 방에서는 새벽 다섯시까지 깨어 있을 수 있었고, 그런 날이 많았다.

그는 점점 마르고 초췌해졌다. 마이러는 아들의 건강을 염려하며 영양제를 먹으라고 채근했다. 버넌은 괜찮다고 무뚝뚝하게 일축해버렸다. 무슨 일을 하는지도 어머니에게는 함구했다. 그는 곡을 쓰면서 때로는 완전히 절망했고, 때로는 아주 작은 부분이 흡족해서 고무되기도 했다.

버넌은 가끔 런던에 가서 서배스천과 주말을 보냈고, 서배스천이 두어 번 버밍엄으로 오기도 했다. 이 시기에 서배스천은 버넌의 가장 든든한 지원군이었다. 그의 공감은 알맹이 없는 말대접이 아니었고 솔직했다. 거기에는 이중적인 면이 있었다. 즉 친구에 대한 관심과 전문가로서의 관심이었다. 버넌은 예술의 모든 분야에 대한 서배스천의 평가를 절대적으로 존중했다. 버넌은 임대한 피아노로 작곡한 몇 소절을 들려주며 구상중인 악기 편성에 대해 설명했다. 서배스천은 대부분 조용히 귀기울이면서 고개만 끄덕였다. 그런 다음 말했다.

"괜찮을 것 같은데? 버넌, 좀더 해봐."

서배스천은 부정적인 평가는 한마디도 입에 올리지 않았다. 그런 평가는 버넌에게 치명적일 거라고 믿었다. 버넌에게는 격려가 필요했고, 격려만 필요했다.

어느 날 서배스천이 말했다. "케임브리지에서 네가 생각했던 게 이런 거야?"

버넌은 잠시 생각에 잠겼다.

"아니야," 마침내 그가 입을 열었다. "원래 의도했던 건 이런 게 아니야. 그 음악회에 다녀온 직후에 생각했던 건. 그때 내가 봤던 건 이미 사라졌어. 언젠가 다시 나타날 수도 있겠지. 이 곡은 평범해. 관습적 형식을 따르는—뭐 그런 거지. 하지만 군데군데 의도했던 것이 담기긴 했어."

"그렇군."

그런 서배스천도 조에게는 솔직하게 말했다.

"버넌은 '평범하다'고 하지만 사실은 그렇지 않아. 평범한 곡이 절대 아니야. 전반적인 악기 편성이 참신한 토대에 구축돼 있지. 하지만 아직은 미숙해. 멋지기는 하지만 미숙하지."

"버넌에게도 그렇다고 말했어?"

"아이고 이런, 아니지. 깎아내리는 말을 한마디라도 하면 버넌은 잔뜩 주눅이 들어서 쓰던 걸 몽땅 쓰레기통에 던져버릴 거야. 난 이런 사람들을 알아. 당장은 잘한다 잘한다 칭찬만 할 생각이야. 가지치기와 약치기는 나중에 해도 돼. 비유를 들긴 했지만 넌 내 말이 무슨 뜻인지 알지?"

9월 초 서배스천은 유명 작곡가 라드마게르 씨를 초대해서 파티를 열었다. 버넌과 조도 초대했다.

"겨우 열두 명쯤 모이는 자리야." 서배스천이 말했다. "어니타 퀄은 작은 악녀 같지만 그녀의 춤에는 관심이 가. 제인 하딩은 너희도 좋아할 거야. 제인은 영국의 오페라 가수야. 실은 엉뚱한 일을 하는 셈이지. 원래 가수가 아니라 배우거든. 너와 버넌, 라드마게르, 그리고 두어 명이 더 올 예정이야. 라드마게르는 버넌에게 관심을 가질 거야—그는 젊은 세대에게 호의적이거든."

조와 버넌은 마냥 신이 났다.

"조, 내가 뭔가 해낼 수 있을까? 진짜로 뭔가를 말이야." 버넌이 풀죽은 목소리로 말했다.

"왜 못 하겠어?" 조가 씩씩하게 대답했다.

"모르겠어. 요즘은 전부 엉망이야. 처음은 괜찮았지. 그런데 지금은 김이 빠질 대로 빠졌어. 제대로 시작도 해보기 전에 지쳤다고."

"종일 회사에서 일하느라 그런 것 같은데?"

"그럴 거야."

버넌은 잠시 침묵하다가 말했다.

"라드마게르를 만날 수 있다니. 그는 내가 음악이라고 생각하는 작품을 쓰는 몇 안 되는 사람들 중 하나거든. 내가 생각하는 음악에 대해 라드마게르와 이야기해보고 싶어. 하지만 그건 너무 주제넘은 짓이겠지."

격식을 따지지 않는 파티였다. 서배스천은 연단과 그랜드피아노가 있고 쿠션의자 여러 개를 자유롭게 배치한 큰 스튜디오를 가지고 있었다. 스튜디오 구석에 임시로 마련한 가대식 탁자 위에는 갖가지 음식이 준비돼 있었다.

사람들은 먹고 싶은 음식을 담아서 원하는 자리에 앉았다. 조와 버넌이 도착했을 때는 한 여자가 춤을 추고 있었다. 작은 체구의 빨강 머리 여자는 유연한 근육질의 몸을 갖고 있었다. 아름답진 않았지만 매력적이었다.

그녀는 춤을 마치고 박수를 받으며 연단에서 내려왔다.

"브라보, 어니타." 서배스천이 말했다. "버넌, 조! 먹고 싶은 음식 담았어? 그럼 여기 제인 옆에 얌전히 앉아봐. 제인을 소개할게."

그들은 서배스천이 권한 자리에 앉았다. 제인은 큰 키에 몸매가 아름답고, 짙은 갈색 머리를 묶고 있었다. 미인이라 하기에는 얼굴이 크고 턱이 아주 뾰족했다. 초록색 눈은 쑥 들어가 있었다. 버넌은 제인이 서른 살쯤 됐을 거라 짐작했다. 낯설지만 매력적이었다.

조는 제인에게 적극적으로 말을 걸었다. 최근에 조는 조각에 대한 열정이 식고 있었다. 지금은 타고난 소프라노 목소리로 오페라 가수를 할까 진지하게 생각하는 중이었다.

제인 하딩은 성의 있게 귀기울였고, 이따금 흥미롭다는 듯이 감탄사를 내뱉었다. 마침내 그녀가 말했다.

"언제든 우리집에 한번 들러요. 내가 들으면 당신 목소리가 어떤 파트에 적합할지 이 분 안에 알려줄 수 있어요."

"정말 그래주실 수 있나요? 감사합니다."

"천만에요. 나는 믿어도 되죠. 가르치는 일로 먹고사는 사람에게는 정확한 판단을 기대하면 안 돼요."

서배스천이 다가와서 말했다.

"어때요, 제인?"

그녀가 자리에서 일어났다. 몸놀림이 아름다웠다. 그녀는 주위를 둘러보더니 개에게 명령하듯 퉁명스럽게 말했다.

"힐 씨!"

흰 벌레처럼 생긴 왜소한 사내가 알랑거리듯 몸을 꼬며 바삐 앞으로 나섰다. 그는 제인을 따라 연단에 올라갔다.

그녀는 버넌이 들어본 적이 없는 프랑스 노래를 불렀다.

친구를 잃었네, 그녀는 죽었네
모든 것은 영원으로 사라지고
영원으로 걸어간 그녀는
내 마지막 사랑을 앗아갔네

슬프도다! 결코 돌아오지 않을 시간이여
수의에 감싸인 친구여
그녀는 죽었네, 나는 혼자서 이 말을 들었네
그녀는 죽었네, 나는 되뇌며 울고 있네

제인 하딩의 노래를 들은 사람들이 대부분 그렇듯 버넌 역시 그녀의 목소리를 평할 수 없었다. 진한 감성이 있었다. 그녀의 목소리는 말하자면 악기였다. 떨칠 수 없는 상실감, 아찔한 슬픔, 끝내 흐르는 눈물.

박수가 쏟아졌다. 서배스천이 중얼거리듯 말했다.

"대단한 표현력이지. 정말 그래."

그녀는 이어서 눈에 관한 노르웨이 노래를 불렀다. 이 노래는 감정을 절제하고 그저 흰 눈송이처럼 단조롭고 절묘하고 청명하게 불렀고, 마지막 대목은 침묵으로 잦아들었다.

박수가 이어지자 제인은 화답으로 세번째 노래를 시작했다.

버넌은 자세를 고쳐 앉았고, 바로 빠져들었다.

아름다운 그녀를 보았네
길고 흰 손가락, 물에 젖은 머리카락
아, 고통에 빠진 아름다운 그 얼굴은
사랑스럽고 고통스럽고 기묘하게 아름다웠네……

마법에 걸린 것 같았다―주문에 걸린 느낌―아찔한 황홀
감이 감돌았다. 제인은 얼굴을 들었다. 눈은 먼 곳을 향해 있
었다―두려우면서도 뭔가에 사로잡힌 듯했다.

노래가 끝나자 탄식이 흘러나왔다. 회색 머리를 짧게 깎은
땅딸한 남자가 서배스천에게 성큼성큼 걸어갔다.

"이보게, 서배스천! 지금 도착했네. 저 젊은 여성과 이야기
해보고 싶어―지금 당장!"

서배스천은 그와 함께 제인에게 갔다. 라드마게르는 그녀의
손을 덥석 잡았다. 그리고 진지한 눈으로 바라보았다.

"그래요," 마침내 그가 말했다. "이상적인 체격을 가졌군요.
소화기도 순환기도 튼튼할 것 같고 말이죠. 주소를 알려주면
내가 찾아가겠습니다. 그래도 괜찮겠소?"

버넌은 생각했다. '이 사람들은 뭔가에 미쳐 있어.'

제인 하딩은 라드마게르의 제의를 담담하게 받아들이는 것

같았다. 그녀는 주소를 적어주고 그와 좀더 이야기를 나누다가 조와 버넌이 있는 곳으로 돌아왔다.

"서배스천은 좋은 친구예요." 제인이 말했다. "그는 라드마게르 씨가 새 작품 〈페르 귄트〉에 솔베이 역으로 출연할 가수를 찾고 있다는 걸 알고 오늘밤 날 초대한 거예요."

조는 일어나서 서배스천에게 갔다. 버넌과 제인만 남았다.

버넌이 우물거리며 말했다. "당신이 부른 노래 말인데요—"

"〈얼어붙은 눈〉요?"

"아뇨, 마지막 노래 말입니다. 오래전에—그 노래를 들은 적이 있어요—어렸을 때요."

"정말 이상하네요. 그건 우리 집안에서만 내려오는 노래인데요."

"옛날에 내가 다리가 부러져서 누워 있을 때 어느 간호사가 불러줬어요. 좋아했는데—이렇게 다시 듣게 될 줄 몰랐습니다."

제인은 생각에 잠겨 말했다.

"이상하군요. 혹시 프랜시스라는 분이었나요? 그분은 내 이모예요."

"네, 맞아요, 프랜시스! 그분이 당신 이모님입니까? 지금은 어떻게 지내시죠?"

"이모는 오래전에 돌아가셨어요. 환자에게서 디프테리아가 옮는 바람에."

"아! 유감이네요." 그는 말을 멈추고 머뭇거리다가 더듬더듬 이었다. "계속 기억하고 있었어요. 프랜시스 간호사는 어린 시절 정말 좋은 친구였거든요."

그는 자신을 바라보는 제인의 초록색 눈을 보았다. 차분하고 상냥한 눈길이었다. 그 순간 그는 처음 제인을 봤을 때 누구를 떠올렸는지 깨달았다. 제인은 프랜시스와 닮았다.

제인이 조용히 말했다.

"작곡을 한다고 했죠? 서배스천에게 들었어요."

"네―시도해보고는 있죠."

그는 말을 멈추고 다시 망설였다. '매력적인 여자야. 내가 이 여자에게 사로잡힌 걸까? 그런데 왜 이렇게 두려운 거지?'

버넌은 갑자기 들뜨고 설레는 기분을 느꼈다. 할 수 있다― 그는 해낼 수 있다고 확신했다……

"버넌!"

서배스천이 그를 불렀다. 버넌이 일어나서 가자, 서배스천이 그를 라드마게르에게 소개했다. 위대한 작곡가는 친절하고 호의적이었다.

"이 젊은 친구에게 자네가 쓴다는 작품에 대해 듣고 관심을 갖게 됐네." 라드마게르는 서배스천의 어깨에 손을 얹으며 말했다. "서배스천은 아주 총명한 젊은이지. 젊지만 정확한 눈을 가졌어. 조만간 자네 작품을 볼 수 있으면 좋겠네."

그러고는 다른 사람들 쪽으로 갔다. 버넌은 흥분으로 몸이 떨렸다. 진심으로 한 말일까? 버넌은 제인에게 돌아갔다. 그녀는 미소 짓고 있었다. 버넌은 제인 옆에 앉았다. 기쁨 뒤에 문득 우울이 찾아들었다. 그런다고 뭐가 달라질까? 그는 시드니 외삼촌과 버밍엄에 손발이 묶인 처지였다. 작곡은 시간과 정신, 그야말로 혼을 쏟지 않고는 할 수 없는 일이었다.

버넌은 상처 입은 기분이 들었다—비참했다—위로해줄 사람이 필요했다. 넬이 옆에 있다면. 언제나 그를 이해해주는 다정한 넬이.

문득 고개를 드니 제인이 그를 지켜보고 있었다.

"왜 그래요?" 그녀가 물었다.

"차라리 죽고 싶어요." 버넌이 비통하게 말했다.

제인은 눈썹을 치떴다.

"그럼 이 건물 꼭대기로 가서 뛰어내려요." 제인이 말했다.

버넌이 기대한 대답이 아니었다. 그는 화가 나서 제인을 쳐다보았지만, 그녀의 침착하고 상냥한 눈길을 보자 맥이 풀렸다.

"세상에서 내가 하고 싶은 일은 하나뿐이에요." 버넌이 열을 올리며 말했다. "작곡을 하고 싶어요. 난 음악을 만들 수 있어요. 그런데 지금은 좋아하지도 않는 지루한 일에 꼼짝없이 매여 살아요. 내일도 모레도 죽어라 일해야 하죠! 너무 끔찍합니다."

"좋아하지도 않는 일을 왜 하는데요?"

"해야 하니까요."

"사실은 하고 싶어서 하는 거 아닌가요? 아니라면 진작 그만뒀겠죠." 제인이 무심하게 말했다.

"내가 하고 싶은 일은 작곡뿐이라고 했잖습니까!"

"왜 못 하는데요?"

"할 수가 없으니까 그렇죠."

버넌은 몹시 화가 났다. 제인은 전혀 이해하지 못하는 듯했다. 하고 싶은 일이 있으면 시작하면 그만이라는 식의 사고방식을 가진 여자 같았다.

버넌은 자기 이야기를 쏟아내기 시작했다. 애버츠 퓨이선츠, 음악회, 외삼촌의 제안, 그리고 넬……

그가 이야기를 마치자 제인이 말했다.

"당신은 인생을 동화 같은 걸로 생각하나보군요."

"무슨 뜻이죠?"

"말 그대로죠. 당신은 사랑하는 여자와 결혼해 조상 대대로 물려온 집에서 살면서 위대한 작곡가가 돼 아주 부유해지길 바라죠. 그 네 가지 중 한 가지는 이뤄질지도 모르겠네요. 그러려고 전력투구한다면요. 하지만 모든 걸 손에 넣긴 어려울 거예요. 인생은 싸구려 소설과는 다르니까."

버넌은 제인에게 증오에 가까운 감정을 느꼈다. 그러면서도 끌리고 있었다. 제인이 노래할 때 흘렀던 그 묘한 감성을 또다시 느꼈다. '자기장磁氣場 같은 여자야.' 버넌은 생각했다. '싫어. 난 이 여자가 왠지 두려워.'

머리가 긴 청년이 다가와서 그들과 합석했다. 그는 스웨덴인이지만 영어가 능숙했다.

"서배스천은 당신이 미래의 음악을 만들고 있다고 하더군요." 그가 말했다. "저도 미래에 대한 몇 가지 이론을 갖고 있죠. 시간은 공간의 또다른 차원에 불과해요. 우리가 어떤 공간에서 앞뒤로 자유롭게 이동할 수 있는 것처럼 시간 속에서도 자유롭게 이동할 수 있습니다. 꿈의 절반은 미래에 대한 혼란스러운 기억일 뿐이죠. 한 공간에서 사랑하는 이들과 떨어져 있을 수 있듯이 같은 시간 속에서도 떨어져 있을 수 있습니다. 그것이야말로 우리 인간의 최대 비극이죠."

버넌은 머리가 이상한 친구라고 생각하고 무시했다. 그는 시공時空 이론에는 흥미가 없었다. 하지만 제인은 몸을 앞으로 기울이고 들었다.

"같은 시간 속에서 떨어져 있다," 그녀가 말했다. "그런 건 생각해본 적이 없는 것 같아요."

용기를 얻은 스웨덴인이 계속했다. 그는 시간에 대해, 궁극의 공간에 대해, 시간 1과 시간 2에 대해 말했다. 제인이 정말 흥미를 느끼는 건지 버넌은 알 수 없었다. 제인은 그를 똑바로 바라봤지만 귀담아듣는 것 같지는 않았다. 스웨덴인이 이어 시간 3에 대해 말했고 버넌은 그 자리를 떠났다.

그는 조와 서배스천에게 갔다. 조는 제인 하딩에 대해 감탄하고 있었다.

"멋진 여자야. 안 그래, 버넌? 제인이 집으로 찾아오라고 했어. 나도 제인처럼 노래할 수 있다면 얼마나 좋을까."

"제인은 가수가 아니라 배우야." 서배스천이 말했다. "아무튼 멋진 여자지. 꽤 불행하게 살았지만. 조각가 보리스 안드로프와 오 년이나 살았어."

조는 더욱 흥미를 느끼는 듯 제인 쪽을 힐끗 바라보았다. 버넌은 갑자기 자신이 막되고 유치하다고 느꼈다. 버넌의 눈에 모호하고 조롱하는 듯한 제인의 초록색 눈이 아른거렸다. 우습다는 듯 비꼬던 목소리도 들렸다. "당신은 인생을 동화 같은 걸로 생각하나보군요." 빌어먹을, 상처받았다!

그럼에도 버넌은 그녀를 꼭 다시 만나고 싶다고 생각했다.

혹시 만날 수 있는지 제인에게 물어볼까……

아니, 그럴 수 없어……

런던에는 거의 가지도 않잖아……

뒤에서 그녀의 목소리가 들려왔다. 약간 허스키한, 가수의 목소리였다.

"잘 있어요, 서배스천. 고마워요."

그녀가 문으로 향하다가 어깨 너머로 버넌을 돌아보았다.

"언제 한번 만나러 올래요?" 그녀는 아무렇지 않은 듯이 말했다. "내 주소는 당신 사촌에게 줬어요."

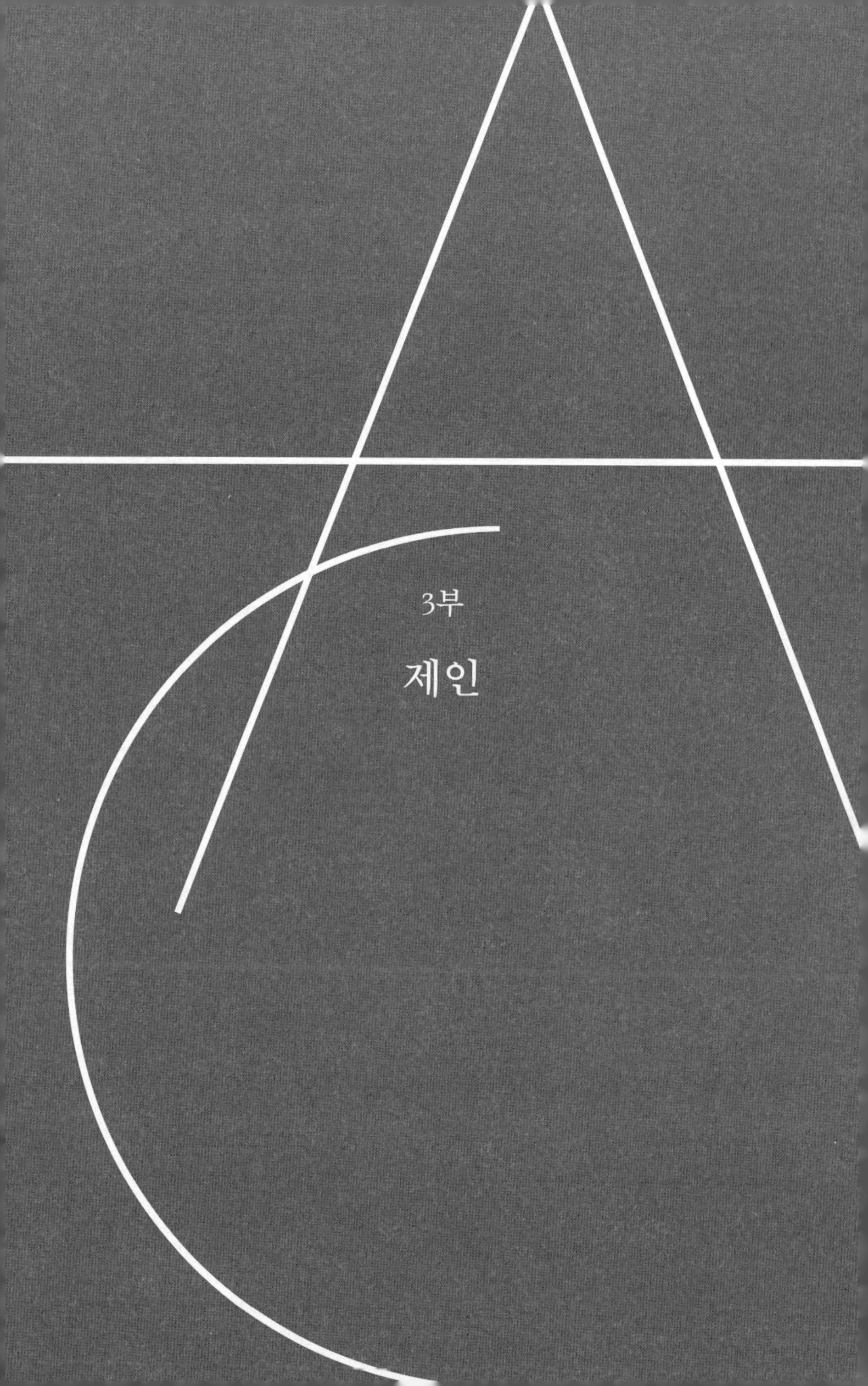
3부

제인

Chapter

1

1

제인 하딩은 강이 내려다보이는 첼시의 아파트 맨 위층에 살았다.

파티 다음날 저녁 서배스천 레빈이 찾아왔다.

"약속을 잡았어요." 그가 말했다. "라드마게르가 내일 여기로 올 겁니다. 당신을 만나고 싶어하더군요."

"오라, 내가 어떻게 사는지 말하라,* 그가 외쳤다." 제인이 인용했다. "음, 나는 아주 편하고 근사하게, 완전히 혼자서 살고 있죠! 뭐 좀 들래요, 서배스천?"

"뭐가 있는데요?"

---

* 루이스 캐럴의 『거울나라의 앨리스』에 나오는 문장. 애거사 크리스티의 자서전과 기행문 제목이기도 하다.

"스크램블드에그와 버섯, 안초비 토스트와 블랙커피가 있어요. 준비할 동안 편히 있어요."

그녀는 담뱃갑과 성냥을 서배스천 옆에 놔주고 방을 나갔다. 십오 분 후 식사가 준비됐다.

"당신을 만나면 기분이 좋아요." 서배스천이 말했다. "당신은 나를 사보이호텔의 화려한 음식만 좋아하는 건방진 유대인 애송이로 대하지 않으니까요."

제인은 말없이 빙긋 웃고는 말했다.

"당신 여자친구 괜찮던데요, 서배스천."

"조 말인가요?"

"그래요, 조."

제인은 입을 다물었다가 잠시 후 다시 말했다. "너무 어려요. 굉장히 어리던데요."

서배스천이 킬킬 웃었다.

"조가 들으면 무척 화낼걸요."

"그렇겠죠." 잠시 후 제인이 말을 이었다. "서배스천, 조를 많이 좋아하죠?"

"네, 내가 가진 많은 것이 하나도 중요하지 않을 만큼 좋아합니다. 이상하죠? 난 조 말고는 원하는 걸 모두 가졌어요. 하지만 내게는 그녀만 중요해요. 정말 바보 같지만 그래도 어쩔 수가 없어요! 조도 다른 여자들과 다르지 않을 텐데 말이에요.

다르지 않을 겁니다. 하지만 지금 내게 중요한 건 오직 조뿐이에요."

"가질 수 없기 때문에 그런 걸 수도 있어요."

"어쩌면요. 하지만 그게 전부는 아닐 겁니다."

"나도 그렇게 생각해요."

"버넌은 어떤 것 같아요?" 잠시 후 서배스천이 물었다.

제인은 자세를 바꾸고 벽난로 불꽃이 바로 비치지 않게 얼굴을 돌렸다.

"흥미로운 사람 같아요." 그녀가 천천히 말했다. "야심이 없어서 그런 것 같기도 하고."

"야심이 없어 보이나요?"

"네. 그는 순탄한 삶을 바라죠."

"그렇다면 음악으로는 아무것도 이루지 못하겠네요. 추진력이 없을 테니까."

"맞아요, 그런 게 필요하죠. 하지만 음악이 그에게 추진력이 되지 않을까요?"

서배스천은 고개를 들었다. 기쁘고 감사한 표정이었다.

"알아요, 제인? 난 당신이 그를 제대로 봤다고 믿어요!" 그가 말했다.

제인은 말없이 미소만 지었다.

"난 버넌과 결혼을 약속한 여자를 어떻게 생각해야 할지 모르겠어요." 서배스천이 말했다.

"어떤 여자인데요?"

"예뻐요. 사랑스럽다고 말하는 사람도 있지만 난 예쁘다고 하겠어요. 그냥 남들만큼 예쁘고, 애교가 넘치죠. 고양잇과는 아니에요. 하지만 걱정이에요, 그 아가씨가 버넌을 좋아하는 건 분명하니까. 그래요, 난 지금 그게 걱정이에요."

"걱정할 필요 없어요. 당신이 아끼는 천재라면 이탈하는 일도 좌절하는 일도 없을 테니까. 그런 일은 없을 거예요. 살다 보니 그런 생각이 더 확고해졌어요."

"당신을 보면 어떤 것도 당신을 목적으로부터 떼어놓지 못할 것 같아요. 당신은 추진력을 가졌어요."

"서배스천, 사실은 내가 당신의 친구 버넌보다 더 쉽게 '밀려날' 수도 있는 사람이란 걸 모르겠어요? 난 내가 뭘 원하는지 알고 그걸 추구하지만 버넌은 자신이 원하는 게 뭔지도 몰라요. 아니, 어쩌면 그것을 원하지도 않을 거예요. 그런데 그건 그에게 저절로 갈 거예요…… 그게 뭐든 그에게 주어지게 될 거라고요. 어떤 희생을 치르더라도."

"누가 희생하는데요?"

"아! 글쎄요……"

서배스천이 일어났다.

"가봐야겠네요. 잘 먹었어요, 제인."

"라드마게르 씨 일은 고마워요. 당신은 참 좋은 친구예요. 그리고 당신은 성공한다고 변할 사람이 아닌 것 같아요."

"이런! 성공이라니요—" 그가 손을 내밀었다.

제인은 서배스천의 어깨에 두 손을 올리고 뺨에 입을 맞췄다.

"조와 잘되길 바랄게요. 하지만 잘 안 되더라도 당신은 분명 다른 모든 걸 얻게 될 거예요!"

2

라드마게르는 이 주일이 다 되도록 제인을 찾아오지 않았다. 그러다가 어느 아침 열시 반에 아무 예고도 없이 나타났다. 그는 실례한다는 말 한마디 없이 성큼성큼 집으로 들어와 거실 벽을 죽 둘러보았다.

"벽지를 직접 바르고 집을 꾸몄습니까?"

"네."

"혼자 사나보군요?"

"네."

"하지만 늘 혼자 지내진 않겠죠?"

"네."

라드마게르는 뜻밖의 말을 했다.

"그거 좋군요."

그러더니 명령하듯이 말했다.

"이리 와봐요."

그는 제인의 양팔을 잡고 창가로 가더니 그녀를 머리끝부터 발끝까지 살폈다. 엄지와 검지로 팔의 살을 집어보고, 입을 벌리게 해서 목구멍을 살폈다. 그리고 마침내 큰 손을 그녀의 허리 양쪽에 올렸다.

"숨을 들이마시고―좋아요! 이제 내쉬고―크게."

그리고 주머니에서 줄자를 꺼내 제인에게 두 번 심호흡을 시키고 그때마다 몸 둘레를 쟀다. 그가 마침내 줄자를 주머니에 넣었다. 그도 제인도 이 과정을 자연스럽게 받아들였다.

"좋군요." 라드마게르가 말했다. "폐도 좋고 목도 튼튼해요. 게다가 영리하고요. 내 행동을 전혀 거부하지 않은 걸 보면 알 수 있죠. 난 당신보다 좋은 목소리를 가진 가수를 얼마든지 찾을 수 있어요. 물론 당신 목소리는 무척 순수하고 아름답죠. 그런데 맑은 은실 같아요. 무리하면 망가질 거고, 만약 그렇게 되면 어쩔 생각이죠? 당신은 지금까지 바보 같은 짓을 했어요. 여간한 고집쟁이가 아니라면 그런 역할들은 맡지 않았을 거란 말이에요. 하지만 난 당신을 존경합니다, 당신은 진정한 예술 가니까."

그는 말을 멈췄다가 이었다.

"자, 잘 들어요. 내 음악은 아름답고, 당신 목을 망가뜨리지도 않을 겁니다. 입센은 지금껏 없었던 완전히 새로운 최고의 여성 캐릭터 솔베이를 창조했어요. 내 오페라의 성패는 솔베이에게 달려 있다고 할 수 있죠—잘 부르는 것만으로는 충분하지 않아요—카바로시—메리 윈트너—잔 도르타—모두가 솔베이 역을 욕심냈죠. 하지만 내가 허락하지 않았어요. 그들이 어떤 가수죠? 출중한 성대를 가졌지만 미련해요. 나의 솔베이는 완벽한 악기여야 해요. 지적인 악기. 당신은 젊은 가수예요. 아직은 무명이지만. 당신이 날 만족시킨다면 내년에 코번트 가든에 올릴 〈페르 귄트〉에 출연하게 될 겁니다. 자, 잘 들어요……"

그는 피아노를 치기 시작했다. 오묘한 리듬의 단조로운 곡이었다……

"이건 눈이에요. 알겠습니까? 북구에 내리는 눈. 당신 목소리는 이런 눈 같아야 합니다. 이건 다마스크처럼 하얗고 그 안에는 패턴이 있어요. 하지만 그 패턴은 당신 목소리가 아니라 음악에 있는 겁니다."

그는 연주를 계속했다. 단조의 선율이 끝없이 반복되었고, 그 선율 속에서 그녀는 불현듯 뭔가를 들은 듯했다. 라드마게르가 패턴이라 불렀던 것이었다.

그가 연주를 멈췄다.

“어떤가요?”

“노래로 표현하기는 어렵겠네요.”

“바로 그거예요. 하지만 당신은 좋은 귀를 가졌어요. 솔베이역을 하고 싶겠죠?”

“당연하죠. 일생일대의 기회인데요. 제가 선생님을 만족시킬 수 있다면—”

“난 당신이 그럴 수 있다고 생각해요.” 그가 일어나서 제인의 어깨에 손을 얹었다. “몇 살이죠?”

“서른셋이에요.”

“지금까지 많이 불행했군요—그렇죠?”

“네.”

“사랑했던 남자는?”

“한 사람 있었어요.”

“좋은 남자는 아니었나보군요.”

제인은 담담하게 대답했다.

“아주 나쁜 남자였죠.”

“그래요, 당신 얼굴에 그렇게 쓰여 있군요. 자, 이제 들어봐요. 당신에게 고통을 준 모든 것, 즐거움을 준 모든 것, 그걸 전부 내 음악에 담아줘요. 무턱대고 쏟아내는 게 아니라 절제되고 단련된 힘으로 담는 겁니다. 당신은 지성과 용기를 갖췄습니다. 용기가 없으면 아무것도 해낼 수 없고, 용기 없는 사람은 인생에 등을 돌리는 법이에요. 당신은 결코 그러지 않을 겁니다. 무슨 일이 닥치든 당신은 버티고 서서 고개 들고 그 일을 직시할 거예요…… 하지만 제인, 당신이 너무 큰 상처를 입진 않길 바랍니다……"

라드마게르는 나가려다가 돌아섰다.

"악보를 보내죠." 그가 어깨 너머로 말했다. "연구해봐요."

그는 쿵쿵거리며 방에서 나갔고 이윽고 현관문 닫히는 소리가 들렸다.

제인은 탁자 옆에 앉아 멍하니 눈앞의 벽을 응시했다. 그녀에게 기회가 왔다.

제인은 아주 나직하게 중얼거렸다.

"두려워."

3

버넌은 찾아오라고 했던 제인의 말을 진심으로 받아들여도 되는지 일주일 내내 고심했다. 주말에 런던에 갈 수는 있지만 제인이 집에 없을지도 몰랐다. 그는 부끄럽고 어색했다. 제인이 그에게 오라고 말했던 것을 지금쯤 까맣게 잊었을 수도 있었다.

버넌은 주말을 그대로 흘려보냈다. 제인이 그를 잊었을 거라고 확신했다. 그러다가 조의 편지를 받았다. 조는 제인을 두 번이나 만났다고 썼다. 버넌은 결정을 내렸다. 그다음주 토요일 여섯시, 그는 제인의 아파트 벨을 눌렀다.

제인이 직접 문을 열어주었다. 그녀는 찾아온 사람을 보고 눈이 휘둥그레졌지만 크게 놀란 기색은 아니었다.

"들어와요." 그녀가 말했다. "난 연습을 마무리해야 하는데, 괜찮겠어요?"

버넌은 제인을 따라 길쭉한 방으로 들어갔다. 창밖으로 강이 내려다보였다. 방은 무척 썰렁했다. 그랜드피아노, 벤치 의자, 일인용 의자 두 개, 블루벨과 수선화가 잔뜩 프린트된 벽지. 차분한 진녹색 벽지가 발린 한쪽 벽에는 그림 한 점이 걸려 있었다. 앙상한 나무 몇 그루가 그려진 묘한 그림이었다. 그림을 보자 버넌은 어릴 적 숲속에서 하던 모험이 떠올랐다.

피아노 의자에 흰 벌레처럼 생긴 왜소한 남자가 앉아 있었다.

제인이 버넌 쪽으로 담뱃갑을 밀고, 명령하듯 매몰차게 말했다. "자, 힐 씨." 그런 다음 방안을 서성거리기 시작했다.

힐이 피아노 위로 몸을 숙였다. 그의 양손이 아주 빠르고 능숙하게 건반을 오르내렸다. 제인은 노래했다. 대부분은 소토보체*로 불렀다. 간간이 힘껏 소리 높여 부르는 대목도 있었다. 제인은 한두 차례 아주 답답하다는 듯이 탄식을 내뱉으며 노래를 멈췄고, 힐은 그 소절을 반복해서 연주해야 했다.

제인이 갑자기 손뼉을 쳐서 노래를 끊었다. 그녀는 벽난로로 걸어가서 벨을 눌렀다. 그리고 처음으로 힐을 인간으로 존중하듯 바라보며 말했다.

"차 마시고 가요. 그럴 거죠, 힐 씨?"

힐은 그러지 못할 것 같다고 했다. 그는 난처한 듯 주춤거리더니 스리슬쩍 방에서 나갔다. 하녀가 블랙커피와 버터 바른 따뜻한 토스트를 들고 왔다. 그것이 제인이 준비한 차인 듯했다.

"방금 부른 노래가 뭐였어요?"

"〈엘렉트라〉. 리하르트 슈트라우스 곡이죠."

"아! 좋아하는 곡이에요. 투견闘犬이 연상되는."

"슈트라우스가 들으면 좋아하겠는데요. 무슨 뜻인지 알 것 같아요. 전투적인 곡이죠."

제인이 버넌에게 토스트를 권하며 덧붙였다.

"당신 사촌이 두 번 찾아왔었어요."

"알아요. 편지에 썼더군요."

그는 말문이 막히고 왠지 불편했다. 꼭 만나고 싶어서 왔지만 무슨 말을 해야 할지 난감했다. 제인의 뭔가가 그를 불편하게 만들었다. 마침내 버넌이 말을 꺼냈다.

---

* '아주 부드러운 소리로'라는 뜻의 이탈리아어.

“솔직하게 말해주십시오—당신이라면 일을 깨끗이 포기하고 음악에 매진하라고 충고하겠죠?”

“내가 어떻게 그렇게 말하겠어요? 난 당신이 하고 싶은 게 뭔지도 몰라요.”

“지난번에는 그런 식으로 말했잖습니까. 마치 누구라도 자신이 원하는 걸 하면 그만이라는 듯이.”

“그럴 수 있죠. 언제나 그런 건 아니지만—대부분은 그럴 수 있어요. 당신이 누군가를 죽이려고 마음먹는다면 누구도 당신을 말릴 수 없어요. 나중에 당신이 사형을 당하더라도— 당연히 그렇겠지만.”

“난 아무도 죽이고 싶지 않습니다.”

“그래요, 당신은 자신의 동화가 행복하게 끝나길 바라죠. 외삼촌이 죽으면서 당신에게 전 재산을 남긴다든가, 사랑하는 여자와 결혼해서 애버츠 뭔가 하는 그곳에서 살든가. 그후로도 행복하게 영원히.”

버넌이 화를 내며 말했다.

“비웃지 마십시오.”

제인은 잠시 입을 다물었다가 다른 어조로 말했다.

“비웃은 게 아니라 해선 안 될 일을 한 거죠. 남의 일에 간섭하는 것 말이에요.”

“간섭이라니요?”

"현실을 직시해야 한다고 말하려고 했어요. 당신은 나보다—여덟 살인가 어리죠? 당신이 아직 그럴 만한 나이가 아니란 걸 잊고 있었네요."

버넌은 문득 생각했다. '이 사람에게는 무슨 이야기든 할 수 있을 것 같아. 무슨 이야기든. 언제나 내가 듣고 싶어하는 대답을 해주지 않을지도 모르지만.'

그가 큰 소리로 말했다. "계속해주겠습니까? 이렇게 내 얘기만 하는 게 너무 이기적이란 건 알지만 난 너무 힘들고 불행합니다. 그때 당신은 내가 원하는 네 가지 중에 하나는 이룰 수도 있겠지만 모든 걸 손에 넣을 순 없다고 말했죠. 그게 무슨 뜻인지 알고 싶습니다."

제인은 잠시 고심했다.

"내가 정확히 무슨 뜻으로 말했을까요? 아, 이런 거였죠. 원하는 걸 얻으려면 대가를 치르거나 위험을 감수해야 해요. 때로는 두 가지 다 해야 하죠. 예를 들면, 내가 어떤 음악을 좋아하는데 내 목소리는 그 음악에 전혀 적합하지 않아요. 음악회에서 부르기에는 꽤 괜찮죠. 가벼운 오페라라면 모르겠지만, 원래는 오페라와 어울리지 않아요. 그런데 난 바그너, 슈트라우스의 오페라를 불러왔어요—내가 좋아하는 역할을 한 거예요. 아직 대가라 할 만한 걸 치르진 않았지만 큰 위험을 감수하고 있죠. 목이 언제 망가질지 모르니까요. 난 그걸 알아요.

그 사실을 받아들였고, 그만한 위험을 무릅쓸 가치가 있다고 판단했던 거예요.

이제 당신의 경우를 볼까요? 당신은 네 가지를 원하죠. 첫 번째, 외삼촌의 회사에서 몇 년 열심히 일해서 부자가 되면 돈 걱정 없이 살 수 있을 거예요. 별로 재미있는 삶은 아니겠지만. 두번째, 당신은 애버츠 퓨이선츠에 살고 싶어해요. 그건 돈 많은 여자와 결혼하면 내일 당장이라도 가능한 일이에요. 그다음 세번째, 당신이 좋아하는 여자, 당신이 결혼하고 싶어하는 그—"

"내일 당장이라도 결혼할 수 있다고 말하려고요?" 버넌은 화가 나서 비아냥거렸다.

"그럴 수 있죠—아주 간단해요."

"어떻게 말입니까?"

"애버츠 퓨이선츠를 파는 거예요. 당신 거잖아요?"

"그렇긴 하지만 그럴 수 없어요—그럴 수가 없단 말입니다—난 그렇게 할 수 없어요……"

제인은 의자에 등을 기대고 미소 지었다.

"그럴 바에야 인생을 계속 동화라고 믿겠다 그거예요?"

"분명 다른 방법이 있을 겁니다."

"물론 다른 방법이 있죠. 어쩌면 가장 간단한 방법이요. 당신이 그 여자를 데리고 가장 가까운 등기소에 가는 건 아무도 막을 수 없어요. 두 다리만 있으면 되는 일이죠."

"당신은 몰라요. 장애물이 너무 많으니까요. 나는 넬에게 가난한 생활을 견뎌달라고 할 수가 없어요. 넬은 가난을 원하지 않아요."

"원하지 않는 게 아니라 그러지 못하는 거겠죠."

"그러지 못한다는 게 무슨 뜻이죠?"

"말 그대로죠. 그렇게 살지 못한다고요. 가난을 견디지 못하는 사람들이 있어요."

버넌은 의자에서 일어나 방안을 두어 번 왔다갔다했다. 그러다가 제인의 의자 옆, 벽난로 앞 카펫에 털썩 주저앉았다. 그가 제인을 올려다보았다.

"네번째는 어떤가요? 음악은요? 내가 할 수 있을 거 같습니까?"

"그건 내가 뭐라고 말할 수 없어요. 그 경우는 원하고 원하지 않고의 문제가 아닐지도 모르니까요. 하지만 음악을 한다면―그것이 나머지 전부를 집어삼킬 거예요―애버츠 퓨이선츠―돈―여자. 다 버려야 할걸요. 당신의 인생은 순탄하지 못할 거라는 생각이 드네요. 어휴! 오싹해지는 것 같아요. 서배스천 레빈은 당신이 오페라를 쓰고 있다고 하던데, 그 이야기를 들려줘요."

버넌이 이야기를 마쳤을 때는 아홉시가 되어 있었다. 그들은 깜짝 놀랐고 작은 레스토랑으로 갔다. 나중에 작별 인사를 나눌 때가 되자 버넌은 처음의 자신 없는 태도로 되돌아갔다.

"당신은 내가 만난 누구보다 멋진 사람입니다. 다시 찾아와도 되겠습니까? 내가 당신을 너무 따분하게 만들지 않았다면요."

"언제든 오고 싶을 때 와요. 잘 가요."

4

마이러가 조에게 편지를 보냈다.

사랑하는 조지핀

나는 버넌이 런던에서 만난다는 그 여자—오페라 가수인가 하는—때문에 정말 걱정이란다. 버넌보다 나이가 훨씬 많다지? 그런 여자가 젊은 남자를 유혹하는 방식이란 너무 끔찍하지. 나는 너무 걱정되고 어떻게 해야 할지 모르겠어. 시드니와 이야기해보았다만 남자들은 다 그렇다는 말만 하고 별로 도움이 되질 않는구나. 하지만 난 내 아들이 그러는 건 원치 않는다. 조, 내가 그 여자를 만나서 내 아들에게서 손을 떼라고 말해보면 어떨까 싶다. 아무리 나쁜 여자라

도 엄마의 호소는 들어주지 않겠니? 버넌은 인생을 망치기
에는 아직 어려. 어떻게 해야 좋을지 정말 막막하구나. 요즘
버넌은 내 말을 듣지 않는 것 같단다.

사랑하는 마이러 외숙모

조는 서배스천에게 편지를 보여주었다.

"제인 말이로군." 서배스천이 말했다. "두 여자가 대화하는
장면이 보고 싶은걸. 솔직히 제인은 재미있어할 것 같은데."

"말도 안 돼." 조가 열을 내며 말했다. "난 버넌이 제인을 사
랑하게 되면 좋겠어. 넬같이 멍청한 여자를 사랑하는 것보다
버넌에게는 그편이 백배 나아."

"넬을 싫어하는구나?"

"너도 그렇잖아."

"아니, 그렇지 않아. 난 어떤 면으로는 좋아해. 그렇게 끌리
지는 않지만 넬의 매력이 뭔지는 알지. 나름대로 제법 사랑스
러워."

"그래, 예쁜 초콜릿 상자 같은 매력이 있지."

"내가 넬에게 끌리지 않는 건 내 마음을 끌 요소가 아직 없
기 때문이야. 진정한 넬은 아직 완성되지 않았어. 어쩌면 그렇
게 되지 않을지도 모르지. 하지만 누군가에게는 그런 점이 더
없이 매력적일 수도 있어. 모든 가능성이 열려 있는 거니까."

"어쨌든 난 제인이 넬을 열 명 합한 것만큼 가치 있다고 생각해! 버넌이 그 풋사랑에서 얼른 빠져나올수록 결과는 더 좋을 거야."

서배스천이 담배에 불을 붙이고 천천히 말했다.

"난 네 의견에 동의할 수 없는데."

"왜?"

"음, 설명하기 어려워. 하지만 제인은 현실적인 사람이야. 굉장히 그렇지. 제인을 사랑하면 시간을 온통 쏟아부어야 할지도 몰라. 우린 버넌이 천재일 거라고 생각해. 그렇지? 내가 보기에 천재는 현실적인 사람과 결혼하길 원하지 않아. 차라리 무시해도 될 정도의 사람, 자신을 간섭하지 않을 사람을 원하지. 냉소적으로 들릴지 모르지만 난 버넌이 넬과 결혼하면 그럴 수 있을 거라고 생각해. 지금의 넬은—뭐라 해야 할지 모르겠지만—그런 구절 있잖아? '사과나무, 노래하는, 황금빛……'* 버넌이 넬과 결혼하면 그럴 거야. 넬은 그저 예쁘고 참하고 상냥한 여자고, 물론 버넌은 넬을 무척 사랑하지. 하지만 넬은 간섭하지 않을 거야—버넌과 일 사이를 가로막지 않

---

* 존 골즈워디의 단편소설 「사과나무」의 첫 구절. 사과나무 꽃이 필 무렵 순진한 시골 처녀 메건과 뜨거운 사랑에 빠졌던 대학생 데번은 메건과의 언약을 지키지 않고 런던으로 돌아간다. 수십 년 후 아내와 함께 우연히 들른 그곳에서 데번은 메건의 자살 소식을 듣고 깊은 슬픔에 빠진다.

을 거라고—넬에게는 그만한 개성이 없지. 하지만 제인은—
그럴 마음이 없더라도 자기도 모르게 간섭하게 될 거야. 제인
의 매력은 겉모습이 아니라 제인 그 자체니까. 제인은 버넌에
게 아주 치명적인 존재가 될 수도 있어……"

"아무튼," 조가 말했다. "내 생각은 달라. 버넌이 넬처럼 철
없는 바보와 결혼하는 건 싫어…… 두 사람이 흐지부지 끝나
면 좋겠어……"

"안 그래도 그렇게 될 공산이 크지." 서배스천이 말했다.

1

넬은 런던으로 돌아왔다. 버넌은 그다음날 그녀를 만나러 런던에 왔다. 넬은 그에게 일어난 변화를 바로 알아보았다. 버넌은 초췌했지만 들떠 있었다. 그가 불쑥 말했다.

"넬, 나 일을 그만두려고 해."

"뭐?"

"얘기해줄 테니까 들어봐……"

흥분한 어조로 열심히 설명했다. 버넌은 음악에 전부를 바치고 싶었다. 그는 넬에게 쓰고 있는 오페라에 대해 설명했다.

"들어봐, 넬. 바로 당신이 탑에 사는 공주야. 흘러내린 금발이 반짝여…… 햇빛에 반짝거리지."

그는 피아노 앞에 앉아 건반을 치며 설명했다…… "여기는 바이올린 파트—알겠지만—여기는 하프들만…… 그리고 둥근 보석들 같은……"

그는 넬의 귀에 거슬리는 불협화음을 계속해서 쳤다. 오케스트라가 연주하면 다를 수도 있겠지만 넬은 끔찍하다고 생각했다.

하지만 버넌을 사랑하기 때문에 그가 하는 일이 다 옳다고 믿었다. 넬이 미소 지으며 말했다.

"훌륭해, 버넌."

"그래? 아, 넬—당신은 정말 최고야. 언제나 날 이해해주지. 전부 좋게 생각해주고."

버넌은 다가가 무릎을 꿇고 그녀의 무릎에 얼굴을 묻었다.

"사랑해…… 정말 사랑해……"

넬은 그의 짙은 색 머리를 쓰다듬었다.

"오페라 줄거리를 들려줘."

"그럴까? 그래, 성의 탑에 금발의 공주가 살고 있어. 온 세상에서 왕들과 기사들이 그녀에게 청혼하려고 찾아오지. 하지만 도도한 공주는 아무도 거들떠보지 않아. 꼭 동화 같지? 그런데 마지막으로 찾아온 집시 같은 청년이 있었어. 그는 누더기옷을 걸치고 초록색 작은 모자를 쓰고 피리를 불며 노래해. 그리고 자신은 가장 큰 왕국에서 왔고, 자신의 보석보다 더 아름다운 보석은 없다고 말해. 그의 왕국은 온 세상이고 그의 보석은 이슬이기 때문이야. 사람들은 그를 미친 사람 취급하며 쫓아버려. 하지만 그날 밤 침대에 누운 공주는 그가 성의 정원에서 부는 피리 소리에 귀기울이게 돼.

시내에는 나이 많은 유대인 상인이 있는데, 그는 청년에게 공주의 환심을 살 수 있는 금과 재산을 주겠다고 제안하지. 청년은 웃으면서 자기는 뭘 줘야 하느냐고 묻고. 상인은 초록색 모자와 피리를 달라고 하지만, 청년은 그럴 수 없다고 대답해.

그는 매일 밤 성의 정원에서 노래해. 나와주오, 내 사랑, 나와주오! 공주도 매일 밤 그 노래에 귀를 기울이지. 그리고 성에 사는 나이든 음유 시인이, 백 년 전 이 왕가의 왕자가 집시 처녀에게 사로잡혀 성을 나간 이후 아무도 그를 보지 못했다는 이야기를 들려줘. 이 이야기를 들은 공주는 어느 밤 마침내 창가로 다가가지. 집시 청년은 공주에게 옷도 보석도 모두 버리고 평범한 흰옷을 입고 나오라고 말해. 하지만 공주는 만일을 위해 치맛단에 진주 한 알을 숨기고 나와. 두 사람은 달빛을 받으며 떠나고, 청년은 그 길에서 내내 노래하지…… 그런데 치맛단에 숨긴 진주의 무게 때문에 공주는 걷기가 힘들어지고, 청년은 그녀가 뒤처지는 것을 알아채지 못하고 계속 걸어 간다는 이야기야……

형편없이 이야기했지만, 이렇게 1막이 끝나…… 청년은 달빛을 받으며 떠나고 공주는 혼자 남겨져 흐느끼지. 장면은 세

부분으로 나뉠 거야. 성의 홀, 장터, 공주의 창밖 정원.”

“그런 장면을 만들려면 돈이 너무 많이 들지 않을까?” 넬이
물었다.

“글쎄―그 문제는 생각해본 적이 없는데―아! 뭐 어떻게든
되겠지.” 버넌은 자질구레한 부분을 따지는 것이 짜증스러웠다.

“2막은 장터 장면이야. 망가진 인형을 수선하는 소녀가 있
어. 둥근 얼굴에 검은 머리를 늘어뜨렸지. 집시 청년이 다가가
뭘 하느냐고 묻자, 소녀는 인형을 수선한다고 대답해. 소녀에
게는 세상에서 가장 아름다운 실과 바늘이 있거든. 집시 청년
은 소녀에게 공주에 대해서 들려줘. 어쩌다 그녀를 잃게 됐는
지도. 그가 나이든 유대인 상인에게 모자와 피리를 팔 거라고
말하자 소녀는 말리지―그는 그래야 한다고 말하고.

설명을 좀더 잘하면 좋을 텐데―이건 대강의 줄거리야. 아
까 말한 장면대로 나눈 건 아니지. 아직 그 부분은 확신이 들
지 않거든. 하지만 음악은 내 머릿속에 있어. 대단할 거야. 크
고 텅 빈 궁전의 음악, 소란스러운 장터의 음악―공주가 나오
는 장면은―‘고요한 계곡에서 노래하는 시냇물’*이라는 시구
처럼 만들 거야. 인형을 수선하는 소녀가 등장하는 장면은 애
버츠 퓨이선츠에서 소리를 들었던, 나무가 우거진 어두운 숲

---

* 애거사 크리스티의 소설 『복수의 여신』에 나오는 구절.

과 같이 만들 거고. 마법에 걸린 것처럼 신비롭고 약간은 으스스한 분위기로…… 이 대목에서는 악기들을 특별하게 써야할 거야…… 음, 넬은 흥미 없을 테니까 더 얘기하지는 않을게—좀 기술적인 부분이거든.

어디까지 말했지? 아, 그래. 청년은 위풍당당한 왕자가 되어 성에 나타나—절거덕거리는 검들을 차고, 마구들, 반짝거리는 보석들과 함께. 공주는 기뻐하고, 그와 결혼을 약속하면서 만사가 잘 풀리는 듯했어. 하지만 왕자는 날이 갈수록 파리해지고 뭔가에 시달리는 듯했고, 누가 물으면 그저 '아무 일도 아니다'라고만 해.”

“어렸을 때 당신이 애버츠 퓨이선츠에서 그랬던 것처럼?” 넬이 미소 지으며 물었다.

“내가 그랬나? 기억 안 나는데? 그래, 그러다가 결혼식 전날 밤 그는 더이상 참지 못하고 살그머니 성을 빠져나와 장터의 상인에게 가서 모자와 피리를 돌려달라고 해. 상인은 웃음을 터뜨리면서 찢어진 모자와 부러진 피리를 왕자의 발치에 내던지지.

왕자는 실의에 빠져—세상이 무너진 것 같은 그는 모자와 피리를 들고 헤매다가 인형을 수선하는 소녀가 무릎 꿇고 앉아 있는 곳까지 가게 돼. 왕자가 소녀에게 자초지종을 털어놓자, 소녀는 그에게 한숨 자라고 해. 그런데 아침이 되어 왕자가 일어나보니, 초록색 모자와 피리가 아무도 고쳤다는 걸 못 알아볼 정도로 너무도 감쪽같이 고쳐져 있는 거야.

왕자는 기쁨의 웃음을 터뜨리고, 소녀는 벽장에서 그의 것과 비슷한 초록색 작은 모자와 피리를 꺼내들어. 둘은 함께 숲으로 나서지. 그때 숲 끝에서 해가 떠오르고, 왕자는 소녀를 바라보며 모든 기억을 떠올리게 돼. 그리고 얘기하지. '맞아, 난 백년 전 당신을 위해 성과 왕위를 버렸었어.' 그러자 소녀가 말해. '그래요. 하지만 당신은 겁이 나서 더블릿* 속에 금궤를 감췄고, 금의 광채가 당신 눈을 멀게 해 우리는 헤어지게 됐죠. 하지만 이제 세상이 우리 것이 되었으니 영원히 함께해요.'"

이야기를 마친 버넌이 생기 있는 얼굴로 넬을 바라보았다. "아름다울 거야, 마지막 장면은…… 정말 아름다워야 해. 내게 보이고 들리는 모든 걸 음악으로 표현할 수 있다면…… 초록색 작은 모자를 쓴 두 사람이 피리를 부는 장면…… 숲과 떠오르는 태양……"

그는 꿈꾸는 것처럼 황홀한 표정을 지었다. 넬의 존재는 까맣게 잊어버린 듯했다.

넬은 뭐라 설명할 수 없는 감정을 느꼈다. 어딘지 이상하고 넋이 나간 듯한 버넌이 두려웠다. 전에도 음악에 대해 이야기

---

* 15~17세기 유럽 남자들이 입던 짧고 꼭 끼는 윗옷.

한 적이 있었지만 이 정도로 괴이하게 도취된 듯한 열정을 보인 적은 없었다. 서배스천은 버넌이 언젠가 대단한 일을 할 거라고 했었다. 그녀는 천재 음악가의 삶에 대한 책을 읽었던 것이 기억났고, 이 순간 그가 뛰어난 재능을 타고난 사람이 아니길 진심으로 바랐다. 그녀는 버넌이 지금까지처럼 적극적인 소년 같은 연인이기를, 같은 꿈을 나누는 연인이기를 원했다.

음악가의 아내는 어느 시대에나 불행했다는 글을 어디선가 읽었다. 넬은 버넌이 위대한 음악가가 되는 것을 바라지 않았다. 얼른 돈을 모아 애버츠 퓨이선츠에서 함께 살게 되기만 바랐다. 그녀가 원하는 건 평화롭고 건전하고 평범한 일상이었다. 버넌과 사랑하며 살아가는……

위험했다—이런 감정에 사로잡히는 것은. 넬은 위험천만하다고 확신했다.

하지만 버넌의 열정에 찬물을 끼얹을 수는 없었다. 그러기에는 버넌을 너무 사랑했다. 그녀는 동조하고 관심 있는 것처럼 보이려고 애썼다.

"정말 특별한 이야기야! 어렸을 때 들은 걸 아직까지 기억하고 있었어?"

"어느 정도는. 케임브리지에서 새벽에 강가에 나가 나무 아래 서 있는 당신을 발견하기 직전에 이 이야기가 기억났어…… 넬, 당신은 정말 아름다웠어—정말이지 아름다웠어…… 그리고 언제까지나 아름답겠지? 아니라면 난 도저히 못 견딜 거야. 내가 무슨 바보 같은 말을 하는 거지! 그리고 래닐러에서 보낸 그 밤, 내가 사랑을 고백한 그 멋진 밤에 선율이 내 안으로 밀려들어왔어. 줄거리를 정확하게 기억한 건 아니지만. 탑이 나오는 부분만 어렴풋이 기억했었거든.

그런데 정말 운이 좋았어. 내게 그 이야기를 들려줬던 간호사의 조카를 만난 거야. 그 여자가 그 이야기를 정확하게 기억하고 있었고 내가 모두 기억해내도록 도와줬어. 정말 놀랍지 않아?"

"그 여자가 누군데?"

"아주 멋진 사람이야. 근사하고 꿍장히 똑똑해. 제인 하딩이라는 오페라 가수야. 새로 문을 연 영국 오페라 컴퍼니에서 엘렉트라*와 브룬힐데**와 이졸데***를 맡았고, 내년에는 코번트 가든에 선대. 서배스천이 연 파티에서 처음 만났어. 당신도 제인을 만나보면 좋을 텐데. 분명 마음에 들 거야."

"몇 살인데? 젊어?"

"젊은 편이지. 서른쯤 됐을 거야. 제인은 상대에게 정말 묘한 영향을 미치는 사람이야. 그래서 싫을 때도 있지만, 어쩐지

---

* 슈트라우스 〈엘렉트라〉의 등장인물.
** 바그너 〈니벨룽겐의 반지〉의 등장인물.
*** 바그너 〈트리스탄과 이졸데〉의 등장인물.

뭐든 해낼 수 있을 것 같은 기분을 느끼게 해줘. 제인이 날 많이 도와줬어.”

“그런 것 같네.”

넬은 생각했다. ‘왜 이런 식으로 말하게 되지? 제인 하딩이라는 여자에게 왜 이유도 없이 반감이 드는 거지?’

버넌은 어리둥절한 표정으로 넬을 바라보았다.

“왜 그래, 넬? 왜 그렇게 이상하게 말해?”

“모르겠어.” 넬은 웃으려고 애썼다. “왠지 모르게 오싹해졌어.”

“이상하군.” 버넌이 미간을 찌푸리며 말했다. “얼마 전에도 누가 그 소리를 했는데.”

“그런 말은 흔히들 하잖아.” 넬이 웃으며 말했다. 그리고 잠시 멈췄다가 말했다. “나—나도 그 사람을 꼭 만나보고 싶어, 버넌.”

“응. 꼭 만나보면 좋겠어. 내가 당신 이야기를 많이 했거든.”

“그러지 말지 그랬어. 내 얘기를 왜 해? 아무에게도 말하지 않겠다고 우리 엄마와 약속했잖아.”

“다른 사람은 아무도 몰라. 물론 서배스천과 조는 알지만.”

“그거야 다르지. 평생 안 사람들이니까.”

“응, 물론이야. 미안해. 그 생각까진 못했어. 하지만 약혼자라고 하지도 않았고 이름을 말하지도 않았어. 화난 거 아니지?”

"물론이지."

하지만 굳은 목소리가 자신의 귀에도 들렸다. 사는 건 왜 이렇게 어려울까? 넬은 음악이 두려웠다. 음악 때문에 버넌은 안정된 직장을 내던졌다. 버넌을 그렇게 만든 건 음악일까, 제인 하딩일까?

넬은 자포자기하듯 생각했다.

'버넌을 만나지 않았다면 좋았을걸. 그를 사랑하지 않았다면. 그를 이만큼 사랑하지 않았다면! 두려워. 정말 두려워……'

2

끝났다! 저질러버렸다! 물론 불쾌한 일이 있었다. 시드니는 격노했고 버넌은 그럴 만하다고 생각했다. 마이러도 야단이었다. 비난에 눈물바람에. 열두 번도 넘게 포기할 뻔했지만, 결국 용케 뜻을 관철시켰다.

버넌은 묘하고 황량한 감정을 느꼈다. 그는 혼자였다. 넬은 그를 사랑하기 때문에 전적으로 지지해줬다. 하지만 버넌은 넬이 무척 속상해하고 심란해하며, 심지어 미래에 대한 불안까지 느낀다는 것을 알아채고 마음이 편치 않았다. 서배스천은 시기상조라고 생각했다. 당분간은 두 세계를 최대한 이용하라고 조언하고 싶었다. 하지만 그렇게 말하지는 않았다. 그는 누구에게든 충고하는 법이 없었다. 언제나 버넌 편이던 조마저도 회의적이었다. 조는 버넌이 외가와 관계를 유지하는 게 중요하다고 생각했고, 버넌의 음악적 장래에 진정한 확신이 없었다. 확신이 있었다면 그의 행동에 진심어린 박수를 보냈을 것이다.

지금까지 버넌은 모든 이의 반대에 정면으로 맞서는 용기를 내본 적이 없었다. 그래서 모든 상황이 마무리되고 런던에서 그가 간신히 감당할 수 있는 싸구려 방을 구하자, 승산이 전혀 없던 상대를 무찌르기라도 한 듯한 기분을 맛보았다. 그러고서야 다시 제인 하딩을 찾아갔다. 그전에는 그녀를 찾지 않았다.

버넌은 어린애처럼 마음속으로 그녀와 나눌 대화를 상상했다.

'당신 말대로 했습니다.'

'훌륭해요! 당신이 그런 용기를 가진 줄 알았어요.'

버넌은 겸손하게 말하고, 제인은 박수를 보내고. 그는 그녀의 칭찬에 힘이 나고 의기충천하고.

하지만 언제나 그렇듯 현실은 기대와 달랐다. 그와 제인의 대화는 늘 그랬다. 버넌은 항상 마음속으로 제인과 나누는 대화를 상상했지만 실제 대화는 전혀 달랐다.

이날 버넌이 적당히 겸손하게 그간의 일에 대해 말하자, 제

인은 특별히 영웅적인 행동이라고 생각하지는 않는 듯 무덤덤
하게 받아들였다.

"그래요, 음악을 하고 싶었던 건 분명하군요. 아니라면 그러
지 못했을 테니까."

버넌은 무척 당황했고 화가 날 지경이었다. 제인 앞에만 서
면 언제나 묘한 강박에 사로잡혔다. 그녀를 자연스럽게 대할
수가 없었다. 버넌은 하고 싶은 말이 산더미 같았지만, 말을
꺼내기가 힘들었다. 말문이 막혀 당황스러웠다. 그러다가 느
닷없이 구름이 걷히는 듯하면서 머리에 떠오른 것들이 만족스
럽게 술술 나오기도 했다.

버넌은 생각했다. '나는 제인 앞에서 왜 이렇게 쩔쩔맬까?
제인은 더없이 자연스러운데."

그것이 이상했다…… 제인을 처음 만난 순간부터 그는 마
음이 어지러웠고…… 두려웠다. 자신에게 미치는 그녀의 힘
이 못마땅했고, 인정하고 싶지 않았다.

버넌은 제인과 넬이 친구가 되길 바랐지만 그럴 수 없었다.
형식적인 예의뿐이었고, 두 사람에게 진정성은 조금도 느껴지
지 않았다.

그는 넬에게 제인을 어떻게 생각하는지 물었다.

"마음에 들어. 굉장히 흥미로운 사람 같아."

제인에게 물어보기는 어색했으나 그녀가 먼저 말을 꺼냈다.

"내가 넬을 어떻게 생각하는지 알고 싶지 않아요? 사랑스러운 사람이에요—아주 상냥하고요."

버넌이 물었다. "친구가 될 수 있을 것 같습니까?"

"아뇨, 그럴 것 같진 않아요. 우리가 왜 그래야 하죠?"

"아, 하지만—"

그는 당황해서 말을 더듬었다.

"우정은 정삼각형이 아니죠. A가 B를 좋아하고 C를 사랑한다고 해서 B와 C가 이어지지는 않아요…… 우리는 공통분모가 전혀 없어요, 당신의 넬과 나는요. 그녀도 인생을 동화처럼 생각하더군요. 그렇게 되지 않을까봐 불안을 느끼기 시작한 것 같지만. 딱하게도요. 넬은 잠자는 숲속의 공주예요. 그녀에게 사랑이란 더할 나위 없이 멋지고 아름다운 걸 거예요."

"당신에게는 그렇지 않다는 겁니까?"

버넌은 묻지 않을 수 없었다. 그는 진심으로 알고 싶었다. 전에도 종종 보리스 안드로프에 대한 궁금증이 일었다. 제인과 그가 함께한 오 년이 궁금했다.

제인은 무표정한 얼굴로 그를 쳐다보았다.

"언젠가는—말할 날이 있을 거예요……"

버넌은 '지금 말해달라'고 하고 싶었지만 그 대신 이렇게 물었다.

"제인, 당신에게 인생은 무엇입니까?"

312

그녀는 잠자코 있다가 입을 열었다.

"힘들고 위험하지만 흥미롭기 그지없는 모험이죠."

3

마침내 그는 음악에 집중할 수 있었다. 자유의 기쁨을 만끽하기 시작했다. 신경을 소모하고 기운 빠지게 하는 일이 전혀 없었다. 쉬지 않고 흐르는 물줄기처럼 음악에 매진할 수 있었다. 한눈팔 일이 거의 없었다. 그 무렵 수중의 돈이라고는 겨우 몸과 정신을 챙길 정도였다. 애버츠 퓨이선츠에는 여전히 세입자가 나타나지 않았다……

가을이 지나고 겨울도 끝나갈 무렵이었다. 넬과는 일주일에 한두 번 잠깐씩 만났고 뭔가 만족스럽지 않았다. 두 사람 다 처음의 열정이 식었다는 것을 의식했다. 넬은 오페라 작업이 어떻게 되어가는지, 언제 완성되는지, 상연될 전망은 있는지 따지듯이 물었다.

버넌은 현실적인 문제들에 대해서는 명확히 하지 않았고, 오직 창작에만 관심을 두었다. 작업은 고통과 난관을 동반하며 더디게 진행됐고, 경험과 기술 부족으로 걸림돌투성이였다. 그는 주로 악기가 가진 난점과 가능성에 대해 이야기했고,

오케스트라의 다양한 악기 주자들을 만나러 다녔다. 넬도 그와 종종 음악회에 가고 음악을 좋아하게 됐지만, 오보에와 클라리넷을 구분할 수 있을지 의문스러웠다. 호른과 프렌치호른의 차이도 몰랐다.

그녀는 기보記譜에 기술적인 지식이 얼마나 필요한지 알고는 질려버렸고, 오페라가 언제 어떻게 상연될 것인지에 대해서는 무관심한 버넌의 태도에 불안을 느꼈다.

버넌은 자신의 애매한 대답이 넬을 얼마나 낙담하게 하고 소외감을 느끼게 하는지 전혀 깨닫지 못했다. 그래서 어느 날 넬이 흐느끼다시피 말했을 때 버넌은 충격을 받았다.

"아, 버넌, 날 너무 고통스럽게 시험하진 말아줘. 너무 힘들어—너무 힘들다고…… 난 작은 희망이라도 필요해. 당신은 이해 못해."

그는 놀란 얼굴로 넬을 쳐다보았다.

"하지만 넬, 괜찮을 거야. 정말이야. 이건 그저 기다릴 수 있느냐 없느냐의 문제야."

"알아, 버넌, 이런 말 하면 안 되는 걸 알지만—"

그녀는 말을 멈췄다.

"넬이 나 때문에 불행하다면," 버넌이 말했다. "난 그만큼 더 힘들어져."

"아, 난 불행하지 않아—앞으로도 그럴 거고……"

그러나 오래전부터 눌러왔던 억울한 감정이 다시 고개를 들었다. 넬은 지금 자신이 얼마나 힘든지 버넌이 이해하지도 신경쓰지도 않는 것 같았다. 그녀의 고통을 의식하는 기미조차 보이지 않았다. 그런 건 하찮고 사소하게 여기는 것 같았다. 어떤 면으로는 별것 아니겠지만 꼭 그런 것만도 아니었다. 그런 것들이 모여 인생이 되니까. 버넌은 넬이 마음속으로 줄곧 전쟁을 치르고 있다는 것을 알아차리지 못했다. 그녀는 긴장을 놓을 수 없었다. 버넌이 그것을 깨닫고 격려해주고, 그녀가 얼마나 힘든지 이해한다고 표현했다면 좋았을 것이다. 하지만 그는 아무것도 몰랐다.

넬은 깊은 고독감에 휩싸였다. 남자들은 그런 식이었다. 모르거나 신경쓰지 않았다. 사랑 하나로 모든 게 해결되는 줄 알았다. 하지만 사랑은 실제로 아무것도 해결해주지 않았다. 넬은 버넌이 미울 지경이었다. 이기적으로 자기 일에만 푹 빠져서, 그녀가 불행하면 자신이 힘들어지기 때문에 싫다고 하고 있었다······

넬은 생각했다. '여자라면 누구나 이해할 텐데.'

넬은 알 수 없는 충동에 이끌려 제인 하딩을 찾아갔다.

제인은 집에 있었고, 넬을 보고 놀랐지만 내색하지는 않았다. 두 사람은 한동안 두서없이 이야기를 나누었다. 하지만 넬은 제인이 자신을 기다리고 지켜보면서 시간을 주고 있다는 느낌을 받았다.

여기 왜 왔을까? 넬 자신도 알 수 없었다. 넬은 제인을 두려워했고, 신뢰하지 않았다—그것이 이유일지 몰랐다! 제인은 그녀의 적이었다. 하지만 적에게는 자신에게 없는 지혜가 있는 것 같았다. 제인은 똑똑한 여자였다. (넬은 이 점을 명심했다.) 나쁜 여자일 가능성이 높았다—그렇다, 나쁜 여자라고 넬은 확신했다. 하지만 그녀에게 배울 게 있을 것 같았다.

넬은 조금 어색하게 운을 뗐다. 제인은 버넌의 오페라가 성공할 것 같은지, 그것도 당장에 그럴 것 같은지 물었다. 떨리는 목소리를 내지 않으려고 애썼지만 소용없었다.

넬은 제인의 서늘한 초록색 눈이 자신을 향하는 것을 느꼈다.

"힘들어지고 있는 건가요?"

"네, 알겠지만—"

이야기가 쏟아져나왔다. 변화, 고충, 엄마가 주는 무언의 압박, 이름을 밝히지는 않았으나 자신을 잘 이해해주는 친절하고 부유한 남자에 대한 애매한 언급.

같은 여자에게는 쉽게 털어놓을 수 있었다. 심지어 제인처럼 자신에 대해 아무것도 모르는 여자라 해도. 여자들은 이해했다. 사소하다고 비웃지 않았고, 전부 별것 아니라며 넘겨버리지도 않았다.

넬이 이야기를 마치자 제인이 말했다.

"그래요, 힘들겠네요. 처음 버넌을 만났을 때는 그가 음악에 매달리게 될 줄 전혀 몰랐을 테니까."

"꿈에도 생각 못 했죠." 넬이 속상해하며 대답했다.

"하지만 생각 못 했다고 되새겨봤자 소용없지 않겠어요?"

"그렇죠." 넬은 제인의 말투에 은근히 화가 났다. "그래요! 당신도 버넌을 위해서 전부 양보해야 한다고 생각하겠죠? 그는 천재니까—내가 어떤 희생이든 기꺼이 감수해야 한다고—"

"아니요, 그렇지 않아요." 제인이 말했다. "난 그렇게 생각하지 않아요. 천재니 예술 작품이니 하는 건 다 쓸모없어요. 어떤 감각을 타고났다는 걸 무엇보다 중요하게 여기는 사람들도 있지만, 그렇지 않은 사람들도 있어요. 어느 한쪽이 옳다고 단언할 수는 없죠. 당신에게 가장 좋은 해결 방법은 버넌에게 음악을 포기하고 애버츠 퓨이선츠를 팔아 그 돈으로 결혼해서 살자고 설득하는 걸 거예요. 하지만 난 분명히 알아요. 버넌이 설득에 넘어갈 가능성은 조금도 없다는 것을요. 당신이 그걸 뭐라 부르든, 천재성이니 예술이니 하는 건 당신보다 훨씬 강하니까요. 차라리 해변의 크누트왕*이 나을걸요. 당신은 버넌

---

* 막으려고 애쓰지만 결코 성공하지 못하는 사람을 비유하는 말. 잉글랜드의 크누트왕은 해변에 서서 육지로 밀려오는 물살을 되돌릴 수 없다는 걸 보여주려 했지만, 후대에는 그가 바닷물의 흐름을 되돌릴 수 있다고 한 것으로 이야기가 변질되어 전해졌다.

을 음악에서 떼어놓을 수 없어요.”

“그럼 어떻게 해야 하죠?” 넬은 무기력하게 물었다.

“글쎄요, 아까 당신이 말한 그 남자와 결혼해서 적당히 행복하게 살든가, 아니면 버넌과 결혼해서 한동안 더없는 행복을 누리다가 몹시 불행해지든가 해야겠죠.”

넬은 제인을 빤히 보았다.

“당신이라면 어떻게 하겠어요?” 넬이 속삭이듯 물었다.

“아! 나라면 버넌과 결혼해서 불행해지겠어요. 슬픔 속에서 기쁨을 찾는 사람들도 있으니까.”

넬은 자리에서 일어났다. 그리고 문 앞에 멈춰 서서 제인을 돌아보았다. 제인은 움직이지 않았다. 벽에 기대서서 실눈을 뜨고 담배를 피우고 있었다. 그 모습은 고양이 같기도 하고 중국 불상 같기도 했다. 갑자기 분노의 파도가 밀어닥쳤다.

“난 당신이 싫어요.” 넬이 소리쳤다. “당신은 내게서 버넌을 떼어놓으려고 해요. 그래요—당신은 그런다고요. 당신은 나빠—사악해—난 알아요, 느낄 수 있어요. 당신은 나쁜 여자야.”

“날 질투하는군요.” 제인이 조용히 대꾸했다.

“그럴 만한 짓을 했나보죠? 하지만 버넌은 당신을 사랑하지 않아. 그는 당신을 사랑하지 않아. 그런 일은 절대 없을 거예요. 당신 혼자 그를 욕심내는 거라고요.”

침묵이 흘렀다—고동치는 침묵이었다. 제인은 꼼짝 않고

서 있다가 웃음을 터뜨렸다. 넬은 서둘러 아파트를 나왔다. 자신이 무슨 짓을 한 건지 알 수 없었다.

4

서배스천은 제인을 자주 찾아갔다. 보통은 저녁식사 후에 전화해서 그녀가 집에 있는지 확인하고 갔다. 두 사람은 만나면서 묘한 즐거움을 알게 됐다. 제인은 솔베이 역할의 어려움에 대해 구구절절 말했다. 까다로운 노래, 좀처럼 라드마게르를 만족시킬 수 없다는 문제. 그녀 자신을 만족시키는 건 더 어려웠다. 서배스천은 제인에게 자신의 야심, 진행중인 계획, 미래에 펼칠 아직 구체화되지는 않은 아이디어에 대해 말했다.

어느 저녁, 한바탕 긴 대화를 마치고 잠시 침묵하다가 서배스천이 입을 열었다.

"난 당신 앞에만 있으면 이야기가 술술 나오는 것 같아요. 왜 그런지는 모르지만."

"글쎄요, 어떤 면으로는 우리가 같은 부류라서 그렇지 않을까요?"

"우리가요?"

"난 그렇게 생각해요. 표면적으로가 아니라 근본적으로 그렇죠. 우리는 진실을 사랑해요. 내 생각에는 우리 둘 다 상황을 사실 그대로 보는 것 같아요."

"사람들은 그렇지 않다고 생각하는 겁니까?"

"물론이죠. 예를 들면 넬 비어커가 그래요. 그녀는 상황을 자기 눈에 비치는 대로, 자기가 보고 싶은 대로 보죠."

"관습에 얽매여서 본다는 뜻인가요?"

"그래요, 하지만 그건 양면적이죠. 예를 들어 조는 자신이 관습을 무시한다고 우쭐대지만 그것이 그녀를 그만큼 편협하고 편파적으로 만들기도 하니까요."

"네, 뭐가 됐든 일단 '반대'하고 본다는 점에서 그렇죠. 조는 그래요, 반항아가 되어야 하는 사람이죠. 어떤 대상이든 장점을 찬찬히 살피지 않아요. 바로 그런 점 때문에 조에게는 내가 아주 형편없는 남자죠. 나는 성공한 사람이지만, 조는 실패한 사람에게 감탄해요. 부자인 나와 결혼하면 잃는 것 없이 득을 보게 될 텐데도요. 요즘엔 유대인이라고 해서 크게 꺼리지도 않잖아요."

"오히려 반기는 추세죠." 제인이 웃으며 말했다.

"그거 알아요, 제인? 이상하게도 나는 조가 사실은 나를 좋아하는 것 같아요."

"아마 그럴 거예요. 조는 당신과 다른 시간을 사는 거예요. 당신이 파티에 초대했던 스웨덴인이 멋진 이야기를 했었죠.

한 공간에서 떨어져 있는 것보다 같은 시간 속에서 떨어져 있는 게 더 큰 비극이라고요. 어떤 사람과 당신의 시간이 맞지 않는다는 건, 둘은 무슨 일이 있어도 하나가 될 수 없다는 뜻이에요. 아무리 천생배필일지라도 서로 다른 엉뚱한 시간에 태어난 거라고요. 말도 안 되는 소리 같은가요? 난 조가 서른다섯 살쯤 되면 당신을 사랑하게 될 거라고 믿어요. 당신의 진면목을 뜨겁게 사랑할 거예요. 성숙한 여자만이 당신을 사랑할 수 있죠. 소녀가 아니라."

서배스천은 벽난로의 불꽃을 바라보았다. 추운 2월이었고, 석탄 위에 장작이 쌓여 있었다. 제인은 가스난로를 싫어했다.

"우리가 왜 서로 사랑에 빠지지 않는지 궁금한 적 없었습니까, 제인? 플라토닉 사랑은 있을 수 없다고 생각해요. 게다가 당신은 정말 매력적이고요. 당신은 의식하지 못하겠지만, 분명 당신에게는 사람을 끌어당기는 마력이 있어요."

"우리가 정상적인 상태라면 그랬겠죠."

"우리가 정상적인 상태가 아니란 말인가요? 아! 잠깐만요—무슨 뜻인지 알겠군요. '이미 임자 있습니다', 뭐 그런 뜻이겠죠?"

"그래요. 당신이 조를 사랑하지 않았다면—"

"그리고 당신이—"

그는 말을 멈췄다.

"그렇죠?" 제인이 말했다. "알고 있었을 텐데요?"

"그래요, 그런 것 같군요. 이런 이야기, 그만할까요?"

"아니요. 어떤 일이 이미 현실에서 일어나고 있다면 그것을 말하든 않든 무슨 상관이겠어요?"

"당신은 뭔가를 간절히 원하면 이루어진다고 믿습니까?"

제인은 곰곰이 생각했다.

"아니요―그렇지 않은 것 같아요. 너무 많은 일이 저절로 일어나니까요―그래요―뭔가를 원할 시간도 없이 분주하기만 해요. 하지만 내게 뭔가가 일어난다면, 그것을 받아들일지 말지 선택해야겠죠. 그게 운명이니까요. 그리고 일단 선택했으면 돌아보지 않고 지켜나가야 하고요."

"그런 게 그리스 비극의 정신이죠. 당신은 뼛속부터 엘렉트라군요, 제인." 서배스천은 탁자에 놓인 대본을 집어들었다. "〈페르 귄트〉네요. 솔베이에 푹 빠져 있군요."

"네, 이 오페라는 페르 귄트보다 솔베이를 위한 거예요. 당신도 알다시피, 솔베이는 정말 매력적이에요. 아주 얌전하고 소극적이지만 페르 귄트를 향한 자신의 사랑이야말로 세상의 유일한 사랑이라고 굳게 확신하죠. 솔베이는 페르 귄트가 자신을 원하고 필요로 한다는 것을 알고 있어요. 그가 그렇게 말한 것도 아니고, 방치되고 버림받기만 하는데도 말이죠. 솔베이는 그가 자신을 버린 것이 오히려 사랑의 큰 증거라고 생각해요. 아, 라드마게르가 만든 성령강림절 장면의 곡은 정말 더 없이 장엄해요. '내 삶을 복되게 하신 그분을 축복하라!' 남자를 향한 사랑을 내면에 정열을 간직한 수녀처럼 표현해야 하는 게 어렵긴 하지만, 그래도 너무 근사한 일이에요."

"라드마게르는 만족하나요?"

"가끔은요. 하지만 어제는 내 영혼을 지옥에 처박았고, 이가 딱딱 부딪칠 때까지 날 흔들어댔어요. 그의 말이 전적으로 옳았어요. 내가 전혀 엉뚱하게 불렀으니까. 과장되게, 무대를 동경하는 애송이처럼 불렀거든요. 강한 의지력—자제력—을 가지고 불러야 해요. 솔베이는 무척 여리고 얌전하지만 사실 무서울 정도로 강한 여자니까요. 라드마게르가 첫날 말했던 대로죠. 눈—부드러운 눈이요—그 안에 놀라울 만큼 냉철한 의지가 있죠."

제인은 버넌의 작품에 대한 이야기로 넘어갔다.

"완성 단계예요. 라드마게르에게 보여보면 좋겠어요."

"버넌이 그러자고 할까요?"

"난 그럴 거라고 생각해요. 당신은 봤어요?"

"일부는요."

"어때요?"

"당신 생각부터 듣고 싶은데요. 음악에 관해서라면 당신도 나 못지않으니까."

"거칠어요. 너무 욕심을 부렸어요―좋은 게 지나치게 많이 들어갔다는 뜻이에요. 버넌은 소재를 다루는 법을 배운 적이 없지만 정말 풍부한 소재를 가졌죠. 당신도 그렇게 생각하죠?"

서배스천이 고개를 끄덕였다.

"물론이죠. 난 버넌이 센세이션을 일으킬 거라고 그 어느 때보다 확신해요. 하지만 필연적으로 실의에 빠지는 시간이 올 겁니다. 버넌은 자신의 오페라가 어느 모로 보나 상업적인 작품이 아니라는 사실에 맞닥뜨리게 될 거예요."

"상연되기 어렵다는 말인가요?"

"그렇습니다."

"당신이 만들면 되잖아요."

"그 말은―우정을 생각해서 그러라는 건가요?"

"그래요."

서배스천은 일어나서 방안을 서성이기 시작했다.

"그건 비윤리적인데요." 마침내 그가 말했다.

"게다가 당신은 손해보는 것을 좋아하지 않고요."

"맞아요."

"하지만 당신이라면 조금 손해를 봐도―상관없지 않나요?"

"항상 그렇진 않아요. 그건 영향을 주거든요―내 자존심에."

제인은 고개를 끄덕였다.

"알 것 같아요. 하지만 난 당신이 손해보지 않을 거라고 생각해요, 서배스천."

"아니, 제인—"

"반박하기 전에 내 말부터 들어봐요. 당신은 홀번 극장에서 소위 '식자층' 공연이라 불리는 공연을 제법 많이 준비하고 있죠? 올여름—7월 초라고 해두죠, 〈탑의 공주〉를—그래요, 이 주일쯤 무대에 올려봐요. 오페라가 아니라 화려한 뮤지컬로 제작하는 거예요. (버넌에게는 말하지 말고요. 설마 말하진 않겠죠?) 특이한 무대장치와 색다른 조명을 써보는 거예요. 당신은 조명에 관심이 많잖아요? 러시아 발레—그것 비슷하게 가면 되겠네요—훌륭한 가수들을 동원하되 외모도 매력적인 사람들이어야 해요. 배경은 단순하게 하고요. 미리 말해두지만, 난 당신을 위해 그 공연을 성공시킬 거예요."

"당신이—공주 역을 맡겠다고요?"

"천만에, 아니에요. 인형 수선하는 소녀 역을 할 거예요. 독특한 인물이죠. 매력적이고 주목을 끌 거예요. 그 소녀가 등장하는 장면의 음악은 버넌의 곡 중에서도 최고예요. 서배스천, 당신은 언제나 날 배우라고 말했었죠? 이번 시즌 내가 코번트 가든에 오르게 된 것도 내가 연기하는 배우였기 때문이에요. 나는 주목을 끌 거예요. 난 내가 연기에 소질이 있다는 걸 알아요. 그리고 오페라는 연기가 아주 중요하죠. 난—나는 사람들을 감동시킬 수 있어요—느끼게 만들 수 있어요. 버넌의 오페라는 드라마틱하게 손봐야 할 거예요. 그건 내게 맡겨요. 음악적인 부분은 당신과 라드마게르가 여러모로 조언할 수 있겠죠—물론 버넌이 받아들여야겠지만. 알다시피 음악가란 지독하게 까다로운 위인이니까요. 다 잘될 거예요, 서배스천."

제인은 몸을 앞으로 내밀었다. 생생하고 인상적인 표정이었다. 서배스천은 뭔가를 골똘히 생각하면 늘 그렇듯 무표정해졌다. 그는 제인을 평가하듯, 사적인 관점이 아니라 공적인 관점에서 가늠하듯 바라보았다. 그는 제인을 믿었다. 그녀의 역동적인 힘, 흡인력, 관객과 감정을 소통하는 탁월한 능력을 믿었다.

"생각해보죠." 서배스천이 차분하게 말했다. "당신 말에 일리가 있는 것 같으니까요."

제인은 갑자기 웃음을 터뜨렸다.

"게다가 나를 아주 싸게 쓸 수 있을 거예요, 서배스천." 그녀가 말했다.

"그럴 수 있겠죠." 서배스천이 진중하게 대답했다. "그런데서라도 내 유대인 본능을 달래야겠군요. 당신은 이 일을 내게 억지로 떠맡긴 거예요. 내가 그걸 모른다고 착각하면 안 됩니다!"

3

1

드디어 〈탑의 공주〉가 완성됐다. 버넌은 흥분했던 것만큼이나 의기소침해져 있었다. 가망 없는 졸작이었다. 불구덩이에 던져버리는 게 최선일 것 같았다.

이런 때 넬의 격려와 다정함은 그에게 만나* 같았다. 넬은 언제나 직감적으로 버넌이 간절히 듣고 싶어하는 말을 해주었다. 그가 곧잘 넬에게 말했듯이, 그녀가 없었다면 그는 진작 절망에 지고 말았을 것이다.

겨울 동안 버넌은 제인을 전보다 자주 보지 못했다. 그녀는 한동안 브리티시 오페라 컴퍼니와 함께 순회공연을 다녔다.

---

* 이스라엘 민족에게 여호와가 하늘에서 내려주었다는 양식.

제인이 버밍엄에서 〈엘렉트라〉 무대에 섰을 때, 버넌은 공연을 보러 갔다. 그는 큰 감동을 받았다. 음악도 좋고 제인의 연기도 좋았다. 냉혹한 의지, 그 결연함이 좋았다. "아무 말도 하지 말고 춤추라!" 제인은 육체라기보다 영혼을 표현하는 듯한 인상을 주었다. 사실 그는 그 역을 맡기에는 제인의 목소리가 약하다고 생각했지만 그건 전혀 문제가 아닌 것 같았다. 제인은 엘렉트라 그 자체였다. 혹독한 운명을 상징하는 뜨겁게 타오르는 불꽃 같았다.

그후 며칠은 어머니의 집에 머물렀다. 힘들고 고역스러운 날들이었다. 외삼촌을 만나러 갔지만 냉대를 받았다. 이니드는 사무 변호사와 약혼했는데 외삼촌에게는 성에 차지 않는 모양이었다.

넬과 비어커 부인은 부활절 기간에 집을 떠나 있었다. 모녀가 돌아오자 버넌은 넬에게 전화해서 당장 만나자고 했다. 버넌은 하얗게 질린 얼굴로 도착했다. 눈은 활활 타는 것 같았다.

"넬, 내가 무슨 말을 들었는지 알아? 다들 당신이 조지 쳇윈드와 결혼할 거라고 떠들어. 조지 쳇윈드와!"

"누가 그래?"

"여러 사람이. 당신이 어딜 가든 그 남자와 함께였다고 하던데."

넬은 겁먹고 불안해 보였다.

"그런 소문은 믿지 않으면 좋겠어. 그리고 버넌, 그렇게—
그렇게 비난하는 표정 짓지 마. 그 사람이 내게 청혼한 건 사
실이야. 실은 두 번이나 청혼했어."

"그 늙은이가?"

"아, 버넌, 무례한 소리 하지 마. 그 사람은 마흔한두 살밖에
안 됐어."

"당신 나이의 거의 두 배야. 웬걸, 난 그 남자가 당신 어머니
에게 마음이 있는 줄 알았어."

넬은 자기도 모르게 웃음이 나왔다.

"오 맙소사, 그러면 좋았겠네. 사실 엄마는 여전히 아름다우
니까."

"그날 밤 래닐러에서 난 그런 줄 알았어. 설마 당신일 거라
고는 짐작도 못했어—꿈에도 생각지 못했다고! 혹시 그때부
터 그랬던 거야?"

"응, 맞아, 그때부터야. 굳이 그렇게 표현한다면! 그래서 우
리가 사라지자 엄마가 그렇게 화를 내셨던 거야."

"난 짐작도 못했고 말이지! 나한테 말했어야지!"

"무슨 말을 해야 했는데? 그때는 할말이 없었어—그때는!"

"그래, 그랬겠지. 내가 바보같이 군다는 거 알아. 하지만 그
가 엄청난 부자인 걸 알기 때문에 난 문득문득 불안해. 아니
야, 넬, 사랑하는 당신을 잠시나마 의심하다니 내가 나빠. 제

아무리 부자라도 당신은 신경도 안 쓸 사람인데."

넬은 짜증스러운 듯이 말했다.

"부자, 부자, 부자! 당신은 그 말밖에 몰라? 그는 정말 친절하고 점잖은 사람이야."

"그렇겠지."

"그래, 버넌. 그는 정말 그런 남자야."

"당신이 그렇게 두둔해도 난 상관없어. 두 번이나 퇴짜를 맞고도 어슬렁대는 걸 보면 둔감한 무뢰한인 게 분명해."

넬은 대꾸하지 않았다. 대신 버넌은 이해하지 못할 거라는 눈빛으로 그를 바라보았다. 초롱초롱한 넬의 눈에는 애처롭고 애원하는 듯하면서도 도전적인 빛이 있었다. 자신과 멀찌감치 떨어진 다른 세계에 있는 사람을 바라보는 듯한 눈빛이었다.

그가 말했다.

"넬, 난 내가 부끄러워. 하지만 당신은 정말 사랑스럽고—남자라면 누구나 당신을 원할 거야……"

넬이 갑자기 무너진 듯 울기 시작했다. 버넌은 깜짝 놀랐다. 넬은 그의 어깨에 얼굴을 묻고 계속 울었다.

"어떻게 해야 할지 모르겠어—어떻게 해야 할지. 너무 괴로워. 당신에게 얘기할 수만 있다면."

"얼마든지 얘기해, 넬. 내가 듣고 있잖아."

"아니, 아니야, 그런 게 아니야…… 난 말할 수 없어. 당신은 이해 못해. 다 소용없어……"

넬은 계속 울었다. 버넌은 넬에게 키스하고 달래며 사랑한다고 속삭였다……

버넌이 떠나자 비어커 부인이 넬의 방에 들어왔다. 부인의 손에는 뜯어서 본 편지가 들려 있었다.

부인은 눈물로 얼룩진 딸의 얼굴을 못 본 듯했다.

"조지 쳇윈드가 5월 30일에 배편으로 미국에 간다는구나." 비어커 부인이 말하고 책상으로 걸어왔다.

"그 사람이 언제 뭘 타든 저와는 상관없어요." 넬이 반항하는 투로 말했다.

비어커 부인은 대꾸하지 않았다.

그날 밤 넬은 작고 하얀 침대 옆에 평소보다 오래 무릎을 꿇고 있었다.

"하느님, 버넌과 결혼하게 도와주세요. 간절히 바랍니다. 전 그를 진심으로 사랑해요. 일이 잘 풀려서 우리가 결혼할 수 있게 도와주세요. 행운이 오도록 도와주세요……"

2

4월 말 애버츠 퓨이션츠에 세입자가 나타났다. 버넌은 들떠서 넬을 찾아갔다.

"넬, 우리 당장 결혼하자. 웬만큼 꾸려나갈 수 있을 것 같아. 조건이 딱히 좋지는 않지만—아니 나쁘다고 해야겠지만 어쨌든 세를 놓았어. 그렇게라도 할 수밖에 없었지. 비어 있는 동안에도 주택융자금 이자와 유지비로 만만치 않은 돈이 들었거든. 물론 대출을 받았고 이제 갚아야 해. 일이 년은 좀 힘들겠지만 그후에는 괜찮아질 거야……"

버넌이 재정 상황에 대해 상세하게 설명했다.

"모두 깊이 생각해봤어. 정말 현실적으로. 우리는 작은 집을 구하고 하녀 한 명 정도를 둘 수 있을 거고, 생활비로 쓸 돈도 조금 남을 거야. 아, 넬, 나와 함께라면 가난쯤은 견딜 수 있지? 전에 당신은 내가 가난을 모른다고 했지만 이제는 그런 말 못할 거야. 런던에 온 후로 난 끔찍할 만큼 쪼들리며 살았고, 이젠 그런 건 꺼리지 않게 됐어."

그랬다, 넬은 버넌이 가난을 꺼리지 않는다는 걸 이제 알았다. 어찌 보면 그건 그녀에 대한 가벼운 비난이기도 했다. 하지만 넬은 꼭 집어 설명할 수는 없었지만 자신과 버넌의 경우가 같지 않다고 생각했다. 여자들은 많이 다르다. 여자들은 멋지고 즐겁고, 남들의 부러움을 살 정도로 좋은 시간을 보내고 싶어한다. 남자들은 이런 것에 영향을 받지 않았다. 남자들은 뭘 입을지 고민하지 않고 허름한 행색에도 개의치 않았다.

하지만 버넌에게 그걸 어떻게 설명한단 말인가. 설명할 수 없었다. 버넌은 조지 쳇윈드 같지 않았다. 조지라면 이해했을 것이다.

"넬."

그녀는 우물쭈물하며 앉아 있었다. 버넌이 한 팔로 그녀를 감쌌다. 그녀는 결정을 내려야 했다. 눈앞에 광경이 떠다녔다. 아멜리…… 덥고 좁은 집, 보채는 아이…… 조지 쳇윈드와 그의 차…… 답답하고 좁은 셋집—꾀죄죄하고 일 못하는 하녀…… 파티…… 드레스…… 외상 빚…… 밀린 월세…… 애스콧*에서 아름답고 근사한 드레스 차림으로 미소 지으며 대화하는 자신의 모습…… 그러다가 불쑥 섬뜩한 기분을 느끼며 그녀는 래닐러에서의 그 밤, 버넌과 다리 위에 서 있던 그 시간으로 돌아왔다……

넬은 그날 밤과 비슷한 목소리로 말했다.

"모르겠어. 버넌, 난 모르겠어."

"아, 넬, 제발…… 제발……"

그녀는 버넌의 팔을 뿌리치고 일어섰다.

"부탁이야, 버넌. 생각할 시간이 필요해…… 그래, 생각해 봐야겠어. 난…… 당신과 있으면 생각할 수가 없어."

---

* 국왕이 참석하는 귀족적인 경마.

그날 밤늦게 그녀는 버넌에게 편지를 썼다.

사랑하는 버넌

조금만 더 기다려보는 게 좋겠어. 그래, 육 개월만. 지금 당장 결혼은 힘들어. 게다가 그때쯤이면 당신 오페라가 상연될 수도 있잖아. 당신은 내가 가난을 두려워한다고 생각하지만 절대 그렇지 않아. 나는 서로 사랑했지만 별별 힘든 일과 걱정거리 때문에 사랑을 잃은 사람들을 봐왔어. 기다리고 인내하면 다 잘 풀릴 거야. 그래! 버넌, 난 알아―모든 일이 술술 풀릴 거야. 우리가 기다리고 인내하면……

버넌은 화가 났다. 제인에게 그 편지를 보여주지는 않았지만 그가 무심결에 감정을 폭발시키자 제인은 상황을 짐작했다. 그녀는 곧바로 당황스러울 만큼 신랄하게 말했다.

"당신이 여자들에게 그렇게 대단한 존재인 거 같아요?"

"무슨 뜻이죠?"

"춤추고 파티에 다니고 사람들의 찬사를 받으며 즐거운 삶을 누리던 여자가 좁아터진 방구석에 처박혀 살아도 더없이 즐거울 거라고 생각해요?"

"우리에게는 서로가 있어요."

"온종일 사랑만 속삭일 순 없어요. 당신이 일하는 동안 그녀는 뭘 하죠?"

"가난한 여자는 행복할 수 없다고 생각하는 겁니까?"

"물론 아니죠. 어떤 조건이 갖춰지면 행복할 수도 있죠."

"조건이라니―그게 뭐죠? 사랑이나 신뢰 같은 거요?"

"아니요, 당신은 참 어리석은 아이 같군요. 유머감각, 강인한 기질, 스스로에게 만족하는 귀중한 자질이 있어야 한다는 거예요. 당신은 좁은 집에서 사는 것을 사랑이 큰가 작은가 하는 감정적인 문제로만 생각하려 해요. 하지만 이건 정신적인 문제예요. 당신은 버킹엄궁전에 살건 사하라사막에 살건 상관없을 거예요. 그건 당신 머릿속이 음악으로 꽉 차 있기 때문이죠. 하지만 넬은 환경에 좌우되는 사람이에요. 당신과 결혼하면 친구들과도 멀어질 테고요."

"대체 왜요?"

"형편이 다른 사람끼리 친구로 지내는 것만큼 힘든 일도 없으니까요. 그들은 자연스럽게 어울리지 못해요."

"당신은 늘 내 잘못이라고 하는군요." 버넌이 거친 어조로 말했다. "그러려고 애쓰는 사람 같다고요."

"그래요, 난 당신이 자신을 과대평가하고 쓸데없이 자만하는 걸 보면 화가 나요." 제인이 침착하게 말했다. "넬에게는 친구들과 멀어지고 지금까지의 생활을 버리고 희생해주길 바라면서 정작 자신은 어떤 희생도 할 생각이 없잖아요."

"어떤 희생 말이죠? 난 무슨 일이든 할 수 있어요."

"애버츠 퓨이선츠를 파는 건 빼고요?"

"당신은 몰라요……"

제인은 버넌을 부드럽게 바라보았다.

"아닐걸요. 아니에요, 난 아주 잘 알아요. 위선 떨지 마요. 난 그런 모습을 보면 성질이 나니까! 자, 이제 〈탑의 공주〉 이야기나 하죠. 난 당신이 그 작품을 라드마게르에게 보여보면 좋겠어요."

"너무 형편없어요. 그럴 수 없어요. 그래요, 완성하기 전까지는 나도 그게 얼마나 끔찍한지 몰랐어요."

"괜찮아요," 제인이 말했다. "누구나 그러니까요. 오히려 그렇기 때문에 다행이죠. 아니면 한 작품도 완성시킬 수 없을 거예요. 라드마게르에게 보여봐요. 그의 평가는 흥미로울 거예요."

버넌은 마지못해 동의했다.

"그는 날 아주 한심하다고 생각할 거예요."

"아니, 그렇지 않을 거예요. 그는 서배스천의 평가를 대단히 신뢰하고, 서배스천은 언제나 당신 편이잖아요. 라드마게르는 서배스천이 젊은 사람치고 놀라울 정도로 정확한 눈을 가졌다고 말하죠."

"서배스천은 좋은 친구죠. 대단한 사람이에요." 버넌이 따뜻하게 말했다. "하는 일마다 대부분 성공하죠. 돈이 저절로 굴러오는 것 같아요. 가끔은 샘이 날 지경이죠."

"그럴 거 없어요. 사실 서배스천은 별로 행복한 사람은 아니니까."

"조 때문에요? 아니요! 둘은 잘될 겁니다."

"과연 그럴까요? 버넌은 조와 자주 만나나요?"

"예전만큼은 아니지만 꽤 자주 만나죠. 난 요즘 조가 어울리는 예술가입네 하는 작자들을 봐줄 수가 없어요. 다들 꼴사나운 헤어스타일에 씻지도 않은 듯한 행색이고, 정말 터무니없는 헛소리만 지껄이거든요. 당신 같은 사람들과는 전혀 달라요. 당신들이야말로 진짜 예술을 하는 사람들이죠."

"서배스천의 말대로 하자면 우리는 상업적으로 성공한 사람들이니까요. 아무튼 난 조가 걱정돼요. 뭔가 어리석은 일을 저지를까봐요."

"라 마르, 그 망나니를 말하는 거예요?"

"그래요, 그 남자요. 그는 여자를 꾀는 데 선수예요. 그런 남자들이 있죠."

"조가 그 남자와 도망이라도 칠까봐요? 물론 조는 지독하게 바보 같은 면이 있긴 하죠." 그는 궁금한 듯이 제인을 바라보았다. "하지만 당신이 그런 말을—"

그는 말을 멈추고 갑자기 얼굴을 붉혔다. 제인은 얼핏 재미있다는 표정을 지었다.

"당신이 내 윤리관 때문에 당황할 필요는 없어요."

"그게 아니에요. 난—계속 궁금했어요…… 그래요! 무척 궁금했어요……"

그의 목소리가 잦아들었다. 침묵이 흘렀다. 제인은 아주 꼿 꼿하게 앉아 있었다. 제인은 버넌을 보지 않고 앞만 똑바로 응 시했다. 그리고 이내 아주 담담하게 말하기 시작했다. 마치 다 른 사람 얘기를 하는 것처럼 감정이 실리지 않은 침착한 말투 였다. 그녀는 무서운 일에 대해 냉정하고 간결하게 이야기했 고, 버넌은 제인의 태연함에 섬찟한 느낌이 들었다. 그녀는 과 학자처럼 객관적으로 말했다.

그는 양손에 얼굴을 묻었다.

조용한 목소리가 멈추고 이야기는 끝났다.

버넌은 낮고 떨리는 목소리로 말했다.

"그런 일을 겪었단 말입니까? 나는—몰랐어요."

제인이 침착하게 말했다.

"러시아인이고 퇴폐적인 사람이었어요. 앵글로색슨족은 그 들의 독특하고 세련된 사디즘을 이해하기 어려워요. 폭력성은 이해하겠지만, 그게 전부죠."

버넌은 유치하고 불편한 질문이라 생각하면서도 물었다.

"당신은—그 사람을 많이 사랑했나요?"

제인은 천천히 고개를 저으며 침묵하다 이윽고 입을 뗐다.

"왜 과거를 시시콜콜 분석하죠? 그 사람은 훌륭한 예술가예요. 사우스 켄싱턴에 그의 작품이 있죠. 섬뜩하지만 훌륭한 작품이에요."

제인은 다시 〈탑의 공주〉에 대해 말하기 시작했다.

이틀 후 버넌은 사우스 켄싱턴에 갔다. 그는 한 점뿐인 보리스 안드로프의 조각상을 어렵지 않게 발견했다. 익사한 여자. 퉁퉁 불어 뭉개진 얼굴은 끔찍했지만 몸은 아름다웠다…… 훌륭한 몸이었다. 버넌은 그것이 제인의 몸이라는 것을 본능적으로 알았다.

그는 서서 청동 누드 조각상을 바라보았다. 양팔을 크게 벌리고 긴 머리를 처량하게 늘어뜨린 모습……

눈부시게 아름다운 여체…… 제인의 몸이었다. 안드로프는 그녀를 모델로 누드 조각상을 만들었다.

오랫동안 잊고 있었던 짐승에 관한 괴이한 기억이 밀려들었다. 버넌은 두려움을 느꼈다.

그는 아름다운 조각상에서 얼른 몸을 돌려 달음질치다시피 건물을 빠져나왔다.

3

라드마게르의 새로운 오페라 〈페르 귄트〉 공연 첫날이었다. 버넌은 보러 갈 예정이었고, 공연 후 라드마게르가 주최하는 만찬에도 초대받았다. 가기 전에 그는 넬의 집에 들러 함께 식사하기로 했다. 넬은 극장에는 가지 않겠다고 했다.

식사시간이 돼도 버넌이 오지 않자 넬은 많이 당황했다. 모녀는 잠시 기다리다가 식사를 시작했다. 버넌은 디저트가 나온 무렵에야 도착했다.

"정말 죄송합니다, 비어커 부인. 뭐라고 사과드려야 할지 모르겠군요. 정말—정말 예상치 못한 일이 있었거든요. 나중에 말씀드리겠습니다."

버넌의 얼굴은 하얗게 질려 있었고 당황한 기색이 역력했다. 비어커 부인은 화내는 것도 잊어버렸다. 그녀는 세상사에 훤한 여자였고, 이번에도 평소의 분별력을 발휘했다.

그녀가 자리에서 일어나며 말했다.

"그래, 기왕 왔으니까 넬과 얘기라도 나누다 가렴. 오페라 보러 가려면 시간도 별로 없을 테니까."

그녀는 식당에서 나갔다. 넬은 의아한 듯이 버넌과 눈을 마주쳤다.

"조가 라 마르와 함께 사라졌어."

"아, 그럴 수가!"

"사라졌어."

"조가 사랑의 도피를 했다고? 그 사람과 결혼하려고? 결혼하려고 도망갔다는 거야?"

버넌은 단호하게 말했다.

"그 남자는 조와 결혼할 수 없어. 이미 결혼했으니까."

"세상에, 버넌, 정말 끔찍해! 어떻게 그럴 수 있지?"

"조는 고집불통이잖아. 분명 후회할 거야. 그럴 게 뻔해. 그 남자를 진심으로 좋아했을 리 없어."

"서배스천은 어때? 충격받았겠지?"

"응, 안됐어. 지금까지 서배스천과 함께 있었어. 완전히 낙담했지. 조를 그렇게까지 좋아하는지 몰랐어."

"난 알고 있었어."

"그래, 우리 셋은 늘 함께였지. 조와 나와 서배스천. 우리는 하나였어."

넬의 마음속에 희미하게 질투가 솟았다. 버넌이 되뇌었다.

"우리 셋. 일이 이렇게 된 건―아! 모르겠어―어쩐지 내가 잘못한 것 같아. 요즘 조와 연락도 뜸했거든. 우리 조, 언제나 든든했는데―내 친누이라도 조 같진 못했을 거야. 조가 어릴 때 했던 말을 떠올리면 마음이 아파. 남자는 상대도 하지 않겠다는 당돌한 소리를 했었거든. 그랬던 조가 이렇게 추락해버리다니.”

넬은 어이없다는 듯이 말했다.

“유부남이라니, 정말 끔찍해. 자식도 있어?”

“그 작자한테 자식이 있는지 없는지 내가 어떻게 알겠어?”

“버넌, 그렇게 흥분하지 마.”

“미안해, 넬. 속상해서 그래. 그래서 그런 것뿐이야.”

“어떻게 그런 일을 벌였지?” 넬이 말했다. 그녀는 은연중에 감지되는 조의 말없는 경멸이 언제나 괘씸했다. 넬이 이 일로 조에게 살짝 우월감을 느꼈더라도 사람인 이상 당연한 일인지도 모른다. “가정이 있는 남자와 도망치다니! 끔찍해!”

“조는 용기 있는 사람이야.” 버넌이 말했다.

그는 갑자기 조를 변호해주고 싶은 기분을 누를 수 없었다. 조는 애버츠 퓨이선츠와 옛 시절에 속한 사람이었다.

“용기라고?” 넬이 반문했다.

“그래, 용기!” 버넌이 말했다. “아무튼 조는 따지지 않았어. 손해나 이익을 따지지 않았다고. 사랑을 위해 전부를 버린 거야. 그러지 못하는 사람들도 많잖아.”

“버넌!”

넬은 씩씩거리면서 일어났다.

“아니, 그건 사실이야.” 버넌의 마음속에 쌓였던 분노가 터져나왔다. “당신은 날 위해 조금의 불편을 참는 것도 안 하잖

아. 맨날 '기다리자' '신중하자'고만 하지. 당신은 사랑을 위해 전부를 버릴 수 있는 사람은 아니야."

"아, 버넌, 너무 잔인해…… 너무 잔인해……"

넬의 눈에 고인 눈물을 보고 버넌은 금세 후회했다.

"아, 넬, 그럴 마음은 아니었어―그러려던 게 아니야."

버넌은 양팔로 넬을 끌어안았다. 넬의 흐느낌이 잦아들었다. 그는 손목시계를 힐끗 보았다.

"이런, 가봐야겠어. 잘 있어, 넬. 날 사랑하지?"

"응, 물론이지―물론 사랑해."

그는 넬에게 키스하고 서둘러 나갔다. 넬은 어수선한 식탁 앞에 다시 앉아서 생각에 잠겼다……

4

코번트 가든에 도착했을 때는 이미 〈페르 귄트〉가 시작된 뒤였다. 잉그리드의 결혼식 장면이었고, 버넌은 페르 귄트와 솔베이의 짧은 첫 만남의 순간에 들어갔다. 그는 제인이 초조해하고 있을지 궁금했다. 금발머리를 땋고 천진난만하고 침착하게 연기하는 제인은 놀랄 만큼 어려 보였다. 열아홉 살 같았다. 페르 귄트가 잉그리드를 납치하면서 1막이 끝났다.

버넌은 음악보다 제인에게 더 관심을 쏟고 있는 자신을 깨달았다. 오늘밤 공연은 제인에게 시련이었다. 성공하지 못하면 추락할 것이었다. 무엇보다 그녀는 라드마게르의 신뢰를 입증하기 위해 애태우고 있을 것이었다.

그는 곧 모든 게 순조롭게 흘러간다는 것을 깨달았다. 제인은 완벽한 솔베이었다. 그녀의 목소리는 맑고 진정성이 있었다. 라드마게르의 말처럼 투명한 실 같았다. 그녀는 안정적으로 노래했고, 연기도 훌륭했다. 조용하면서도 강인한 솔베이의 개성이 오페라를 지배했다.

버넌은 이때 처음으로 격랑에 시달리는 나약한 페르 귄트에 대해 흥미를 느꼈다. 페르는 언제나 현실에서 도망치는 겁쟁이었다. 페르가 마왕과 싸우는 장면의 음악이 버넌을 흔들었고, 어린 시절 짐승에 대한 공포를 떠올리게 했다. 마왕은 버넌이 어릴 적 두려움을 느꼈던 형체 없는 적과 똑같았다. 보이지 않지만 솔베이의 청아한 목소리가 그를 거기서 구해주었다. 솔베이가 페르에게 가는 숲속 장면은 유난히 아름다웠고, 페르가 솔베이에게 짐을 가져올 테니 기다려달라고 말하는 데서 끝났다. 솔베이는 "무거운 짐이라면 함께 드는 게 좋겠어요"라고 했다. 그런 다음 페르가 마지막으로 다시 도망치면서 "그녀에게 슬픔을 안겨줘야 하는가? 아니다, 빙 돌아가자, 페르. 빙 돌아서 가자"라고 노래했다.

성령강림절 장면의 음악은 무척 아름다웠고, 라드마게르답다고 버넌은 생각했다. 오페라는 결말을 향해 가고 있었고, 음악은 그 효과를 준비하고 있었다. 지친 페르는 솔베이의 무릎을 베고 잠들고, 백발이 된 솔베이는 파란색 망토를 두른 성모마리아처럼 무대 중앙에 앉아 있다. 떠오르는 태양 속에서 솔베이의 머리 윤곽이 떠올랐다. 그녀는 단추공*에 맞서 당당하게 노래했다.

훌륭한 이중창이었다. 러시아 출신의 유명한 베이스 차바로노프의 깊은 목소리에 제인의 은실 같은 목소리가 얹어지더니 조금씩 높아지다가 마지막 그녀의 단독 파트에서 믿을 수 없을 만큼 깨끗한 고음이 흘러나왔다…… 그리고 해가 떠올랐다……

버넌은 소년처럼 들떠서 무대 뒤로 갔다. 오페라는 대성공을 거뒀다. 길고 열광적인 박수가 쏟아졌다. 버넌은 라드마게르가 제인의 손에 예술가답게 열렬한 키스를 퍼붓는 광경을 보았다.

"당신은 나의 천사입니다―최고예요―그래요, 최고! 당신은 예술가입니다―아!" 라드마게르는 러시아어로 한바탕 찬사를 쏟은 뒤에야 영어로 말했다. "내가 상을 주겠소―그래,

---

* 영혼을 수거하며 페르 귄트에게 죄를 묻는 존재.

당신에게 보답하죠. 어떻게 보답해야 하는지는 잘 압니다. 바쁜 서배스천은 내가 설득하겠소. 우리 둘이서—"

"쉿!" 제인이 말했다.

버넌이 머뭇거리며 나서서 수줍은 듯이 말했다. "훌륭했어요!"

그가 손을 꼭 쥐자 그녀는 애정어린 미소로 화답하고 물었다. "서배스천은 어디 있죠? 방금 전까지 여기 있었던 것 같은데."

서배스천이 보이지 않았다. 버넌이 그를 찾아서 만찬장에 데려가겠다고 했다. 그는 서배스천이 어디 있는지 알 것 같다고 애매하게 말했다. 제인은 아직 조의 소식을 듣지 못했고, 버넌은 여기서 어떻게 얘기해야 할지 난감했다.

버넌은 택시를 타고 서배스천의 집으로 갔지만 그는 없었다. 혹시 버넌의 집에 아직 있을지도 몰랐다. 버넌은 초저녁에 서배스천과 자신의 집에 있었다. 택시를 타고 곧장 집으로 향했다. 그러던 중 불쑥 그는 기쁨과 승리감을 느꼈다. 이 순간은 조의 일도 별것 아닌 것처럼 느껴졌다. 버넌은 자신의 작품이 훌륭하다고 확신했다. 아니 그렇게 완성될 것 같았다. 넬과도 잘해나갈 수 있을 것 같았다. 오늘밤 넬은 평소와 달리 그에게 매달리는 듯했다. 마치 그가 떠나는 것을 견딜 수 없는 것처럼 필사적으로 매달렸…… 그랬다, 버넌은 모든 게 잘 풀릴 거라고 확신했다.

그는 계단을 뛰어올라 방으로 갔다. 방안은 어두웠다. 서배스천은 없었다. 불을 켜고 주위를 둘러보았다. 탁자에 편지가 놓여 있었다. 누군가 직접 가져다놓은 것이었다. 편지를 집어 들었다. 넬의 필체로 버넌의 이름이 적혀 있었다. 그는 편지를 뜯었다……

버넌은 한참을 그대로 서 있었다. 그러다가 느릿느릿 조심스럽게 탁자 앞으로 의자를 끌고 왔다. 아주 중요한 일을 하려는 사람처럼 그는 의자를 똑바로 놓고 편지를 든 채 앉았다. 그는 열 번, 아니 열한 번쯤 그 편지를 읽었다.

소중한 버넌

용서해줘―제발 날 용서해줘. 난 조지 쳇윈드와 결혼할 거야. 당신만큼 그를 사랑하지는 않지만, 그 사람이라면 안심할 수 있어. 거듭 용서를 빌게―부디.

영원히 당신을 사랑하는 넬

버넌은 큰 소리로 말했다. "그 사람이라면 안심할 수 있다니? 무슨 말이지? 나와 함께 그렇게 지냈잖아. 그 사람이라면 안심할 수 있다니, 대체……"

그는 가만히 앉아 있었다. 몇 분…… 몇 시간이 흘렀다…… 꼼짝도 않고 멍하니 앉아 있었다…… 그러다가 이런 생각이

스쳤다. '서배스천도 이런 기분이었을까? 난 몰랐어……'

문가에서 인기척이 났지만 버넌은 고개를 들지 않았다. 제인이 탁자를 돌아 옆에 무릎을 꿇고 앉았을 때에야 그는 비로소 그녀가 온 것을 알았다.

"버넌―무슨 일이죠? 당신이 만찬에 오지 않았길래 무슨일이 생겼다고 생각했어요. 그래서 와봤어요……"

그는 굼뜨고 기계적인 동작으로 그녀에게 편지를 내밀었다. 제인이 그것을 읽고 탁자에 내려놓았다.

버넌은 멍하고 넋이 나간 것 같은 목소리로 중얼거렸다. "그런 말까지 쓸 필요는 없었어요. 내 옆에서는 안심할 수 없다는 말이겠죠. 하지만 나와 있을 때도 넬은……"

"아, 버넌……"

제인은 그를 껴안았다. 버넌은 갑자기 그녀에게 매달렸다. 겁먹은 아이가 엄마에게 매달리듯 안겼다. 목구멍에서 흐느낌이 흘러나왔다. 버넌은 그녀의 빛나는 흰 목덜미에 얼굴을 부볐다.

"아! 제인…… 제인……"

그녀는 버넌을 더 꼭 끌어안고 그의 머리를 쓰다듬었다. 버넌이 웅얼거리듯 말했다.

"옆에 있어줘요…… 여기…… 날 혼자 두지 말고……"

제인이 대답했다.

"혼자 두지 않을게요. 다 괜찮아요……"

그녀의 목소리는 부드러웠다. 엄마 같았다. 그의 내면에서 뭔가가 봇물 터지듯 밀려나왔다. 갖가지 생각이 휘몰아치듯 머릿속으로 밀려들었다. 애버츠 퓨이선츠에서 위니에게 키스하던 그의 아버지…… 사우스 켄싱턴에 있는 조각상…… 제인의 몸…… 아름다운 여체.

버넌은 잠긴 목소리로 말했다. "옆에 있어줘요……"

제인은 그를 끌어안고 이마에 키스했다. 그녀가 중얼거리듯 대답했다.

"여기 있을게요."

아이를 달래는 엄마 같았다.

버넌은 갑자기 몸을 비틀며 그녀의 팔을 뿌리쳤다.

"아니요. 이게 아니라고요!"

버넌은 거칠고 굶주린 듯이 제인의 입술을 찾았다. 그녀의 둥근 가슴을 움켜쥐었다. 줄곧 그녀를 원했었다. 이제야 깨달았다. 그가 원했던 건 제인의 몸, 보리스 안드로프가 속속들이 알았던 아름답고 우아한 그녀의 몸이었다.

"옆에 있어줘요……" 그가 다시 말했다.

오랜 침묵이 있었다. 버넌에게 몇 분, 몇 시간, 몇 년이 흐른 것 같았을 때, 제인이 대답했다.

"여기 있을게요……"

Chapter

4

1

7월의 어느 날 서배스천 레빈은 제인의 아파트에 가려고 임 뱅크먼트*를 걸었다. 여름이지만 초봄 같은 날씨였다. 차가운 바람이 먼지를 일으키자 그는 눈을 깜빡였다.

서배스천은 눈에 띄게 달라졌다. 한눈에도 확연하게 나이들어 보였다. 희미하게 남아 있던 소년 같은 분위기도 거의 사라졌다. 그는 셈족의 후예답게 늘 묘하게 성숙한 분위기를 풍겼다. 찌푸린 채 생각에 잠겨 걷고 있는 그는 서른은 족히 넘어 보였다.

제인이 직접 문을 열고 그를 맞았다. 그녀는 유난히 허스키

---

* 런던의 템스강 북쪽 강둑길.

한 낮은 목소리로 말했다.

"버넌은 외출했어요. 당신을 기다릴 수가 없었거든요. 세시에 온다고 했으면서 네시가 넘었잖아요."

"붙들려 있었어요. 하지만 차라리 잘됐어요. 난 안달하는 버넌을 받아줄 자신이 없으니까요."

"설마 또 새로운 문제가 터진 건 아니겠죠? 더는 감당 못하겠어요."

"곧 익숙해질 거예요. 난 언제나 그러니까. 그런데 제인, 목소리는 어떻게 된 겁니까?"

"감기예요. 목감기인가봐요. 괜찮아요. 신경쓰고 있으니까."

"저런! 〈탑의 공주〉 개막이 내일이잖아요. 노래 못 하게 되는 거 아닙니까?"

"천만에요! 난 노래할 거니까 걱정할 것 없어요. 작게 말해도 이해해줘요. 되도록 목을 아껴야 하니까요."

"물론 그래야죠. 치료는 받는 거죠?"

"할리 스트리트의 평소 찾아가는 의사에게요."

"의사가 뭐라던가요?"

"늘 똑같은 이야기죠."

"내일 노래하면 안 된다고 하진 않았나요?"

"아, 아니요."

"당신은 정말 대단한 거짓말쟁이예요. 그렇죠, 제인?"

"그러면 덜 귀찮을 거라고 생각했어요. 당신한테는 통할 리가 없는데 말이죠. 솔직하게 말할게요. 허셜 선생은 내가 몇 년 동안 목을 혹사해왔다고 경고했어요. 그는 내일 밤 노래하는 건 미친 짓이라고 했어요. 하지만 난 신경쓰지 않아요."

"제인, 내가 당신에게 목이 망가질지도 모르는 위험을 무릅쓰게 할 순 없어요."

"당신 일이나 신경써요, 서배스천. 이건 내 일이에요. 난 당신 일에 간섭하지 않으니까 당신도 내 일에 간섭하지 마요."

서배스천이 씩 웃었다.

"이 집에 큰 살쾡이가 살고 있었네요." 그가 말했다. "그래도 노래하면 안 돼요, 제인. 버넌도 알아요?"

"당연히 모르죠. 무슨 생각 하는 거예요? 버넌에겐 절대 말하면 안 돼요."

"난 남의 일에 간섭하지 않아요. 그런 적도 없고요. 하지만 제인, 이건 정말 애석한 일이 될 거예요. 버넌의 오페라는 그럴 만한 가치가 없어요. 버넌도 마찬가지고요. 이런 말을 듣고 화가 난다면 얼마든지 화내요."

"내가 왜 화를 내죠? 그 말은 사실이고 나도 그걸 아는데요. 그래도 난 해낼 거예요. 자만에 빠진 이기주의자라고 욕해도 좋아요. 하지만 〈탑의 공주〉는 내가 없으면 성공할 수 없어요. 나는 이졸데로 성공했고, 솔베이로 큰 반항을 일으켰어요.

이건 내게 온 기회예요. 그리고 버넌에게도 기회가 될 거예요. 적어도 버넌에게 그 정도는 해줄 수 있어요."

서배스천은 그녀의 말에 담긴 감정을 포착했다. '적어도'라는 표현에 무의식적으로 드러난 그녀의 마음을 느꼈다. 하지만 그는 조금도 내색하지 않았다. 아주 부드럽게 이렇게만 말했다. "버넌은 제인이 그렇게까지 할 만큼 가치 있는 사람이 아니에요. 당신은 당신 인생의 배를 저어야죠. 그게 최선이에요. 당신은 이미 도착했지만 버넌은 아직 도착하지 못했어요. 어쩌면 도착 못할지도 몰라요."

"알아요. 나도 안다고요. 그런데 당신이 말하는 '가치 있는' 사람이란 없어요. 아마 한 사람을 빼고는."

"그게 누군데요?"

"당신이죠, 서배스천. 당신은 그럴 만한 가치가 있죠. 하지만 내가 그러는 건 당신을 위해서가 아니에요!"

서배스천은 놀라고 감동했다. 갑자기 눈시울이 촉촉해졌다. 그는 손을 뻗어 제인의 손을 잡았다. 두 사람은 잠시 침묵 속에 앉아 있었다.

"정말 고마워요, 제인." 마침내 서배스천이 말했다.

"사실이에요. 당신은 버넌 같은 사람보다 훨씬 가치 있는 사람이니까. 명석한 머리, 직관, 강인한 성품……"

그녀의 허스키한 목소리가 잦아들었다. 잠시 후 서배스천이 조용히 물었다.

"어떻게 지내는 겁니까? 여전한 거예요?"

"네, 그런 셈이에요. 그의 어머니가 찾아왔었다는 건 아나요?"

"아니요, 몰랐습니다. 데어 부인이 왜요?"

"아들을 놔달라고 했어요. 내가 그의 인생을 망치고 있다면서요. 방탕한 여자나 할 짓이라고 하더군요. 아무튼 이런저런 말을 했어요. 짐작이 가지 않나요?"

"당신은 뭐라고 했는데요?" 서배스천이 궁금해하며 물었다.

제인은 어깨를 으쓱했다.

"무슨 말을 할 수 있었겠어요? 버넌에게는 매춘부 같은 여자가 필요하다고 말해요?"

"맙소사," 서배스천이 부드럽게 말했다. "데어 부인이 그런 표현까지 썼어요?"

제인은 자리에서 일어나 담배에 불을 붙이고는 방안을 걸어다녔다. 서배스천은 제인의 얼굴이 부쩍 수척해졌다고 생각했다.

"버넌은 좀 나아졌습니까?" 그가 조심스럽게 물었다.

"술을 너무 많이 마셔요." 제인이 짤막하게 답했다.

"당신이 말릴 수 없나요?"

"네, 듣지 않아요."

"이상하군요. 난 언제나 당신이 버넌에게 엄청난 영향력을 미친다고 생각했는데.”

“그렇지 않아요. 지금은 안 그래요.” 그녀는 잠시 입을 다물었다가 다시 말했다. “넬은 가을에 결혼한다죠?”

“네. 그렇게 되면 상황이―조금은 안정될까요?”

“잘 모르겠어요.”

“그만 털어버리면 좋겠어요.” 서배스천이 말했다. “당신이 못한다면 누구도 버넌을 잡아주지 못할 거예요. 어쩌면―그런 피를 타고났는지도 모르죠.”

제인이 다가와 옆에 앉았다.

“말해줘요. 당신이 아는 것 전부 다. 그의 가족―그의 아버지, 어머니에 대해서요.”

서배스천은 데어가에 대해 간략하게 설명했다. 제인은 귀기울여 들었다.

“그의 어머니는 당신도 봤지만, 신기하게도 버넌은 어머니에게서 아무것도 물려받지 않은 것 같아요. 그 친구는 철저히 데어가 사람이에요. 그들은 모두 예술을 사랑하고 음악을 이해하지만, 의지가 약하고 제멋대로고 그러면서도 이성을 사로잡는 매력을 가졌죠. 유전은 흥미로운 겁니다.”

“난 당신 생각과 좀 달라요.” 제인이 말했다. “버넌은 어머니를 닮지는 않았지만 분명 물려받은 뭔가가 있어요.”

“그게 뭔데요?”

"생명력이요. 그의 어머니는 예사롭지 않게 원기 왕성한 사람이었어요. 그런 느낌 받은 적 없었나요? 그래요, 버넌은 그런 면을 물려받았어요. 그게 없었다면 그는 음악가가 되지 못했을 거예요. 버넌이 완전히 데어가 사람이라면 그는 음악을 가지고 꾸물거리기만 했을 거예요. 그에게 창조의 동력을 준 건 벤트가의 피예요. 그의 외조부는 자수성가한 분이라고 했죠? 버넌도 닮은 데가 있어요."

"그럴지도 모르겠네요."

"틀림없이 그럴 거예요."

서배스천은 한동안 말없이 생각에 잠겼다.

"술만 마시는 건가요?" 마침내 그가 입을 열었다. "아니면 혹시—저, 그러니까—버넌에게 다른 사람이 있습니까?"

"다른 사람도 있어요."

"신경쓰이지 않아요?"

"신경쓰이지 않느냐고요? 당연히 신경쓰이죠. 나도 사람이니까요. 신경쓰여서 죽을 지경이에요…… 하지만 내가 뭘 어쩔 수 있는데요? 싸우기라도 해요? 고래고래 소리치며 몰아대서 버넌을 내게서 완전히 멀어지게 할까요?"

허스키하고 아름다운 목소리로 속삭이던 그녀가 언성을 높였다. 서배스천이 재빨리 손을 들어 제지하자 제인은 소리를 낮췄다.

"맞아요. 목을 조심해야 하는데."

"난 모르겠어요." 서배스천이 투덜댔다. "지금 버넌에게는 음악도 아무 의미가 없는 것 같아요. 라드마게르의 조언을 전부 고분고분하게 받아들이며 순한 양처럼 굴지만 그건 버넌답지 않아요!"

"우린 기다려야 해요. 그러다가 알게 되겠죠. 이건 반작용이에요―반작용과 넬 때문이에요. 〈탑의 공주〉가 성공하면 버넌은 틀림없이 털고 일어설 거예요. 분명 뭔가 이뤄냈다는 자부심을 느낄 거라고요."

"나도 그러길 바라죠." 서배스천이 무거운 말투로 말했다. "그런데 미래가 좀 불안해요."

"어떤 면에서요? 뭐가 불안한데요?"

"전쟁."

제인은 놀란 얼굴로 서배스천을 바라보았다. 그녀는 귀를 의심했다. 분명 잘못 들었을 거라 생각했다.

"전쟁이요?"

"그래요. 사라예보사건이 계기가 될 겁니다."

제인에게는 여전히 어처구니없는 이상한 이야기 같았다.

"어느 나라와 전쟁을 하는데요?"

"주로 독일이겠죠."

"설마, 서배스천. 그렇게―먼―그렇게 먼 곳에서 일어난 일을."

"명분이 무슨 문제겠어요?" 서배스천이 초조하게 말했다. "돈이 그쪽으로 움직이고 있어요. 돈이 말해주거든요. 나는 돈을 다루고, 러시아에 있는 내 친척들도 그렇죠. 우린 알아요. 돈의 흐름을 주시하다보면 정세를 내다볼 수 있죠. 전쟁이 가까워지고 있어요, 제인."

제인은 그를 바라보면서 생각을 달리했다. 서배스천은 진지했고, 언제나 자신이 잘 아는 것에 대해서만 이야기했다. 그가 전쟁이 일어날 거라고 말한다면, 아무리 공상같이 들리더라도 반드시 일어나고 말 것이다.

서배스천은 생각에 잠겨 가만히 앉아 있었다. 돈, 투자, 각종 융자, 재정적인 책임, 극장의 앞날, 그가 소유한 주간지가 채택할 편집 방침. 그리고 물론 실제 전투가 있을 것이다. 그는 귀화한 영국인의 아들이다. 서배스천은 전쟁터에 나가고 싶은 마음이 전혀 없지만, 그건 불가능할 것이다. 일정 연령 이하의 남자는 당연히 참전해야 한다. 그가 걱정하는 것은 위험이 아니라 중요한 여러 사업체 관리를 다른 사람에게 맡겨야 하는 것이었다. 서배스천은 그들에게 맡겼다간 틀림없이 회사 꼴이 우습게 될 거라고 생각했다. 이번 전쟁은 오래갈 것이다. 이 년쯤, 어쩌면 더 길어질지도 모른다. 결국에는 미국까지 휘말려들 거라고 그는 확신했다.

정부는 국채를 발행할 것이고, 전시 국채는 좋은 투잣거리다. 극장에 지적인 작품은 올리지 못할 것이다. 휴가 나온 군인들은 가벼운 코미디극, 예쁜 여자들이 다리를 들어올리며 춤추는 공연 같은 걸 원할 것이다. 그는 신중하게 이 모든 것을 검토했다. 방해받지 않고 생각에 잠길 수 있는 기회를 가져서 좋았다. 제인과 있으면 혼자 있는 것이나 다름없었다. 제인은 상대가 방해받고 싶지 않을 때를 언제나 잘 알았다.

서배스천은 제인을 보았다. 그녀 역시 생각에 잠겨 있었다. 그는 제인이 무슨 생각을 하는지 궁금했다. 함께 있어도 그녀의 마음을 알 수 없었다. 버넌과 아주 비슷했다. 그녀는 속을 드러내지 않았다. 그러나 아마도 버넌에 대해 생각하고 있을 것이다. 버넌이 전쟁에 나가서 목숨을 잃는다면! 절대 일어나선 안 될 일이다. 서배스천 안에서 예술을 사랑하는 영혼이 반발했다. 버넌은 죽으면 안 된다.

2

〈탑의 공주〉는 금세 잊혔다. 시기가 좋지 않았다. 그로부터 불과 삼 주 후에 전쟁이 일어난 것이다.

당시에는 '호평을 받았다'고 할 만했다. 기존의 통념을 깰 수 있다고 생각하는 '새로운 젊은 음악가들'을 냉소적으로 비판한 비평가들도 있었다. 또다른 비평가들은 미숙하긴 하지만 큰 가능성을 보인 작품이라고 호평했다. 하지만 극에 일관한 완벽한 아름다움과 예술성에 대해서는 모두가 열광했다. 그들은 매력적이고 환상적인 드라마를 보기 위해 홀번에 갔고, "꽤 먼 곳까지 찾아간 보람을 느꼈고" "뛰어난 신예 성악가 제인 하딩의 외모는 매력적이고 중세적이며 그녀가 없었다면 이런 극이 나오지 않았을 것이다!"라고 이야기했다. 그러나 짧은 순간의 승리였다. 닷새째 되는 날에 제인이 무대에서 내려와야 했기 때문이다.

버넌이 없을 때 제인은 서배스천에게 전화해 집으로 불렀다. 화사한 미소로 맞는 제인을 본 서배스천은 그렇게 걱정할 것까지는 없었다고 안심할 뻔했다.

"안 되겠어요, 서배스천. 메리 로이드가 내 역을 해줘야겠어요. 사실 메리는 그리 나쁘지 않아요. 솔직히 나보다 목소리도 좋고, 외모도 뛰어나죠."

"흠, 허셜 선생이 그렇게 말했나보군요. 선생을 직접 만나보고 싶은데요."

"그래요, 그도 당신을 만나고 싶어해요. 어차피 별수없겠지만."

"그게 무슨 뜻이죠? 별수없다니요?"

"끝났다고요, 서배스천. 완전히 끝났어요. 허셜 선생은 솔직한 사람이라 희망을 주지 못해요. 물론 그는 완전히 단정할 수는 없다고 말했죠. 치료하고 휴식을 취하면 목소리가 돌아올지도 모른다는 뻔한 이야기를 했고, 내가 웃음을 터뜨리자 겸연쩍어하면서 솔직히 털어놨어요. 그 이야기를 받아들이는 내 태도에 마음이 놓였나봐요."

"하지만 제인, 제인……"

"아, 그렇게 속상해할 것 없어요, 서배스천. 제발 그러지 마요. 당신이 그러지 않는 게 나를 위하는 거예요. 어차피 도박이었어요. 당신도 알잖아요. 내 목은 그렇게 강하지 않았어요. 나는 도박을 했고—지금까지는 이겼지만—이제—지고 말았네요. 그래요, 그런 거예요! 훌륭한 도박사가 되려면 손을 떨지 말아야 하는데 말이에요. 몬테카를로에서는 그런 말을 하잖아요?"

"버넌도 알고 있습니까?"

"많이 괴로워하고 있어요. 버넌은 내 목소리를 사랑했으니까요. 완전히 비탄에 빠졌어요."

"하지만 그 사실은 모르겠죠—"

"만약 내가 이틀만 기다렸다면, 공연 첫날 노래하지 않았다면 목이 괜찮았을 거라는 거요? 네, 버넌은 몰라요. 당신이 약속해준다면 앞으로도 모를 거고요."

“난 약속 못합니다. 버넌이 알아야 한다고 생각해요.”

“아니요, 안 돼요. 내가 스스로 납득할 수 없는 일을 한 거니까요! 그 사람 모르게 그에게 짐을 지운 거나 마찬가지예요. 해서는 안 될 일이에요, 정당하지 못한 일이었어요. 허셜 선생의 말을 버넌에게 그대로 전했다면 내가 노래하도록 그가 내버려뒀을 거 같아요? 무슨 짓을 해서라도 막았을 거예요. 지금 버넌에게 ‘내가 널 위해 한 일을 알아달라’고 말하는 것보다 비열하고 잔혹한 짓은 또 없을 거예요. 울고불고하면서 동정과 감사를 구걸하는 거나 마찬가지라고요.”

서배스천은 아무 말도 하지 않았다.

“말하지 않겠다고 약속해요, 서배스천.”

“알겠습니다.” 마침내 서배스천이 말했다. “당신 말이 맞아요. 윤리를 저버린 거예요. 당신은 버넌 모르게 그런 일을 했고, 그러니까 그는 앞으로도 계속 몰라야 하겠죠. 하지만 아! 제인, 왜 그랬어요? 버넌의 음악이 그럴 만한 가치가 있을까요?”

“그럴 거예요—언젠가는.”

“그래서 그런 일을 했단 말이에요?”

제인은 고개를 저었다.

“그런 생각은 하지 않았어요.”

잠시 침묵이 흘렀다. 서배스천이 입을 열었다.

“이제 어떻게 할 겁니까?”

"레슨을 할 수는 있을 거예요. 어쩌면 무대에 오를 수도 있겠죠. 모르겠어요. 최악의 상황이 닥친다 해도 요리사 정도는 할 수 있을 거예요."

두 사람은 웃음을 터뜨렸지만 제인의 눈에 눈물이 고였다.

그녀는 탁자 너머로 서배스천을 바라보다가 갑자기 일어나 그의 옆으로 가서 무릎을 꿇었다. 제인이 서배스천의 어깨에 머리를 기대자 그는 한 팔로 그녀를 감쌌다.

"아, 서배스천—서배스천—"

"가여운 제인."

"아무렇지 않은 척하지만 사실—많이 속상해요…… 그래요…… 난 내 일을 사랑했어요. 노래가 좋았어요, 정말 좋았어요…… 아름다운 솔베이의 성령강림절 노래. 다시는 그 노래를 못 부르겠죠."

"그래요. 그런데 왜 그런 어리석은 짓을 했어요?"

"글쎄요. 바보라서 그랬겠죠."

"당신에게 다시 선택의 기회가 주어진다면—"

"역시 똑같을 거예요."

침묵이 흘렀다. 그러다가 제인이 고개를 들고 말했다.

"서배스천, 당신이 내게 대단한 '추진력'을 가졌다고 말했던 거 기억나요? 어떤 것도 날 목적으로부터 떼어놓지 못할 것 같다고 했죠? 그때 난 당신이 생각하는 것보다 더 쉽게 밀려날 수도 있는 사람이라고 말했어요. 버넌과의 사이에서 난 궁지에 빠질 거라고요."

서배스천이 말했다.

"세상일이란 이상해요."

제인은 서배스천의 손을 잡고 그가 앉은 의자 옆 바닥에 앉았다.

"사람은 똑똑할 수 있어요." 서배스천이 침묵을 깨면서 말했다. "앞일을 예견하는 머리도 있고, 계획을 세우는 기지와 성공을 향해 가는 힘도 있죠. 하지만 이런 영특함을 모두 가졌다 해도 역경을 피할 수는 없어요. 그게 정말 이상해요. 난 좋은 머리를 가졌고, 손대는 일마다 최고의 성과를 거두죠. 나는 버넌 같지 않아요. 버넌은 하늘이 내린 천재거나 게으르고 방종한 청년일 겁니다. 버넌에게 재능이 있다면, 내게는 능력이 있죠. 하지만 세상의 능력을 다 가졌다 해도 상처받지 않고 살아갈 수는 없어요."

"누구나 그렇죠."

"오로지 상처받지 않기 위해 산다면 그럴 수도 있겠죠. 안전, 오로지 안전만 추구한다면요. 날개는 다 타버리겠지만, 그뿐일 겁니다. 매끈하고 튼튼한 담을 쌓고 그 안에 몸을 숨기는 거예요."

"꼭 누구를 생각하며 하는 말 같은데요? 그게 누구예요?"

"한번 떠올려봐요. 굳이 밝힌다면, 미래의 조지 쳇윈드 부인이죠."

"넬이요? 넬이 자신의 의지대로 삶의 장벽을 칠 수 있는 강인한 성격을 가졌다고 생각해요?"

"넬은 보호색을 찾는 데 있어서 만큼은 놀랄 만한 능력을 가졌어요. 그런 사람들이 있어요." 그는 잠시 말을 멈췄다가 이었다. "제인, 혹시 조에게 소식 있었습니까?"

"네, 있었어요. 두 번 편지를 보냈더군요."

"뭐라고 하던가요?"

"특별한 내용은 없었어요. 모든 게 아주 흥미롭고, 즐겁게 잘 지내고 있다고요. 또 자신에게 관습에 도전하는 용기가 있다는 게 정말 뿌듯하다고 했어요." 제인은 잠시 멈췄다가 덧붙였다. "조는 행복하지 않아요, 서배스천."

"그렇게 생각해요?"

"난 그렇다고 확신해요."

긴 침묵이 흘렀다. 불행한 얼굴의 두 사람은 텅 빈 벽난로를 바라보았다. 바깥에서 택시들이 템스 강변을 휙휙 달리는 소리가 들렸다. 인생은 계속되고 있었다……

3

8월 9일이었다. 넬 비어커는 패딩턴역을 나와 공원을 향해 천천히 걸었다. 햄을 잔뜩 산 노부인들을 태운 사륜차들이 옆을 지나갔다. 거리 모퉁이 곳곳에서 현수막들이 휘날리고 있었다. 상점마다 생필품을 사려고 몰려든 사람들이 장사진을 쳤다.

넬은 자신을 타이르듯 계속해서 중얼거렸다.

"전쟁이야—정말 전쟁이 시작됐어." 믿을 수 없었다. 그러다 오늘에야 실감하게 됐다. 기차역 매표소에서 5파운드 지폐를 받아주지 않은 게 계기였다면 어처구니없지만 그래도 사실이었다.

넬은 택시를 잡았다. 택시기사에게 제인이 사는 첼시의 아파트 주소를 알려주었다. 손목시계를 힐끗 보았다. 열시 반밖에 되지 않았다. 제인이 이렇게 일찍 외출했을 것 같지는 않았다.

넬은 엘리베이터를 타고 올라가 벨을 눌렀다. 가슴이 두근두근했다. 곧 문이 열릴 것이다. 넬의 작은 얼굴은 창백하고 긴장되어 있었다. 아! 문이 열린다. 넬은 제인과 얼굴을 마주보고 섰다.

넬은 제인이 약간 놀랐다고 생각했다—그게 전부였다.

"아! 당신이군요." 제인이 말했다.

“네, 실례해도 될까요?” 넬이 말했다.

제인은 잠시 머뭇하는 것처럼 보였다. 그러다가 물러서서 넬을 들였다. 제인은 복도 끝으로 가서 방문을 닫은 다음 거실로 넬을 안내했다. 그리고 뒤따라 들어가서 문을 닫았다.

“무슨 일이에요?”

“제인, 당신이라면 버넌이 어디 있는지 알 것 같아서 왔어요.”

“버넌이라고요?”

“네, 어제 그 사람 집에 가봤어요. 떠나고 없더군요. 집주인 여자에게 버넌이 어디로 갔는지 물었지만 모른다고 했어요. 버넌에게 온 우편물을 당신에게 보내고 있다는 말만 하더군요. 편지를 쓸까 하다가 당신이 가르쳐주지도 답장을 주지도 않을 것 같아서 이렇게 찾아왔어요.”

“그랬군요.”

애매한 말투였다. 넬은 서둘러 말을 이었다.

“당신이라면 그가 어디 있는지 알 것 같았어요. 당신은 알죠? 그렇죠?”

“그래요, 알아요.”

대답은 느렸다. 필요 이상으로 느리다고 넬은 생각했다. 제인은 아는 걸까 모르는 걸까.

“그렇군요, 그럼 어디?”

다시 말이 끊겼다. 그러다가 제인이 물었다.

"왜 버넌을 만나려는 거죠, 넬?"

넬은 하얀 얼굴을 들었다.

"내가 너무 심했으니까요―너무 심한 짓을 했어요! 이젠 알아요. 무서운 전쟁이 시작됐잖아요. 난 형편없는 겁쟁이였어요―나 자신이 미워요―정말 미워요. 조지가 자상하고 잘 해줘서―그래요, 부자라서 그랬어요! 아, 제인, 당신은 날 경멸하겠죠. 알아요. 그러는 것도 당연하죠. 하지만 전쟁이 나면서 모든 걸 분명하게 깨닫게 됐어요. 당신도 그렇지 않나요?"

"난 딱히 그렇지 않아요. 전쟁은 전에도 있었고 앞으로도 있을 거예요. 사실 전쟁도 모든 일의 본질까지 바꾸진 못해요."

넬은 집중하지 않았다.

"사랑하지도 않는 사람과 결혼하는 건 잘못이에요. 난 버넌을 많이 사랑해요. 그걸 알고 있었지만 용기가 없었어요……아, 제인, 너무 늦었을까요? 어쩌면 그럴 거예요. 버넌은 이제 날 원하지 않을지도 몰라요. 하지만 그를 꼭 만나야겠어요. 그가 원하지 않더라도 꼭 만나야겠어요……"

그녀는 서서 애처롭게 제인을 바라보았다. 제인이 도와줄까? 아니면 서배스천에게 가봐야겠지만 넬은 서배스천이 두려웠다. 그는 어떤 부탁도 단호하게 거절할 것 같았다.

"내가 연락해볼게요." 잠시 후 제인이 천천히 말했다.

"고마워요, 제인. 그런데 제인, 말해줘요, 전쟁은요?"

“그는 지원했어요—당신이 그걸 묻는 거라면.”

“그렇군요. 아, 무서워요—버넌이 전사하면 어쩌죠. 하지만 전쟁은 오래가지 않을 거예요—크리스마스 전에는 끝나겠죠—다들 그렇게 말하잖아요.”

“서배스천은 이 년은 갈 거라고 하던데요.”

“세상에! 서배스천이 어떻게 알죠? 그는 영국인도 아니잖아요. 그는 러시아인이에요.”

제인은 고개를 젓고는 말했다.

“내가 가서—” 제인이 말을 멈췄다가 덧붙였다. “전화를 해보죠. 여기서 기다려요.”

그녀는 나가서 거실 문을 닫았다. 그러고는 복도 끝 방으로 갔다. 버넌이 헝클어진 검은 머리를 베개에서 들었다.

“일어나요.” 제인이 무뚝뚝하게 말했다. “씻고 면도하고 깔끔하게 차려입어요. 넬이 당신을 만나러 왔어요.”

“넬이. 하지만—”

“넬은 내가 당신에게 전화하러 간 줄 알아요. 준비되면 밖으로 나가서 벨을 눌러요. 신이 우리 두 영혼에게 자비를 베푸시길.”

“하지만 제인, 넬이…… 뭐 때문에 왔을까요?”

“아직도 그녀를 원한다면 지금이 기회예요, 버넌.”

“하지만 난 넬에게 사실을 말해야 할 거예요—”

"무슨 사실요? '방탕한 생활'을 했다고 말할 건가요? '되는 대로' 살았다고? 잘 돌려서 말해야죠! 넬도 그걸 기대할 테고, 넬을 위한다면 되도록 그런 이야기는 하지 않아야죠. 하지만 우리 사이에 대해—우리 일을 처음부터 끝까지 시시콜콜 말한다면—넬은 지옥에 떨어질 거예요. 당신의 고귀한 양심에 입마개를 씌우고, 넬의 입장에서 생각해요."

버넌이 침대에서 천천히 몸을 일으켰다.

"난 당신을 이해할 수 없어요, 제인."

"그래요, 아마 영원히 이해할 수 없을 거예요."

"넬은 조지 쳇윈드를 버린 건가요?"

"자세한 건 묻지 않았어요. 이제 난 가야 해요. 서둘러요."

제인이 방에서 나갔다. 버넌은 생각했다. '제인을 이해할 수 없어. 전에도 그랬고 앞으로도 그렇겠지. 사람을 이렇게 혼란스럽게 하다니. 그래, 난 제인이 스치듯 만난 유희 상대였는지도 몰라. 아니야, 어떻게 이렇게 배은망덕한 생각을 하지? 제인이 내게 얼마나 잘해줬는데. 누구도 그렇게 해줄 수 없었을 거야. 하지만 넬은 이해 못하겠지. 제인을 나쁜 여자라고만 생각할 거야……'

그는 서둘러 면도하고 세수하며 속으로 중얼거렸다.

'고민해봐야 소용없어. 넬과 나는 절대 예전으로 돌아갈 수 없어—그래! 생각하고 말고 할 것도 없어. 넬은 내게 용서를 구하려고 찾아왔을 거야. 내가 이 빌어먹을 전쟁에서 죽기라도 하면 양심에 걸릴까봐. 여자는 그런 족속이야. 나도 더이상은 신경 안 써.'

마음 깊은 곳에서 또다른 목소리가 냉소적으로 말했다. '글쎄, 과연 그럴까? 그런데 왜 이렇게 가슴이 뛰고 손이 떨리는 거지? 바보 같은 놈, 넌 지금도 그 여자를 신경쓰고 있어!'

버넌은 준비를 마치자 밖으로 나가 벨을 눌렀다. 비열하고 졸렬한 속임수였고 그는 수치스러웠다. 제인이 문을 열었다. 그녀는 마치 하녀처럼 "들어오세요"라고 말하더니 거실 쪽을 가리켰다. 버넌은 안으로 들어가 문을 닫았다.

그가 들어가자 넬은 의자에서 일어나 손을 모아쥐었다.

잘못을 저지른 아이같이 작고 희미한 목소리가 흘러나왔다.

"아, 버넌……"

시간이 거꾸로 흐른 것 같았다. 그는 케임브리지의 강에서 배를 타고 있었다…… 래닐러의 다리에 서 있었다. 버넌은 제인을 잊었다, 깡그리 잊었다. 그와 넬, 세상에 단둘만 있었다.

"넬."

그들은 뛰어온 사람들처럼 숨을 몰아쉬며 부둥켜안았다. 넬의 입술에서 말이 흘러나왔다.

"버넌─당신이 원한다면─난 당신을 사랑해─아! 사랑해…… 당장이라도 결혼하고 싶어─당장─오늘이라도. 난 가난도 그 어떤 것도 상관없어!"

버넌은 넬을 일으키고는 눈과 머리, 입술에 키스했다.

"넬―아! 내 사랑. 우리 일 분도 낭비하지 말자. 단 일 분도. 결혼은 어떻게 하는 거지? 생각해본 적이 없어서 모르겠어. 일단 나가자. 캔터베리의 대주교에게라도 가자―그렇게 하는 거 아닌가?―가서 특별 허가를 얻어야 하는 거 아냐? 도대체 어떻게 하는 거지?"

"목사님에게 부탁하면 되지 않을까?"

"아니면 등기소에 가자. 그게 좋겠어."

"그건 싫어. 요리사나 하녀가 혼인신고 하는 기분이 들 것 같아."

"그런 거하곤 달라, 넬. 하지만 당신이 교회에서 하고 싶다면 그러자. 런던에는 교회가 수천 개나 있고 아마 대부분 한가할 거야. 어디건 우리가 결혼할 만한 데가 있겠지."

그들은 행복하게 웃으며 나갔다. 버넌은 모든 걸 잊었다―후회도―양심도―제인까지도……

그날 오후 두시 삼십분, 버넌 데어와 넬 비어커는 첼시의 세인트 에설레드 교회에서 결혼했다.

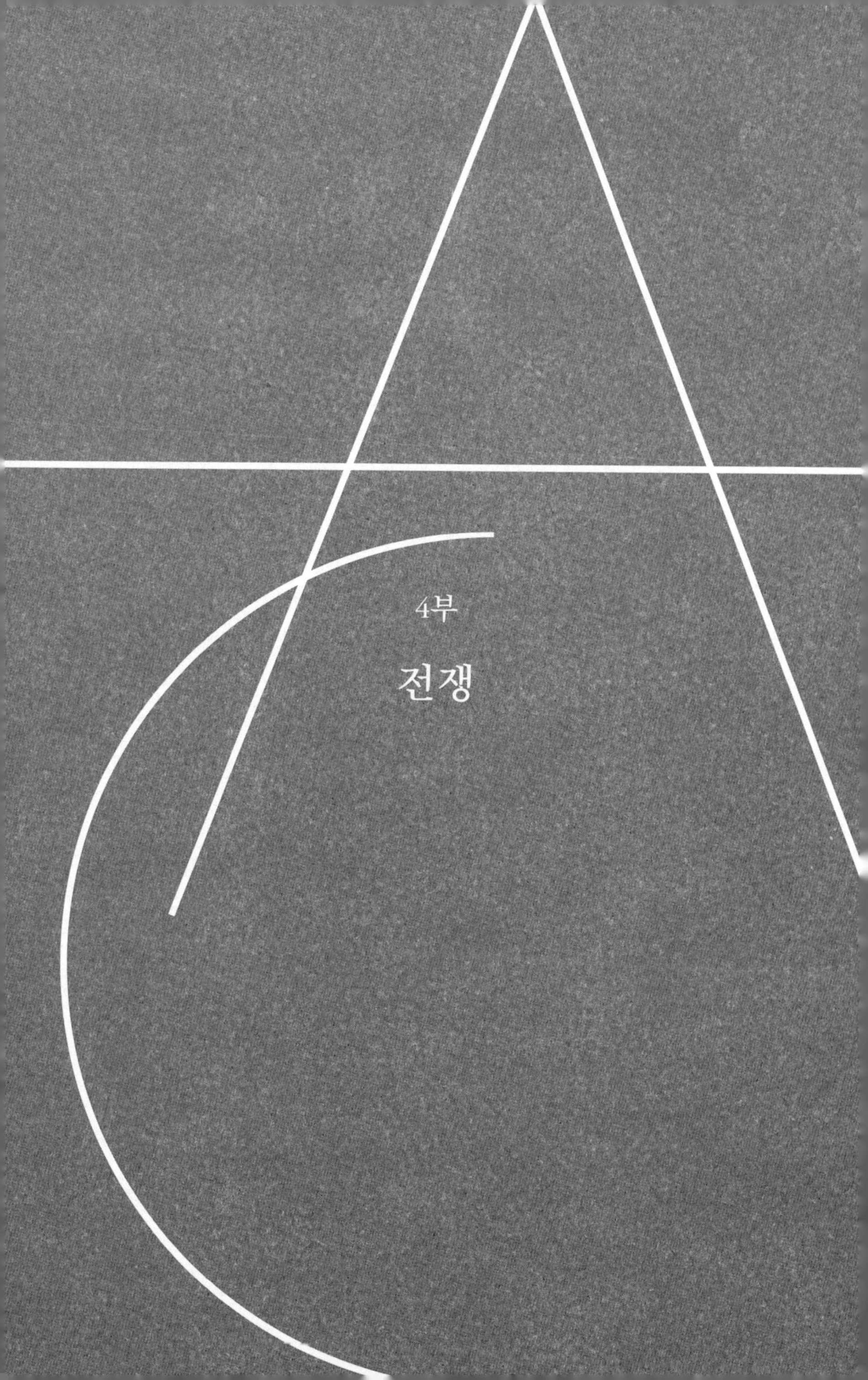

4부

전쟁

Chapter

1

1

서배스천 레빈이 조의 편지를 받은 건 그로부터 육 개월 뒤였다.

세인트 조지 호텔, 소호.

서배스천, 나는 며칠 머물 예정으로 영국에 와 있어. 만나고 싶어.

조

서배스천은 그 짧은 편지를 읽고 또 읽었다. 그는 며칠 휴가를 내어 어머니 집에 와 있었고, 덕분에 지체 없이 편지를 받을 수 있었다. 그는 아침 식탁 너머로 자신을 찬찬히 쳐다보는 어머니의 눈길을 의식했다. 그는 어머니의 빠른 눈치에 종종 감탄했다. 모두가 서배스천의 표정을 도저히 읽을 수 없다고 하지만 레빈 부인은 그렇지 않았다. 마치 메모를 읽듯이 수월하게 아들의 표정을 읽었다.

레빈 부인은 평소와 다름없는 말투로 물었다.

"마멀레이드 좀더 먹을래?"

"괜찮아요, 어머니." 서배스천은 대답한 다음, 말로 하지 않았지만 분명히 감지되는 어머니의 물음에 대답했다. "조가 보낸 편지예요."

"조가?" 레빈 부인이 중얼거렸다. 감정이 실리지 않은 목소리였다.

"런던에 와 있대요."

잠시 침묵이 이어졌다.

"그렇구나." 레빈 부인이 말했다.

역시 감정은 드러나지 않았다. 하지만 서배스천은 그녀 속에서 들끓는 감정을 느낄 수 있었다. 그에게 '아들, 내 아들아! 이제 겨우 그 아이를 잊나 했는데! 조는 왜 돌아왔지? 왜 널 그냥 내버려두지 않는 거니? 우리와도, 우리 민족과도 아무 상관이 없는 애잖니. 그 아이는 네게 어울리는 배필이 아니고 앞으로도 아니야!'라고 소리치는 거나 진배없었다.

서배스천이 일어났다.

"조를 만나봐야겠어요."

그의 어머니는 변함없는 말투로 말했다. "그래야겠지."

그들은 더이상 말하지 않았다. 모자는 서로를 잘 알았다. 그들은 상대방의 판단을 존중했다.

서배스천은 성큼성큼 거리를 걸어가다 불현듯 조가 어떤 이름으로 호텔에 투숙하고 있는지 알려주지 않았다는 데 생각이 미쳤다. 미스 웨이트라고 했을지 미시즈 라 마르라고 했을지. 물론 중요하지 않은 일이지만, 하찮은 관습이 그를 어색하게 만들었다. 그는 둘 중 한 이름을 대며 그녀를 불러달라고 청해야 할 것이다. 이런 걸 완전히 무시해버리다니 정말 조다웠다!

하지만 어색한 상황은 벌어지지 않았다. 그가 호텔 회전문을 열고 들어가서 처음 본 사람이 조였기 때문이다. 놀란 조는 환성을 지르며 반갑게 서배스천을 맞았다.

"서배스천! 내 편지를 이렇게 빨리 받을 줄 몰랐어!"

그녀는 라운지의 한적한 곳으로 앞장서 갔고 서배스천이 뒤따랐다.

서배스천은 조를 보자마자 그녀가 변했다고 느꼈다. 아주 먼 곳에 사는 거의 모르는 사람 같았다. 옷차림 때문일지도 모른다고 생각했다. 전형적인 프랑스인 같았다. 아주 차분하고 어두운 색상의 세련된 옷차림을 한 조는 전혀 영국인 같지 않았다. 화장도 진했다. 크림색 창백한 피부가 한층 도드라졌고 입술은 아주 빨갛고 눈화장까지 하고 있었다.

서배스천은 생각했다. '낯설어. 그래도 여전히 조야! 아니, 예전의 조이지만 아주 먼 곳으로 가버린 것 같아. 너무 멀리 있어서 간신히 연락만 닿는 사람처럼.'

그래도 두 사람은 비교적 수월하게 대화를 나눴다. 각자 작은 더듬이를 뻗어 벌어진 둘 사이의 거리를 재기라도 하는 것 같았다. 그러다가 어느 순간 그 거리가 좁혀졌고, 낯설고 우아한 파리지엔은 예전의 조로 돌아왔다.

그들은 버넌에 대해 이야기했다. 조는 버넌이 어디 사는지 물었다. 버넌은 편지도 쓰지 않고 소식도 전하지 않았다.

"버넌은 월츠버리 근처 솔즈베리 평원에 살아. 곧 프랑스로 파병될 거고."

"결국 넬과 결혼했구나! 내가 넬에게 좀 심했던 것 같아. 넬의 마음이 그런 줄 몰랐어. 하지만 전쟁이 일어나지 않았다면 넬도 그런 결심을 하지는 않았을 거야. 전쟁이란 게 대단하지 않아? 사람들을 행동하게 만든다는 점이 말이야."

서배스천이 이 전쟁이나 저 전쟁이나 전쟁은 다 똑같다고 무뚝뚝하게 대꾸하자 조는 흥분하며 받아쳤다.

"아니, 그렇지 않아! 네가 틀렸어. 이 전쟁이 끝나면 새로운 세상이 보일 거야. 사람들은 새로운 것을 알게 될 거야—전에는 몰랐던 것들. 잔혹함, 악, 전쟁의 황폐함을 알게 될 거라고.

그리고 다시는 그런 일이 일어나지 않게 함께 맞설 거야."

조의 얼굴이 상기되고 의기양양해졌다. 서배스천은 전쟁이 조를 '사로잡았다'는 것을 알았다. 전쟁은 인간을 사로잡았다. 그는 이런 현상에 대해 제인과 토론하며 개탄했었다. 전쟁에 대한 보도나 사람들이 하는 이야기를 들으면 역겨웠다. '영웅에게 걸맞은 세상'이니 '전쟁을 종식시키기 위한 전쟁'이니 '민주주의를 위한 전투'니 하는 이야기들. 사실 전쟁은 예나 지금이나 유혈 사태일 뿐이다. 사람들은 왜 전쟁을 사실 그대로 말하지 못할까?

제인은 그와 의견이 달랐다. 그녀는 전쟁에 대한 쓸데없는 호들갑(그녀도 이 점에는 동의했다)은 불가피한 것이고, 그것은 필연적으로 따르게 되어 있는 현상, 말하자면 도망갈 구멍을 내어주는 자연의 편법 같은 거라고 주장했다. 인간은 냉혹한 현실의 무게를 견디게 해줄 환상과 허위의 벽을 필요로 하니까. 그녀는 그것이 가련하고 아름답기까지 하다고 했다―인간은 그것을 믿고 싶어하고, 그럴듯하게 자신을 속인다고.

서배스천은 그때 이렇게 말했다. "글쎄요, 하지만 이 전쟁이 결국 영국을 망쳐놓을 겁니다."

그는 조의 불꽃같은 열정이 서글프고 조금은 씁쓸했다. 하지만 딱 조다웠다. 조는 언제나 열정이 활활 타올랐다. 무엇에 대한 열정일지는 예측할 수 없었다, 그뿐이었다. 그녀가 광신적인 평화주의자가 되어 열정적으로 순교의 고통을 받아들이게 될지도 모르는 일이었다.

조는 서배스천에게 비난하듯 말했다.

"넌 동의하지 않는구나! 넌 전쟁이 다 똑같다고 생각하지?"

"전쟁은 어느 시대에나 있었고, 대단한 변화를 가져온 적도 없어."

"그래, 하지만 이번 전쟁은 전혀 달라."

서배스천은 미소 지었다. 그러지 않을 수 없었다.

"자기 신상에 일어나는 일은 언제나 새롭게 느껴지는 법이야."

"넌 너무 답답해! 너 같은 사람들은—"

조는 말을 멈췄다.

"그래, 나 같은 사람들은?" 서배스천이 채근했다.

"너도 예전에는 이렇지 않았어. 네게도 사상이란 게 있었다고. 그런데 지금은—"

"지금은," 서배스천이 씁쓸하게 말했다. "돈에 파묻혀 살지. 난 자본가야. 자본가가 얼마나 탐욕스러운지는 모르는 사람이 없지."

"그런 식으로 말하지 마. 하지만 돈이란 건, 글쎄—뭐랄까, 사람을 숨막히게 해."

"그건 분명하지. 하지만 그건 개인에게 미치는 영향의 문제

야. 나는 가난이 축복이라는 네 생각에 동의해. 예술의 견지에
서 말하자면, 아마 정원의 비료만큼 중요한 것이겠지. 하지만
내가 부자라고 미래에 대해, 특히 전쟁에 대해 예측할 자격이
없다고 단정짓는 건 말도 안 돼. 돈이 있기 때문에 정확한 판
단을 내릴 수 있는 거야. 돈과 전쟁은 상관관계가 있으니까."

"그건 그래. 하지만 넌 모든 걸 돈의 견지에서만 생각하기
때문에 앞으로도 전쟁이 계속 일어날 거라고 말하는 거야."

"그런 말은 하지 않았어. 나도 결국은 전쟁이 사라질 거라고
생각해. 그래, 이백 년쯤 지나면."

"아하! 그때쯤이면 우리가 더 순수한 이상을 지니게 될지도
모른다는 거야?"

"이상과는 무관해. 국가 간의 화합과 무역의 변혁으로 모든
현실적인 목적 아래 세계는 작아질 거야. 시간이 흐르면 세계
가 여러 주州의 집합체 수준이 될 거란 뜻이야. 난 인간의 형
제애가 언제나 이상을 기반으로 이루어진다고는 생각지 않아.
그건 어찌 보면 단순한 형식의 문제야."

"세상에, 서배스천!"

"내가 널 화나게 했구나. 미안해, 조."

"너는 아무것도 믿지 않는구나."

"천만에, 너야말로 무신론자지. 하기야 사실 요즘은 그 말
도 한물갔어. 요즘은 다른 뭔가를 믿는다고 하지. 난 개인적으

로 여호와에게 상당히 만족하고 있지만. 물론 방금 네가 한 말이 무슨 뜻인지는 알아. 그런데 네가 틀렸어. 나는 미美와 창작, 버넌의 음악 같은 것을 믿어. 비록 경제적으로 타산이 맞지 않더라도 난 그것들이 세상의 다른 어떤 것들보다 중요하다고 확신해. 그것들을 위해서라면 (가끔은) 손해볼 용의도 있어. 그건 유대인에게는 보통 일이 아니야!"

조는 자기도 모르게 웃고서 물었다.

"〈탑의 공주〉는 정말 어땠어? 솔직하게 말해봐, 서배스천."

"음, 거인의 걸음마라고 할까. 큰 호응을 얻지는 못했지만 다른 공연과는 스케일이 달랐어."

"그럼 너는 버넌이 언젠가는—"

"그럴 거라고 확신해. 그보다 확신하는 것도 없을 정도지. 버넌이 이 빌어먹을 전쟁에서 죽는 일이 없어야 해."

조는 몸을 떨었다.

"너무 끔찍해." 그녀가 중얼거렸다. "난 파리의 병원 몇 곳에서 일했어. 차마 눈뜨고 보기 힘든 일이 많았지!"

"그랬을 거야. 하지만 팔다리를 잃는 건 괜찮아. 버넌은 팔을 잃으면 끝장인 바이올리니스트는 아니니까. 그래, 몸을 다치는 건 그래도 괜찮아. 머리만 다치지 않는다면. 잔인한 말이지만 넌 내 말이 무슨 뜻인지 알 거야."

"알아. 하지만 그렇다 하더라도—" 그녀는 멈췄다가 어조를 바꿔서 말했다. "서배스천, 나 결혼했어."

서배스천은 속으로 움찔했지만 내색하지 않았다.

"그래? 라 마르가 아내와 이혼한 거야?"

"아니, 그 사람과는 헤어졌어. 나쁜 인간이었어─나쁜 인간
이었다고, 서배스천."

"그런 것 같았어."

"후회하진 않아. 사람은 모두 자기 방식대로 살아갈 수밖에
없으니까. 그런 것도 다 경험이잖아? 그래도 인생에서 도망치
는 것보다는 나아. 외숙모 같은 사람은 이해 못하겠지만 말이
야. 난 버밍엄 근처에는 얼씬도 하지 않을 작정이야. 난 지금
까지 내가 한 일을 후회한 적도 부끄러워한 적도 없어."

조는 도전적인 눈으로 서배스천을 쳐다보았고, 그는 애버츠
퓨이선츠의 숲에서 봤던 조를 떠올렸다. 그는 생각했다. '조는
하나도 안 변했어. 고집 세고 반항적이고 사랑스러운 아이. 조
가 이렇게 되리라는 건 그때부터 예상할 수 있었어.'

서배스천이 부드럽게 말했다. "난 네가 불행했다는 게 안타
까울 뿐이야. 행복하지 못했던 거지?"

"지독했지. 하지만 이제 진정한 내 인생을 찾았어. 병원에
심각한 부상을 당한 청년이 들어왔었어. 모르핀을 맞아야 할
정도였지. 그는 퇴원했지만 병역은 무리여서 결국 제대했어.
그런데 어느새 모르핀에─중독돼버린 거야. 난 그와 함께 모

르핀과 싸울 거야."

서배스천은 아무 말도 할 수 없었다. 역시 조다웠다. 조는 대체 왜 그럴까? 육체적인 불구만으로 부족한 걸까? 모르핀 중독이라니, 끔찍했다.

서배스천은 갑자기 가슴이 저렸다. 조에 대한 희망을 모두 접어야 할 것 같았다. 두 사람은 정반대의 길을 걷고 있었다. 조는 의지를 잃고 궁지에 빠진 사람들 틈에서 살고 있었고, 서배스천은 성공으로 가는 길 위에 있었다. 어쩌면 그는 전쟁터에서 목숨을 잃을 수도 있지만 왠지 그런 일은 일어나지 않을 것 같았다. 그는 작은 부상조차 입지 않을 거라 확신했다. 그는 아마도 상당한 무공을 세우고 무사히 제대해 일터로 복귀할 것이다. 사업체들을 재편성하고 개혁하고, 실수를 용인하지 않는 세상에서 더 큰 성공을 거둘 것이다. 그러니 서배스천이 높이 올라갈수록 조와는 점점 멀어지게 될 것이다.

그는 씁쓸하게 생각했다. '궁지에 빠진 남자를 구해줄 여자야 늘 있지만, 산 정상에 있는 남자 곁에 있어줄 여자는 없어. 난 거기서 혼자 지독하게 외로울 거야.'

그는 무슨 말을 해야 할지 난감했다. 딱한 그녀를 암울하게 만드는 건 부질없는 짓이었다. 서배스천은 조금 힘없이 물었다.

"이제 네 성은 뭐야?"

"발니에르야. 나중에 꼭 남편이랑 같이 보자. 난 법률적인 문제를 정리하러 돌아왔어. 지난달에 아버지가 돌아가셨거든."

서배스천은 고개를 끄덕였다. 웨이트 대령의 사망 소식을 들은 기억이 났다.

조가 말했다.

"난 제인을 만나고 싶어. 버넌과 넬도."

서배스천은 다음날 넬을 월츠버리로 태워다주기로 했다.

2

넬과 버넌은 월츠버리에서 1마일 정도 떨어진 곳에 작고 단출한 집을 빌려 살고 있었다. 구릿빛으로 그을린 버넌은 보기 좋았다. 그는 조에게 달려가 뜨겁게 포옹했다.

그들은 사방에 앤티머캐서*가 깔린 방에서 케이퍼 소스를 곁들인 삶은 양고기를 먹었다.

"버넌, 정말 좋아 보인다—멋져 보이는걸. 안 그래, 넬?"

"군복 때문일 거야." 넬이 차분하게 말했다.

서배스천은 넬을 바라보며 그녀가 변했다고 생각했다. 사 개월 전 결혼식에서 본 뒤로 처음이었다. 서배스천에게 넬은

---

* 의자나 소파의 등받이와 팔걸이를 덮는 장식용 직물.

아름다운 아가씨라는 유형에 속하는 존재일 뿐이었다. 그러나 이제 그는 넬을 한 개인으로, 껍질을 깨고 나온 진짜 넬로 보았다.

넬에게는 차분한 광채가 있었다. 전보다 더 얌전했지만 생기가 넘쳤다. 두 사람은 행복해 보였다. 누구도 그것을 의심할 수 없었다. 둘은 눈을 마주치는 일이 별로 없었지만, 우연히 눈이 마주치면 미묘하고 순간적이지만 확연한 뭔가가 오간다는 것을 누구나 느낄 수 있었다.

식사는 즐거웠다. 그들은 지난날과 애버츠 퓨이선츠에 대해 이야기했다.

"우리 넷이 다시 한자리에 모였네." 조가 말했다.

넬은 가슴이 따뜻해지는 것을 느꼈다. 조가 그녀까지 끼워준 것이다. 넬은 전에 버넌이 "우리 셋―"이라고 말했을 때 상처받은 기억이 있었다. 하지만 다 지나간 일이었다. 이제 그녀는 그들 중 한 사람이었다. 그것이 넬이 받은 여러 보상 가운데 하나였다. 이 순간 넬의 인생에는 보상이 넘치는 것 같았다.

넬은 행복했다―무척 행복했다. 하마터면 이 행복을 잡지 못할 뻔했다. 그녀는 전쟁이 발발할 즈음 조지와 결혼하려 했었다. 버넌과 결혼하는 것보다 중요한 일이 있다고 생각했다니, 어쩜 그렇게 어리석었을까? 넬과 버넌은 무척 행복했다. 가난이 중요한 것이 아니라고 했던 버넌의 말은 정말 옳았다.

넬만 그런 게 아니었다. 많은 여자가―모든 것을 포기하고―가난에도 아랑곳없이 사랑하는 남자와 결혼했다. 전쟁이 끝나기만 하면 어떻게든 될 것이라고 생각했다. 그들의 태도가 그랬다. 그 위험한 생각의 배후에는 그들이 제대로 직시하지 못하는 불안이 있었다. 그것은 '어떤 일이 일어나더라도 뭔가는 남을 테지'라고 반발하듯 넘겨버리는 태도에서 가장 잘 드러났다.

넬은 생각했다. '세상은 변하고 있어. 모든 게 예전과 달라. 앞으로도 이럴 거야. 우리는 예전으로 돌아갈 수 없을 거야……'

그녀는 식탁 너머로 조를 바라보았다. 조는 어딘가 달라 보였다―아주 이상했다. 전쟁이 일어나기 전이었다면 '살짝 달라졌다'고 했을 것이다. 조는 자신에게 무슨 짓을 한 걸까? 라마르라는 그 나쁜 남자는…… 하지만 그 생각은 하지 않는 게 나을 것 같았다. 이제는 문제될 만한 것이 아무것도 없었다.

조는 넬에게 아주 친절했다―예전과는 전혀 달랐다. 전에 넬은 조가 자신을 경멸하는 것 같아서 불쾌했었다. 그럴 만도 했을 것이다. 그때 그녀는 정말 비겁했으니까.

물론 전쟁은 두려웠지만, 덕분에 모든 문제가 단순해졌다. 넬의 어머니는 즉시 정신을 차린 듯했다. 조지 쳇윈드와 넬이 그렇게 된 데 당연히 실망했지만(가여운 조지, 그 좋은 사람에게 내가 못할 짓을 했어) 놀라울 만큼 상식적인 선에서 최선의 방향으로 일을 수습했다.

"전쟁통에 결혼이라니요!" 그녀는 어깨를 들썩이며 말했다. "딱하기는—하지만 그 아이들을 탓할 순 없죠. 현명하진 않지만. 아니 이런 판국에 뭐가 현명한 거겠어요?" 비어커 부인은 수완과 기지를 총동원해 채권자들을 상대했고, 요령 있게 잘 버텨나갔다. 심지어 몇몇은 그녀를 동정하기까지 했다.

비어커 부인과 버넌은 서로에게 별로 호감이 없었지만 그 사실을 드러내지 않으려고 노력했다. 결혼식 이후 그들은 딱 한 번 만났다. 모든 일이 술술 풀렸다.

넬은 용기만 있다면 모든 일이 수월할지도 모른다고 생각했다. 용기가 인생을 살아가는 커다란 비결일지도 모른다고.

생각에 빠졌던 넬은 정신 차리고 얼른 대화에 끼어들었다.

서배스천이 말하고 있었다.

"런던에 가면 제인을 보러 갈까 해. 꽤 오랫동안 소식을 못 들었거든. 넌 들었어, 버넌?"

버넌은 고개를 저었다.

"아니, 못 들었어."

버넌은 자연스럽게 말하려고 애썼지만 잘되지 않았다.

"제인은 좋은 사람이긴 하지만," 넬이 말했다. "좀 어렵지 않아? 제인이 무슨 생각을 하는지 난 통 모르겠다는 뜻이야."

"가끔 사람을 당황시키긴 하지." 서배스천이 맞장구쳤다.

"제인은 친절한 사람이야." 조가 힘주어 말했다.

넬은 버넌을 지켜보며 생각했다. '버넌, 아무 말이라도 해……
아무 말이라도…… 난 그 여자가 처음부터 마음에 걸렸어. 악
마 같은 여자야……'

"어쩌면 제인은 러시아나 팀북투*나 모잠비크 같은 데 갔을
지도 몰라. 그랬대도 놀랄 일은 아니지." 서배스천이 말했다.

"제인을 본 지 얼마나 됐어?" 조가 물었다.

"정확하게? 그래! 삼 주쯤 됐어."

"에게, 난 진짜 오래된 줄 알았잖아."

"오랫동안 못 본 기분이 들어서 말이야." 서배스천이 말했다.

그들의 화제는 조가 일했던 병원에서 마이러와 시드니로 옮
겨갔다. 마이러는 아주 건강했고, 입이 떡 벌어질 만큼 많이
만들어야 하는 소독면 제작에 참가하며 일주일에 두 번씩 병
원의 급식소 일도 거들고 있었다. 시드니는 폭탄 제조 사업으
로 두번째 부의 기회를 맞고 있었다.

"그분은 일찌감치 시장에 뛰어들었어." 서배스천이 호의적
으로 말했다. "전쟁은 적어도 삼 년은 계속될 거야."

그들은 그 문제에 대해 의견을 나눴다. '육 개월이면 끝난다
는 낙관'은 자취를 감췄지만, 삼 년은 너무 비관적이었다. 서

---

* 말리 중부의 도시.

배스천은 폭탄과 러시아의 사정, 식량 문제, 잠수함에 대해 이야기했다. 그가 자신의 말이 옳다고 완전히 확신하고 있었기 때문에 조금은 독단적으로 들렸다.

서배스천과 조는 다섯시에 차에 올라 런던으로 돌아갔다. 버넌과 넬은 배웅을 나와 손을 흔들었다.

"아, 끝났다." 넬이 말하고 버넌에게 팔짱을 꼈다. "당신이 시간을 낼 수 있는 날에 와줘서 다행이야. 당신을 못 봤으면 조가 무척 실망했을 거야."

"조가 변한 것 같아?"

"약간. 당신이 보기에는 안 그래?"

그들은 길을 걷다가 낮은 언덕 너머로 이어지는 오솔길로 접어들었다.

"변했지." 버넌이 한숨을 쉬고 말했다. "어쩔 수 없었을 거야."

"그래도 결혼했다니 다행이야. 조에게 아주 잘된 일인 것 같아. 당신도 그렇지?"

"물론이야. 조는 마음이 따뜻한 사람이지."

버넌은 멍하게 말했다. 넬이 그를 힐끗 올려다보았다. 그녀는 그가 이날 별로 말이 없었다는 것을 그제야 깨달았다. 말은 주로 조와 서배스천이 했다.

"두 사람이 찾아와줘서 기뻤어." 넬이 말했다.

버넌은 대꾸하지 않았다. 버넌은 넬이 팔짱을 꼭 끼는 것을 느꼈다. 하지만 여전히 아무 말도 하지 않았다.

날이 어두워지고 공기가 살을 에듯 차가워졌지만 그들은 발길을 돌리지 않았다. 말없이 계속 걸었다. 전에는 말없이 산책해도 행복했다. 하지만 이날의 침묵은 달랐다. 무겁고 불안했다.

문득 넬은 알아차렸다……

"버넌! 그게 왔구나! 당신이 떠나야 하는……"

그는 넬의 손을 더 꼭 잡을 뿐 아무 말도 하지 않았다.

"버넌…… 언제야?"

"다음주 목요일."

"아아!" 넬은 멈춰 섰다. 온몸이 아픔으로 찢어지는 것 같았다. 드디어 오고야 말았다. 그날이 올 것을 알고 있었지만 정확히 어떤 느낌이 들지는 몰랐다.

"넬, 넬…… 너무 슬퍼하지 마. 제발 너무 슬퍼하지 마." 이제야 말이 떨리며 나왔다. "괜찮을 거야. 난 알아. 난 죽지 않을 거야. 당신이 날 사랑하는데 그럴 수야 없지. 이렇게 행복한데 죽을 수는 없어. 전쟁터로 나가면서 죽을 때가 됐다고 생각하는 사람들도 있지만 난 아니야. 난 내가 무사히 돌아올 거라고 믿어. 당신도 그렇게 믿어줘."

넬은 얼어붙은 듯 서 있었다. 현실이었다. 심장이 도려지고 혈관에서 피가 다 빠져나간 것 같았다. 그녀는 울면서 버넌에게 매달렸다. 버넌이 그녀를 끌어안고 말했다.

"다 괜찮아, 넬. 곧 그날이 온다는 걸 알고 있었잖아. 난 꼭 가고 싶어―당신을 두고 가는 건 마음에 걸리지만. 당신도 내가 영국에서 다리나 지키고 있길 바라진 않겠지? 손꼽아 휴가를 기다릴 거고, 휴가 때 만나면 우린 아주 행복할 거야. 돈도 넉넉해질 테니까 마음껏 쓸 수 있을 거고. 넬, 당신이 있는 한 내겐 아무 일도 일어나지 않을 거야."

넬이 끄덕였다.

"그럴 리 없어―그럴 리 없지―신이 그렇게 잔인하실 리 없어……"

하지만 문득 신이 잔인한 일을 많이 하셨다는 생각이 그녀의 머리를 스쳤다.

넬은 울음을 참으며 씩씩하게 말했다.

"아무 일 없을 거야. 나도 알아."

"혹시―무슨 일이 생기더라도 이건 기억해―우리가 더없이 행복했었다는 거…… 당신도 행복했지? 그렇지?"

넬이 그에게 입맞췄다. 그들은 서로에게 매달렸고, 혼란스러웠다…… 처음 맞는 이별의 그림자가 그들 위로 드리워졌다.

그렇게 얼마나 오래 서 있었는지 두 사람은 알지 못했다.

3

집으로 돌아온 그들은 명랑하게 일상적인 대화를 나눴다. 버넌은 장래에 대해 딱 한 번 언급했다.

"넬, 내가 떠나면 어머니 집으로 갈 거야, 어떻게 할 거야?"

"아니, 난 여기 있고 싶어. 월츠버리에서도 할 수 있는 일이 많으니까. 병원이며 급식소며."

"난 당신이 그런 일 하는 건 싫어. 런던에도 마음 붙일 만한 일이 많을 거야. 극장도 아직 있고, 즐길 거리가 있을 거라고."

"아니야, 버넌. 나도 뭔가 해야지—일할 거야."

"정 일을 하고 싶다면 뜨개질을 해. 난 당신이 병원 같은 데서 일하는 건 싫어. 필요한 일이지만 당신이 하는 건 싫다고. 버밍엄에는 가고 싶지 않겠지?"

넬은 그건 원하지 않는다고 아주 분명하게 말했다.

마침내 이별의 순간이 왔을 때는 생각만큼 격렬하지 않았다. 버넌은 그녀에게 무뚝뚝하게 키스했다.

"잘 있어. 기운내고. 다 괜찮을 거야. 가능하면 자주 편지할게. 즐거운 내용을 쓰지는 못하겠지만. 몸조심해, 넬."

버넌은 거의 무심결에 그녀를 꼭 끌어안았다가 밀어내듯이 몸을 뗐다.

그는 떠났다.

그녀는 생각했다. '오늘은 잠들지 못할 것 같아—절대……'

하지만 그녀는 잠들었다. 깊고 깊은 잠이었다. 그녀는 심연으로 빠져들었다. 공포와 근심으로 가득했다가 탈진한 듯 서서히 의식이 가라앉는, 뭔가에 사로잡힌 잠이었다.

넬은 칼로 가슴을 찌르는 듯한 아픔을 느끼며 잠에서 깼다.

그녀는 생각했다. '버넌은 전쟁터에 가버렸어. 나도 뭔가 하지 않으면 안 돼.'

Chapter

2

1

넬은 적십자 책임자인 커티스 부인을 만나러 갔다. 순하고 붙임성 있는 사람이었다. 자신의 지위가 갖는 중요성을 즐기고, 자신이 조직원으로서 능력을 타고났다고 확신했다. 하지만 커티스 부인의 능력은 형편없었다. 그래도 다들 그 부인의 태도는 훌륭하다고 말했다. 그녀는 정중하고 상냥하게 넬을 맞아주었다.

"어디 보자, 당신은—아! 데어 부인이군요. 구급 간호 봉사대VAD와 간호사 자격증이 있다고요?"

"네."

"지역 구급대에 소속되지 않았고요?"

정확한 파악을 위해 둘 사이에 한동안 이야기가 오갔다.

“음, 당신이 무슨 일을 할 수 있는지 알아볼게요.” 커티스
부인이 말했다. “지금은 병원 인원이 꽉 찼지만, 물론 빠지는
사람들이 나와요. 처음 부상병 이송이 있고 이틀 후에 열일곱
명이 그만뒀어요. 모두 비슷한 연령대 여자들이었죠. 그들은
수간호사에게 이래라저래라 지시받는 것을 힘들어했어요. 나
도 수간호사들이 조금 지나치게 엄격하다고 생각해요. 물론
적십자 봉사자들에 대한 시샘도 있을 거예요. 게다가 그만둔
여자들은 ‘이래라저래라 지시받는’ 것을 달가워하지 않는 유
복한 부인들이었거든요. 데어 부인은 그렇더라도 민감하게 받
아들이지 않을 수 있어요?”

넬은 아무것도 꺼리지 않는다고 대답했다.

“훌륭한 자세네요.” 커티스 부인이 흡족해하며 말했다. “난
그런 일도 꼭 필요한 좋은 훈련이라고 봐요. 훈련이 없으면 우
리가 어디서 뭘 할 수 있겠어요?”

넬은 커티스 부인 자신은 어떤 훈련도 견뎌낼 필요가 없기
때문에 그런 말을 하는 거라고 생각했다. 그랬기 때문에 아무
런 감화가 없었다. 하지만 넬은 감동한 척 계속 귀기울이며 서
있었다.

“대기자 명단이에요.” 커티스 부인이 계속했다. “여기 이름
을 올려놓을게요. 일주일에 이틀, 타운에 있는 병원 외래병동
에서 어느 정도 경험을 쌓아야 해요. 그런 다음 당신하고—”

그러고는 명단을 확인했다. "카드너 양일 텐데—맞네요, 카드너 양과 화요일 금요일에 방문 간호사를 따라 환자 집을 돌면 됩니다. 물론 제복이 지급될 거예요. 이제 됐어요."

메리 카드너는 통통하고 유쾌한 아가씨로, 그녀의 아버지는 정육점을 하다 접었다고 했다. 그녀는 넬에게 무척 친절했고 방문 진료를 하는 날은 화요일 금요일이 아니라 수요일 토요일이라고 고쳐 알려줬다. 그러면서 커티스 부인이 늘 뭔가를 잘못 알고 있다고 말했고, 함께 다니게 될 방문 간호사는 누굴 힐난하는 일이 없는 성격 좋은 사람이지만, 병원의 마거릿 수간호사는 끔찍한 공포의 대상이라고 했다.

그다음주 수요일에 넬은 처음으로 간호사와 방문 진료를 나갔다. 약간 부산스러운 간호사는 무척 지쳐 보였다. 그날 저물 무렵에 그녀가 넬의 어깨를 정겹게 두드리며 말했다.

"당신은 똑똑한 사람 같아서 다행이에요. 사실 좀 모자라지 않나 싶을 정도로 우둔한 여자들도 오거든요. 정말 그래요. 어엿한 여자들이 알고 보면 그렇더란 말이죠! 태생이 그렇진 않을 텐데—그런 뜻으로 한 말은 아니에요. 아무튼 간호라는 것이 그저 베개나 바로 받쳐주고 포도나 먹여주면 되는 일인 줄 알고 사전 교육도 제대로 받지 않고 오는 여자들 때문에 애먹고 있어요. 당신은 금세 배울 것 같네요."

이 말에 용기를 얻은 넬은 큰 부담을 조금 덜었고, 시간 맞취 병동으로 갔다. 키가 크고 마른 수간호사가 못마땅한 눈길로 넬을 맞았다.

"또 완전 초짜로군." 그녀가 투덜거렸다. "커티스 부인이 보냈나요? 넌더리가 난다니까. 뭐든 안다고 착각하는 바보들 가르치느라 시간만 버릴 바에는 차라리 내가 직접 하는 게 낫지."

"죄송합니다." 넬이 다소곳이 말했다.

"자격증 두어 개 따고 강의 열두어 번 들었다고 자기가 다 안다고 생각하지." 마거릿 수간호사가 신랄하게 쏘아붙였다. "이런, 환자들이 왔네. 어차피 도움도 안 될 테니 방해나 하지 마요."

전형적인 환자들이 모여 있었다. 다리 여기저기에 궤양이 생긴 소년, 주전자를 엎질러서 다리에 화상을 입은 아이, 손가락에 가시가 박힌 소녀, '아픈 귀' '아픈 다리' '아픈 팔' 때문에 시달리는 사람들.

마거릿 수간호사가 넬에게 엄하게 말했다.

"귀 세척할 줄 알아요? 알 리가 없지. 내가 하는 걸 잘 봐요."

넬은 지켜보았다.

"다음에는 직접 해야 할 수도 있어요." 마거릿 수간호사가 말했다. "저 남자애 손가락 붕대 벗기고 내가 갈 때까지 뜨거운 붕산수에 손을 담가줘요."

넬은 자신이 초조해하고 허둥거린다고 생각했다. 마거릿 수간호사 때문에 몸이 굳어버렸다. 말이 떨어지기가 무섭게 수간호사가 옆에 와 서 있는 것 같았다.

"여기서 종일 미적거릴 여유가 없어요." 그녀가 말했다. "저리 비켜봐요. 손이 영 서툴군요. 저애 다리에 미지근한 물을 적셔서 붕대를 풀어봐요."

넬은 대야에 미지근한 물을 떠와서 아이 앞에 놓고 무릎 꿇고 앉았다. 세 살짜리 여자아이는 심한 화상을 입었고 가는 다리에 붕대가 들러붙어 있었다. 넬이 물을 적신 스펀지로 가만가만 문지르자 아이가 비명을 질렀다. 아이는 겁먹고 고통스러워하며 계속 소리쳤고, 넬은 완전히 기가 꺾였다.

넬은 갑자기 어지럽고 속이 울렁거렸다. 계속할 자신이 없었다. 간단하게 해낼 수가 없었다. 뒤로 물러나 올려다보니 마거릿 수간호사가 넬을 지켜보고 있었다. 악의에 찬 의기양양한 눈빛이었다.

그녀의 눈은 '너한테 어림도 없는 일일 줄 알았어'라고 말하고 있었다.

그녀의 눈빛만큼 넬을 업신여기는 눈빛도 없을 것 같았다. 넬은 고개를 숙이고 이를 악문 채 계속했다. 아이의 비명에서 주의를 돌리려고 안간힘을 썼다. 마침내 붕대를 다 벗기고 일어섰다. 얼굴이 창백해지고 몸이 떨리고 구역질이 심하게 났다.

마거릿 수간호사가 다가왔다. 실망한 눈치였다.

“아이고, 이제야 됐군.” 수간호사는 넬에게 말하고는 아이의 엄마에게 말했다. “아이가 주전자 같은 것에 손대지 않게 앞으로 각별히 주의하세요, 서머스 부인.”

서머스 부인은 너무 바빠서 그랬다고 변명했다.

넬은 염증이 있는 손가락을 찜질하라는 지시를 받았다. 그런 다음에는 수간호사를 도와 궤양이 생긴 다리를 소독했고, 젊은 의사가 소녀의 손가락에 박힌 가시를 뽑는 동안 옆에서 대기했다. 의사가 손가락을 째자 소녀가 얼굴을 찌푸리며 몸을 움츠렸다. 의사가 매몰차게 말했다.

“가만있어, 이것도 못 참아?”

넬은 생각했다. ‘사람들은 의사가 이러는 모습은 못 볼 거야. 좀 아플지도 모르지만 가능한 한 움직이지 마세요, 라고 말하며 진료하는 태도에 익숙하지.’

젊은 의사는 뽑은 이 두 개를 바닥에 내던지더니 사고로 방금 실려온 환자의 엉망이 된 팔을 바로 이어서 치료했다.

실력 문제가 아니었다. 넬은 의사의 무례한 태도를 보고 의사에 대해 완전히 다시 생각하게 됐다. 의사가 뭘 하든 옆에는 늘 마거릿 수간호사가 있었고, 그녀는 그의 시답잖은 농담에도 비위를 맞추려는 듯 킥킥댔다. 그 의사는 넬에게 눈길조차 주지 않았다.

마침내 일이 끝났다. 넬은 마음이 놓였다. 그녀는 마거릿 수간호사에게 주뼛거리며 인사했다.

"일은 할 만한가요?" 수간호사가 보기 싫은 미소를 지으며 물었다.

"제가 너무 모르는 것 같아요." 넬이 대답했다.

"당연한 것 아니겠어요?" 마거릿 수간호사가 말했다. "적십자 사람들은 하나같이 풋내기들이니까요. 그런 주제에 다 안다고 착각하죠. 하다보면 조금은 나아지겠죠!"

넬의 간호 봉사는 그렇게 시작됐다.

시간이 흐르면서 조금씩 나아졌다. 마거릿 수간호사도 누그러졌고, 심하게 방어적이던 태도도 수그러들었다. 넬의 질문에 대답도 해줬다.

"당신은 적십자에서 온 다른 사람들처럼 교만하진 않네요." 수간호사가 너그럽게 인정했다.

넬 역시 마거릿 수간호사가 삽시간에 수많은 일을 처리해내는 것을 보고 감탄했다. 그리고 그녀가 풋내기들에 대해 신랄한 것도 어느 정도 이해가 됐다.

넬에게 가장 충격이었던 건 '다리가 아픈' 환자가 무척 많다는 것과 그것도 대부분 지병이라는 점이었다. 그녀는 마거릿 수간호사에게 그들에 대해 조심스럽게 물어보았다.

"그 병은 별로 해줄 수 있는 게 없죠. 대개는 유전이에요. 나쁜 피를 물려받은 거지. 낫지 않아요." 마거릿 수간호사가 말했다.

또 한 가지 넬에게 깊은 인상을 준 것은 불평 않고 참는 가난한 자들의 영웅적인 정신력이었다.

그들은 병원에서 치료받으며 극심한 고통을 겪고도 끝나면 집까지 몇 마일이나 되는 길을 걸어서 돌아갔다.

넬은 그들의 집에 갔을 때도 똑같은 느낌을 받았다. 넬과 메리 카드너는 간호사를 따라 상당히 여러 번 방문 진료를 다녔다. 그들은 몸져누운 노인들을 씻기고 '아픈 다리'를 치료했다. 병에 걸려 아무것도 할 수 없는 엄마를 대신해 아기를 돌보고 씻기는 일도 했다. 집은 하나같이 좁고 대부분의 창이 밀폐되어 있었다. 그리고 거기 사는 사람들에게는 소중한 물건들이 어지러이 널려 있었다. 숨이 막힐 것처럼 답답할 때도 종종 있었다.

가장 큰 충격을 받은 일은 이 주 후에 있었다. 방문 진료를 갔다가 침대에 죽어 있는 노인을 발견하고 입관 준비를 해야 했던 것이다. 침착하고 명랑한 메리 카드너가 없었다면 넬은 해낼 수 없었을 것이다.

간호사가 넬과 메리 카드너를 칭찬했다.

"당신들이 있어서 다행이에요. 정말 큰 도움이 돼요."

그들은 만족스러워서 상기된 얼굴로 집에 돌아왔다. 넬은 뜨거운 목욕물과 입욕제가 그때만큼 고마운 적이 없었다.

버넌은 엽서 두 장을 보내왔다. 자신은 괜찮고 모든 게 좋다고 갈겨쓴 것이었다. 넬은 매일 그에게 편지를 썼다. 그날의 일들을 최대한 재미있게 써보려 했다. 버넌에게 답장이 왔다. "프랑스 어느 곳"이라고 적혀 있었다.

사랑하는 넬

나는 잘 지내. 아픈 데 하나 없고. 이 모든 일이 대단한 모험이라고 생각하지만, 당신이 많이 보고 싶어. 난 당신이 지저분한 집들을 다니면서 환자들과 접촉하는 게 싫어. 병이 옮을 수도 있잖아. 왜 그런 일을 하려는지 이해 못하겠어. 굳이 그러지 않아도 되니까 제발 그만둬.

우린 음식 생각만 하면서 지내. 영국 군인들 머릿속에는 차 생각뿐이지. 따끈한 차 한잔을 마실 수 있다면 몸이 산산조각나는 위험도 무릅쓸걸. 난 군인들의 편지를 검열하는 일도 하고 있어. 누군가는 편지 끝에 항상 "지옥이 얼어붙을 때까지 당신을 사랑할"이라고 쓰던데, 나도 당신에게 이 말을 하고 싶어.

당신의 버넌

어느 아침, 넬은 커티스 부인의 전화를 받았다.

"데어 부인, 병동 봉사 자리가 비었어요, 오후 근무니까 두시 삼십분까지 병원으로 나가세요."

월츠버리 타운 홀이 병원으로 개조되어 사용되고 있었다. 교회 광장에 있는 이 커다란 새 건물에 높이 솟은 교회 첨탑이 그림자를 드리우고 있었다. 다리가 불구이고 훈장을 주렁주렁 단 제복을 입은 잘생긴 군인이 정문에서 넬을 친절하게 맞아 주었다.

"문을 잘못 찾아오셨습니다, 부인. 직원들은 보급 창고 쪽 문으로 출입합니다. 스카우트 대원이 안내해드릴 겁니다."

왜소한 스카우트 대원이 그녀를 안내해 계단을 내려가서 컴컴한 지하실 같은 곳을 지나쳤다. 적십자 제복을 입은 나이든 부인이 환자복 더미에 둘러싸여 앉아 있었다. 그녀는 숄을 겹 겹이 두르고도 덜덜 떨고 있었다. 포석이 깔린 복도를 지나 마침내 어두운 지하방으로 들어갔다. 병동 봉사자들의 반장인 커튼 양이 넬을 맞았다. 키가 크고 호리호리하고 꿈꾸는 공작 부인 같은 얼굴에 다소곳한 인상을 주는 여자였다.

넬은 업무에 대한 설명을 들었다. 단순한 일이었다. 고되긴 하겠지만 어려운 일은 아니었다. 포석이 깔린 복도와 계단을 닦고, 간호사들의 다과를 준비하고, 끝나면 그릇을 치워야 했다. 그런 뒤에는 봉사자들과 모여 차를 마셨다. 저녁에도 똑같은 일을 반복했다.

넬은 곧바로 상황을 파악했다. 새로운 생활의 핵심은 첫째가 주방에서의 전쟁이었고, 둘째가 수간호사 개개인의 기호에 맞춰 차를 제공하는 것이었다.

간호 봉사자들이 사용하는 길쭉한 탁자가 있었다. 잔뜩 허기진 그들이 강물처럼 밀려들어왔고, 마지막 세 사람이 자리에 앉기도 전에 음식이 동났다. 튜브를 통해 주방에 음식을 요청하자 매정한 답변이 돌아왔다. 버터 바른 빵은 한 사람이 세 개씩 먹을 분량으로 준비했다고 했다. 누군가 그보다 더 먹은 게 분명했다. 간호 봉사자들은 저마다 야단스럽게 부인했다. 그들은 서로를 성(性)으로만 부르며 다정하고 자유롭게 이야기를 나누었다.

"내가 당신 빵을 왜 먹겠어, 존스. 그런 치사한 짓은 안 한다고!" "저 사람들이 잘못 계산한 거라니까." "이봐요, 캣퍼드는 뭘 좀 먹어야 해요. 삼십 분 후에 수술이 있다고요." "서둘러, 왕방울(애정이 담긴 별명), 우린 방수포를 몽땅 닦아야 해."

식당 한끝에 있는 수간호사들의 식탁 분위기는 전혀 달랐다. 그들은 냉랭한 목소리로 점잖게 속삭였다. 수간호사들 앞에는 조그만 갈색 찻주전자가 하나씩 놓여 있었다. 어느 수간호사가 어떤 농도의 차를 좋아하는지 파악해서 준비하는 것이 넬이 하는 일 중 하나였다. 얼마나 옅은가는 문제가 아니었다! '싱거운' 차를 가져다주면 영원히 그 수간호사의 눈 밖에 난다는 것이 문제였다.

속삭이는 소리가 계속됐다.

"난 그 여자에게 '당연히 외과 치료가 우선'이라고 했죠."
"난 시키는 대로 말했을 뿐이에요." "주목받으려고 난리죠. 늘 그렇다니까요." "선생님 손 닦을 수건 준비하는 걸 잊어버리다니, 어이가 없어요." "오늘 아침에 선생님에게 말씀드렸어요……" "난 간호사에게 말을 전했고……"

'말을 전했다'는 이야기가 계속 나왔다. 넬은 점점 귀를 기울이게 됐다. 넬이 다가가면 속삭이는 소리가 더 작아졌고, 수간호사들은 그녀를 수상쩍은 듯이 쳐다보았다. 그들의 대화는 비밀스럽고 엄숙했다. 수간호사들은 서로에게 차를 권할 때도 아주 형식적이었다.

"이 차 좀 들겠어요, 웨스트헤이븐 수간호사님? 아직 넉넉해요." "카 수간호사님, 설탕 좀 건네주겠어요?" "뭐라고 하셨어요?"

간호사 한 명이 병가를 내서 병동 근무로 옮기게 된 넬은 그때 비로소 병원의 분위기와 불화, 질투, 편 가르기 같은 겉으로 드러나지 않는 기류를 이해하게 됐다.

넬은 일렬로 늘어선 열두 개의 침대를 맡아서 오가며 환자들을 보살폈다. 주로 수술을 앞둔 환자들이었다. 함께 일하는 글래디스 포츠는 자그마하고 잘 웃는 여자인데, 머리는 좋지만 게을렀다. 병동의 책임자는 웨스트헤이븐 수간호사였다.

큰 키에 마르고 매서운 구석이 있는 그녀는 늘 못마땅한 듯한 표정을 하고 다녔다. 넬은 웨스트헤이븐 수간호사를 보기만 해도 가슴이 철렁했지만 나중에는 그녀 밑에서 일하는 게 좋아졌다. 그녀는 이 병원에서 아랫사람들에게 가장 신뢰받는 수간호사였다.

모두 다섯 명의 수간호사가 있었다. 동글동글하고 온화한 분위기의 카 수간호사가 있었다. 남자들에게 인기가 많았고 그녀도 남자들과 킥킥대고 농담하는 것을 즐겼다. 그러다가 처치가 늦어져 다급히 마무리하기 일쑤였다. 카 수간호사는 간호 봉사자들을 '귀염둥이'라고 부르면서 어깨를 토닥여줬지만 변덕이 심했다. 덜렁대서 하는 일마다 실수투성이였고 그럴 때면 '귀염둥이'가 다 뒤집어썼다. 아랫사람을 미치게 만드는 존재였다.

반스 수간호사는 까다로운 사람이었다. 다들 그렇다고 말했다. 하루종일 고함치고 혼냈다. 그녀는 구급 간호 봉사자들을 싫어했고 그것을 노골적으로 드러냈다. "자기가 다 안다고 착각하는 사람들을 내가 단단히 가르쳐주지"라는 말을 입에 달고 살았다. 고약한 입버릇만 빼면 훌륭한 간호사였고, 호된 꾸지람을 듣더라도 그녀 밑에서 일하는 것을 좋아하는 봉사자들도 있었다.

던롭 수간호사는 방공호에 웅크린 사람 같았다. 친절하고 상냥했지만 정말 게을렀다. 차를 아주 많이 마셨고, 일은 가능한 한 적게 했다.

노리스 수간호사는 수술실 담당이었다. 유능하지만 립스틱을 진하게 바르고 다녔고, 아랫사람들을 교묘하게 괴롭혔다.

웨스트헤이븐 수간호사는 이들 중 가장 인품이 좋았다. 열정적으로 일했고 아랫사람들에게는 좋은 심판관이었다. 아랫사람에게 가능성이 보이면 무척 친절하게 대했다. 하지만 멍청하다고 낙인찍히면 고달파졌다.

나흘째 되던 날 웨스트헤이븐 수간호사가 넬에게 말했다.

"처음에는 기대도 안 했는데 꽤 잘하는군요, 넬."

이즈음 넬은 병원 분위기에 잘 적응한 상태였다. 이날 넬은 뛸듯이 기뻐하며 집으로 돌아왔다.

병원 생활은 조금씩 익숙해졌다. 처음에는 부상병만 보면 가슴이 미어질 듯이 아팠다. 처음 붕대 교체를 돕던 날은 상처만 봐도 힘들었다. 간절한 마음으로 간호 봉사에 지원한 사람들은 어느 정도 감상을 품고 오기 마련이었다. 하지만 감상은 곧바로 밀려났다. 피와 상처와 고통이 일상인 곳이었다.

넬은 군인들에게 인기가 있었다. 티타임 후 쉬는 시간에는 대신 편지도 써주고, 병동 한쪽의 서가에서 읽을 만한 책을 가져다주기도 했다. 그들의 가족과 연인 이야기도 들어주었다. 그리고 다른 간호 봉사자들과 함께, 친절을 가장한 외부 사람들의 어리석음과 잔혹함으로부터 그들을 지키기 위해 애썼다.

면회일에는 나이든 부인들이 줄줄이 찾아왔다. 그들은 침대 옆에 앉아서 '용감한 군인들의 기운을 북돋우려고' 나름 최선을 다했다.

뻔한 대화였다. "하루라도 빨리 전선으로 돌아가고 싶죠?" "그렇습니다, 부인." 그다음에는 몽스의 천사*에 대한 이야기가 오갔다.

가끔 음악회도 열렸다. 구성이 좋고 아주 신나는 음악회도 있긴 했다. 하지만 대부분은 전혀 그렇지 않았다! 넬의 다음 구역을 맡은 간호 봉사자인 필리스 디컨이 지적했다.

"자기는 노래를 잘한다고 생각했는데 가족이 반대해서 음악을 포기해야 했던 사람들이 이때다 하고 달려들었겠죠!"

목회자들도 찾아왔다. 넬은 그렇게 많은 사제를 처음 보았다. 한두 사람은 인정할 만했다. 그들은 연민과 이해심이 있었고 적절한 이야기를 했고 자신의 종교적 의무를 위해 타인에게 종교를 강요하지도 않았다. 하지만 그렇지 않은 사람들이 많았다.

"간호사!"

병동을 바삐 지나가던 넬은 수간호사의 날카로운 목소리에

----

* 1914년 벨기에의 몽스에서 영국군과 독일군의 전투중 천사 모양의 하얀 형체가 보였고, 이후 독일군이 많이 사망하며 패전했다는 이야기가 전해진다.

멈췄다. "당신 구역 침대들이 흐트러졌어요. 7번이 튀어나왔잖아요."

"알겠습니다."

"지금 목욕시켜주면 안 될까요, 간호사님?"

넬은 특별한 요구를 하는 환자를 빤히 보았다.

"일곱시 반도 안 됐는데요."

"목사가 온다고 해서요. 견진성사를 해준다고 말이죠. 곧 올 거예요."

넬은 그가 딱해 보였다. 캐넌 에저턴 목사가 왔을 때, 그 환자는 가림막과 세숫대야들 뒤편에 있었다.

환자가 쉰 목소리로 말했다. "고마워요, 간호사님. 피할 수도 없는 사람에게 계속 성사를 받으라고 닦달하다니 너무하지 않아요?"

목욕시키는 일은 끝이 없었다. 환자를 씻기고 병동을 청소하고 매일 시도 때도 없이 방수포를 닦았다.

그리고 끝없는 정리정돈이 있었다.

"간호사, 침대 정리해야죠. 9번 침대 이불이 흘러내렸네요. 2번 침대는 비뚤어졌고요. 선생님이 어떻게 생각하시겠어요!"

선생님—선생님—선생님. 아침 점심 저녁 할 것 없이 언제나 선생님! 의사는 신이었다. 간호 봉사자가 의사에게 말을 거는 건 주제넘은 역죄였고, 수간호사의 불호령이 떨어질 일이었다. 간호 봉사자들 중 몇몇은 순수한 의도로 그 죄를 저질렀다. 그들은 월츠버리 출신들인데다 의사들과 개인적으로 아는 사이였다. 몇몇이 의사들에게 스스럼없이 아침 인사를 건넸다. 그러나 머지않아 현실을 깨닫게 됐다. '주제넘게 나서는' 무서운 죄를 지었음을 혹독하게 느꼈다. 메리 카드너가 '주제넘게 나섰다'. 의사가 가위를 달라고 하자 그녀는 들고 있던 가위를 아무 생각 없이 건넸다. 수간호사는 그녀가 무슨 죄를 지었는지 길게 설명했다.

"가위를 건네지 말아야 했다는 얘기가 아니에요. 선생님이 달라는 물건이 당신한테 있으면 내게 말해야 한다는 거죠. 작은 소리로 '이게 필요하신 걸까요, 수간호사님?' 했다면 내가 그걸 선생님에게 전했을 거고, 아무도 뭐라 하지 못했을 거라고요."

'선생님'이란 말에 신물이 났다. 수간호사는 말끝마다 그 말을 붙였고, 심지어 의사에게 말할 때도 그랬다.

"네, 선생님." "오늘 아침에는 102입니다, 선생님." "아닌 것 같은데요, 선생님." "뭐라고 하셨죠, 선생님? 제가 잘 알아듣지 못해서요." "여기, 손 닦으실 수건 준비했습니다, 선생님."

그러면 간호 봉사자는 명예스러운 수건걸이가 되어 황송한 듯 수건을 들고 대기했다. 의사는 그 성스러운 손을 닦은 수건을 바닥에 내던졌고, 간호 봉사자는 공손하게 그것을 집어들었다. 의사의 손에 물을 부어주고 비누를 건네주기도 했다. 그 일이 끝나면 이런 지시가 내려왔다.

"간호사, 문 열어드리세요."

"난 내가 나중에도 이럴까봐 겁나요." 필리스가 화를 내며 말했다. "다시는 의사들을 예전처럼 대하지 못할 거예요. 볼품없는 애송이들한테까지 굽실거려야 하다니. 그들이 집에 손님으로 오면 나도 모르게 문 열어주러 냉큼 달려갈 것 같아요. 정말 그럴 것만 같다고요."

병원에는 깊은 유대감이 있었다. 계층은 과거지사였다. 성공회 대성당 주임 사제의 딸도, 정육점집 딸도, 포목점 조수의 아내인 맨프레드 부인도, 준남작의 딸인 필리스 디컨도 서로를 성으로만 불렀고 모두가 '저녁 메뉴가 뭐고 음식이 모두에게 골고루 돌아가는지'에 관심을 가졌다. 분명 얌체 짓을 하는 사람이 있었다. 킥킥대며 웃는 글래디스 포츠가 식사시간에 한발 먼저 내려가 자기 몫 외에 버터 바른 빵을 슬쩍하거나 밥을 많이 담는 모습이 목격되기도 했다.

"하인들을 이해하게 됐어요." 필리스 디컨이 말했다. "그들은 늘 음식 가지고 야단을 떨죠. 그런데 우리도 여기서 늘 그러고 있어요. 달리 기대할 만한 것이 아무것도 없으니까요. 어젯밤에 스크램블드에그가 모두에게 돌아가지 않는다는 걸 알았을 때 난 눈물이 날 지경이었어요."

"스크램블드에그는 하면 안 돼요." 메리 카드너가 흥분해서 말했다. "수란을 하든지 삶든지 해서 모두가 먹을 수 있게 해야죠. 스크램블로 하면 양심 없는 사람들이 양껏 퍼가기가 너무 쉽잖아요."

그러면서 그녀는 글래디스 포츠에게 의미심장한 눈길을 보냈다. 포츠는 어색하게 웃더니 나가버렸다.

"저 여자는 게을러요." 필리스 디컨이 말했다. "가림막 안에 들어가면 늘 딴짓을 한다고요. 수간호사에게 아부나 떨고 말이에요. 웨스트헤이븐 수간호사에겐 안 통하죠. 그 수간호사는 공정하니까요. 하지만 카 수간호사에게는 아첨해서 쉬운 일을 죄다 차지했죠."

왜소한 포츠는 인기가 없었다. 다들 그녀에게 힘든 일을 시키려고 해봤지만, 포츠는 약삭빨랐다. 꾀바른 디컨만 그녀의 맞수가 될 수 있었다.

의사들 사이에도 시샘이 있었다. 당연하지만 어떤 의사든 흥미로운 수술을 맡고 싶어했다. 다른 병동으로 수술을 돌리면 반목이 일어났다.

넬은 곧 모든 의사의 다양한 특징을 파악했다. 랭 의사는 키가 크고 구부정하고 지저분했고, 예민해 보이는 긴 손가락을 갖고 있었다. 그는 외과의 중에서 가장 똑똑했다. 비아냥대는 말버릇이 있고 진료할 때도 가차없었지만 유능했다. 수간호사들도 모두 그를 따랐다.

그리고 월브러햄이 있었다. 그는 월츠버리의 일류 의사였다. 발그레한 얼굴에 체격이 컸고, 일이 잘될 때는 친절했지만 뭐가 안 풀릴 때는 떼쟁이가 되었다. 피곤하고 짜증이 날 때는 정도 이상으로 거칠었기 때문에 넬은 그를 싫어했다.

메도스는 말수가 없고 유능한 지역 보건의였다. 수술을 하지 않는 데 만족했고, 모든 환자에게 한결같은 주의를 기울였다. 그는 간호 봉사자들에게도 늘 정중했고, 수건을 바닥에 내던지지도 않았다.

버리 의사는 실력이 별로였지만 모르는 게 없다고 큰소리쳤다. 언제나 별나고 새로운 치료법을 시도하려 했고, 한 가지 치료법을 이틀 이상 지속하지 않았다. 그가 맡은 환자가 죽으면 "버리 의사에겐 놀라운 일도 아니잖아?"라는 말이 나오곤 했다.

그리고 젊은 의사인 킨이 있었다. 군에서 의병 제대를 했고, 의과대학을 갓 졸업했을 뿐이지만 그는 잔뜩 거드름을 부렸다. 채신없이 간호 봉사자들에게 말을 걸었고, 자기가 한 수술이 대단하다는 듯이 떠들었다. 넬이 웨스트헤이븐 수간호사에게 말했다. "전 킨 선생님이 수술하신 줄 몰랐어요. 랭 선생님이 하신 줄 알았거든요." 수간호사는 뚱하게 대답했다. "킨 선생님은 다리만 잡고 있었을 뿐이에요."

처음 한동안은 수술이 악몽 같았다. 넬은 처음 수술실에 들어갔을 때 바닥이 솟아오르는 듯한 기분이 들었고, 다른 간호사의 부축을 받으며 밖으로 나와야 했다. 수간호사를 대할 낯이 없었지만 뜻밖에도 그녀는 넬을 너그럽게 감싸주었다.

"산소도 부족하고 에테르 냄새도 나서 그랬을 거예요. 다음에는 간단한 수술에 들어가요. 익숙해질 겁니다." 수간호사가 상냥하게 말했다.

수술실에 두번째 들어갔을 때도 넬은 쓰러질 것 같고 뛰쳐나가고 싶었지만 가까스로 참았다. 그다음번에는 울렁거리기만 했고, 그후부터는 울렁거리지도 않았다.

큰 수술이 끝난 뒤 담당 간호 봉사자를 도와 수술실 정리를 도운 적이 한두 번 있었다. 사방으로 피가 튄 수술실은 도살장 같았다. 수술실 담당 간호 봉사자는 열여덟 살밖에 안 된 똘똘하고 깡마른 여자였다. 그녀가 자신도 처음에는 이 일이 싫었다고 털어놓았다.

"맨 처음 했던 게 다리 절단 수술이었어요." 그녀가 말했다. "끝나고 수간호사가 나가면서 수술실 뒷정리를 시켰어요. 절단한 다리를 직접 소각로로 가져가야 했는데 끔찍했죠."

넬은 쉬는 날 친구들 집으로 차를 마시러 갔다. 친절한 노부인들은 그녀를 보고 감상에 젖어서 훌륭하다고 치켜세웠다.

"설마 주일에도 일하는 건 아니겠죠? 한다고요? 정말? 오,

그러면 안 되죠. 주일은 안식일인데."

넬은 일요일에도 다른 날과 똑같이 부상병들을 목욕시키고 먹여야 한다고 차분하게 설명했다. 노부인들은 일단 납득은 했지만 일을 좀더 효율적으로 조율해야 한다고 생각하는 것 같았다. 그들은 넬이 자정에 혼자 집까지 걸어가는 것도 무척 걱정했다.

훨씬 더 힘들게 하는 부인들도 있었다.

"거기 수간호사들이 거만하게 사람을 부린다는 이야기가 있더군요. 나라면 못 참을 거예요. 이 끔찍한 전쟁에서 도울 수 있는 일이 있다면 뭐든 기꺼이 하겠지만 난 그런 무례한 태도는 못 참아요. 커티스 부인에게 이 얘길 했더니 난 병원에서 일하지 않는 게 좋겠다고 하시더군요."

이런 말을 하는 부인들에게 넬은 아무 대꾸도 하지 않았다.

이즈음 '러시아군'에 대한 소문이 영국 전역으로 퍼졌다. 모두가 그들을 목격했다. 실제로 보지 못한 사람도 자기 집 요리사의 사촌이 보았으면 직접 본 것이나 다름없었다. 소문은 잦아들지 않았다. 무척 흥미롭고 스릴이 넘쳤기 때문이다.

병원에 온 연로한 부인이 넬을 불러냈다.

"세상에, 그런 소문은 믿으면 안 되죠. 사실이긴 하지만 우리가 생각하는 것과는 달라요." 노부인이 말했다.

넬은 의아한 듯이 그녀를 바라보았다.

"달걀 말이에요!" 노부인은 애처롭게 속삭였다. "러시아 달걀! 영국인들 굶어죽지 말라고 보낸 달걀 수백만 개……"

넬은 버넌에게 보내는 편지에 이런 이야기도 적었다. 버넌과 아주 멀리 떨어져 있는 기분이 들었다. 그의 편지는 여전히 간결하고 딱딱했고, 넬이 병원에서 일하는 것을 아직도 싫어하는 듯했다. 그는 넬에게 런던에 가라고 채근했다……

남자들은 정말 이상했다. 그들은 이해하지 못하는 것 같았다. 넬은 '파병된 남자들을 위해서라도 밝게 지내자'라고 생각하는 여자들 속에 끼고 싶지 않았다. 서로 다른 생활을 하면 마음까지도 금세 멀어지게 된다! 넬은 버넌의 생활을 알지 못했고, 버넌은 넬의 생활을 알지 못했다.

그가 전사할지도 모른다고 두려워하면서 이별했을 때 느꼈던 고통은 사라졌다. 넬은 남편을 전쟁터에 보낸 아내의 일상에 빠져 있었다. 사 개월이 지났지만 버넌은 다친 데 하나 없었다. 앞으로도 그럴 것이었다. 분명 모든 게 잘될 것이었다.

떠난 지 오 개월 만에 버넌이 휴가를 나온다는 전보를 보냈다. 넬은 심장이 멎을 것 같았다. 정말 흥분됐다! 그녀는 수간호사에게 결근 허가를 받았다.

평상복으로 갈아입고 묘하고 특별한 기분에 젖어 런던으로 갔다. 그들의 첫 휴가였다!

2

사실이었다, 정말 사실이었다! 휴가 열차가 들어오고 사람들이 쏟아져나왔다. 그녀는 버넌을 보았다. 그가 정말 거기 있었다. 두 사람은 아무 말도 하지 못했다. 버넌은 넬의 손을 꼭 잡았다. 넬은 그제야 자신이 그동안 얼마나 걱정했는지 깨달았다……

닷새는 순식간에 지나갔다. 기묘하고 아련한 꿈만 같았다. 두 사람은 서로를 사랑하면서도 타인들 같았다. 넬이 프랑스에 대해 물으면 그는 퉁명스럽게 대꾸했다. 그래도 괜찮았다—다 괜찮았다. 그는 심각하게 여기지 않고 농담처럼 넘기려고 애썼다. "넬, 부탁인데 감상적인 말은 하지 말아줘. 집에 돌아왔는데 어딜 가나 우울한 얼굴뿐이라서 끔찍하단 말이야. 용감한 군인들이 목숨을 바쳤다느니 어쨌다느니 하는 감상적인 말은 듣고 싶지 않아. 그런 말을 들으면 구역질이 나. 공연이나 실컷 보자고."

철저하게 냉담한 버넌의 태도에 넬은 당황했다. 모든 일을 가볍게 넘겨버리려는 것이 왠지 꺼림칙했다. 버넌이 그동안 어떻게 지냈느냐고 물었을 때도 넬은 병원 얘기밖에 할 게 없었고, 그는 달가워하지 않았다. 버넌은 병원 일을 그만두라고 또다시 설득했다.

"간호는 지저분한 일이야. 난 당신이 그 일을 한다는 생각만
해도 싫어."

넬은 오싹하고 무시당하는 기분이 들었지만 이내 자신을 나
무랐다. 그들은 다시 함께 있었다. 그것 말고 중요한 게 또 뭐
가 있을까?

두 사람은 즐겁고 유쾌한 시간을 보냈다. 매일 밤 공연을 보
고, 춤을 추러 갔다. 낮에는 쇼핑을 했다. 버넌은 넬이 원하는
것을 모두 사줬다. 파리에 본점을 둔 의상실에 가서 젊고 우아
한 모델들이 시폰 옷을 입고 걷는 모습을 구경했다. 버넌은 그
중에서 가장 비싼 옷을 사줬다. 넬은 그날 밤 바로 그 옷을 입
었고, 두 사람은 지독하게 꺼림칙하면서도 더없이 행복했다.

버넌은 넬이 어머니에게 가보라고 하자 펄쩍 뛰었다.

"아, 넬, 난 가고 싶지 않아! 얼마 되지도 않는 둘만의 소중
한 시간이잖아. 일 분도 낭비할 수 없어."

넬은 버넌을 설득했다. 마이러가 분명 많이 상심하고 실망
할 것 같았다.

"그럼 당신도 같이 가."

"아니, 그건 전혀 도움이 되지 않을 거야."

결국 버넌은 짧은 일정으로 버밍엄에 다녀왔다. 마이러는
한바탕 요란을 떨었다. '자랑스러운 기쁨의 눈물'을 왈칵 쏟으
며 그를 맞이했고, 억지로 벤트가로 데려가 인사시켰다. 버넌

은 형식적인 도리라는 것에 분개하며 돌아왔다.

"당신은 너무 냉정해. 하루를 버렸잖아! 맙소사, 얼마나 감상적으로 요란을 떨던지."

이 말을 뱉는 순간 그는 부끄러운 기분이 들었다. 왜 어머니를 사랑하지 못할까? 그는 잘해보려고 다짐하는데 어머니만 만나면 왜 매번 그렇게 불쾌해지는 걸까? 버넌은 넬을 끌어안았다.

"진심은 아니었어. 당신 말 듣길 잘했어. 당신은 정말 좋은 여자야. 자기 생각은 하지 않지. 다시 함께하니까 정말 좋아. 당신은 모를 거야……"

넬은 프랑스제 드레스를 입었고, 두 사람은 상 받을 일을 한 모범생이 된 듯한 묘한 기분을 느끼며 저녁을 먹으러 나갔다.

식사가 끝나갈 때쯤 넬은 버넌의 표정이 달라진 것을 눈치챘다. 표정이 굳고 안절부절못하는 것 같았다.

"왜 그래?"

"아무것도 아니야." 그가 당황한 듯이 대꾸했다.

넬은 뒤돌아보았다. 벽 쪽 작은 테이블에 제인이 있었다.

순간 넬은 차가운 뭔가가 심장을 누르는 것 같았지만 짐짓 태연하게 말했다.

"어머, 제인이네. 가서 인사하자."

"아니, 난 그러고 싶지 않아." 넬은 그의 강한 어조에 조금 놀랐다. 버넌이 이를 눈치채고 말을 이었다. "나 바보 같지? 당신을 독차지하고 싶어서 그래. 당신 아닌 다른 사람…… 누구에게도 방해받고 싶지 않아. 식사 다 했어? 나가자. 연극은 처음부터 봐야지."

그들은 계산을 마치고 나섰다. 그때 제인이 알아보고 가볍게 고개를 숙였고, 넬은 손을 들었다. 그들은 십 분 일찍 극장에 도착했다.

나중에 넬이 흰 어깨에서 드레스를 끌어내려 벗을 때 버넌이 불쑥 말했다.

"넬, 내가 다시 작곡을 하게 될까?"

"당연하지. 왜 못 하겠어?"

"아, 모르겠어. 그러고 싶다는 생각이 안 들어."

그녀는 놀라서 버넌을 바라보았다. 그는 찌푸린 얼굴로 의자에 앉아 있었다.

"난 당신이 좋아하는 게 그것밖에 없다고 생각했는데."

"좋아한다―그런 문제가 아냐. 좋아하고 싫어하고의 문제가 아니란 말이야. 놓아버릴 수 없는 일―날 놓아주지 않고 내가 떨칠 수도 없는 일―보고 싶지 않지만 보지 않을 수 없는 얼굴 같은 거야……"

"아, 버넌―그러지 마―"

그녀는 버넌 곁으로 가 무릎을 꿇었다. 그는 넬을 꼭 끌어안았다.

"넬—사랑하는 넬—나한테 중요한 건 당신밖에 없어……
키스해줘……"

그러나 그는 이내 그 화제로 되돌아가 맥락도 없이 말했다.
"총성은 하나의 패턴을 만들어. 흔히 듣는 소리가 아니라 음악
적인 패턴 말이야. 소리가 공간 속에서 만드는 패턴이지. 이상
하게도 내가 아는 걸 잘 표현할 수가 없어."

그는 잠시 멈췄다가 덧붙였다.

"그걸 제대로 포착할 수 있으면 좋겠어."

아주 잠깐이지만 넬은 버넌에게서 몸을 뗐다. 그녀는 라이
벌과 마주선 것 같았다. 대놓고 말한 적은 없지만 그녀는 버넌
의 음악이 내심 두려웠다. 그가 음악을 그렇게 깊이 사랑하지
만 않았어도.

어쨌든 이날 밤에는 그녀가 이긴 듯했다. 버넌이 다시 그녀
를 끌어안고 키스를 퍼부었다.

하지만 넬이 잠든 후 버넌은 오랫동안 어둠을 응시하고 있
었다. 의지와 상관없이 제인의 얼굴이 떠올랐다. 제인은 레스
토랑의 진홍색 커튼과 대비되는 어두운 초록색 새틴 시스*를
몸매가 드러나게 입고 있었다.

---

* 몸에 딱 붙는 드레스.

그는 들리지 않게 작은 소리로 중얼거렸다.

"젠장, 제인이 뭐!"

하지만 버넌은 자신이 그 생각을 쉽게 떨칠 수 없다는 것을 알았다.

차라리 못 봤으면 좋았을 거라고 생각했다.

제인에게는 마음을 뒤흔들고 들쑤시는 뭔가가 있었다.

하지만 다음날이 되자 버넌은 제인을 잊었다. 그날은 두 사람이 함께하는 마지막날이었고, 시간은 쏜살같이 흘렀다.

휴가는 너무도 빨리 끝나버렸다.

3

꿈같은 시간이었다. 이제 꿈은 끝났다. 넬은 병원으로 돌아왔다. 마치 떠난 적도 없던 것 같았다. 버넌의 편지가 오길 애타게 기다렸다. 드디어 편지가 도착했다. 검열이 있다는 사실을 잊기라도 한 듯 열렬하고 거침없는 내용이 적혀 있었다. 가슴에 편지를 대자, 지워지지 않는 연필로 쓴 글씨가 피부에 배어났다.* 그녀는 답장에 이 이야기를 썼다.

---

* 연필심에 염료 성분이 있어서 물 적신 종이나 천을 대 복사본을 만들기도 했다.

변함없이 삶은 계속됐다. 랭 의사가 전선으로 갔고 나이든 의사가 대신 들어왔다. 수염을 기른 그는 간호사가 수건을 건네거나 가운 입는 것을 도울 때마다 "어이구, 고마워, 간호사"라고 인사했다. 병원은 침대가 많이 비어 한가해졌고, 넬은 억지로 시간을 때우는 게 힘들었다.

어느 날 서배스천이 찾아오자 넬은 놀랍고도 기뻤다. 그는 휴가차 돌아온 김에 그녀를 만나러 왔고, 버넌의 부탁도 있었다고 했다.

"버넌을 만났어?"

서배스천은 버넌의 부대와 그의 부대의 교대가 있었다고 말했다.

"버넌은 잘 지내는 거지?"

"응, 그럼. 괜찮아!"

뭔가가 있는 듯한 그의 말투에 넬은 불안해졌다. 넬은 캐물었고, 그는 당황한 듯 눈썹을 찌푸렸다.

"설명하기가 힘들어, 넬. 음, 버넌은 별난 녀석이야. 예전부터 그랬지. 상황을 직시하지 않는 경향이 있어."

넬이 거세게 반박하려고 하자 그가 말했다.

"그런 뜻으로 하는 말이 절대 아냐. 버넌에게는 두려움이 없어. 그게 뭔지도 모르는 행복한 녀석이지. 나도 그러면 좋을 텐데. 그런데 이건 그런 문제가 아냐. 너무 끔찍한 우리 생활

전반이 문제인 거지. 오물과 피, 소음—특히 소음이 그래! 일정한 시간에 똑같은 소음이 반복돼. 그게 내 신경을 갉아먹는데 버넌은 오죽하겠어?"

"그렇구나. 그런데 상황을 직시하지 않는다는 게 무슨 뜻이야?"

"간단하게 말하면, 버넌은 직시할 것이 있다는 걸 인정하지 않는다는 거야. 그는 신경쓰는 것이 싫기 때문에 신경쓸 게 없다고 자신을 속여. 나처럼 전쟁은 지독하게 더러운 거라고 인정해버린다면 차라리 나을 텐데. 예전에 피아노를 무서워했던 것과 비슷해. 버넌은 대상을 분명하게 보려 하지 않아. 어떤 것이 실제로 존재하는데 '그런 건 없다'고 우겨봐야 무슨 소용이 있겠어? 하지만 그게 언제나 버넌의 방식이었지. 그는 활기차고, 모든 걸 즐기면서 지내지만 그건 자연스럽지가 않아. 난 걱정돼—이런! 대체 내가 뭘 두려워하는지 모를 지경이군. 그래도 동화 같은 이야기나 상상하며 사는 건 최악이라고 생각해. 버넌은 음악가야. 음악가의 신경을 타고났어. 그런데 자신에 대해서는 아무것도 모른다는 게 큰 문제지. 버넌은 늘 그랬어."

넬은 근심스러운 표정을 지었다.

"무슨 일이 있을 거라고 생각하는 거야?"

"아니, 아무 일도 없을 거야. 내가 바라는 건 버넌이 돌아오는 거야. 최대한 고통스럽지 않은 곳에 가벼운 부상을 입고 송환돼서 잠시 입원하는 것."

"그러면 정말 좋겠어!"

"가여운 넬. 그래, 모든 여자가 그러길 바라지. 내게 아내가 없는 게 그나마 다행이지."

"아내가 있다면—" 넬은 말을 멈췄다가 이었다. "아내가 병원에서 일하는 걸 좋아했을 것 같아? 아니면 아무 일도 하지 않기를 바랐을 거 같아?"

"조만간 누구나 일하는 세상이 될 거야. 그러니 기왕이면 빨리 시작하는 게 좋다고 생각했겠지."

"버넌은 내가 이 일을 하는 걸 싫어해."

"그것도 버넌답지. 버넌은 조상에게 물려받은 보수적인 기질에서 절대 벗어나지 못할 거야. 하지만 여자도 일을 해야 한다는 사실에 버넌도 곧 직면하게 되겠지. 그래도 마지막 순간까지 인정하지 않으려고 할 거야."

넬은 한숨을 쉬었다.

"모든 게 다 걱정이야."

"그렇겠지. 내가 걱정만 더 늘린 것 같군. 하지만 난 버넌을 정말 좋아해. 내가 신경쓰는 유일한 친구지. 그래서 내 생각을 말하라면 말이지—넬은 버넌을 북돋울 수 있어—그래, 어쨌든 조금이라도 속마음을 털어놓게 할 수 있을 거야. 버넌이 넬

426

한테는 무슨 이야기든 하지 않아?"

넬은 고개를 저었다.

"아니야, 전쟁에 대한 이야기도 농담처럼 넘겨버리는걸."

서배스천이 휘파람을 불었다.

"아무튼 다음에는—속마음을 털어놓게 해봐. 밀어붙여보라고."

넬이 갑자기 날카롭게 말했다. "그 사람에게는 이야기할까?—제인에게는?"

"제인?" 서배스천은 꽤 당황한 듯했다. "모르겠어. 어쩌면 그렇겠지. 상황에 달렸지만."

"그렇게 생각하잖아! 왜 그렇지? 그 여자가 버넌을 더 잘 이해해주니까? 대체 왜?"

"넬, 그게 아니야. 제인은 딱히 이해해주지 않아. 오히려 자극하지. 제인과 얘기하면 화가 나고—본심이 튀어나오게 돼. 제인은 내가 원하지 않는 방식으로 나 자신을 알게 만들지. 오만에 빠진 사람을 끌어내리는 데 제인만한 사람도 없어."

"그 여자가 버넌에게 큰 영향을 미친다고 생각해?"

"아! 그렇진 않을 거야. 하지만 그렇다고 해도 상관없어. 제인은 지금 세르비아에서 구호 활동을 하고 있거든. 이 주일 전에 배편으로 떠났어."

"그렇구나!" 넬이 말했다. 그녀는 숨을 깊이 들이쉬고 미소 지었다. 왠지 마음이 가벼워졌다.

4

사랑하는 넬

매일 밤 당신 꿈을 꿔. 당신은 내게 잘해주지만 가끔은 조금 밉기도 해. 냉정하고 무심하고 거리를 두고. 진짜 그렇지는 않지? 지금은 아닐 거야. 내 사랑, 가슴에 밴 연필 자국은 없어질까?

넬, 여보, 내가 전사하는 일은 절대 없을 거라 믿지만 혹시 그런다 해도 나는 괜찮아. 우리는 정말 많은 것을 누렸잖아. 내가 변함없이 당신을 사랑하고 행복하다는 거 알지? 난 죽어서도 영원히 당신을 사랑할 거야. 그건 죽을 수 없는 내 일부인 거야. 사랑해―당신을 사랑해―사랑해······

버넌은 전에는 이런 편지를 쓴 적이 없었다. 넬은 그의 편지를 늘 두던 곳에 뒀다.

그날 병원에서 넬은 멍했다. 걸핏하면 뭔가를 잊어버렸다. 환자들이 그 사실을 알아차렸다.

"꿈에 빠져 있군요." 그들은 가벼운 농담을 던지며 넬을 놀렸다. 그녀는 웃음으로 답했다.

사랑받는 건 정말 멋진 일이었다, 정말 근사했다. 웨스트헤이븐 수간호사는 짜증을 냈고, 포츠 간호사는 평소보다 더 게으름을 부렸다. 하지만 중요하지 않았다. 아무것도 중요하지 않았다.

야간근무를 하러 온 늘 비관적인 거구의 젱킨스 수간호사까지도 넬에게 암울한 기분을 심어놓지는 못했다.

"아이고!" 젱킨스 수간호사는 옷소매를 정리하고 옷깃에 닿는 이중 삼중 턱을 밀어넣으려고 애쓰며 탄식했다. "3호 환자가 아직도 살아 있어요? 놀랍군요. 난 하루도 못 버틸 줄 알았는데. 흠, 내일은 못 넘기겠지. 불쌍한 청년 같으니라고. (젱킨스 수간호사는 늘 환자가 다음날 죽을 거라고 예상했고, 예상이 틀려도 희망적으로 바뀌지는 않는 것 같았다.) 18호 환자 상태가 좋지 않은 것 같아요. 마지막에 받은 수술이 소용없었던 거예요. 내가 크게 잘못 본 게 아니라면 그는 조만간 악화될 거예요. 선생님에게도 그렇게 말했는데 귀담아듣지 않으시더군요. (갑자기 단호한 어조로) 이봐요, 머뭇댈 거 없어요. 근무 시간이 끝났으면 끝난 거예요." 넬은 이 말을 집에 돌아가도 좋다고 인심 쓰는 말로 받아들였다. 만약 머뭇대지 않았다면 젱킨스 수간호사는 '뭐가 그렇게 급해요? 일 분도 못 기다려요?'라고 쏘아붙였을 것이다.

집까지는 걸어서 이십 분 걸렸다. 맑고 별이 총총한 밤하늘을 보며 걷는 일은 기분좋았다. 버넌과 함께라면 얼마나 좋을까.

넬은 열쇠로 현관문을 열고 살그머니 집안으로 들어갔다. 집주인은 늘 일찍 잠자리에 들었다. 복도의 쟁반에 오렌지색 봉투가 놓여 있었다.

넬은 순간 깨달았다……

아닐 테지—설마 그럴 리 없어—단순한 부상일 거야—분명 단순한 부상일 거라고 자신을 다독였지만 그녀는 이미 알고 있었다……

아침에 받은 편지의 한 구절이 떠올랐다. "넬, 여보, 내가 전사하는 일은 절대 없을 거라 믿지만 혹시 그런다 해도 나는 괜찮아. 우리는 정말 많은 것을 누렸잖아."

버넌은 전에 그런 편지를 보낸 적이 없었다…… 틀림없이 그는 예감했던 것이다—알고 있었던 것이다. 예민한 사람들은 종종 운명을 예감하기도 한다.

넬은 전보를 들고 그 자리에 서 있었다. 버넌—그녀의 연인, 그녀의 남편…… 그녀는 한참을 그대로 서 있었다……

마침내 전보를 뜯었다. 버넌 데어 중위가 작전 수행중 전사했음을 깊이 애도하며 알린다는 내용이었다.

Chapter

3

1

애버츠 퓨이선츠 인근 애버츠퍼드의 작고 오래된 교회에서 버넌의 추모 예배가 열렸다. 월터 데어의 추모 예배를 올린 곳이기도 했다. 데어가의 마지막 두 사람은 가족 묘지에 눕지 못했다. 한 사람은 남아프리카에, 한 사람은 프랑스에 묻혔다.

넬에게 장례식은 커다란 레빈 부인의 형체로 기억에 남았다. 모계 사회의 우두머리 같은 그녀의 풍채는 다른 모든 것을 왜소해 보이게 만들었다. 넬은 신경질적인 웃음이 터지려는 것을 입술을 깨물며 참았다. 왠지 모든 일이 우스꽝스러웠다. 너무도 버넌답지 않았다.

넬의 어머니도 우아하고 냉정한 모습으로 참석했다. 시드니는 검은 브로드직 양복을 입고 주머니 속 동전을 짤랑대지 않으려고 조심하면서 걸맞은 표정으로 '조문객'들을 맞았다. 무거운 크레이프직 상복을 입은 마이러 데어는 참지 않고 마구 흐느꼈다. 의식을 도맡아 이끈 사람은 레빈 부인이었다. 그녀는 마치 가족인 양 거실에 유가족이 모일 때도 참석했다.

"그 가여운 아이가—착하고 용감한 그 아이가. 난 항상 그 아이를 내 아들처럼 여겼어요."

레빈 부인은 진심으로 슬퍼했다. 그녀의 옷에 눈물이 떨어졌다. 그녀가 마이러의 어깨를 다독이며 말했다.

"자 자, 이제 그만 우셔야죠. 부인이 이러시면 안 돼요. 꿋꿋하게 참는 것이 우리가, 우리 모두가 할 일이에요. 부인은 아들을 조국에 바치셨어요. 그 이상 뭘 더 할 수 있겠어요. 닐도 있잖아요, 저렇게 굳세게 참아내잖아요."

"나는 그 아이밖에 없었는데," 마이러가 흐느꼈다. "남편이 가고, 아들도 갔어요. 이제 내겐 아무것도 없어요."

사별의 충격에 휩싸인 그녀는 핏발 선 눈으로 앞을 멍하니 바라봤다.

"둘도 없는 아들이었어요. 우리는 서로에게 전부였는데." 마이러는 레빈 부인의 손을 잡았다. "부인은 제 마음이 어떤지 아시죠? 만약 서배스천이……"

레빈 부인의 얼굴에 순간 두려움이 스쳤다. 그녀는 두 손을 꽉 쥐었다.

"사람들이 샌드위치와 포트와인을 보냈군." 시드니가 분위기를 바꾸려고 끼어들었다. "이렇게 고마울 데가. 정말 고마워. 마이러, 포트와인 좀 마시겠니? 너무 힘들어 보이는구나."

마이러는 당치도 않다는 듯이 손사래 쳤다. 시드니는 자신이 분별없는 말을 했다고 생각했다.

"함께 버텨내야지. 그게 우리가 할 일이야." 그가 말했다.

그는 어느새 주머니에 손을 넣고 동전을 짤랑대기 시작했다.

"오빠, 제발!"

"미안하다, 마이러."

넬은 다시 소리 내어 웃고 싶은 기분이 들었다. 울고 싶지 않았다. 웃고 웃고 또 웃고 싶었다…… 그런 기분을 느끼는 자신이 끔찍했다.

"별탈 없이 끝난 것 같구나." 시드니가 말했다. "사실 아주 순조로웠지. 마을 사람들이 많이 와줬어. 애버츠 퓨이선츠 주위를 한 바퀴 돌아보는 게 어떨까? 오늘은 그곳을 자유롭게 써도 좋다고 세입자들이 친절하게 편지를 보내줬잖니."

"난 그곳이 싫어. 전부터 그랬어." 마이러가 단호하게 말했다.

"그나저나 변호사는 만나봤겠지, 넬? 버넌이 프랑스로 가기 전에 모든 재산을 네게 남긴다는 간단한 유서를 써놓은 것 같더구나. 그러니 이제 애버츠 퓨이선츠는 네 것이다. 한정부동산권이 설정되지도 않았고, 이제 데어가 사람은 아무도 남지 않았으니까."

"고맙습니다, 숙부님. 변호사는 만나봤어요. 친절하게 여러 가지 설명을 해주시더군요." 넬이 대답했다.

"보통 변호사 이상으로 했다는 거구나." 시드니가 말했다. "변호사들은 간단한 것도 복잡하게 말하거든. 내가 나설 일은 아니다만 너희 집안에는 조언해줄 만한 남자분이 안 계시잖니? 가장 좋은 방법은 애버츠 퓨이선츠를 파는 거란다. 가지고 있어봤자 돈이 될 리 없어. 무슨 말인지 알아들었지?"

넬은 알아들었다. 시드니는 벤트가의 돈이 넬에게 가는 일은 없을 거라고 분명하게 말하고 있었다. 마이러의 재산은 친정 식구에게 갈 것이었다. 물론 지극히 자연스러운 일이었다. 넬은 마이러의 상속자가 되는 건 꿈도 꾸지 않았다.

사실 시드니는 이미 마이러에게 버넌의 아기가 태어날 가능성을 물었었다. 마이러는 아닐 거라고 대답했다. 시드니는 넬에게 직접 확인하는 게 좋겠다며 덧붙였다. "법률이 정확히 어떤지 모르겠지만, 네가 버넌 앞으로 재산을 남긴 채 내일이라도 죽는다면 재산은 다 넬에게 갈 거다. 그런 위험을 무릅쓸 필요는 없지."

마이러는 울면서, 자신이 죽는다는 말을 하다니 너무 심하다고 말했다.

"그런 게 아니지. 여자들은 다 하나같구나. 캐리도 내가 유서를 제대로 작성해둬야 한다고 하니까 일주일 내내 토라져 있더구나. 난 우리 집안 돈이 다 빠져나가는 걸 바라지 않아."

그는 무엇보다도 그들의 재산이 넬에게 넘어가는 것을 원치 않았다. 이니드의 자리를 꿰찬 넬이 싫었다. 또 항상 자신을 화나게 하고 어설프고 장악력 없다고 느끼게 만드는 비어커 부인도 싫었다.

"넬도 법률적인 조언이라면 당연히 받아야죠." 비어커 부인이 상냥하게 말했다.

"간섭이라고는 생각지 말아주십시오." 시드니가 말했다.

넬은 쓰라린 회한을 느꼈다. 아이가 있었다면! 버넌은 넬을 생각해서 아이 갖기를 무척 꺼렸다. "내가 죽으면 돈도 없이 아이 때문에 더 고생하고 걱정만 떠안게 될 텐데 그건 너무 끔찍해. 게다가 어쩌면…… 당신이 죽을 수도 있잖아. 난 그런 위험은 생각하고 싶지도 않아."

사실 아이는 기다렸다 갖는 것이 더 낫고 신중한 것 같았다.

하지만 지금 넬은 후회하고 있었다. 엄마의 위로가 냉혹하고 잔인하게 들렸다.

"임신한 건 아니지, 넬? 아, 다행이구나. 어차피 재혼하게 될 텐데 혹은 없는 게 낫지."

넬이 격하게 반발하자 비어커 부인은 미소 지었다. "그래, 이런 때 입에 담을 말은 아니지. 하지만 넌 아직 젊어. 버넌도 네가 행복해지기를 바랄 거고."

넬은 생각했다. '그럴 일은 절대 없어! 엄마는 이해 못해!'

"그렇죠, 그렇고말고요, 슬픈 일이지만." 벤트 씨가 샌드위치를 먹다가 슬쩍 끼어들었다. "한창 꽃다운 나이의 젊은이들이 스러지다니. 하지만 전 영국이 자랑스럽습니다. 영국인인 게 자랑스러워요. 우리 젊은이들이 조국을 위해 의무를 다하는 것처럼 저도 제 의무를 다하고 있다고 생각하면 그렇습니다. 우리는 다음달에 폭탄 생산을 두 배로 늘릴 생각입니다. 주야로 가동하고 있거든요. 벤트사는 제 긍지라고 할 수 있습니다."

"이익이 엄청나겠군요." 비어커 부인이 말했다.

"저는 그런 식으로 보지 않습니다. 조국에 봉사하는 일이라고 생각할 따름입니다." 벤트 씨가 말했다.

"저는 모두가 최선을 다하면 좋겠어요." 레빈 부인이 혀 짧은 소리로 말했다. "저는 일주일에 두 번씩 조사위원회에 나가고, 전쟁중에 출산한 가여운 여자들을 위해 봉사하고 있죠."

"경박한 사고방식이 횡행하고 있습니다." 벤트 씨가 말했다. "해이해지면 안 됩니다. 영국은 그런 적이 없었잖습니까."

"그래요, 아무튼 우리는 아이들을 보살펴야 해요." 레빈 부인이 말하고는 덧붙였다. "조는 어떻게 지내나요? 오늘 여기 올 줄 알았는데."

시드니와 마이러 모두 당황한 표정을 지었다. '민감한 사안' 인 게 분명했다. 그들은 조가 파리에서 전시근로戰時勤勞를 하 느라 너무 바빠서 시간을 낼 수 없었다고 얼버무렸다.

벤트 씨가 손목시계를 보고 말했다.

"마이러, 기차 시간까지 여유가 얼마 없구나. 오늘밤에 돌 아가야 하거든. 캐리가, 너도 알겠지만, 몸이 별로 안 좋아. 그 래서 오늘 같이 오지 못했고." 그는 한숨을 쉬었다. "전화위복 같은 일이 얼마나 많은지, 신기할 정도야. 우리 부부는 아들이 없는 걸 늘 안타까워했지. 그런데 아들이 있었다면 지금쯤 얼 마나 불안했을까. 신의 섭리는 대단해."

넬과 비어커 부인은 레빈 부인의 차를 타고 런던으로 돌아 왔다. 레빈 부인과 헤어지자 비어커 부인이 딸에게 말했다.

"한 가지만 얘기하마. 넬, 난 네가 시댁 식구들을 자주 만나 야 한다고 생각하지 않는다. 난 그 부인이 뭐라 말하기 힘들 정도로 슬픔에 푹 젖어 있는 모습이 꼴사나웠어. 아주 슬픔을 즐기고 있더구나. 관이 떡하니 있었다면 훨씬 그럴싸했겠지."

"맙소사, 엄마, 그분은 정말 슬퍼하셨어요. 버넌을 애지중지 하셨잖아요. 그분 말대로 그분에겐 버넌밖에 없었다고요."

"그건 그런 여자들이 입에 달고 사는 말이다. 아무 의미도 없는 말. 버넌이 자기 엄마를 많이 좋아했다고 나까지 속일 생 각 마라. 그 둘은 닮은 데가 없었어. 버넌은 뼛속까지 데어가 사람이었지."

넬은 부정할 수 없었다.

넬은 삼 주 동안 런던의 친정에 머물렀다. 비어커 부인은 나름대로 딸을 아주 신경썼다. 그녀 자신은 한순간도 동정을 품지 않았지만 넬의 애도를 존중했고, 방해하지 않았다. 실질적인 문제에 대한 그녀의 판단은 항상 그랬듯 옳았다. 넬은 변호사와 몇 차례 만났고, 그때마다 비어커 부인도 동석했다.

애버츠 퓨이선츠는 여전히 임대된 상태였다. 계약은 이듬해에 끝나는데 변호사는 재임대보다 매매를 강력하게 권했다. 비어커 부인이 이 의견에 별로 동조하지 않자 넬은 놀랐다. 비어커 부인은 너무 길지 않게 당분간 더 임대하는 게 좋겠다고 말했다.

"몇 년 사이에 또 무슨 일이 일어날지 모르니까요." 비어커 부인이 말했다.

플레밍 씨는 그녀의 얼굴을 똑바로 쳐다봤고 뭔가 간파한 듯했다. 그의 시선이 잠시 넬에게 머물렀다. 상복을 입은 넬은 아직도 소녀 같고 예뻤다.

"말씀하신 대로," 그가 말했다. "또 무슨 일이 일어날지 모르죠. 아무튼 일 년 동안은 어떤 결정도 내릴 필요가 없습니다."

사무적인 일이 해결되자 넬은 월츠버리의 병원으로 돌아갔다. 넬은 그곳에서만, 오직 그곳에서만 살아갈 수 있을 것 같았다. 비어커 부인도 반대하지 않았다. 분별력 있는 여자였고 내심 계획한 바가 있었다.

버넌이 죽고 한 달 후, 넬은 다시 병동으로 출근했다. 아무도 죽은 남편 이야기를 꺼내지 않는 것이 고마웠다. 평소대로 계속해가는 것. 그것이 당시 목표였다.

넬은 계속해갔다.

2

"데어 간호사, 누가 찾아왔어요."

"저를요?" 넬은 놀랐다.

서배스천일 것 같았다. 여기까지 찾아올 사람은 서배스천밖에 없었다. 넬은 그를 만나고 싶은지 그렇지 않은지 알 수 없었다.

하지만 찾아온 사람이 조지 쳇윈드라는 걸 알고 넬은 크게 당황했다. 그는 월츠버리를 지나던 길에 그녀를 볼 수 있을까 싶어 들렀다고 했다.

조지는 점심식사를 함께 할 수 있는지 물었다.

"오후 근무라고 하던데요." 그가 말했다.

"어제부터 오전 근무로 바뀌었어요. 지금 별로 바쁘지 않으니까 수간호사에게 물어볼게요."

허가를 받은 넬은 삼십 분 후 카운티호텔 레스토랑에서 로스트비프를 앞에 두고 조지 쳇윈드와 마주앉아 있었다. 양배추가 가득 담긴 그릇을 든 종업원이 그녀 주위를 돌아다녔다.

"카운티호텔에서 내는 유일한 채소예요." 조지 쳇윈드가 말했다.

그는 유쾌하게 이야기했고 버넌의 죽음에 대해서는 언급하지 않았다. 그는 넬이 병원에서 계속 일하는 것이 무엇보다도 용기 있는 일이라고 말했다.

"여성들이 얼마나 존경스러운지 말로 다 할 수가 없습니다. 꿋꿋하게 견디면서 차근차근 일을 해나가죠. 동요하지도 않고—야단스럽지도 않게—세상에서 가장 자연스러운 일인 것처럼 그저 묵묵히요. 난 영국 여성들이 대단하다고 생각합니다."

"무슨 일이든 하지 않으면 안 되니까요."

"알아요. 그 기분 이해할 수 있습니다. 손놓고 있는 것보다 뭐라도 하는 게 낫다는 말이죠?"

"맞아요."

넬은 고마웠다. 조지는 늘 그녀를 이해해주었다. 그는 곧 세르비아로 가서 구호 활동을 시작할 거라고 했다.

"솔직히 난 미국이 참전하지 않는 게 수치스럽습니다." 조지 쳇윈드가 말했다. "하지만 하게 되겠죠. 그럴 거라고 확신합니다. 시간문제일 뿐이죠. 그사이 우리는 전쟁의 고통을 줄이기 위해 뭐든 해야 하고요."

"정말 좋아 보이네요."

그는 넬이 기억했던 것보다 훨씬 젊어 보였다. 탄탄한 체격, 구릿빛 피부, 흰머리가 있지만 나이들어 보인다기보다 중후해 보였다.

"아주 좋습니다. 할일이 많다는 건 좋은 거니까요. 그래도 구호 활동은 꽤 힘든 일일 거예요."

"언제 떠나세요?"

"모레 떠납니다." 조지 쳇윈드는 말을 멈췄다가 어조를 바꿔 덧붙였다. "저―이렇게 찾아와서 싫진 않았습니까? 공연한 관심이라 생각하지는 않나요?"

"아니―아니에요. 당신은 정말 친절해요. 특히 전에 내가―내가―"

"그 일이라면 아무 감정 없습니다. 나는 자신의 마음에 따랐던 당신을 존경하니까요. 넬은 그를 사랑했고 난 사랑하지 않았어요. 하지만 우리가 친구가 되지 못할 이유는 없겠죠?"

그는 무척 친절하고 이성적이었다. 넬은 기쁘게 고개를 끄덕였다.

"잘됐네요. 그럼 친구로서 할 수 있는 일을 하게 해줘요. 당신에게 골치 아픈 일이 생기면 의논한다든지. 그럴 거예요?"

조지가 말했다.

넬은 그런 거라면 고맙게 받아들이겠다고 말했다.

그러고서 그들은 헤어졌다. 조지는 점심식사를 마치자 바로 차에 올랐다. 떠나기 전 그는 넬의 손을 꼭 잡고 육 개월 후에 꼭 다시 만나자고 말했고, 힘든 일이 생기면 언제든 자신을 찾 아달라고 재차 말했다.

넬은 그러겠다고 약속했다.

3

힘든 겨울이었다. 넬은 감기에 걸렸는데 몸을 제대로 챙기 지 못해 일주일쯤 호되게 앓았다. 그러고도 다시 병원 일을 할 만큼 회복되지 않자 비어커 부인이 넬을 런던으로 데려갔다. 그녀는 거기서 차츰 나아졌다.

성가신 일이 끝도 없이 생기는 것 같았다. 애버츠 퓨이선츠 는 지붕을 완전히 새로 갈아야 했다. 수도관도 교체해야 했다. 울타리 상태도 좋지 않았다.

넬은 부동산 관리가 얼마나 돈이 많이 드는 일인지 비로소 알게 됐다. 최소한의 수리를 하는 데 월세가 고스란히 들어간 적도 여러 번 있었다. 비어커 부인이 문제를 처리하고 딸이 큰 빚을 지지 않도록 나서서 도왔다. 그들은 최대한 절약하며 살았다. 겉치레를 위해 빚을 내는 건 이미 옛일이었다. 비어커 부인은 근근이 겨우 생활했고, 브리지 게임에서 이기지 않았다면 그것도 불가능했을 것이다. 비어커 부인은 일급 선수였고, 카드게임으로 돈을 벌었다. 그녀는 이런 시국에도 문을 여는 브리지 클럽에 거의 매일 나갔다.

넬에게 삶은 지루하고 불행했다. 돈 걱정에 시달렸고, 새로운 일을 시작할 만큼 건강하지 않다보니 앉아서 고민하는 것밖에 달리 할일이 없었다. 사랑이 있으면 시골에서 가난하게 살아도 괜찮지만 마음을 달래주는 사랑 없이 가난하기만 한 건 다른 얘기였다. 넬은 적적하고 삭막한 남은 인생을 어떻게 살아가야 할지 걱정스러웠다. 이 상황을 견디기 힘들었다. 살아가지 못할 것 같은 기분이 들었다.

플레밍 씨는 애버츠 퓨이선츠를 어떻게 할지 결정하라고 넬을 재촉했다. 한두 달 후면 임대 기간이 만료되었다. 결정을 내려야 했다. 더 높은 가격에 임대될 가능성은 없다고 했다. 중앙난방이나 현대식 설비가 갖춰지지 않은 큰 저택을 빌리려는 사람은 거의 없었다. 그는 넬에게 집을 팔아야 한다고 강조했다.

플레밍 씨는 그녀의 남편이 그 집을 어떻게 생각했는지 알고 있었다. 하지만 그녀는 그 집에서 살 능력이 안 되는 것 같았다……

넬은 그의 말에 수긍했지만 결정할 시간을 좀더 달라고 했다. 집을 파는 건 내키지 않았으나 애버츠 퓨이션츠 걱정만 덜어도 가장 무거운 짐을 내려놓는 셈이 될 것이었다. 그러던 어느 날 애버츠 퓨이션츠를 아주 좋은 가격에 사겠다는 사람이 나섰다고 플레밍 씨가 전화로 알렸다. 넬이나 그의 예상을 훨씬 넘어서는 가격이었다. 그는 넬에게 지체 없이 계약하라고 재촉했다.

넬은 한순간 망설이다 말했다. "좋아요."

4

그 즉시 이상할 정도로 홀가분해졌다. 지긋지긋한 걱정거리에서 놓여났다는 것이! 버넌이 살아 있는 것과는 달랐다. 제대로 유지할 돈이 없다면 주택이든 대지든 무용지물일 뿐이었다.

넬은 파리에서 조가 보낸 편지를 받고도 별로 개의치 않았다.

"버넌이 애버츠 퓨이션츠를 어떻게 생각했는지 알면서 어떻게 그럴 수 있어? 난 네가 그 집을 절대 팔지 않을 줄 알았어."

넬은 생각했다. '조는 몰라.'

그녀는 답장을 썼다.

"하지만 내가 어쩔 수 있었겠어? 어디서 어떻게 돈을 구할 수 있겠어? 지붕, 하수도, 물—문제가 끝도 없었어. 계속 빚지면서 살 순 없잖아. 모든 게 너무 힘들어서 차라리 죽고 싶었어……"

사흘 후 넬은 조지 쳇윈드의 편지를 받았다. 찾아가도 괜찮겠냐는 내용이었다. 그는 고백할 것이 있다고 했다.

비어커 부인은 외출하고 넬 혼자 조지를 맞았다. 그는 걱정스러운 듯이 넬에게 털어놓았다. 애버츠 퓨이선츠를 산 사람이 바로 그였다.

처음에 넬은 흠칫 놀랐다. 설마 조지였을 줄이야! 애버츠 퓨이선츠에 조지가 살게 된다니! 그러자 그는 아주 이성적으로 핵심을 지적했다.

그 집이 남에게 넘어가야 한다면 모르는 사람보다 자신이 낫지 않느냐고 말했던 것이다. 조지는 넬과 비어커 부인이 가끔 내려와 머물러주길 바란다고 했다.

"전남편의 집에 언제라도 갈 수 있다고 생각해주면 좋겠어요. 나는 최소한으로만 손볼 겁니다. 당신의 조언이 필요해요. 속물 같은 사람에게 넘어가서 번쩍거리고 번드르르하고 고리타분한 명품으로 채워지는 것보다는 분명 나을 거예요. 안 그래요?"

그러자 넬은 왜 반발감을 느꼈는지조차 의아해졌다. 다른 사람보다는 분명 조지가 나았다. 그는 매사에 친절하고 이해심이 많았다. 넬은 지치고 서러웠다. 갑자기 마음이 무너져서 그의 어깨에 기대 울었고, 조지는 그녀를 한 팔로 감싸고 다 괜찮을 거라고 다독였다. 지금은 아파서 그런 거라고 위로했다.

누구도 조지보다 더 친절하거나 형제 같을 수 없었을 것이다.

넬이 그 이야기를 하자 비어커 부인이 말했다.

"조지가 집을 구하고 있다는 건 알고 있었다. 그런데 애버츠 퓨이선츠를 샀다니 정말 고맙구나. 한때 널 사랑했다는 이유로 집값을 후하게 쳐줬는지도 모르지."

'한때 널 사랑했다'는 거리를 둔 표현이 넬의 마음을 편안하게 해줬다. 넬은 엄마가 조지 쳇윈드에 대해 아직도 무슨 '계획'을 하고 있다고 생각했으니까.

5

그해 여름 모녀는 애버츠 퓨이선츠에 머물렀다. 손님은 그들뿐이었다. 넬은 어릴 때 말고는 그 집에 들어가본 적이 없었다. 버넌과 거기서 살아보지 못했다는 진한 아쉬움이 밀려들었다. 집은 무척 아름다웠고, 웅장한 정원과 폐허가 된 수도원도 훌륭했다.

조지는 집을 손보는 일에 열중했고, 매사에 넬의 의견을 참고했다. 넬은 자신이 집주인인 것 같은 기분을 느꼈다. 다시 행복해졌다고 느낄 정도였다. 불안에서 해방되고 안락과 호화로움에 둘러싸여 기쁨을 누리고 있었다.

넬은 애버츠 퓨이선츠를 판 돈으로 투자를 했고, 어느 정도 수익을 냈다. 하지만 앞으로 어디서 뭘 하며 살지 결정해야 하는 무거운 짐 때문에 겁이 났다. 엄마와 살고 싶은 마음은 없었고, 친구들과는 연락이 끊긴 상태였다. 넬은 어디로 갈지 어떻게 살아갈지 갈피를 잡지 못했다.

애버츠 퓨이선츠는 넬에게 필요했던 평온과 안식을 주었다. 넬은 그곳에 숨을 수 있었고, 보호받는다고 느꼈다. 런던으로 돌아가기가 두려웠다.

떠나기 전날 저녁이었다. 조지는 더 있다 가라고 모녀를 붙잡았지만, 비어커 부인은 더이상 폐를 끼칠 수 없다고 딱 잘라 말했다.

넬과 조지는 포석이 깔린 긴 길을 나란히 걸었다. 평화롭고 고요한 저녁이었다.

"아름다운 곳이에요." 넬이 가볍게 한숨 쉬며 말했다. "돌아가고 싶지 않을 정도로요."

"나도 당신을 보내고 싶지 않아요." 조지는 말을 멈췄다가 아주 나직하게 덧붙였다. "난 지금도 기회가 없는 건가요, 넬?"

“무슨 뜻이죠?”

하지만 그녀는 알았다―곧바로 알아들었다.

“내가 이 집을 산 건 언젠가 당신이 여기서 살아줬으면 했기 때문이에요. 난 당신 것이었던 이 집을 마땅히 당신에게 돌려주고 싶어요. 기억만 더듬으면서 평생을 보낼 작정이에요? 당신의 버넌이 그러길 바랄 것 같아요? 난 죽은 사람이 산 사람의 행복을 싫어하는 일은 절대 없다고 생각해요―그는 당신이 보호받고 사랑받길 원할 겁니다. 이제 자신이 그렇게 해줄 수 없으니까.”

넬은 낮은 목소리로 말했다. “난 그럴 수 없어요…… 그럴 수가 없어요……”

“그를 잊을 수 없다는 건가요? 그건 이해합니다. 하지만 내가 정말 잘해줄게요, 넬. 당신은 사랑받고 보호받을 겁니다. 난 당신을 행복하게 해줄 수 있어요. 아무튼 당신 혼자서 인생에 부딪치는 것보다는 훨씬 행복할 거예요. 나는 그도 그걸 바란다고 진심으로, 진심으로 믿습니다……”

버넌이 그럴까? 그녀는 조지의 말이 맞는다고 생각했다. 사람들은 배신이라고 말할지도 모르지만 그건 버넌을 모르기 때문이다. 그녀와 버넌이 함께했던 인생은 온전히 남아 있었다―어떤 것도 그것을 대신할 수는 없었다……

하지만 보호받는 것, 사랑받는 것, 위로해주고 이해해주는 것은! 넬은 전부터 조지를 많이 좋아했었다.

그녀는 아주 부드럽게 대답했다······ "좋아요······"

6

그 일을 알고 화를 낸 사람은 마이러였다. 그녀는 넬에게 분노에 찬 긴 편지를 보냈다. "그렇게 빨리 잊을 수는 없는 법이다. 이제 버넌은 오직 내 가슴에만 살게 됐구나. 넌 내 아들을 사랑하지 않았어."

시드니는 양쪽 엄지를 빙빙 돌리며 말했다. "그 젊은 애는 자기에게 득이 되는 게 뭔지 아는 거야." 그는 넬에게 형식적인 축하 편지를 보냈다.

예상치 못했던 동지는 조였다. 조는 런던에 있는 넬의 친정으로 찾아왔다.

"정말 축하해." 조가 넬에게 입맞추고 말했다. "버넌도 분명 기뻐할 거야. 넌 혼자 살 수 있는 사람이 아니야. 원래 그랬어. 우리 외숙모가 뭐라시든 신경쓰지 마. 내가 잘 말씀드릴게. 여자에게 인생은 만만치가 않지. 난 네가 그 사람과 행복할 거라고 생각해. 분명 버넌은 네가 행복해지길 바랄 거야."

조의 지지가 특히 용기를 줬다. 조는 언제나 버넌과 가장 가까운 사람이었다. 결혼식 전날 밤 넬은 침대 옆에 무릎을 꿇고 머리맡에 걸린 버넌의 칼을 올려다보았다.

그녀는 눈을 감고 양손으로 눈가를 눌렀다.

"이해해주는 거지, 내 사랑? 그렇지? 내가 사랑하고 언제나 사랑할 사람은 당신이야…… 아, 버넌, 당신이 이해해준다는 것을 내가 알 수 있다면 좋겠어."

넬은 버넌을 찾아 자신의 영혼을 내보내려 애썼다. 그는 분명―틀림없이―알아주고 이해해주겠지……

4

네덜란드의 A 마을―독일 국경에서 멀지 않은―에 눈에 띄지 않는 여관이 하나 있었다. 1917년 어느 저녁, 초췌하고 가무잡잡한 얼굴의 청년이 여관 문을 열고 몹시 더듬대는 네덜란드어로 하룻밤 묵을 수 있느냐고 물었다. 그는 거친 숨을 몰아쉬었고 계속 두리번거렸다. 여관 주인인 뚱뚱한 안나 슐리더는 대답하기 진 평소처럼 찬찬히 청년을 훑어보았다. 그러고서 방이 있다고 대답했다. 그녀의 딸인 프레다가 그를 위층으로 안내했다. 딸이 내려오자 어머니가 짧게 말했다. "영국인이야―도망친 포로."

프레다는 고개를 끄덕였지만 아무 말도 하지 않았다. 그녀의 새파란 눈은 부드럽고 감성적인 느낌을 주었다. 그녀에게는 영국인에게 관심을 가질 나름의 이유가 있었다. 그녀는 이내 계단을 올라가서 방문을 두드렸다. 아무 기척이 없자 바로 들어갔다. 그는 너무 지쳐서 밖에서 무슨 일이 벌어지는지 아무 소리도 듣지 못했다. 몇 주 내내 극도로 긴장하며 아슬아슬하게 위험을 피했고, 육체적으로나 정신적으로나 잠시 졸지도 못하는 상태로 지냈다. 이제 그 반작용처럼 그는 침대에 대자로 뻗어 있었다. 프레다가 서서 그를 바라보았다. 그리고 잠시 후 말했다.

"따뜻한 물을 가져왔어요."

"아!" 그가 벌떡 일어났다. "미안합니다. 들어오는 소리를 못 들었어요."

프레다는 천천히 조심스럽게 영어로 물었다.

"영국인—맞아요?"

"네. 맞아요, 그래요—"

그는 갑자기 의심이 들어 말을 끊었다. 독일 국경을 넘었으니 위험은 사라졌지만 그래도 조심해야 했다. 그는 가벼운 현기증을 느꼈다. 밭에서 캔 감자로 연명해서 머리가 제대로 돌아가지 않았지만 그래도 조심해야 한다고 생각했다. 하지만 너무 어려웠다. 기분이 이상했다—무슨 말이든 지껄이고 싶었다. 길고 무섭던 긴장에서는 벗어났으니 모두 쏟아내버리고 싶었다.

네덜란드인 아가씨는 진지한 얼굴로 안다는 듯이 고개를 끄덕였다.

"알아요. 당신은 저쪽에서 왔죠—"

그녀가 국경 방향을 가리켰다.

그는 방심한 상태로 그녀를 바라보았다.

"도망친 거잖아요—전에도 당신 같은 사람이 왔었어요."

안도감이 밀려들었다. 이 아가씨라면 괜찮다, 이 아가씨라면. 그는 갑자기 다리가 후들거려서 다시 침대에 주저앉았다.

"배고프죠? 네, 알아요. 내가 먹을 걸 가져올게요."

배가 고픈가? 그는 그렇다고 생각했다. 음식을 먹은 게 언제였지? 하루 전? 이틀 전? 기억나지 않았다. 마지막 며칠은 악몽 같았다. 맹목적으로 전진했다. 그에게는 지도와 나침반이 있었다. 어느 지점에서 국경을 넘어야 할지, 가장 이로울 것 같은 위치를 파악하고 있었다. 그러나 성공할 가능성은 만분의 일도 되지 않았다. 하지만 그는 국경을 넘었다. 독일군이 총을 쐈지만 빗맞았다. 그게 다 꿈이었나? 그는 강을 헤엄쳐 건넜고—그랬다—아니, 그것도 아니었나? 아니다, 그는 그 일을 생각하지 않기로 했다. 탈출했다는 것, 그것만 중요했다.

그는 고개를 숙이고 지끈거리는 머리를 두 손으로 감쌌다.

프레다가 음식과 손잡이 달린 큰 맥주잔을 쟁반에 받쳐들고 금세 돌아왔다. 그녀는 그가 먹고 마시는 것을 서서 바라보았다. 마법 같은 효과가 있었다. 머리가 맑아졌다. 아까는 현기증이 일었던 게 틀림없었다. 그는 프레다를 보고 활짝 미소 지었다.

"잘 먹었어요. 정말 고마워요." 그가 말했다.

프레다는 그의 미소에 용기를 얻은 듯 의자에 앉았다.

"런던 알아요?"

"그럼요, 알죠." 그는 살짝 미소 지었다. 맥락도 없는 물음이었다.

프레다는 웃지 않았다. 무척 진지했다.

"런던에 있는 군인들도 알아요? 뭐랬더라, 그린 하사를 알아요?"

그는 조금 뭉클해진 듯 고개를 저었다.

"모르겠는데요." 그가 부드럽게 말했다. "어느 연대 소속인지 알아요?"

"런던에 있는 연대예요―퓨절리어라고 했던 것 같아요."

아는 건 그게 전부였다. 그는 상냥하게 말했다. "런던에 돌아가면 한번 찾아볼게요. 편지를 전해줄 수도 있고요."

프레다는 의심스러운 듯 그를 바라보았지만 이윽고 의심의 빛을 거두고는 믿고 호소하는 눈빛을 띠었다.

"네, 편지 쓸게요―쓰겠어요." 그녀가 말했다.

프레다가 방에서 나가려고 일어서다가 불쑥 물었다. "영국

신문이 두 부 있어요. 사촌이 호텔에서 가져온 건데 혹시 필요해요?”

그는 고맙다고 인사했고, 프레다는 여기저기 찢어진 〈이브닝 뉴스〉와 〈데일리 스케치〉를 가져와 자랑하듯 그에게 건넸다.

그녀가 나가자 그는 신문을 내려놓고 담배에 불을 붙였다. 마지막 담배였다! 훔친 것이긴 해도 담배가 없었다면 어떻게 견뎠을까! 돈은 있으니까 어쩌면 프레다를 통해 담배를 구할 수 있을지도 모른다. 발목이 두껍고 호감을 주는 외모는 아니지만 프레다는 친절한 아가씨였다.

그는 주머니에서 작은 수첩을 꺼냈다. 빈 페이지에 그린 하사, 런던 퓨절리어라고 적었다. 프레다를 위해 할 수 있는 일을 할 생각이었다. 그 두 사람에게 어떤 사연이 있는지 느긋한 궁금증이 일었다. 그린 하사는 네덜란드의 이 마을에서 무슨 일을 했을까? 가여운 소녀. 흔히 있는 이야기일 것이다.

그린—그 이름은 어린 시절을 떠오르게 했다. 미스터 그린. 못하는 게 없고 늘 유쾌한 미스터 그린—그의 놀이 친구이자 보호자. 아이들은 우스운 상상을 하는 법이다!

넬에게는 미스터 그린에 대해 말한 적이 없었다. 아마 넬도 자신만의 미스터 그린이 있었을 것이다. 모든 아이가 그럴 것이다.

그는 생각했다. ‘넬—아, 넬……’ 심장이 멎는 것 같았다.

그는 단호하게 생각을 돌렸다. 이제 머지않아…… 가여운 내 사랑, 넬은 그가 독일군의 포로가 됐다는 소식을 듣고 분명 아주 힘들어했을 것이다. 하지만 다 끝났다. 이제 곧 넬과 함께 있게 될 것이다. 이제 곧. 그러나 그런 생각을 할 때가 아니었다. 나중 일을 고민할 게 아니라 눈앞의 일을 생각해야 했다.

그는 〈데일리 스케치〉를 천천히 넘겨보았다. 새롭고 다양한 공연이 상연되는 것 같았다. 다시 공연을 보러 간다면 얼마나 좋을까. 거칠고 호전적으로 보이는 장군들의 사진이 있었다. 결혼식 사진들도 있었다. 보기 나쁘지 않았다. 그런데 이건— 설마—

아니야—그럴 리 없어…… 또 꿈을 꾸는 건가—악몽……

조지 쳇윈드와 결혼하는 넬 데어. 그녀의 전남편은 일 년 전 전사했다. 미국인인 조지 쳇윈드는 세르비아에서 대단히 의미 있는 구호 활동을 펼쳐왔다.

전사라니—그렇다, 그럴 수도 있다는 생각이 들었다. 신중을 기해도 그런 실수는 종종 일어난다. 버넌이 아는 사람도 착오로 전사 통보를 받은 적이 있었다. 드물지만 그런 일이 있었다.

넬은 당연히 믿었을 것이다—그리고 당연히, 아주 당연히 재혼을 결심했을 것이다.

무슨 헛소리를 하는 거지! 넬이 재혼하다니! 이렇게 빨리?

조지—회색 머리의 조지와. 갑자기 찌르는 듯한 아픔이 몸을 관통했다. 조지의 모습이 선명하게 떠올랐다. 망할 조지—하필 그 조지와.

사실일 리 없다. 그래, 사실이 아닐 거야!

그는 일어서다가 휘청했고 몸을 가눠야 했다. 누가 봤다면 취한 줄 알았을 것이다.

그래도 차분했다—그랬다, 그는 몹시 차분했다. 믿을 수 없어—생각할 가치도 없어. 잊어버려—당장. 사실이 아니야—사실일 리 없어—사실이라고 인정하는 순간 끝장이야.

그는 방에서 나와 계단을 내려갔다. 프레다를 지나쳤고, 그녀가 그를 빤히 바라보았다. 그는 낮고 침착한 목소리로(그렇게 차분하다니 놀라웠다!) 말했다.

"좀 걸으려고요."

안나 슐리더가 그의 뒷모습을 유심히 바라봤지만 그는 신경 쓰지 않았다. 프레다가 그녀에게 말했다.

"저 사람, 계단에서 내 옆을 지나갈 때 마치—무슨 일이 있는 걸까요?"

안나는 자기 이마를 의미심장하게 툭 쳤다. 그녀는 어떤 일에도 놀라지 않는 여성이었다.

거리로 나온 버넌은 쉬지 않고 걸었다—아주 빠르게 걸었다. 그를 쫓아오는 것에게서 도망쳐야 했다—벗어나야 했다.

뒤돌아보면, 그것에 대해 생각하면—그는 생각하지 않을 작정이었다.

다 괜찮아—전부 다.

생각하지만 않으면 된다. 그를 쫓아오는 수상하고 시커먼 무엇—그를 쫓아오는 그것…… 생각하지만 않으면 괜찮을 것이다.

넬. 아름다운 미소를 가진 금발의 넬. 그의 넬. 넬과 조지…… 아니, 아니, 아니야! 그게 아니야. 늦었을 리 없다.

그러나 갑자기 어떤 생각이 또렷하게 뇌리를 스쳤다. '그 신문은 적어도 육 개월은 지난 것이었어. 두 사람의 결혼은 오 개월도 전의 일이야.'

그는 휘청거렸다. 그리고 생각했다. '견딜 수 없어. 그래, 난 견딜 수 없어. 무슨 일이든 일어나야 해……'

그는 정신없이 그 생각에 매달렸다. 무슨 일이든 일어나야 해……

누군가 도우러 와줄 거야. 미스터 그린. 뒤쫓아오는 이 지긋지긋한 게 뭐지? 짐승이다. 그건 짐승이었다.

그는 그것이 쫓아오는 소리를 들었다. 겁먹은 눈으로 어깨 너머를 돌아봤다. 마을을 벗어나 제방 사이의 길게 뻗은 길을 걷고 있었다. 짐승은 빠른 속도로 성큼성큼 쿵쾅거리며 쫓아오고 있었다.

짐승…… 아! 차라리 옛날로 돌아갈 수 있다면―짐승과 미스터 그린에게로. 오래전의 위협, 오래전의 위안으로. 지금 그를 새로이 위협하는 것과 달리 그들은 그를 해치지 않았다―넬과 조지 쳇윈드. 조지의 여자가 된 넬과는 달랐다……

아니―아니, 사실이 아니야―분명 사실이 아니야―더는 감당할 수 없었다. 아닐 거야―아니야……

이 모든 사실에서 도망칠 수 있는 길은 하나뿐이었다. 평화를 되찾을 길은―오직 하나뿐인 길―버넌 데어는 인생을 망쳤다―여기서 도망치는 게 더 나았다……

마지막으로 타오르는 고통이 뇌리를 스쳤다. 넬과 조지―그만! 그는 남은 힘을 쥐어짜 그들을 뇌리에서 밀어냈다. 미스터 그린―친절한 미스터 그린.

그는 대형트럭이 덜컹거리며 달려오는 도로로 내려섰고 피하기에 이미 늦어버린 트럭이 그를 그대로 들이받았다.

무시무시하고 타는 듯한 충격―다행이다, 이게 죽음이구나……

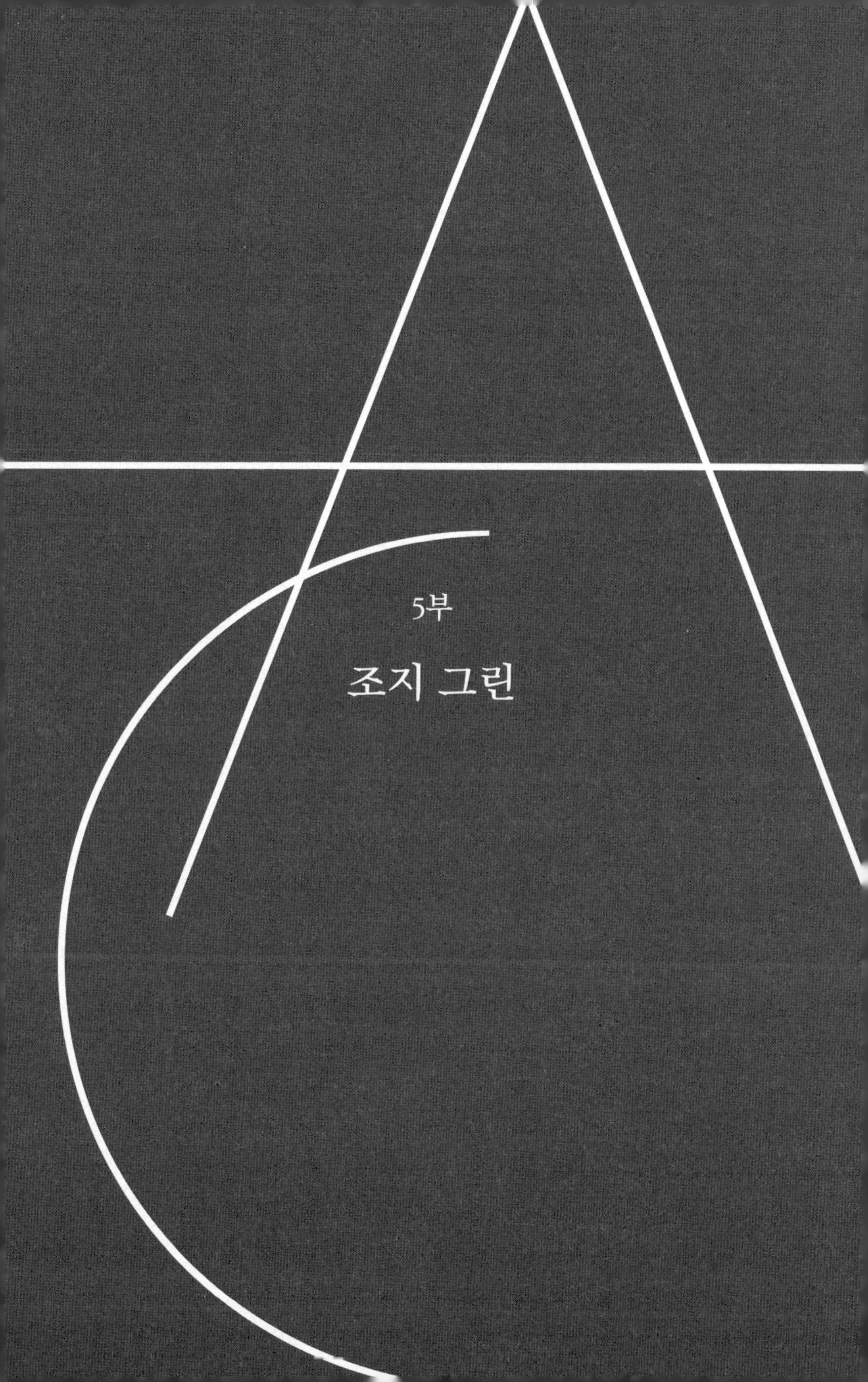

5부

조지 그린

1

월츠버리의 카운티호텔 정원에서 운전기사 둘이 자동차를 바쁘게 점검하고 있었다. 조지 그린은 중형 다임러의 점검을 마친 뒤 기름때 묻은 걸레에 손을 닦고 만족스러운 듯이 한숨을 내쉬며 허리를 폈다. 쾌활한 이 청년은 고장난 곳을 찾아서 말끔하게 수리한 자신이 대견해서 미소 지었다. 조지는 다른 운전기사에게 걸어갔다. 그는 미네르바 점검을 끝내가던 참이었다.

미네르바 운전기사가 고개를 들고 물었다.

"어이, 조지, 다 끝났나?"

"네."

"차주인이 미국인이랬지? 어떤 사람이야?"

"좋은 분이에요. 좀 까다롭긴 하지만요. 40마일 이상 속도를 못 내게 해요."

"그래도 여자가 아닌 걸 다행으로 알아야지." 그 운전기사가 말했다. 그의 이름은 에번스였다. "여자들은 사사건건 변덕을 부려. 게다가 식사시간도 제대로 안 지키지. 삶은 달걀이나 양상추 쪼가리를 싼 소풍 도시락 같은 걸로 때우기 일쑤고 말이야. 무슨 말인지 알지?"

조지 그린은 가까이 있는 배럴에 앉았다.

"그런데 왜 그만두지 않으세요?"

"요즘 일자리 구하기가 쉽나." 에번스가 말했다.

"그렇죠. 맞는 말이에요." 그린이 대답했다. 그는 생각에 잠겼다.

"난 집사람에 아이도 둘이나 있거든." 에번스가 말했다. "영웅들에게 걸맞은 국가니 뭐니 하는 바보 같은 소리가 다 뭔가. 요즘은 뭐가 됐든 일자리를 구하면 꼭 붙어 있는 수밖에 없어."

그는 잠시 입을 다물었다가 말을 이었다.

"망할 놈의 전쟁. 나는 유산탄에 두 번이나 맞은 후로 좀 이상해졌어. 집사람은 가끔 내가 무섭대. 완전히 제정신이 아닐 때가 있거든. 한밤중에 소리치며 깨기도 하고, 어딘지 모르는 데서 깰 때도 있어."

"알아요," 그린이 말했다. "저도 그랬으니까요. 네덜란드에서 이 차 운전기사로 고용됐을 때 전 이름 말고는 아무것도 기억 못하는 상태였어요."

"그게 언제였는데? 전후였어?"

"휴전 육 개월 후였어요. 전 거기 정비소에서 일하고 있었고요. 어느 밤 동료들과 술을 마신 남자가 취해서 트럭을 몰다가 절 치었어요. 놀라서 술이 확 깼겠죠? 그들이 절 병원에 데려갔어요. 전 머리를 심하게 다쳤어요. 그들은 절 돌봐주고 일자리까지 구해줬어요. 좋은 사람들이었어요. 이 년쯤 됐을 때 블라이브너 씨를 만났죠. 그는 우리 가게에서 제가 운전하는 차를 한두 번 빌렸는데, 이런저런 이야기를 하다가 자기 운전기사가 되지 않겠느냐고 제안하더군요."

"그럼 그전에는 영국으로 돌아올 생각이 없었다는 건가?"

"네―그러고 싶지 않았어요. 얼핏 드는 기억으로 전 어려서부터 가족이 없었고, 돌아오면 꼭 무슨 일이 일어날 것 같았거든요."

"자넨 문제 일으킬 사람 같진 않은데." 에번스가 웃으면서 말했다.

조지 그린도 웃었다. 그는 무척 쾌활해 보이는 청년이었다. 큰 키에 넓은 어깨, 가무잡잡한데다 언제나 웃는 얼굴이었다.

"전 별로 걱정이 없어요." 그가 자랑하듯이 말했다. "낙천적으로 태어났나봐요."

그는 행복한 듯 미소 지으며 걸음을 옮겼다. 몇 분 후 그는 차 주인에게 다임러 수리가 끝났으니 언제든 출발할 수 있다고 알렸다.

블라이브너는 키가 크고 마르고 혈색이 좋지 않은 미국인으로 말투가 아주 명료했다.

"잘됐군. 난 이제 대칫 경 댁에 점심식사 하러 갈 걸세. 애빙워스 프라이어스지. 여기서 6마일쯤 돼."

"알겠습니다."

"식사 후에는 애버츠 퓨이선츠에 들를 생각이야. 애버츠퍼드 마을에 있지. 그 마을을 아나?"

"들어본 것 같긴 합니다만 정확한 위치는 모르겠습니다. 제가 지도에서 찾아보겠습니다."

"그래, 그렇게 하게. 20마일은 넘지 않을 거야. 링우드 쪽일 것 같은데."

"잘 알겠습니다."

그린은 모자에 가볍게 손을 댄 뒤 물러났다.

2

넬 쳇윈드는 거실의 유리문을 나와 애버츠 퓨이선츠의 테라스에 섰다.

생명의 기척조차 느껴지지 않는 고요한 초가을이었다. 자연이 무의식에 빠진 듯했다. 하늘은 짙지 않은 파란색이었고 대기에는 실안개가 살짝 끼어 있었다.

넬은 커다란 돌항아리에 기대어 고요한 풍경을 바라보았다. 모든 것이 아주 아름답고 무척 영국적이었다. 정연한 정원은 잘 손질돼 있었다. 저택도 특별히 신경써서 세심하게 수리된 상태였다.

장미색 담장을 올려다보던 넬은 갑자기 가슴이 뭉클했다. 습관적인 감상이 아니었다. 모든 것이 정말 완벽했다. 버넌이 알 수 있다면—볼 수 있다면 얼마나 좋을까.

사 년의 결혼생활은 더없이 행복했지만 그녀를 변화시켰다. 예전처럼 요정 같은 분위기는 풍기지 않았다. 넬은 사랑스러운 아가씨가 아니라 아름다운 여성이 되었다. 침착하고 자신감이 있었다. 그녀의 아름다움은 단단히 고정된 듯이 달라지거나 변하지 않았다. 동작은 전보다 여유롭고 살이 조금 올랐으며 미숙한 느낌은 완전히 사라졌다. 그녀는 활짝 핀 장미 같았다.

집안에서 그녀를 부르는 소리가 들렸다.

"넬!"

"여기 있어요, 조지. 테라스요."

"알았어. 그리로 가지."

조지는 정말 좋은 사람이었다! 그녀의 입가에 가벼운 미소가 번졌다. 완벽한 남편! 미국인이라서 그런지도 모른다. 미국인이 남편감으로 최고라는 말을 자주 들었었다. 그는 지금까지 넬에게 흠잡을 데 없는 남편이었다. 그들의 결혼은 완벽한 성공이었다. 사실 버넌에게 느꼈던 감정을 느끼지는 못했지만, 어쩌면 그래서 다행일 수도 있었다. 사람의 마음을 갈가리 찢는 격정적인 감정은 오래 지속되지 못하는 법이다. 그녀는 그런 감정이 지속되지 않는다는 증거를 매일 보고 있었다.

예전의 반발심은 사라졌다. 넬은 왜 버넌을 빼앗아갔느냐고 신을 크게 원망하지 않았다. 신은 최선이 뭔지 알았다. 당시에는 신을 원망했지만, 결국 무슨 일이 일어나든 그것이 최선이었다는 것을 깨닫게 됐다.

버넌과 그녀는 최고의 행복을 누렸고, 그 행복은 무엇으로도 손상되거나 폄하될 수 없었다. 영원토록—소중하고 비밀스러운—숨겨둔 보물일 것이었다. 넬은 이제 안타까움이나 갈망 없이도 버넌을 떠올릴 수 있었다. 그들은 사랑했고, 함께하기 위해 모든 것을 내던졌다. 그러다 무서운 이별의 고통이 덮쳤지만 마침내 평화가 찾아왔다.

바로 그것이 현재의 넬의 삶을 지배하는 것이었다—평화. 조지가 그것을 주었다. 그는 넬을 안락과 호화, 친절로 감쌌다. 넬은 좋은 아내가 되고 싶었다. 버넌을 사랑했던 만큼 조지를 사랑하지는 않지만. 그래도 그녀는 조지에게 애정을 느꼈다—당연히 그랬다! 잔잔한 애정은 인생을 살아가는 데 가장 안전한 감정 같았다.

그렇다. 안전과 행복—그것이 그녀의 심정을 정확히 표현하는 말이었다. 버넌이 안다면 분명 기뻐할 거라고 넬은 확신했다.

조지가 그녀 옆으로 왔다. 영국의 시골 신사처럼 차려입은 그는 대지주처럼 보였다. 전혀 나이들어 보이지 않았다. 오히려 더 젊어진 것 같았다. 조지의 손에 편지 몇 통이 들려 있었다.

"이번 사냥터는 드러먼드와 같이 제공하기로 했어. 아주 재미있을 거야."

"정말 잘됐네요."

"누구를 초대할지 정해야 해."

"그래요, 오늘밤에 의논해요. 헤이스 씨 가족이 못 온다니 차라리 잘됐어요. 우리끼리 오붓하게 식사하는 것도 좋잖아요."

"당신이 런던에서 과로했던 게 아닌가 싶어."

"정신없이 지내긴 했죠. 하지만 사실 그것도 좋았다고 생각해요. 아무튼 여기에 오면 마음이 정말 편해져요."

"좋은 곳이야." 조지는 감탄하는 눈으로 풍경을 보았다. "영국의 다른 어떤 곳보다. 고유의 분위기가 있지."

넬이 고개를 끄덕였다.

"당신이 무슨 말 하려는지 알아요."

"난 이 집이—그래, 가령 레빈 모자 같은 사람들에게 넘어 갔다면 싫었을 거야."

"그럼요. 그랬을 거예요. 하지만 서배스천 레빈은 좋은 사람 이고—어쨌든 그의 취향은 흠잡을 데가 없어요."

"대중의 취향을 잘 아는 사람이지." 조지가 냉정하게 말했 다. "잇달아 성공을 거두더군. 자기가 그저 돈만 밝히는 사람 이 아니라는 걸 보이기 위해 비평가들이 좋아할 만한 작품도 간 간이 올리면서 말이지. 요즘엔 그도 그럴싸한 위용을 지니게 된 것 같아. 딱히 살이 오른 건 아니지만 부티가 나는 게 그래. 물론 갖가지 치장을 하지. 이번주 〈펀치〉에 그의 캐리커처가 실렸어. 정말 닮았더라고."

"서배스천 자체가 캐리커처잖아요." 넬이 웃으며 말했다. "큼직한 귀하며 우스꽝스럽게 튀어나온 광대뼈하며. 원래 특 이하게 생겼어요."

"당신이 어렸을 때 그와 어울려 놀았다고 생각하면 기분이 이상해. 아, 당신이 놀랄 만한 일이 있어. 오랫동안 만나지 못 했던 당신 친구가 오늘 점심식사를 하러 오기로 했어."

"조지핀인가요?"

"아니, 제인 하딩이야."

"제인 하딩! 하지만 어떻게—?"

"어제 월츠버리에서 우연히 만났어. 무슨 극단에서 순회공연을 다니는 중이라던데."

"제인이라니! 세상에, 조지, 난 당신이 제인과 아는 사이라는 것조차 몰랐어요."

"세르비아에서 구호 활동 할 때 알게 됐어. 그때는 자주 만났지. 당신에게 보낸 편지에도 썼을 텐데."

"그랬나요? 난 기억나지 않는데요."

조지는 그녀의 말투에서 뭔가 감지했다. 그는 걱정스러운 듯이 말했다.

"괜찮지, 여보? 난 당신이 놀라고 좋아할 줄 알았어. 제인과 가까운 사이인 줄 알았거든. 곤란하면 바로 취소할 수도 있긴—"

"아니, 아니에요. 물론 만나면 반가울 거예요. 그냥 좀 놀랐을 뿐이에요."

조지는 안심했다.

"그럼 다행이고. 블라이브너라고 뉴욕에서 잘 알고 지내던 사람도 월츠버리에 있다고 제인이 그러더군. 난 옛 수도원을 그에게 보여주고 싶어. 그가 그런 데 전문이거든. 그 사람도 초대할까 하는데 괜찮겠어?"

"그럼요, 물론이죠. 초대해요."

"전화해봐야겠군. 어젯밤에 하려고 했는데 잊어버렸어."

조지는 다시 집안으로 들어갔다. 넬은 찌푸린 채 테라스에 남아 있었다.

조지의 염려는 들어맞았다. 제인이 점심식사하러 온다고 하자 넬은 이래저래 마음이 편치 않았다. 제인과 만나고 싶지 않은 건 확실했다. 제인 이야기를 들은 것만으로 아침의 평온이 깨져버린 것 같았다. 넬은 생각했다. '정말 평화로웠는데—'

짜증이 났다—짜증이 치밀었다. 그녀는 예나 지금이나 제인이 두려웠다. 제인은 도무지 알 수 없는 사람이었다. 어떻게 표현할 수 있을까? 제인은 마음을 뒤흔들었다. 혼란을 일으키는 존재였고, 넬은 혼란스러워지고 싶지 않았다.

넬은 말도 안 되는 생각을 했다. '조지는 대체 왜 세르비아에서 그 여자를 만났을까? 일이 정말 달갑지 않게 돌아가.'

하지만 제인을 두려워하는 건 바보 같다. 제인은 그녀를 해칠 수 없었다. 적어도 이제는. 불쌍한 제인, 순회 극단에서 연기하는 신세가 되었다면 실패한 인생을 산 게 틀림없었다.

어쨌거나 사람은 옛친구에게 의리를 지켜야 하고, 제인은 옛친구였다. 제인은 넬이 얼마나 의리 있는 사람인지 알게 될 것이다. 넬은 우쭐한 기분으로 위층에 올라가 비둘기색 조젯*

---

*표면에 멜론 껍질 같은 주름 모양이 있는 견직물.

472

드레스로 갈아입었다. 그리고 이 옷에 아주 멋지게 어울리는, 지난 결혼기념일에 조지가 선물한 진주목걸이를 걸었다. 특별히 공들여 치장했고 그럼으로써 여자의 은밀한 본능을 충족시킬 수 있었다.

넬은 생각했다. '어쨌든 블라이브너라는 사람도 온다니까 괜찮겠지.'

그녀는 왜 어려울 거라 생각하는지 스스로도 설명할 수 없었다.

넬이 얼굴에 분을 바르며 마무리할 때 조지가 올라왔다.

"제인이 도착했어." 그가 말했다. "지금 거실에 있어."

"블라이브너 씨는요?"

"유감이지만 점심식사는 같이 할 수 없다는군. 하지만 오후에 올 거야."

"아!"

넬은 천천히 계단을 내려갔다. 이렇게까지 불안하다는 것이 어처구니없었다. 불쌍한 제인—정말 잘해줘야 하는데. 목이 망가져서 이런 신세가 되어버리다니 지지리 운도 없지.

하지만 제인은 자신의 불행을 전혀 의식하지 못하는 듯했다. 태연하게 소파에 편히 기대앉아 거실 안을 품평하듯 보고 있었다.

"잘 지냈나요, 넬?" 제인이 말했다. "아주 안락한 보금자리를 찾은 것 같네요."

무례한 말이었다. 넬은 몸이 굳었다. 순간 대답할 말이 떠오르지 않았다. 그녀는 적대감이 깃든 조롱하는 듯한 제인의 눈을 마주보았다. 악수하면서 넬이 말했다. "무슨 뜻인지 모르겠는데요?"

"이 모든 거요. 으리으리한 저택, 말쑥한 집사, 몸값 비싼 요리사, 발소리도 내지 않는 하인들, 프랑스인 하녀, 최신 약제와 입욕제를 넣은 목욕물, 대여섯 명쯤 되는 정원사, 호화로운 리무진들, 값비싼 드레스와 틀림없이 진품일 진주목걸이까지! 이 모든 것에 흡족해하고 있죠? 분명 그럴 텐데요."

"그보다는 당신 이야기가 궁금한데요." 넬이 소파의 제인 옆에 앉으며 말했다.

제인은 눈을 가늘게 떴다.

"아주 현명한 대답이네요. 그리고 난 그런 말을 들어 마땅하죠. 미안해요, 넬. 듣기 싫은 소릴 했네요. 하지만 당신이 여왕처럼 너무 당당하고 고상해 보여서 그랬어요. 난 고상한 사람을 보면 못 참거든요."

제인이 일어나서 거실을 둘러보기 시작했다.

"여기가 버넌의 집이군요." 그녀가 부드럽게 말했다. "나는 와본 적이 없어요. 이야기만 들었지."

그녀는 잠시 입을 다물었다가 불쑥 물었다.

"이 집을 얼마나 고친 거죠?"

넬은 최대한 원상태로 두기 위해 노력했다고 설명했다. 그러나 너무 낡은 커튼, 덮개, 카펫 같은 건 모두 새것으로 갈았다. 고급스러운 가구도 몇 점 보탰다. 조지가 이 집에 잘 어울릴 듯한 가구를 발견할 때마다 사들인다는 말도 했다.

제인은 설명을 들으며 넬의 얼굴을 물끄러미 보았고, 넬은 제인의 표정을 읽을 수 없어 마음이 불편했다.

넬이 이야기를 끝내기 전에 조지가 들어왔고, 그들은 점심 식사를 하러 갔다.

먼저 세르비아와 거기서 알게 된 두 사람의 친구들에 관한 이야기가 오갔다. 그러다가 제인의 근황으로 넘어갔다. 조지는 제인의 목소리에 대해 조심스럽게 언급했다. 그는 안타깝다고, 아마 모두가 안타까워할 거라고 말했다. 제인은 아무렇지 않게 받아넘겼다.

"내 잘못이에요." 그녀가 말했다. "내 목소리에 맞지도 않는 노래를 부르곤 했으니까요."

제인은 서배스천이 든든한 후원자가 되어준다고 말했다. 그가 런던에서 올릴 작품의 주연으로 자신을 세우려는 듯하지만 자신은 연기부터 다시 시작할 생각이라고 했다.

"물론 오페라에서 노래하는 것도 연기죠. 하지만 배워야 할 게 많아요. 예를 들면 목소리를 조절하는 기술 같은 거요. 소리를 내는 방법도 판이해요. 음역은 좁지만 더 섬세해야 하죠."

그녀는 내년 가을 런던에서 연극 〈토스카〉에 출연할 예정이라고 했다.

이윽고 제인은 자기 얘기를 접고 애버츠 퓨이선츠를 화제에 올렸다. 그녀는 조지가 어떤 계획을 세우고 있는지, 부지를 어떻게 할 생각인지 대답을 유도하며 대화를 끌어갔다. 조지는 영락없는 시골 지주 같은 말투로 대답했다.

제인의 눈빛이나 말투에 비웃는 기미는 전혀 없었지만, 그래도 넬은 무척 거북했다. 조지가 그만하길 바랐다. 그가 조상 대대로 몇백 년을 이어 이 저택에서 살았던 것처럼 떠드는 게 우스웠다.

그들은 커피를 마신 후 테라스로 갔고, 조지는 걸려온 전화를 받기 위해 양해를 구하고 다시 집안으로 들어갔다. 넬이 정원을 구경시켜주겠다고 하자 제인은 고개를 끄덕였다.

"구석구석 남김없이 보고 싶네요." 제인이 말했다.

넬은 생각했다. '이 여자가 보고 싶은 건 버넌의 집이야. 그래서 여기 온 거지. 하지만 제인에게 버넌의 의미는 내가 느끼는 의미와는 달라!'

넬은 자신을 정당화하려는 생각으로 여념이 없었다—제인에게 똑똑히 알려주고 싶었다—그런데 뭘? 그건 알 수 없었지만, 제인이 자신을 평가하고 있다고 느꼈다—심지어 비난하고 있다고.

다년초가 길게 심어진 화단을 내려갈 때 넬은 갑자기 걸음을 멈췄다. 고풍스러운 장미색 담장 앞에 핀 국화를 보자 기분이 좋아졌다.

"제인, 할 얘기가—하고 싶은 얘기가 있어요—"

넬은 말을 멈추고 마음을 다잡았다. 제인은 궁금한 듯이 바라보기만 했다.

"당신은 아마도—이렇게 빨리 재혼한 나를—아주 끔찍한 여자라고 생각할 거예요."

"절대 그렇지 않아요." 제인이 말했다. "아주 현명하다고 생각해요."

넬은 그런 대답을 원한 게 아니었다. 그게 초점이 아니었다.

"난 버넌을 사랑했어요—정말 사랑했죠. 버넌이 전사했다는 소식을 들었을 때 가슴이 무너져내렸어요. 정말 그랬어요. 하지만 버넌은 내가 슬픔에 빠져 지내는 걸 원치 않을 거라 생각했어요. 죽은 사람은 남은 사람이 슬픔에 빠지는 것을 원치 않고—"

"그럴까요?"

넬은 그녀를 빤히 쳐다보았다.

"아, 당신은 보통 사람들의 생각을 말하고 있군요." 제인이 말했다. "죽은 사람은 남은 사람이 슬픔을 극복하고 힘을 내서 아무 일 없다는 듯 살아가길 바랄 것이다. 죽은 사람은 남은 사람이 자기 때문에 불행해지는 걸 원치 않을 것이다. 사람들은 그렇게 떠들죠. 하지만 난 그들이 무슨 근거로 그렇게 낙관하는지 모르겠어요. 난 그게 자기 편하자고 지어낸 변명일 뿐이라고 생각해요. 살아 있는 사람들이 모두 같은 것을 원하지 않는데, 왜 죽은 자는 모두 같은 걸 원한다는 건지 모르겠다고요. 죽은 사람 중에는 틀림없이 이기적인 사람도 많을 거예요. 죽었다 하더라도 그는 분명 살아 있을 때와 똑같을 거란 소리예요. 죽었다고 단번에 아름답고 이타적인 생각이 샘솟을 리 없죠. 아내와 사별한 남자가 장례식 다음날 아침을 먹으면서 침통하게 '메리는 내가 슬퍼하는 걸 원하지 않을 테니까!'라고 말하는 걸 보면 난 웃음이 나요. 그가 어떻게 알죠? 메리는 남편이 마치 그녀가 존재한 적도 없었던 것처럼 평소와 똑같이 사는 걸 보면서 울고불고 이를(물론 영적인 이를) 갈며 분해할지도 모르는데. 모름지기 여자란 자신에 대해 요란 떨어주길 바라는 존재예요. 죽었다고 그 성격이 어디 가겠어요?"

넬은 잠자코 있었다. 얼른 생각이 정리되질 않았다.

"버넌이 그랬을 거라는 건 아니에요." 제인이 말을 이었다. "버넌이라면 당신이 슬픔에 빠져 지내지 않길 진심으로 바랐겠죠. 그건 당신이 가장 잘 알 거고요. 당신이 누구보다 버넌을 잘 아는 사람이니까."

"그래요," 넬은 흥분하며 말했다. "정말 그래요. 버넌은 내가 행복하길 바랄 거예요. 내가 애버츠 퓨이선츠를 갖기를 바랄 거고요. 내가 여기 사는 걸 알면 기뻐할 거예요."

"그는 여기서 당신과 함께 살고 싶어했죠. 그건 전혀 다른 얘기예요."

"그래요, 나는 여기서 조지와 살지만—버넌과 함께였다면 다르겠죠. 아, 제인, 난 당신이 이해해주면 좋겠어요. 조지는 정말 좋은 사람이지만—그 사람은 결코 버넌만큼—버넌만큼 내게 의미 있을 수는 없어요."

오랜 침묵 끝에 제인이 말했다. "당신은 운이 좋은 사람이에요, 넬."

"제인은 내가 이런 호사를 정말 좋아한다고 생각하는군요! 아니에요, 난 버넌을 위해서라면 이런 건 당장이라도 포기할 수 있어요!"

"글쎄요."

"제인! 당신은—"

"지금은 그럴 수 있다고 믿겠죠—하지만—과연 그럴지."

"난 전에도 그렇게 했어요."

"아니요—그때는 부유해질 가능성을 포기했을 뿐이죠. 지금은 달라요. 그때는 부富가 지금처럼 당신을 좀먹기 전이었어요."

"제인!"

넬의 눈에 눈물이 맺혔다. 그녀는 고개를 돌렸다.

"이런, 내가 너무 심한 소리를 했나보군요. 당신이 잘못한 건 없어요. 오히려 옳았다고 해야겠죠―버넌도 그러길 바랐을 거고요. 당신에게는 친절과 보호가 필요했어요―하지만 안락한 생활은 사람을 좀먹는 법이에요. 언젠가는 당신도 그 뜻을 알게 될 거예요. 운이 좋다는 건 당신이 생각하는 뜻으로 한 말이 아니었어요. 그건 당신이 양쪽 세계에서 노른자 같은 최고의 것을 가졌다는 뜻이에요. 처음에 결심했던 대로 조지와 결혼했다면 당신은 남모르는 후회를 안고 평생을 살았을 거예요. 버넌을 향한 갈망, 자신의 비겁함 때문에 일생을 저당 잡혔다는 감정에 푹 빠져서요. 또 만일 버넌이 살아 있었다면 당신들은 마음이 멀어지고 다투다 결국 서로를 미워하게 됐을 거예요. 하지만 당신은 버넌을 얻었고, 희생을 했어요―이제 당신은 누구도 범접할 수 없는 세계에서 그를 갖게 됐어요. 당신에게 사랑이란 영원히 아름다운 것으로 남아 있겠죠. 게다가 다른 것들도 모두 당신 차지가 됐어요. 이것들!"

제인은 그러안듯 갑자기 팔을 휘저었다.

넬은 제인의 이야기 마지막 부분은 흘려들었다. 넬의 눈빛이 부드럽게 녹아들었다.

"알아요. 무슨 일이 일어나든 결국은 그것이 최선인 것 같아요. 자라면서 그런 말을 듣지만 정말 그렇다는 건 나중에 경험을 하고 알게 되죠. 신은 최선이 뭔지 알고 계세요.”

“신에 대해 뭘 안다는 거죠, 넬 쳇윈드?”

잔인한 질문에 넬은 깜짝 놀라서 제인을 보았다. 제인은 위협적이었다. 독한 비난을 퍼붓고 있었다. 좀전의 상냥함은 사라지고 없었다.

“신의 뜻이었다고요? 신이 뜻하신 게 우연히 당신의 안락과 맞아떨어지지 않았더라도 그렇게 말할 수 있을까요? 당신은 신에 대해 아무것도 몰라요. 그렇지 않고야 그런 말을 할 리 없죠. 그건 신의 등을 토닥이면서 제게 편하고 안락한 삶을 주셔서 감사합니다, 하는 거나 마찬가지예요. 내가 가장 두려워하는 성경 구절이 뭔지 알아요? 오늘밤 네 영혼이 너에게서 떠나가리라라는 구절이에요. 신이 당신에게 영혼을 요구하면 내드려야 하는 거라고요!”

그녀는 잠시 멈췄다가 조용히 덧붙였다.

“이제 가봐야겠어요. 오는 게 아니었는데. 하지만 이 집을 꼭 한번 보고 싶었어요. 쓸데없는 말을 해서 미안해요. 당신이 너무 주제넘은 소리를 해서 그만. 넬, 당신은 못 느꼈겠지만 정말 그랬어요. 자기만족—그 자체였어요. 당신에게 인생은 오직 자신 외에는 아무것도 아니죠. 버넌은 어떨까요? 그에게도 이게 최선일까요? 원하던 모든 일이 시작되는 시점이었는데 그가 죽고 싶었을까요?"

넬은 도전하듯 고개를 쳐들었다.

"난 그를 행복하게 해줬어요."

"난 그의 행복을 말하는 게 아니에요. 그의 음악을 말하는 거라고요. 당신과 애버츠 퓨이선츠―그런 건 아무것도 아니에요. 버넌은 천부적인 재능을 가진 사람이었어요―아니, 그건 틀린 말이에요―그 재능이 버넌을 소유하고 있었다는 게 맞을 거예요. 천부적인 재능이란 너무도 까다로운 주인이죠―모든 희생 위에 군림하는―그것이 앞을 막아섰다면 당신의 그럴듯한 행복 같은 건 일찌감치 날아가버렸을 거예요. 천부적인 재능이란 받들어야 하는 거라고요. 음악은 버넌을 원했어요―그런데 죽어버렸죠. 끔찍할 만큼 안타까운 일이에요. 중요한 건 그거예요. 하지만 당신은 그런 건 생각해본 적도 없겠죠? 난 알아요―넬, 당신은 그것을 두려워했어요. 그건 당신에게 평화와 행복과 안정을 주지 않으니까. 하지만 다시 한번 말하죠. 그건 받들어야 하는 거예요……"

제인의 표정이 갑자기 누그러졌고, 넬이 싫어하는 조롱하는 눈빛이 돌아왔다.

"걱정할 거 없어요, 넬. 당신은 우리 누구보다 강한 사람이니까. 서배스천이 예전에 한 말이 맞았어요. 당신의 보호색에 대해서 말했었죠! 우리 모두가 사라진다 해도 당신은 혼자 살아남을 거예요. 잘 있어요―듣기 싫은 소리만 해서 미안하군요. 원래 이렇게 생겨먹은 여자라고 생각해요."

넬은 떠나는 제인의 뒷모습을 노려보며 서 있었다. 그녀는 주먹을 불끈 쥐고 들리지 않게 중얼거렸다.

"난 당신이 싫어. 전부터 싫었어……"

3

평온하게 시작했던 하루를 다 망쳐버렸다. 넬의 눈에 눈물이 고였다. 왜 다들 날 가만 내버려두지 않을까? 제인. 끔찍했던 조롱. 악마. 오싹한 악마. 그 여자는 어디를 찔러야 상대가 가장 아파하는지 알았다.

조까지도 넬의 재혼이 마땅하다고 편들어줬는데! 조는 전적으로 이해해줬다. 넬은 분하고 상처받은 기분이 들었다. 왜 제인은 그렇게 고약하게 굴었을까? 그리고 죽은 사람들에 대해―모욕적인 말을―지껄였다. 죽은 사람은 남은 사람이 꿋꿋하고 용감하게 살아가길 바란다. 모두 그렇게 생각하지 않는가.

제인은 오만하게 성경 구절까지 들먹였다. 여러 남자를 전전하며 온갖 부도덕한 짓을 저지르며 산 여자가! 넬은 정조를 지킨 여자로서 우월감을 느끼고 있었다. 별별 새로운 사고가 유행한다 하지만, 그래도 여자는 두 부류로 나뉘었다. 넬과 제인은 다른 쪽에 속했다. 제인은 매력적이었다. 그런 여자들 대부분이 그랬다. 그렇기 때문에 넬은 전에 제인에 대해 두려움을 느꼈다. 제인은 남자들에게 묘한 힘을 미쳤다. 뼛속까지 나쁜 여자였다.

그런 생각을 하면서 넬은 불안하게 서성거렸다. 집안에는 들어가고 싶지 않았다. 오후에 특별히 할 일도 없었다. 몇 사람에게 편지를 써야 했지만, 당장은 그럴 기분이 아니었다.

그녀는 남편의 미국인 친구가 온다는 걸 까맣게 잊고 있었다. 그래서 조지가 블라이브너와 함께 나타나자 깜짝 놀랐다. 미국인 친구는 크고 호리호리한 체격에 무뚝뚝해 보였다. 그는 진중한 어조로 저택에 대해 찬사를 던졌다. 조지는 아내에게 함께 옛 수도원에 가자고 말했다.

"먼저 가면 곧 뒤따라갈게요. 모자를 가져와야겠어요. 햇볕이 너무 따가워서요." 넬이 말했다.

"내가 가져다줄까?"

"아니, 괜찮아요. 당신은 블라이브너 씨와 가요. 그 부근을 찬찬히 돌아볼 거잖아요."

"아마 그럴 것 같습니다, 쳇윈드 부인. 조지가 수도원을 복원할 의중인 것 같은데, 아주 흥미롭군요."

"그것도 우리가 세운 계획 가운데 하나랍니다, 블라이브너씨."

"이런 저택에 살고 계시다니 정말 부럽습니다. 그런데 조지는 허락했습니다만, 제 운전기사도 잠시 이 저택을 둘러봐도 되겠습니까? 좋은 집안에서 태어났을 것 같은 상당히 똑똑한 청년입니다."

"얼마든지요. 집안도 구경하고 싶어한다면 나중에 집사에게 안내해달라고 해도 되고요."

"정말 친절하시군요. 저는 아름다움이란 계층을 떠나 누구나 느끼고 싶어하는 거라고 생각합니다. 국제연맹의 이념에도—"

넬은 블라이브너가 갑자기 국제연맹의 이념을 들먹이자 못 참을 것 같은 기분이 들었다. 지루하고 장황한 이야기일 게 뻔했다. 그녀는 햇볕이 뜨겁다는 구실을 대며 빠져나왔다.

미국인 중에는 꽤 따분한 사람도 있다. 조지는 그렇지 않아서 다행이었다. 소중한 사람—사실 그는 완벽에 가까운 남편이었다. 그녀는 그날 일찌감치 밀려들었던 따뜻한 행복감을 다시 맛보았다.

제인의 말에 왜 그렇게 바보같이 속상해했지? 많고 많은 사람 중에 제인이라니! 제인이 무슨 말을 하고 무슨 생각을 하든 뭐가 중요하다고? 물론 중요하지는 않지만—뭐랄까, 제인에게는—사람을 당황하게 만드는 뭔가가 있었다.

하지만 이미 끝난 일이다. 이전의 자신감과 안도감이 다시 가슴에 차올랐다. 애버츠 퓨이선츠, 조지, 버넌에 대한 그리운 추억. 모두 좋았다.

넬은 모자를 찾아 들고 기분좋게 계단을 내려갔다. 거울 앞에서 잠깐 매무새를 가다듬었다. 이제 수도원으로 가서 두 사람과 합류할 생각이었다. 그녀는 블라이브너에게 최대한 매력적으로 보이고 싶었다.

넬은 테라스 계단을 내려가 정원의 오솔길을 걸어갔다. 생각보다 시간이 많이 지났다. 해가 지고 있었다. 아름다운 석양이 하늘을 붉게 물들였다.

금붕어 연못가에 운전기사 제복을 입은 청년이 그녀를 등지고 서 있다가 넬이 다가가자 뒤돌아서 예의바르게 모자를 살짝 잡고 인사했다.

넬은 우뚝 멈춰서 자기도 모르게 한 손을 천천히 가슴에 올렸다. 그녀는 그를 빤히 쳐다보며 그대로 멈춰버렸다.

4

조지 그린은 멍하니 바라보았다.

그리고 혼잣말을 중얼거렸다. "뭐야, 놀랐잖아."

이 저택에 도착했을 때, 그의 주인이 말했었다.

"영국에서 가장 유서 깊고 흥미로운 곳 중 하나야, 그린. 적어도 한 시간은 머물까 하는데—어쩌면 더 오래 걸릴 수도 있고. 내가 쳇윈드 씨에게 자네도 구경할 수 있도록 부탁해보지."

친절한 사람이라고 그린은 흐뭇하게 생각했다. 그는 이른바 '정신적 향상'이라는 것을 아주 중요하게 여기는 사람이었다. 그는 누구도 가만 내버려두지 않았다. 게다가 오래되고 소중한 것이라면 그게 뭐든 숭배하는 미국인 특유의 성향을 지니고 있었다.

훌륭하고 유서 깊은 저택이 분명해 보였다. 그린은 호감을 느끼며 저택을 올려다보았다. 어디선가 사진으로 본 적이 있다고 확신했다. 그가 말한 대로 둘러보는 것도 나쁘지 않을 것 같았다.

잘 관리되고 있는 저택이었다. 누구의 것일까? 미국인이라고? 미국인들은 돈이 많았다. 원래 주인은 누구였을까? 누가 됐든 이런 저택을 내놓을 때는 무척 속상했을 게 분명하다.

그린은 아쉬워하며 생각했다. '나도 좋은 집안에서 태어났으면 좋았을 텐데. 이런 집에서 살고 싶어.'

그는 정원을 거닐었다. 멀리 폐허 같은 곳에 두 사람이 서 있었고, 한 사람은 그의 고용주였다. 별난 사람—그는 항상 폐허를 찾아다녔다.

해가 뉘엿뉘엿 지고 있었다. 타오르는 듯한 붉고 멋진 하늘을 배경으로 애버츠 퓨이선츠가 아름답게 우뚝 서 있었다.

우습지만, 전에도 이런 상황에 있었던 느낌이 들었다! 순간적으로 그린은 전에도 이 자리에서 붉은 하늘 위로 윤곽선을 그리는 이 집을 봤다고 장담할 수 있을 것 같았다. 가슴이 저리는 것 같은 느낌도 마찬가지였다. 하지만 뭔가가 더 있었다―저녁노을처럼 붉은 머리를 가진 여자.

그는 뒤에서 발소리가 나자 놀라서 몸을 돌렸다. 그리고 잠시 아련한 실망감을 느꼈다. 젊고 날씬한 여자가 서 있었다. 모자 양쪽으로 흘러내린 머리칼은 붉은색이 아니라 황금색이었다.

그린은 모자를 잡고 정중하게 인사했다.

그는 이상한 부인이라고 생각했다. 그녀는 그를 빤히 쳐다보았고, 얼굴에서 핏기가 사라지는 것 같았다. 완전히 겁에 질려 있었다.

그녀는 갑자기 헉하고 숨을 내뱉고는 몸을 돌려 오솔길로 뛰다시피 갔다.

그 순간 그린은 한마디 툭 내뱉었다.

"뭐야, 놀랐잖아."

분명히 머리가 좀 이상한 여자라고 그는 결론지었다.

그리고 다시 천천히 거닐기 시작했다.

2

1

서배스천 레빈은 사무실에서 까다로운 계약 조항들을 검토하던 중 전보를 받았다. 그는 대수롭지 않게 전보를 펼쳤다. 하루에도 마흔 통에서 쉰 통의 전보가 왔다. 그는 읽은 전보를 물끄러미 내려다보았다.

그러고는 전보를 접어 주머니에 넣고 그의 오른팔 같은 루이스에게 말했다.

"최선이라고 생각하는 선에서 처리해주게." 그는 무뚝뚝하게 말했다. "나는 일 때문에 런던을 떠나야 하니까."

서배스천은 루이스의 항변에도 아랑곳없이 사무실을 나왔다. 그는 잠시 비서 앞에 멈춰 서서 잡아놓은 약속들을 취소하라고 지시한 뒤 집으로 갔다. 짐을 꾸려 곧바로 택시를 잡아타고

워털루역으로 갔다. 그리고 역에서 전보를 펼쳐 다시 읽었다.

최대한 빨리 올 것. 매우 긴급. 제인. 월츠호텔, 월츠버리.

서배스천이 잠시도 주저하지 않은 건 제인에 대한 신뢰와 존중 때문이었다. 그는 누구보다 제인을 믿었다. 제인이 긴급하다면 긴급한 일이었다. 그는 이 일이 야기할 복잡한 상황을 염려하는 잠깐의 시간낭비조차 없이 제인의 부름에 응했다. 다른 사람이라면 있을 수 없는 일이었다.

월츠버리에 도착하자마자 차를 타고 호텔로 가서 제인의 객실을 물었다. 제인은 방에 있었고, 손을 내밀며 서배스천을 맞았다.

"서배스천—세상에—이렇게 빨리 올 줄은 몰랐어요."

"곧바로 왔어요." 그는 코트를 벗어 의자에 걸쳤다. "무슨 일이에요, 제인?"

"버넌 일이에요."

서배스천은 의아한 표정을 지었다. "버넌이라고요?"

"그는 죽지 않았어요. 내가 그를 봤어요."

서배스천은 한동안 그녀를 바라보다가 탁자 앞으로 의자를 끌고 가서 앉았다.

"당신답지 않군요, 제인. 틀림없이 당신이 착각한 걸 겁니다."

"난 착각하지 않았어요. 군에서 착각했을 가능성도 얼마든지 있지 않아요?"

"그렇긴 하지만, 대부분은 얼마 지나지 않아 정정되죠. 알고 보면 납득할 만한 사정이 있었고요. 버넌이 살아 있다면 지금 까지 뭘 하고 지냈겠어요?"

제인은 고개를 저었다.

"그건 나도 모르죠. 하지만 지금 당신이 내 눈앞에 있는 게 확실한 것처럼 그가 버넌인 것도 확실해요."

그녀는 담담하게 말했지만 확신이 넘쳤다.

서배스천은 그녀를 똑바로 바라보다가 고개를 끄덕였다.

"말해봐요." 그가 말했다.

제인이 나직한 목소리로 차분하게 설명했다.

"블라이브너라는 미국인이 윌츠버리에 와 있어요. 우린 세르비아에서 알게 된 사이죠. 길에서 우연히 만났어요. 그는 카운티호텔에 묵는다면서 오늘 점심에 날 초대했어요. 그래서 갔는데 나중에 비가 내리더군요. 걸어간다고 하니까 그는 태워다주겠다고 했고, 난 그의 차를 얻어타고 돌아왔어요. 그런데 서배스천, 그 차의 운전기사가 버넌이었어요. 그리고 그는 나를 알아보지 못했어요."

서배스천은 곰곰이 생각해보았다. "너무 닮아서 혼동한 건 아니고요?"

"절대 그렇지 않아요."

"그러면 왜 버넌이 당신을 알아보지 못했을까요? 그가 모르는 체한 걸까요?"

"아니요, 그런 것 같지는 않아요―사실, 난 아니라고 확신해요. 날 알아봤다면 흠칫한다든가 그런 기색을 보일 수밖에 없었을 거예요. 날 만날 거라 예상했을 리 없으니까요. 어쨌든 처음 봤을 때는 동요를 감출 수 없었을 거예요. 게다가 그는 어딘가 달라 보였어요."

"어떻게요?"

제인은 생각에 잠겼다.

"설명하기가 어려워요. 쾌활하고 행복해 보이고―조금은 어렴풋이―그의 어머니와 비슷했어요."

"믿을 수가 없군요." 서배스천이 말했다. "나를 부르길 잘했어요. 그 남자가 버넌이라면―흠, 일이 아주 복잡해지겠는데요. 넬의 재혼도 그렇고 이런저런 것이 전부 그렇겠어요. 기자들이 이리떼처럼 몰려들면 곤란해요. 어느 정도 언론에 알려지는 건 어쩔 수 없겠지만." 서배스천은 일어나서 방안을 서성였다. "우선 블라이브너 씨를 만나봐야겠어요."

"그에게 전화해서 여섯시 삼십분에 와달라고 부탁했어요. 당신이 이렇게 빨리 올 줄은 몰랐지만 여길 떠날 수가 없었거든요. 곧 도착할 거예요."

"잘했어요, 제인. 그의 애길 들어봐야 해요."

노크 소리가 났고, 블라이브너 씨가 들어왔다. 제인이 일어나서 그를 맞았다.

"와주셔서 정말 고마워요, 블라이브너 씨." 그녀가 말했다.

"천만에요." 미국인이 대답했다. "숙녀분이 부르면 언제라도 기쁘게 와야죠. 게다가 꼭 만나야 하는 급한 일이라고 했으니까요."

"소개할게요, 서배스천 레빈 씨예요."

"그 서배스천 레빈 씨입니까? 만나서 영광입니다."

두 사람은 악수했다.

"자 그럼, 블라이브너 씨." 제인이 말했다. "오시라고 한 이유를 바로 말할게요. 블라이브너 씨는 그 운전기사를 얼마나 오래 데리고 있었죠? 그 사람에 대해 무슨 이야기를 해줄 수 있나요?"

블라이브너 씨는 상당히 놀란 듯했다.

"그린 말입니까? 그린에 대해 말해달라는 겁니까?"

"네."

"글쎄요—" 미국인은 생각에 잠겼다. "내가 아는 것을 말하는 건 어렵지 않아요. 그럴 만한 이유가 없다면 묻지도 않았겠죠. 나도 당신에 대해 그 정도는 알아요, 제인. 그린은 전쟁이 끝나고 얼마 지나지 않아 네덜란드에서 만났어요. 그는 작은 마을의 정비소에서 일하고 있었고, 난 그가 영국인이라는 걸 알고 흥미를 느꼈습니다. 신상을 물어봤지만 얼버무리더군요.

처음에는 숨기는 게 있다고 짐작했지만, 이내 그가 무척 순수한 사람이라는 확신이 들었어요. 그는 의식장애 같은 게 있었어요. 이름이 뭐고 어디서 왔는지 정도는 기억했지만 다른 건 거의 기억하지 못했습니다.”

“기억상실,” 서배스천이 부드럽게 말했다. “그렇군요.”

“아버지가 보어전쟁 때 전사했다고 했습니다. 아버지가 마을 성가대에서 노래했고, ‘스퀴럴’이라는 형제가 있다는 걸 기억하고 있었습니다.”

“자기 이름을 분명히 기억하고 있었습니까?”

“아, 그래요. 수첩에 이름이 적혀 있었다고 했습니다. 트럭에 치였다고 했어요. 사람들이 수첩을 보고 그의 이름을 알게 된 거죠. 그들이 그린이냐고 물었고, 그가 그렇다고, 조지 그린이라고 대답했다고 합니다. 정비소에서는 모두가 그를 좋아했어요. 워낙 밝고 명랑했으니까요. 난 그린이 화내는 걸 한 번도 본 적이 없다고 자신합니다.

음—그 젊은 친구가 마음에 들었어요. 난 전쟁신경증을 앓는 사람들을 본 적이 있어서 그린의 상태가 전혀 마음에 걸리지 않았습니다. 그가 내게 수첩을 보여주었고, 난 몇 가지 질문을 해봤어요. 그리고 이내 그가 기억을 잃은 이유를 알게 됐습니다. 무슨 일에든 이유가 있기 마련이잖습니까? 런던 퓨절리어 연대의 조지 그린 하사는 탈영병이었습니다.

그런 거예요, 그가 스스로 상황을 망쳐버렸던 겁니다. 모범
적인 청년이었던 그는 그 사실을 인정할 수 없었던 것 같아요.
난 이 모든 것을 그린에게 설명했습니다. 그는 좀 이상하다는
듯이 말하더군요. '제가 탈영했을 것 같진 않습니다. 탈영하지
못했을 거 같아요.' 난 바로 그것이 기억을 잃은 이유라고 설
명했습니다. 기억하고 싶지 않기 때문에 기억하지 못하는 거
라고요.

그린은 귀담아들었지만 납득이 되지 않는 듯했습니다. 난
그가 무척 안쓰러웠고, 지금도 마찬가지입니다. 그가 살아 있
다고 군 당국에 신고할 의무는 없다고 생각했습니다. 그래서
운전기사로 고용하고 새 인생을 살도록 기회를 줬습니다. 난
그 결단에 대해서는 한 번도 후회한 적이 없습니다. 그린은 뛰
어난 운전기사입니다. 꼼꼼하고, 머리도 좋고, 정비도 잘하고,
언제나 밝고 친절하죠."

블라이브너 씨는 말을 멈추고 궁금한 눈으로 제인과 서배스
천을 보았다. 그는 두 사람의 창백하고 심각한 얼굴을 눈여겨
보았다.

"무서운 일이에요." 제인이 낮은 목소리로 말했다. "이렇게
무서운 일은 또 없을 거예요."

서배스천이 그녀의 손을 꼭 쥐었다.

"괜찮아요, 제인."

제인은 살짝 떨다가 정신을 가다듬고 미국인에게 말했다.

"이제 우리가 설명할 차례군요. 블라이브너 씨, 난 당신의 운전기사가 우리의 옛친구인 걸 알아봤어요. 그런데 그는 날 알아보지 못하더군요."

"뭐라고요!"

"하지만 그의 이름은 그린이 아닙니다." 서배스천이 말했다.

"아니라고요? 그가 다른 이름으로 입대했다는 뜻입니까?"

"아닙니다. 그 부분을 알 수가 없군요. 언젠가는 밝혀지겠지만 말입니다. 그러기 전까지는 부탁하겠습니다, 블라이브너 씨. 이 이야기를 아무에게도 하지 말아주십시오. 그에게는 아내가 있었고―아! 그것 말고도 여러 가지 고려할 문제가 있기 때문입니다."

"그래요, 절대 이야기하지 않겠습니다. 하지만 이제 어떻게 할 생각이죠? 그를 만날 생각입니까?"

서배스천은 제인을 보았고 그녀는 고개를 끄덕였다.

서배스천이 천천히 대답했다. "아마 그게 최선이겠죠."

미국인이 일어났다.

"지금 아래층에 있습니다. 날 태우고 왔거든요. 바로 올려보내겠습니다."

조지 그린은 여느 때처럼 가벼운 걸음으로 계단을 올라갔다. 그는 무슨 일 때문에 별난 사람—그의 고용주가 안절부절못하는지 궁금했다. 영감은 아주 이상해 보였다.

"계단 끝 방으로 가보게." 블라이브너 씨가 말했다.

그린은 주먹 쥔 마디 끝으로 날카롭게 노크하고 기다렸다. "들어와요" 하는 소리가 들리자 그는 안으로 들어갔다.

방에는 두 사람이 있었다. 그가 어제 태워다준 여자(성공한 사람일 거라 생각했다)와 덩치 큰 남자가 있었다. 남자는 얼굴이 누렇고 귀가 튀어나와 있었다. 그 모습이 이상하게 눈에 익었다. 그가 잠시 서 있는 동안 두 사람이 그를 물끄러미 바라보았다. 그는 생각했다. '오늘밤은 다들 왜 이러는 거지?'

그린이 누런 얼굴의 남자에게 정중하게 말했다. "부르셨습니까?" 그리고 덧붙였다. "블라이브너 씨가 올라가보라고 하셔서—"

누런 얼굴의 신사는 정신을 차린 듯했다.

"아, 그래요." 그 남자가 말했다. "그랬죠, 앉아요—음—그린? 그게 당신 이름이죠?"

"네, 조지 그린입니다."

그린은 그가 권한 의자에 공손하게 앉았다. 누런 얼굴의 신사가 담뱃갑을 내밀었다. "피워요." 그의 작고 날카로운 눈은 그린의 얼굴에서 떠날 줄 몰랐다. 강렬하고 뜨거운 그 눈길은 운전기사를 불편하게 만들었다. 오늘밤 다들 왜 이러는 거지?

"몇 가지 묻고 싶습니다. 우선, 전에 나를 본 적 있습니까?"

그린은 고개를 저었다.

"없습니다, 선생님."

"확실해요?" 그가 물었다.

그린의 목소리에 조금 애매한 느낌이 감돌았다.

"잘—잘 모르겠습니다." 그린은 자신 없는 듯이 말했다.

"난 서배스천 레빈이라고 합니다."

운전기사의 표정이 분명해졌다.

"아, 선생님, 신문에서 사진을 본 적이 있습니다. 어쩐지 낯익다 했어요."

잠시 말이 끊겼다가 서배스천 레빈이 아무렇지 않은 듯이 물었다.

"혹시 버넌 데어라는 이름을 들어본 적 있습니까?"

"버넌 데어요?" 그린은 골똘하게 그 이름을 되뇌었다. 그리고 당황한 듯이 미간을 찌푸렸다. "들어본 것도 같지만 어디서 들었는지는 모르겠습니다." 그린은 말을 멈췄고 미간의 주름이 더 깊어졌다. "들어본 이름 같습니다." 그러고서 덧붙였다. "그 사람, 죽지 않았습니까?"

"그런 생각이 듭니까? 그가 죽었다고요?"

"네, 차라리 죽는—"

그린은 얼굴을 붉히며 갑자기 입을 다물었다.

"계속해봐요." 서배스천이 말했다. "무슨 말을 하려고 했죠?" 그는 문제를 간파하고 빈틈없이 몰아붙였다. "괜찮습니다. 버넌 데어는 내 친척이 아니니까."

그린은 알아들었다.

"죽는 편이 낫다고 말하려고 했습니다—그에 대해 아무것도 모르는 제가 이런 말을 해도 되는지 모르겠지만 그냥 그런 기분이 들어요. 그는 사라지는 편이 더 나은 사람이었다고요. 상황을 엉망으로 만들어버리는 것보다는. 그렇지 않았습니까?"

"아는 사람 같아요?"

그린은 기억해보려는 듯했고 미간의 주름이 더 깊어졌다.

"죄송합니다." 운전기사는 사과했다. "전쟁이 상황을 뒤죽박죽으로 만들어버렸거든요. 전 기억이 분명하지 않습니다. 데어 씨를 어디서 만났는지, 왜 그를 싫어하는지 모르겠지만 그가 죽었다는 말을 들으면 마음이 놓일 것 같은 기분이 들었어요. 좋은 사람은 아니었을 겁니다. 제 말이 맞을 거예요."

침묵이 흘렀고 방안에 있는 다른 한 사람이 숨죽여 흐느끼는 소리만 흘러나왔다. 서배스천이 여자에게 몸을 돌리고 말했다.

"극장에 전화해요, 제인. 오늘밤 출연 못한다고."

제인은 고개를 끄덕이고 방에서 나갔다. 서배스천은 그녀의 뒷모습을 보다가 문득 떠오른 듯이 말했다.

"전에 제인 하딩을 본 적이 있습니까?"

"네, 여기까지 태워드린 적이 있죠."

서배스천은 한숨을 쉬었다. 그린은 궁금한 눈으로 그를 바라보았다.

"혹시—용건이 이게 전부입니까? 제가 별로 도움이 못 된 것 같아 죄송합니다. 전쟁 후에—네, 제 머리가 좀 이상해졌죠. 제가 잘못한 겁니다. 블라이브너 씨에게 들으셨겠지만—전—제게 주어진 임무를 다하지 못했던 것 같습니다."

그린은 얼굴을 붉혔지만 말투는 단호했다. 별난 사람이 이들에게 그 이야기를 했을까? 하지 않았을까? 어쨌든 말해버리는 편이 낫다고 생각했다. 하지만 그렇게 생각하면서도 그린은 수치스러움이 가슴을 찌르는 것 같았다. 그는 탈영병이었다—도망친 남자! 한심했다.

제인 하딩이 탁자를 돌아 아까 있던 자리로 왔다. 좀전보다 더 안색이 창백해졌다고 그린은 생각했다. 그녀는 오묘한 눈을 갖고 있었다. 아주 깊고 슬퍼 보이는 눈. 그린은 제인이 무슨 생각을 하는지 궁금했다. 어쩌면 그녀가 버넌 데어라는 남자의 아내인지도 모른다고 생각했다. 아니다, 만약 그랬다면 서배스천 레빈이라는 사람이 그에 대해 조심할 필요 없다고 채근하지 못했을 것이다. 어쩌면 금전적인 문제가 있는지도 모른다. 유언장이나 뭐 그 비슷한 것.

레빈 씨가 다시 묻기 시작했다. 그는 그린의 마지막 말에 대해서는 언급하지 않았다.

"아버님이 보어전쟁에서 전사하셨다고요?"

"그렇습니다, 선생님."

"기억납니까?"

"네, 그럼요, 선생님."

"어떤 분이셨습니까?"

그린은 미소 지었다. 그 기억은 기분좋았다.

"듬직한 체격. 아래가 넓고 둥근 구레나룻. 아주 환하고 파란 눈. 무엇보다 아버지가 성가대에서 노래하시던 게 떠오릅니다. 바리톤이셨죠."

그가 행복하게 미소 지었다.

"그리고 보어전쟁에서 돌아가셨고요?"

그린의 얼굴에 갑자기 의심의 빛이 떠올랐다. 그는 걱정하고 동요하는 듯했다. 그러더니 잘못을 저지른 개처럼 애원하는 눈빛으로 탁자 너머의 서배스천을 바라보았다.

"이상하군요." 그린이 말했다. "지금까지 그 생각은 해보지 않았습니다. 그러면 아버지의 나이가 너무 많아요. 하지만 맹세코 틀림없이……"

흔들리는 그린의 눈빛을 보고 서배스천이 말했다. "신경쓸 것 없습니다." 그러고는 말을 이었다. "결혼했나요, 그린?"

"안 했습니다, 선생님."

망설임 없는 대답이 곧바로 나왔다.

"그건 아주 확신하는 것 같군요." 서배스천이 빙그레 웃으며 말했다.

"네, 여자와 얽혀봤자 고역스럽기밖에 더하나요." 그린은 말을 멈추고 제인에게 말했다. "죄송합니다."

그녀는 살짝 미소 지으며 말했다. "괜찮아요."

잠시 침묵이 흘렀다. 서배스천은 제인에게 고개를 돌리고 재빨리 말했고 그린은 다 알아듣지는 못했지만 대충 이런 말인 것 같았다.

"시드니 벤트하고 아주 비슷해요. 이런 면이 있을 줄은 전혀 몰랐는데."

그러더니 둘은 다시 그린을 바라보았다.

그린은 불현듯 두려워졌다―아이가 느끼는 두려움 같은 게 분명했다―어릴 때 어둠을 두려워했던 기억과 비슷했다. 뭔가 다가오고 있었고―그런 생각이 들었다―이 두 사람은 그것을 알고 있었다. 그에 대해 알고 있었다.

그린은 몸을 앞으로 내밀었다. 몹시 불안했다.

"무슨 일입니까?" 그린이 날카롭게 물었다. "뭔가 있는 건가요?"

그들은 부정하지 않고 계속 바라보기만 했다.

그린의 두려움은 더욱 커졌다. 왜 말 못하는 거지? 이들은 내가 모르는 뭔가를 알고 있어. 무서운 뭔가를…… 그린은 다시 말했고, 이번에는 날카롭고 격앙된 목소리였다.

"무슨 일입니까?"

여자가 일어섰다. 그린은 그녀의 동작이 아주 아름답다고 생각했다. 예전에 어디선가 봤던 조각 같았다. 그녀가 탁자를 돌아 그린에게 다가왔고 어깨에 한 손을 얹었다. 그녀는 위로하듯이, 안심시키듯이 말했다. "괜찮아요. 두려워할 것 없어요."

하지만 그린의 눈은 계속 레빈에게 묻고 있었다. 이 남자는 알고 있었다. 이 남자가 그에게 말해줄 것이었다. 그들은 알고 그린은 모르는 무서운 것이 과연 뭘까?

"이번 전쟁에서는 실로 기묘한 일들이 일어났습니다." 레빈이 입을 열었다. "개중에는 자기 이름을 잊어버린 사람들도 있어요."

그는 의미심장하게 말을 끊었지만 그린은 무슨 뜻인지 알아듣지 못했다. 그린은 순간적으로 다시 쾌활함을 되찾고 말했다.

"전 그 정도로 나쁘진 않았습니다. 이름을 잊어버리진 않았으니까요."

"아니, 너는 잊었어." 그가 잠시 멈췄다가 말했다. "네 진짜
이름은 버넌 데어야!"

극적인 순간이어야 마땅하지만 그렇지가 않았다. 그린에게
는 그저 말도 안 되는 소리 같았다. 그린은 우습다는 표정을
지었다.

"제가 버넌 데어라고요? 그러니까 제가 그와 꼭 닮았다는
겁니까?"

"네가 바로 그라고!"

그린은 천진하게 웃었다.

"전 그런 연극은 할 수 없는데요. 대단한 신분에 엄청난 재
산이 걸려 있다 해도요! 얼마나 닮았는지 모르지만 결국 제가
누군지 드러나고 말 테니까요."

서배스천 레빈은 탁자 위로 몸을 숙이고 한마디씩 끊어 강
조하면서 말했다.

"너는—버넌—데어야……"

그린은 멍하니 바라만 보았다. 강조하는 그의 말투가 인상
적이었다.

"절 놀리는 겁니까?"

레빈은 천천히 고개를 저었다. 그린은 곁에 서 있는 여자를
향해 몸을 휙 돌렸다. 그녀는 아주 진지하고 확고한 눈빛으로

그린을 마주보았다. 그리고 아주 침착하게 말했다.

"당신은 버넌 데어예요. 우리 두 사람 다 그걸 알아요."

방안에 죽은 듯한 침묵이 흘렀다. 그린에게는 세상이 빙빙 도는 것 같았다. 환상적이고 터무니없는 동화 같았다. 하지만 두 사람에게는 단단한 믿음 같은 게 있었다. 그린이 쭈뼛대며 말했다.

"하지만—그런 일은 있을 수가 없어요. 어떻게 자기 이름을 잊어버릴 수 있죠!"

"그럴 수도 있어—네가 그렇게 잊은 걸 보면."

"하지만—하지만 이보세요, 선생님—전 제가 조지 그린이라는 걸 알아요. 전—그래요—그냥 안단 말입니다!"

그는 의기양양하게 두 사람을 쳐다보았지만 서배스천 레빈은 천천히 단호하게 고개를 저었다.

"왜 그렇게 믿게 됐는지 모르겠어. 아마 의사가 가르쳐주겠지. 하지만 이것만은 분명해. 너는 내 친구 버넌 데어야! 의심의 여지도 없이."

"하지만—만일 그게 사실이라면, 제가 그걸 기억해야 하는 것 아닙니까?"

그는 어리둥절하고 몹시 불안했다. 아무것도 확신할 수 없는 이상하고 소름 끼치는 세상에 온 것 같았다. 그들은 친절하고 정신도 말짱했고—그린은 그런 그들을 믿었다—그들의 말이 맞을 거라고 생각했다. 하지만 내면의 뭔가가 믿지 못하도록 거부하고 있었다. 두 사람은 안타까워하고 있었다. 그린은 그것을 느꼈다―그리고 그것이 그를 두렵게 했다. 뭔가가 더 있었다―아직 그가 듣지 못한 뭔가가.

"그는 어떤 사람입니까?" 그린이 날카롭게 말했다. "버넌 데어라는 사람 말입니다."

"넌 이 지방 출신이야. 여기서 태어나서 어린 시절을 줄곧 애버츠 퓨이선츠라는 저택에서―"

그린이 깜짝 놀라서 서배스천의 말을 끊었다.

"애버츠 퓨이선츠라고요? 아, 어제 블라이브너 씨를 그 저택으로 태워다드렸죠. 거기가 제 고향집이라면 제가 왜 알아보지 못했겠습니까!"

그는 갑자기 기운이 나면서 비웃고 싶은 기분이 들었다. 전부 거짓말이다! 당연히! 그는 이 사실을 처음부터 알고 있었다. 그들은 정직한 사람들이지만 뭔가를 착각하고 있다. 그는 마음이 놓였고, 다행스러웠다.

"그후에는 버밍엄 근처에서 살았지." 레빈이 말을 이었다. "이튼 학교를 졸업하고 케임브리지에 입학했어. 그러고는 런던에서 음악 공부를 시작했고. 오페라 한 편을 만들었어."

그린은 웃음을 터뜨렸다.

"그 부분은 완전히 잘못됐네요. 전 음악이라면 음표 하나 볼

줄 모르니까요."

"전쟁이 일어났어. 넌 군에 지원했고 요먼리 부대 소속이었지. 결혼도 했고—" 그는 말을 멈췄지만 그린은 아무 반응도 보이지 않았다. "그리고 프랑스로 갔어. 이듬해 봄, 네가 '작전 수행중 전사'했다는 통보가 왔지."

그린은 믿을 수 없다는 표정으로 그를 보았다. 무슨 사연이 이리도 길고 복잡할까! 전혀 기억나지 않았다.

"착각한 게 틀림없어요." 그린이 확신하며 말했다. "데어 씨는 저와 '꼭 닮은 사람'이었던 게 분명합니다."

"착각이 아니에요, 버넌." 제인 하딩이 말했다.

그린은 그녀에게서 다시 서배스천에게로 시선을 옮겼다. 확고하고 친근한 그녀의 목소리에는 더없는 설득력이 있었다. 그린은 생각했다. '미치겠군. 악몽이 따로 없어. 그런 일이 있었을 리 없잖아.' 그는 몸을 떨기 시작했고 진정되지 않았다.

레빈이 자리에서 일어나더니 구석에 있던 독한 술을 따라 그린에게 건넸다.

"마셔," 그가 말했다. "기분이 나아질 거야. 충격이 크겠지."

그린은 단숨에 들이켰다. 조금 진정이 됐다. 떨리던 것도 멈췄다.

"신 앞에서 사실이라고 맹세합니까, 선생님?" 그린이 말했다.

"신 앞에서 맹세하지." 서배스천이 말했다.

서배스천이 의자를 끌고 와 친구 가까이에 앉았다.

"버넌, 이 친구야, 나 기억 안 나?"

그린은 고통스러운 눈빛으로 그를 빤히 보았다. 뭔가 아주 희미하게 흔들리는 것 같았다. 기억해내려 애쓰는 것이 왜 이렇게 괴로운 걸까. 뭔가가 있었다—그게 뭐지? 그는 혼란스럽다는 듯이 말했다.

"넌—너는 어른이 됐구나." 그린이 손을 뻗어 서배스천의 귀를 만졌다. "기억이 날 것도 같아—"

"그가 당신의 귀를 기억하네요, 서배스천." 제인이 외치고는 벽난로 선반 앞으로 가서 머리를 기대고 웃기 시작했다.

"그만해요, 제인." 서배스천이 일어나서 술을 따라 제인에게 주었다. "진정이 될 거예요."

그녀는 술을 마시고 잔을 돌려주었다. 그리고 보일 듯 말 듯 미소 지으며 말했다.

"미안해요. 이제 안 그럴게요."

그린은 조금씩 떠오르는 대로 말하기 시작했다.

"넌—내 형제는 아니야. 그렇지? 그래, 우리 옆집에 살았어. 그래—넌 옆집에 살았어……"

"그래, 친구." 서배스천이 그의 어깨를 두드렸다. "억지로 끄집어낼 필요는 없어. 곧 기억이 돌아올 테니까. 마음 편히 가져."

그린은 제인을 보았다. 그리고 조심조심 예의를 갖춰 말했다.

"혹시 당신은—당신은—내 동생인가요? 누이동생이 있었던 것 같아요."

제인은 차마 입이 떨어지지 않아 고개만 저었다. 그린은 얼굴을 붉혔다.

"실례했습니다. 공연한 말을—"

서배스천이 끼어들었다.

"넌 누이동생이 없어. 같이 사는 사촌 여동생이 있었지. 이름은 조지핀이야. 우린 조라고 불렀어."

그린은 생각에 잠겼다.

"조지핀—조. 그래, 그랬던 것 같아." 그린은 말을 멈췄다가 애절하게 덧붙였다. "내 이름이 그린이 아닌 게 확실해?"

"틀림없어. 지금도 네가 그린이라는 생각이 들어?"

"응…… 그리고 내가 작곡을 했다고?—내가 직접? 래그타임* 같은 게 아니라—고급스러운 음악을 만들었다고?"

"그래."

"모든 게—그래, 미친 것 같아. 정말 그래—미쳤어!"

"걱정할 것 없어요." 제인이 상냥하게 말했다. "당신에게 이런 식으로 알린 우리에게도 잘못이 있으니까."

---

* 재즈의 초기 형태.

그린은 두 사람을 번갈아 보았다. 정신이 멍했다.

"이제 난 뭘 해야 하지?" 그린이 무기력하게 물었다.

서배스천이 단호하게 대답했다.

"우리와 함께 있어야지. 충격이 컸을 거야. 내가 블라이브너 씨에게 얘기할게. 양식 있는 사람이니까 분명 이해해주겠지."

"난 블라이브너 씨에게 어떤 식으로든 폐를 끼치고 싶지 않은데. 내게 정말 잘해줬거든."

"이해해줄 거야. 이미 대충 얘기도 해놨고."

"차는 어쩌지? 그 차를 다른 사람에게 넘기긴 싫어. 길이 잘 들었는데ㅡ"

그린은 착실한 운전기사로 되돌아가서 말했다.

"알아, 알아." 서배스천은 마음이 급했다. "하지만 중요한 건 최대한 빨리 기억을 되찾는 거야. 우린 널 최고의 의사에게 데려갈 생각이야."

"이 일이 의사와 무슨 상관이 있지?" 그린은 약간 반발했다. "난 아픈 데 하나 없는데."

"그래도 의사한테 가봐야 해. 여기 말고ㅡ런던으로 가서. 여기서 이 이야기가 퍼지는 건 바라지 않거든."

서배스천의 말에서 뭔가가 그린의 주의를 끌었다. 그린은 얼굴을 붉혔다.

"내가 탈영했기 때문에……?"

"아니, 그런 게 아니야. 사실 난 그것도 납득이 안 돼. 아무튼 난 다른 문제를 말한 거야."

그린은 궁금한 눈으로 서배스천을 보았다.

서배스천은 생각했다. '그래, 어차피 알아야 하는 일이야.' 그는 큰 소리로 말했다.

"그래—네가 전사했다고 믿었기 때문에—네 아내가 재혼을 했어."

그는 이 말이 미칠 파장이 다소 두려웠다. 하지만 그린은 그 문제를 가볍게 받아들이는 것 같았다.

"그건 좀 곤란하겠군." 그린이 씩 웃으면서 말했다.

"괜찮은 거야?"

"기억도 못하는 일 때문에 괴로울 필요는 없지 않나." 그린은 말을 멈췄다. 마치 그 문제에 대해 처음으로 곰곰이 생각하는 듯했다. "데어 씨가—그러니까 내가—아내를 많이 사랑했었나?"

"아마—그랬겠지."

그린은 다시 씩 웃었다.

"그런데 아까 내가 결혼하지 않았다고 단정했던 거로군! 한편으로는—" 그의 표정이 변했다. "좀 소름 끼쳐, 모든 일이!"

그린은 확신을 구하듯 갑자기 제인을 보았다.

"우리 버넌, 다 괜찮을 거예요." 그녀가 말했다.

제인은 잠시 멈췄다가 나직하고 아무렇지 않은 듯이 말했다.

"블라이브너 씨를 태우고 애버츠 퓨이선츠에 갔었다고 했죠? 혹시 거기서―누구 못 봤어요? 그 집에 사는 누구라도?"

"쳇윈드 씨를 봤고―침상정원에서 어떤 부인을 봤어요. 쳇윈드 부인 같았는데, 금발에 아름다운 여자였어요."

"혹시―그 여자도 당신을 봤나요?"

"봤죠. 그런데―그래요, 놀라는 것 같았어요. 얼굴이 하얗게 질리더니 토끼처럼 달아나버렸어요."

"오, 맙소사." 제인이 중얼거렸다. 말보다 탄식이 먼저 흘러나왔다.

그린은 가만히 그때 상황을 되새겨봤다.

"아마도 나를 본 적이 있다고 생각했겠죠." 그린이 말했다. "예전에 그를, 아니 나를 알았던 사람일 테고, 그래서 놀랐겠죠. 그래요, 분명 그랬을 거예요."

그린은 자신의 해석에 무척 만족스러운 듯했다.

그러다가 문득 물었다.

"우리 어머니 머리가 붉은색이었나요?"

제인이 고개를 끄덕였다.

"그랬군요……" 그린이 변명하듯 고개를 들었다. "미안해요. 잠시 딴생각을 했어요."

"난 블라이브너 씨를 만나고 올게." 서배스천이 말했다. "제

512

인이 옆에 있어줄 거야."

서배스천이 방에서 나갔다. 그린은 의자에 그대로 앉아 고개를 숙이고 양손에 얼굴을 묻었다. 몹시 불편하고 괴로웠다. 특히 제인에게 그랬다. 마땅히 그녀를 기억해야 할 것 같은데 그러지 못했다. 제인은 좀전에 "우리 버넌"이라고 말했다. 자신을 아는 사람들을 이방인처럼 느낀다는 것이 너무도 난처했다. 그녀를 제인이라고 불러야 할 것 같았지만 그린은 그럴 수 없었다. 제인은 그에게 낯선 사람이었다. 그러나 익숙해져야 한다고 생각했다. 그들은 서배스천과 조지와 제인이어야 했다—아니, 조지가 아니라 버넌. 버넌이라니, 신통치 않은 이름이다. 실제로도 그는 신통치 않은 인간이었을 것이다.

'그러니까,' 그는 자신을 실감하려고 필사적으로 애쓰면서 생각했다. '그 신통치 않은 인간이 바로 나였어.'

미칠 듯이 외로웠다. 현실로부터 내동댕이쳐진 기분이었다. 고개를 들자 제인이 그를 보고 있었다. 연민과 이해가 담긴 그 눈빛에 그는 어느 정도 외로움이 수그러드는 것 같았다.

"많이 놀랐죠?" 그녀가 말했다.

그는 정중하게 대답했다.

"많이 힘들군요. 내가 누군지—어떤 사람인지 모르니까요."

"이해해요."

그녀는 더이상 말하지 않고 그저 조용히 곁에 앉아 있었다.

그는 맥없이 고개를 떨구더니 졸기 시작했다. 고작 몇 분 졸았지만 그에게는 몇 시간이 흐른 것 같았다. 제인이 불을 하나만 남기고 모두 껐다. 그는 깜짝 놀라 눈을 떴다. 제인이 바로 말했다.

"괜찮아요."

그린은 제인을 가만히 보았고 숨을 몰아쉬었다. 그는 여전히 악몽 속에 있었다. 그러나 더 무서운 일이 다가오고 있었다. 그가 아직 모르는 어떤 일. 그는 그렇다고 확신했다. 그 때문에 그들이 그를 그렇게 안타까워하며 바라보았던 것이다.

제인이 갑자기 일어섰다. 그는 거칠게 소리쳤다.

"옆에 있어줘요. 아! 제발 옆에 있어줘요."

그린은 제인의 얼굴이 순간 고통으로 일그러지는 이유를 알 수 없었다. 뭐 때문에 저런 표정을 짓는 걸까? 그린이 다시 말했다. "날 혼자 두지 마요. 옆에 있어줘요."

그녀는 다시 옆에 앉더니 두 손으로 그의 손을 감싸쥐었다. 그리고 아주 부드럽게 말했다.

"여기 있을게요."

그는 위안을 받고 안도했다. 잠시 후 그는 다시 꾸벅꾸벅 졸기 시작했다. 이번에는 조용히 깨어났다. 방안은 아까와 똑같았고, 제인이 여전히 그의 손을 잡고 있었다. 그가 머뭇거리며 말했다.

"당신은—내 동생이 아니라고 했죠? 그럼—예전에—그러
니까 지금 우리는—친구인가요?"

"그래요."

"친한 친구?"

"네, 친한 친구."

그는 아무 말도 하지 않았다. 하지만 어떤 확신이 강해졌다.
그가 내뱉듯이 말했다.

"당신이—당신이 내 아내죠?"

그는 그렇다고 확신했다.

제인은 손을 뺐다. 그린은 그녀의 표정을 이해할 수 없었다.
그러자 왠지 오싹해졌다. 제인이 일어서며 말했다.

"아니요," 그녀가 말했다. "난 당신의 아내가 아니에요."

"아아! 미안해요. 난—"

"괜찮아요."

바로 그때 서배스천이 돌아왔다. 그의 시선이 제인을 향했
다. 제인은 일그러진 미소를 지으며 말했다.

"당신이 돌아와서 다행이에요…… 돌아와줘서……"

3

제인과 서배스천은 밤늦도록 대화를 나눴다. 앞으로 어떻게 해야 할까? 이 일을 누구에게 알려야 할까?

넬의 입장을 고려해야 했다. 넬에게 먼저 알리는 게 도리였다. 그녀는 이번 일과 가장 관련이 깊은 사람이었다.

제인도 동의했다. "그녀가 아직 모른다면요."

"넬이 알고 있다고 생각해요?"

"글쎄요, 그날 그녀는 분명히 버넌을 봤어요."

"그랬을 테지만 버넌과 많이 닮은 사람이라고 생각했을지도 몰라요."

제인은 침묵했다.

"그렇지 않을까요?"

"글쎄요."

"하지만 이상하잖아요, 만일 넬이 버넌을 알아봤다면 당연히 뭐라도 했을 거예요. 버넌이 맞는지 블라이브너 씨에게 연락해보든가 말입니다. 벌써 이틀이나 지났어요."

"알아요."

"버넌이라고 생각 못한 게 분명해요. 넬은 블라이브너의 운전기사를 봤고, 그가 버넌과 너무 닮아서 충격을 받고 도망치듯 물러났던 거예요."

“그랬을지도 모르죠.”

“무슨 생각을 하는 거예요, 제인?”

“우리는 그를 알아봤어요, 서배스천.”

“당신이 알아봤죠. 나는 당신한테 들었고요.”

“하지만 당신이라면 어디서 봤든 버넌을 알아봤을 거예요. 그렇지 않았을까요?”

“그래요, 아마 그랬겠죠—하지만 그건 내가 그 친구를 잘 아니까 그렇죠.”

제인이 굳은 목소리로 말했다. “넬도 마찬가지예요—”

서배스천은 예리한 눈빛으로 그녀를 보며 물었다. “대체 무슨 말을 하려는 겁니까?”

“글쎄요.”

“아뇨, 당신은 알아요. 사실 무슨 일이 있었다고 생각하는 거죠?”

제인은 가만있다가 입을 열었다.

“난 넬이 정원에서 그와 마주쳤을 때 이미 알아봤다고 생각해요. 그러다가 우연히 닮은 사람을 봐서 혼란스러웠던 거라고 자신을 설득시켰을 거예요.”

“음—그건 내가 한 말과 다를 게 없잖아요.”

“그래요, 그렇죠.”

제인이 부드럽게 대답하자 서배스천은 조금 놀랐다.

“무슨 차이가 있는 거죠?”

“실제적으로는 차이가 없죠. 다만─”

“다만?”

“만약 당신이나 나였다면 그가 버넌이 아니더라도 버넌이라고 믿고 싶었을 거예요.”

“넬은 그렇지 않았단 말인가요? 넬이 조지 쳇윈드를 그렇게까지 좋아하는 건 아닐 텐데─”

“넬은 지금 남편을 무척 좋아하지만 그녀가 진정으로 사랑한 사람은 버넌뿐이에요.”

“그러면 된 거 아닌가요? 아니, 그래서 더 나쁜 건가요? 너무 복잡하게 꼬여버렸어요…… 버넌의 가족들은 어쩌죠? 어머니, 그리고 외삼촌은?”

“그들보다 넬에게 먼저 알려야 해요.” 제인이 단호하게 말했다. “그의 어머니는 이 사실을 아는 순간 영국 전역에 대고 떠들 거고, 그러면 버넌도 넬도 고역스러울 거예요.”

“맞아요, 당신 말이 옳아요. 난 내일 버넌과 런던으로 가서 전문의를 찾아갈 생각이에요─그런 다음 의사의 조언에 따르는 게 좋겠어요.”

제인도 그것이 최선이라고 생각한다고 말했다. 그녀는 한숨 자러 침실로 올라가다가 계단에 멈춰 서서 말했다.

“버넌을 현실로 돌려놓는 게 과연 잘하는 일일까요? 그는 정말 행복해 보였어요. 아, 서배스천, 그렇게 행복해 보이는 사람을……"

"조지 그린으로서는 그렇죠."

"그래요. 우리가 잘하고 있는 거겠죠?"

"물론이죠, 난 확신합니다. 그런 부자연스러운 상태에 두는 건 분명 잘못이에요."

"그래요, 부자연스럽죠. 하지만 이상하게도 그는 정말 평범하고 자연스러워 보였어요. 게다가 행복해 보였죠—난 그게 견딜 수 없어요, 행복…… 우린 아무도 그렇게 행복하지 않잖아요?"

서배스천은 그 질문에 대답할 수 없었다.

3

1

이틀 후 서배스천은 애버츠 퓨이선츠를 찾았다. 집사는 쳇윈드 부인이 몸이 좋지 않아 누워 있기 때문에 그를 만날 수 있을지 모르겠다고 말했다.

서배스천은 자기 이름을 대면 부인이 분명 만나줄 거라고 말했다. 그리고 집사를 따라 안으로 들어가 기다렸다. 거실은 휑하고 고요했지만 사치스러워 보였다. 그가 어릴 때 봤던 모습과는 많이 달랐다. '그때는 진짜 집이었는데'라고 생각하면서도 왜 그렇게 생각하는지는 의아했다. 그러다가 곧 알아차렸다. 지금의 집은 얼핏 박물관의 분위기를 풍겼다. 모든 게 적절하게 배치되고 완벽하게 조화를 이루었다. 온전하지 않은 세간은 전부 다른 것으로 교체됐다. 카펫도 덮개도 커튼도 모두 새것이었다.

'돈깨나 들였군.' 서배스천은 거실을 둘러보며 돈이 얼마나 들었을지 거의 정확하게 어림했다. 그는 그런 것을 잘 알았다.

문 열리는 소리가 그의 유익한 지적 훈련을 방해했다. 뺨이 상기된 넬이 손을 뻗으며 들어왔다.

"서배스천! 놀랐어! 난 서배스천이 너무 바빠서 주말 아니면 런던을 못 떠나는 줄 알았어. 물론 주말에도 자리 비우기 힘들겠지만!"

"지난 이틀 동안 2만 파운드쯤 손해봤지." 서배스천이 그녀와 악수하며 툴툴거렸다. "일 내팽개치고 이렇게 돌아다니다가 그렇게 됐어. 잘 지냈어, 넬?"

"응, 난 아주 좋아."

하지만 놀라서 상기됐던 뺨이 원래대로 돌아오자 넬은 별로 좋아 보이지 않았다. 집사는 그녀가 몸이 좋지 않다고 했다. 서배스천은 넬이 지치고 초췌해 보인다고 생각했다.

그녀가 말을 이었다.

"앉아, 서배스천. 기차 놓칠까봐 초조한 사람 같은 얼굴인데? 조지는 지금 집에 없어. 사업차 스페인에 갔고 일주일 후에나 돌아올 거야."

"그래?"

아무튼 그건 잘된 일이었다. 정말 난처한 문제였으니까. 넬은 아무것도 모르지만……

"너무 심각해 보여, 서배스천, 무슨 일 있어?"

그녀는 가볍게 물었지만 서배스천은 적극적으로 이 기회를 잡았다. 말문을 트는 계기가 필요했다.

"응, 넬." 그가 진지하게 말했다. "솔직히 말하자면 일이 터졌어."

서배스천은 그녀가 급히 숨을 들이쉬는 소리를 들었다. 그녀의 눈에 경계의 빛이 떠올랐다.

"무슨 일?" 넬이 물었다.

그녀의 말투가 달라진 것 같았다―딱딱하고 의심하는 듯했다.

"지금부터 하는 이야기는 넬에게 큰 충격일 거야. 버넌에 대한 이야기야."

"버넌에 대한 이야기?"

서배스천은 잠시 기다렸다. 그러고서 입을 열었다.

"버넌이―살아 있어, 넬."

"살아 있다고?" 그녀가 속삭이듯 물었다. 그녀는 한 손을 가슴에 올렸다.

"응."

서배스천의 예상과 달리 넬은 쓰러지지도, 소리를 지르지도, 질문을 퍼붓지도 않았다. 그저 멍하니 눈앞만 응시했다.

그러자 유대인답게 예리한 그의 뇌리에 갑자기 의심이 파고들 었다.

"알고 있었나?"

"아니, 아니야!"

"얼마 전 이곳에 왔을 때―다른 날에―그를 봤던 거 아니 야?"

"그럼 그 사람이―버넌이었어?"

넬은 비명처럼 내질렀다. 서배스천은 고개를 끄덕였다. 그 가 제인에게 말했던 그대로였다. 넬은 자기 눈을 의심했었던 것이다.

"어떻게 생각했어? 아주 많이 닮은 사람인 줄 알았어?"

"응―그랬어, 난 그런 줄 알았어. 어떻게 버넌이라고 생각 할 수 있었겠어? 그 사람도 날 몰라봤는데."

"버넌은 기억을 잃었어, 넬."

"기억을 잃어?"

"응."

서배스천은 최대한 상세하게 이야기했다. 그녀는 귀를 기 울였지만 그가 기대한 것만큼 집중하지는 않았다. 서배스천이 이야기를 마치자 넬이 말했다. "그래―하지만 이제 뭘 어떻게 해야 하지? 그의 기억이 돌아오면? 그럼 우리는 어떡해야 하 는데?"

서배스천은 버넌이 전문의에게 치료를 받고 있다고 설명했다. 최면치료를 통해 잃어버린 기억 일부를 되찾았고, 완전히 되찾는 날도 머지않았다고 말했다. 기술적인 설명은 필요 없을 것 같아 생략했다.

"그럼 버넌이—모든 걸 알게 되는 거야?"

"그렇지."

그녀는 의자에 앉은 채 몸을 움츠렸다. 서배스천은 문득 그녀가 가여워졌다.

"버넌은 넬을 원망할 수 없어. 넬은 몰랐으니까. 아무도 알 수 없었던 일이야. 그의 전사 통보는 아주 단정적이었지. 이런 일은 정말 드물어. 물론 전혀 없는 일은 아니지만. 전사 통보에 착오가 있었더라도 대부분은 빠른 시일 내에 정정되지. 버넌은 넬을 많이 사랑하니까 이해하고 받아들일 거야."

그녀는 아무 말 없이 두 손으로 얼굴을 감쌌다.

"우린—넬만 동의한다면—당분간 모든 걸 덮어두는 편이 좋겠다고 생각해. 물론 넬은 쳇윈드에게 말해야겠지. 그리고 넬과 그 사람과 버넌이—같이 의논하면—"

"그러지 마! 그러지 말라고! 자세한 얘기는 아직 하지 말아 줘. 당분간은 그냥 내버려둬—내가 버넌을 만날 때까지는."

"버넌을 바로 만나고 싶어? 같이 런던에 갈까?"

"아니—그럴 순 없어. 버넌이 오는 게 좋겠어—여기로. 여기라면 아무도 버넌을 알아보지 못할 거야. 하인들도 모두 새로운 사람들이니까."

서배스천이 천천히 말했다. "알았어…… 그렇게 전하지."

넬이 일어났다.

"서배스천―저―이제 돌아가줬으면 해. 더이상 못 견디겠어. 정말 못 견디겠어. 모든 게 너무 끔찍해. 이틀 전까지만 해도 난 정말 행복하고 평온했어……"

"하지만 이건 넬의 버넌이 다시 돌아오는 일이야."

"그래, 그렇지. 난 그런 뜻으로 말한 게 아니야. 서배스천은 이해 못해. 물론 기쁜 일이지. 아아! 돌아가줘, 서배스천. 쫓아내는 것 같아 미안하지만 힘들어서 못 견디겠어. 돌아가줘."

그는 떠났다. 런던으로 돌아오는 동안 그는 무척이나 석연찮은 기분이 들었다.

2

혼자 남은 넬은 다시 침대에 누워 깃털 이불을 끌어당겼다.

역시 사실이었다. 그 남자는 버넌이었다. 그럴 리가 없다고, 얼토당토않은 착각을 한 거라고 스스로를 다독였다. 그후로 계속 마음이 불편했다.

이제 어떻게 되는 걸까? 이 사실을 알면 조지는 뭐라고 할까? 불쌍한 조지. 지금까지 그토록 내게 잘해줬는데.

물론 재혼 후에 전남편이 살아 있다는 것을 알게 된 여자들이 있었다. 너무 무서운 일이다. 넬은 온전하게 조지의 아내였던 적이 없었다.

아니야! 그럴 리 없어. 그런 일이 일어났을 리 없어. 하느님이 그렇게 되도록 내버려두셨을 리 없어―

하느님 생각은 하지 않는 게 나을 것 같았다. 그 생각을 하자 제인이 지껄였던 몹시 불쾌한 이야기가 떠올랐다. 바로 그날이었다.

넬은 자기연민에 푹 빠져서 생각했다. '난 정말 행복했는데……'

버넌이 이해해줄까? 아니면 비난할까? 버넌은 당연히 넬이 돌아와주길 바랄 것이다. 아니면―이제 그녀는 조지의 아내니까―바라지 않을까? 남자들은 이럴 때 어떻게 생각할까?

물론 버넌과 이혼하고 다시 조지와 결혼하는 방법이 있다. 하지만 다들 수군대겠지. 세상일은 왜 이렇게 하나같이 어렵기만 할까.

넬은 갑자기 충격을 받았다. '하지만 난 버넌을 사랑해. 버넌을 사랑한다면서 어떻게 그와 이혼하고 조지와 결혼할 생각을 하지? 버넌이 살아 돌아왔는데.'

그녀는 침대에 누워 계속 뒤척였다. 엠파이어 스타일의 아름다운 침대였다. 프랑스의 고성에 있던 것을 조지가 사 왔다. 흠잡을 데 없고 아주 독특한 침대였다. 그녀는 완벽한 취향, 완벽하고 우아한 명품으로 모든 것이 조화를 이룬 멋진 방안을 둘러보았다.

그때 갑자기 월츠버리에서 살았던 가구 딸린 셋집과 그 집에 있던 말총 소파와 덮개 씌운 의자가 떠올랐다.

……끔찍해! 하지만 그곳에 사는 동안 그들은 행복했었다.

그러나 지금은 어떤가? 넬은 다시 방안을 둘러보았다. 물론 애버츠 퓨이선츠는 조지의 것이다. 아니, 이제 버넌이 돌아왔으니 그게 아닌가? 아무튼 버넌은 전과 다름없이 가난할 것이고—여기서 살 형편은 못 될 것이다…… 조지가 이런저런 손질을 해놓았는데…… 수많은 생각이 그녀의 머릿속을 어지럽혔다.

조지에게 편지를 써야 한다—집에 돌아와달라고 해야 한다. 급한 일이라고만 쓰자—조지는 현명한 사람이니까 분명 무슨 수를 생각해낼 것이다.

아니, 그에게 알리지 않는 게 나을지도 모른다. 버넌을 만나기 전까지는. 버넌은 화를 낼까? 모든 일이 너무 두려웠다.

눈물이 흘렀다. 넬은 흐느꼈다. '너무해—너무해—난 아무 잘못도 하지 않았는데 왜 이런 일이 벌어진 거지? 버넌은 분명

날 원망하겠지만, 나는 몰랐어. 내가 어떻게 알았겠느냐고!'

다시 그 생각이 머리를 스치고 지나갔다.

'난 정말 행복했는데!'

3

버넌은 의사의 말을 이해하려고 애쓰면서 집중했다. 그는 책상 너머 의사를 바라보았다. 키가 크고 마른 의사는 상대의 마음을 꿰뚫어보고 그 자신도 알지 못하는 것까지 읽어내는 듯했다.

그리고 그는 버넌이 알고 싶지 않은 것들까지 모두 알게 만들었다. 마음 깊은 곳에서 여러 가지 기억을 끄집어냈다.

"이제 기억이 돌아왔으니까, 말해봐요, 아내의 재혼 소식을 어떻게 알게 됐죠?" 의사가 물었다.

버넌이 소리쳤다.

"이 이야기를 또 해야 합니까? 모든 게 너무 무서웠습니다. 더이상 그 일에 대해 생각하고 싶지 않단 말입니다."

그러자 의사는 진지하고 부드러우면서도 아주 인상 깊게 설명했다. 지금 말했다시피 모든 일은 '더이상 그 일에 대해 생각하고' 싶지 않았기 때문에 시작됐다고. 이제 그것을 직시하고—철저히 점검해야 한다고…… 그러지 않는다면 또다시 기억을 잃을지도 모른다고 말했다.

두 사람은 이 과정을 되풀이했다.

그러다가 버넌이 더이상 참지 못할 지경에 이르렀을 때, 의사는 그에게 소파에 누우라고 말했다. 의사는 버넌의 이마와 팔다리를 다독이며 지금 그는 쉬는 거라고, 휴식을 취하는 것이며 다시 건강하고 행복해질 거라고 말했다……

버넌의 가슴에 평화가 찾아들었다.

그는 눈을 감았다……

4

사흘 후 버넌은 애버츠 퓨이선츠에 갔다. 그는 서배스천의 차를 타고 갔고 집사에게는 미스터 그린이라고 밝혔다. 넬은 흰색 패널로 장식한 작은 방에서 기다리고 있었다. 마이러가 매일 아침 앉아 있던 방이었다. 넬은 걸어나와 그를 맞으면서 어색한 미소를 지었다. 그녀가 버넌에게 손을 내밀기 직전에 때마침 집사가 문을 닫고 나갔다.

그들은 마주보고 섰다. 이윽고 버넌이 말했다.

"넬……"

넬은 그의 품에 안겼다. 버넌은 그녀에게 키스했다—키스하고—또 키스했다……

마침내 그가 팔을 풀었다. 둘은 의자에 앉았다. 격렬했던 인사를 제외하면 고요하고 침울할 정도로 가라앉아 있었다. 지난 며칠 동안 그는 너무도—너무도 많은 일을 겪었다……

가끔 버넌은 모두가 자신을 그냥 조지 그린으로 살게 내버려두면 좋았을 거라고 생각했다. 조지 그린으로 살아가는 편이 행복했기 때문이다.

버넌이 더듬거리며 말했다.

"괜찮아, 넬, 내가 당신을 원망한다고 생각하지 마. 난 이해해…… 그냥 마음이 아플 뿐이지. 마음이 너무 아파. 당연한 거겠지."

그녀가 말했다. "난—"

버넌이 말을 끊었다.

"그래 알아, 나도 안다고! 그 일에 대해서는 말하지 말자. 그 일은 듣고 싶지 않아. 생각조차 하기 싫어……" 그는 말투를 바꿔서 덧붙였다. "사람들은 그게 나 때문이었다고 말해. 그래서 그런 일이 벌어진 거라고."

넬은 열망하듯이 말했다. "난 전부 듣고 싶어. 다 얘기해줘."

"별로 할 얘기가 없어." 그는 흥미가 없는 듯이 담담하게 말했다. "난 포로가 됐어. 전사자로 처리된 이유는 나도 잘 모르겠어. 하지만 짐작은 가. 독일군 중에 나와 비슷하게 생긴 자가 있었거든. 똑같은 정도는 아니고 언뜻 보기에 닮은 정도였지. 내 독일어 실력은 아주 형편없지만 그들이 하는 이야기를 들었어. 그들은 내 군낭과 군번줄을 뺏어갔어. 나로 위장해서 영국군에 잠입해 정보를 얻으려고 했을 거야. 우린 식민지 부대의 지원을 기다리고 있었고, 그들도 그 사실을 알고 있었어. 그 독일군을 잠입시켜 하루이틀 정도 정보를 수집할 계획이었을 거야. 물론 이건 내 추측이야. 하지만 이게 포로 명단에서 내 이름이 빠져 있고 나만 프랑스인과 벨기에인이 대부분인 수용소로 보내졌는지에 대한 설명이 될 거야. 그렇지만 이제 와서 그게 뭐가 중요하겠어? 그 독일인은 우리 전선을 통과하다 죽었고 내 이름으로 묻힌 것 같아. 난 독일에서 굉장히 힘들었고, 부상을 당한데다 열병까지 걸려 죽을 뻔했어. 그러다 결국 탈출했고—아아! 긴 이야기야. 구구절절 말하진 않을게. 난 악몽 같은 시간을 보냈어. 며칠 동안 먹지도 마시지도 못했지. 난 네덜란드 국경을 넘었어. 지칠 대로 지치고 극도로 긴장한 상태였지. 머릿속엔 한 가지 생각밖에 없었어—당신에게 돌아가야 한다는 생각."

"정말?"

"그때 그것을 봤어. 난삽한 삽화가 잔뜩 실린 신문에서. 당신이 결혼했다는 기사가 실려 있더군. 그게—날 주저앉게 만들었지. 그래도 난 인정하지 않으려 했어. 사실이 아닐 거라고 생각했지. 난 밖으로 나갔어—어디를 걸었는지 모르겠어. 머릿속이 완전히 뒤죽박죽이었거든.

도로에 커다란 트럭이 달려오고 있었고, 난 기회라고 생각했어—모든 걸 끝내버리자—이 모든 상황에서 빠져나갈 기회다. 그렇게 트럭 앞으로 뛰어들었어."

"아아, 버넌." 넬은 몸을 떨었다.

"그게 끝이었어. 버넌 데어로서 나는 끝났던 거야. 정신을 차렸을 때는 그 이름만 떠올랐어. 조지. 그 행운아, 조지. 조지 그린."

"왜 그린이었을까?"

"어릴 때 내가 만든 상상 속 친구였거든. 그리고 네덜란드에서 묵었던 여관집 아가씨가 그린이라는 이름의 남자친구를 찾아달라고 부탁했었어. 그래서 수첩에 그 이름을 적어뒀던 거야."

"다른 건 아무것도 기억나지 않았고?"

"응."

"많이 무서웠겠다."

"아니—그렇지 않았어. 나는 아무 걱정도 없는 것 같았어." 그는 아쉽다는 듯이 덧붙였다. "무척 행복하고 즐거웠어."

그러고서 그는 넬을 바라보았다.

"하지만 이제 그런 건 아무래도 좋아. 당신만 중요할 뿐 다른 건 상관없어."

넬은 그에게 미소 지었지만, 애매하고 불확실한 미소였다. 하지만 버넌은 알아차리지 못하고 계속했다.

"악몽 같았어—원래의 나로 돌아오기 위해 기억을 떠올려야 한다는 게. 싫은 기억들뿐이었어. 그 기억들은—사실 내가 대면하고 싶지 않은 것들이었지. 난 지금까지 늘 지독한 겁쟁이였던 것 같아. 보고 싶지 않은 것들은 외면했지. 인정하지 않으려 했고……"

버넌이 불현듯 일어나 넬에게 다가가더니 그녀의 무릎에 얼굴을 묻었다.

"소중한 넬—다 괜찮아. 당신이 누구보다 날 사랑한다는 걸 아니까. 날 사랑하지?"

넬이 말했다. "물론이지."

그 목소리는 그녀의 귀에도 너무 기계적으로 들렸다. 분명 버넌은 그녀가 가장 사랑하는 사람이었다. 그와 입술을 포갠 순간, 넬은 다시 전쟁 초기의 행복했던 날들로 휩쓸려 돌아간 듯했다. 조지에게는 그런 감정을 느낀 적이 없었다…… 녹아드는 것 같은 열정적인 감정……

"그런데 당신 말투가 좀 이상해—마치 마음에도 없는 소리를 하는 것처럼."

"아니야, 진심이야."

"조지한테 미안하게 생각하고 있어. 너무 안됐으니까. 그는 어때? 많이 힘들어하지?"

"아직 말하지 않았어."

"뭐?"

넬은 해명하려 했다.

"조지는 지금 집에 없어―스페인에 갔는데―거기 주소를 모르거든."

"아, 그렇군……"

버넌이 잠시 말을 끊었다가 이었다.

"당신도 무척 힘들 거야. 하지만 어쩔 수 없는 일이잖아. 우리에게는 서로가 있어."

"그래."

버넌은 방안을 둘러보았다.

"어쨌든 조지는 이 집을 갖게 됐잖아. 난 아무것도 없는 거지 신세라서 부러워 배가 아플 지경이군. 하지만 상관없어. 여긴 원래 내 집이야. 오백 년 동안 데어가 사람들이 살아온 곳. 그래, 그게 뭐가 중요하겠어. 전에 제인은 내게 모든 것을 다 가질 수는 없다고 말했어. 난 당신을 가졌고, 중요한 건 그것뿐이야. 살 곳을 찾아봐야지. 단칸방도 상관없어."

버넌은 가만히 넬을 껴안았다. 넬은 방금 버넌이 한 말에

왜 이렇게 차가운 실망감이 드는 걸까 하고 생각했다. '단칸 방……'

"이거 참 성가시네! 걸리적거려!"

그는 반쯤 웃으면서 넬의 진주목걸이를 성급하게 들어올렸다. 그러고는 목걸이를 풀어 바닥에 떨어뜨렸다. 예쁜 진주목걸이를! 넬은 생각했다. '어차피 조지에게 돌려줘야겠지.' 다시 한기가 돌았다. 조지가 준 예쁜 보석들 전부.

이런 생각만 하고 있다니 난 정말 몹쓸 여자야.

마침내 버넌도 눈치챘다. 그는 바닥에 무릎을 꿇은 채 허리를 펴고 넬을 바라보았다.

"넬―왜 그래?"

"아니―아무것도 아니야."

그녀는 차마 그와 눈을 마주칠 수 없었다. 너무 수치스러웠다.

"뭔가 있어…… 말해봐."

넬은 고개를 저었다.

"아무것도 아니야……"

또다시 가난해질 순 없었다―그럴 순 없었다―그녀는 그럴 수가 없었다……

"넬, 내게 말해야 해……"

버넌이 알아서는 안 된다. 버넌은 그녀의 진짜 모습을 몰라야 한다. 너무도 수치스러웠다.

“나를 사랑하지? 그렇지, 넬?”

“그럼!” 열정적인 대답이었다. 어쨌든 그건 사실이니까.

“그런데 왜 그래? 뭔가가 있는 게 분명해…… 아!”

버넌이 일어섰다. 그의 얼굴은 파랗게 질려 있었다. 넬은 불안한 마음으로 그를 올려다보았다.

“그런 거야?” 버넌이 낮은 목소리로 중얼거렸다. “그런 거구나. 당신, 아기를 가졌구나……”

넬은 석상처럼 앉아 있었다…… 생각지도 못한 일이었다. 그러나 정말 그렇다면 모든 게 해결된다. 버넌은 어차피 사실을 알 수 없을 것이다……

“역시 그런 거야?”

다시 한번 몇 시간이 흐른 것 같았다. 넬의 머릿속에서 갖가지 생각이 휘몰아쳤다. 마침내 넬을 살머시 끄덕이게 한 것은 그녀가 아니라 그녀 바깥에 있는 어떤 것이었다……

버넌이 살짝 몸을 떼고 딱딱하고 메마른 목소리로 말했다.

“그렇다면 이야기가 달라지지…… 가여운 넬…… 당신은—우리는 그럴 수 없어…… 그래, 아무도 몰라—내가 돌아왔다는 건—의사와 서배스천과 제인밖에 모르지. 그들은 말하지 않을 거야. 나는 전사자야—나는 죽었어……”

넬이 움직이려 하자 버넌이 손을 들어 제지했다. 그는 문 쪽으로 뒷걸음질했다.

"아무 말도 하지 마—제발 아무 말도 하지 마. 말하면 더 괴로워질 거야. 난 갈게. 당신을 만지지도 키스하지도 않겠어. —잘 있어."

넬은 문이 열리는 소리를 들었고—소리라도 지를 것처럼 움직였지만—아무 소리도 내지 않았다. 문이 닫혔다.

아직 늦지 않았다…… 차는 아직 출발하지 않았다……

하지만 넬은 여전히 움직이지 않았다……

잠시 괴로움에 젖어 자신의 마음을 들여다보며 생각했다. '결국 난 이런 사람인 거야……'

하지만 그녀는 소리를 내지도 움직이지도 않았다.

사 년의 안락한 삶이 그녀의 의지를 묶고, 그녀의 목소리를 가두고, 그녀의 몸을 마비시켰다……

Chapter

4

1

"하딩 양이 찾아오셨습니다, 부인."

넬은 깜짝 놀랐다. 버넌과 만나고 하루가 흘렀다. 다 끝났다고 생각했다. 그런데 제인이라니!

넬은 제인이 두려웠다……

만남을 거부할 수도 있었다.

넬이 말했다. "위층으로 모셔요."

이 거실은 그녀만 사용하는 사적인 공간이었다……

얼마나 오래 기다렸을까. 돌아가버렸나? 아니었다―제인이 나타났다.

제인은 키가 무척 커 보였다. 넬은 몸을 움츠리고 소파에 앉아 있었다. 제인의 얼굴은 악랄해 보였다. 넬은 항상 그렇게 생각했다. 이제 그 얼굴에는 복수심으로 가득한 분노가 어려 있었다.

집사가 물러났다. 제인은 우뚝 서서 넬을 내려다보았다. 그러더니 고개를 홱 젖히고 웃음을 터뜨렸다.

"아기 세례식에 꼭 초대해줘요." 제인이 말했다.

넬은 움찔했다. 그러나 도도하게 대꾸했다.

"무슨 말인지 모르겠군요."

"아직은 집안사람들밖에 모르나보죠? 넬, 당신은 가증스러운 거짓말쟁이예요. 아기를 갖지 않았잖아요. 당신은 아기를 가질 여자가 아니에요. 출산에는 큰 위험과 고통이 따르니까. 무슨 생각으로 버넌에게 그런 어이없고 돼먹지 못한 거짓말을 했죠?"

넬은 퉁명스럽게 대답했다. "난 그런 말 한 적 없어요. 버넌이―그렇게 생각했을 뿐이에요."

"그게 더 돼먹지 못한 거죠."

"난 당신이 왜 여기까지 찾아와서―이런 소리를 늘어놓는지 모르겠어요."

넬의 항의는 약하고 무기력하게 들렸다. 아무리 애를 써도 그 말에 걸맞은 노기를 실을 수 없었던 것이다. 제인 앞이라서 더욱 그랬다. 제인은 언제나 불쾌할 정도로 꿰뚫어보았다. 소름이 끼쳤다! 그냥 돌아가줬으면.

넬은 벌떡 일어서서 애써 단호하게 말했다.

"당신이 왜 여기까지 찾아와 이러는지 모르겠어요. 그저 시비를 걸려고 온 거라면……"

"잘 들어요, 넬. 당신에게 진실을 말해줄 테니까. 당신은 전에도 버넌을 버렸어요. 그때 그는 내게 왔어요. 내게 왔다고요. 우린 석 달 동안 함께 살았어요. 당신이 내 아파트에 찾아왔을 때도 버넌은 우리집에 있었어요. 이런, 충격받았나요…… 아직은 여자의 본능이 남아 있나보군요. 그거 다행이네요.

당신은 그때 내게서 버넌을 데려갔어요. 그는 내 생각은 조금도 하지 않고 당신에게 돌아갔죠. 지금도 당신이 원하기만 한다면 버넌은 당신 거예요. 하지만 이 말은 분명히 해두죠. 만약 당신이 이번에도 버넌을 버린다면, 그는 또다시 내게 올 거예요. 그래요, 버넌은 그럴 거예요. 당신은 속으로 날 경멸하죠? '그렇고 그런 여자'라고 깔보죠? 하지만 난 그런 여자이기 때문에 강해요. 당신이 아무리 배워도 못 따라올 만큼 난 남자를 잘 알아요. 난 원하기만 하면 그를 가질 수 있어요. 그리고 난 그를 원해요. 언제나 그랬어요."

넬은 몸을 떨었다. 고개를 돌리고 손바닥에 손톱자국이 생길 만큼 주먹을 꽉 쥐었다.

"왜 나한테 그런 이야기를 하는 거죠? 당신은 악마예요."

"당신에게 상처 주고 싶으니까! 더 늦기 전에 당신에게 지독한 아픔을 주고 싶으니까! 아니, 고개 돌리지 마요. 그래 봐야 내가 하려는 말을 피할 수 없어요. 날 봐요—보라고요—그 눈과 마음과 머리로…… 당신의 그 하찮은 영혼의 마지막 남은 귀퉁이로 버넌을 사랑해봐요…… 내 품에 안겨 있는 버넌을 생각해봐요—그의 입술이 내 입술을 누르고, 그가 퍼붓는 키스가 내 몸을 달군다고 상상해보라고요…… 그런 생각을 해보라고요!

물론 그것마저도 당신은 곧 개의치 않게 되겠죠. 하지만 지금은 마음에 걸리겠지…… 당신도 사랑하는 남자를 다른 여자에게 보내는 건 싫겠죠? 그것도 당신이 싫어하는 여자에게? 넬이 제인에게 보내는 사랑의 선물이라……"

"돌아가요." 넬이 힘없이 말했다. "돌아가라고요……"

"갈 거예요. 하지만 지금도 늦지 않았어요…… 그 거짓말을 되돌릴 수 있다고요."

"돌아가요…… 돌아가……"

"어서 그렇게 해요—더 늦으면 당신은 그것마저 할 수 없게 될 거예요." 제인은 문가에 서서 돌아보았다. "난 버넌을 위해서 온 거예요—날 위해서가 아니라. 난 버넌을 되찾고 싶어요. 그리고 그를 가질 거예요……" 제인은 잠시 멈췄다가 말했다. "당신이 그러지 않는다면……"

제인은 나갔다.

넬은 양손을 꽉 쥐고 앉아 있었다.

그녀는 맹렬하게 되뇌었다. "저 여자는 절대 가질 수 없어. 저 여자는……"

넬은 버넌을 원했다. 그를 원했다. 그러나 한때 그는 제인을 사랑했다. 그가 다시 제인을 사랑할지도 모른다. 제인이 뭐라고 했지? "그의 입술이 내 입술을 누르고…… 그가 퍼붓는 키스가 내 몸을 달군다……" 아 맙소사. 넬은 견딜 수 없었다. 그녀는 벌떡 일어나 전화기 쪽으로 갔다.

문이 열렸다. 넬은 천천히 몸을 돌렸다. 조지가 들어왔다. 여느 때와 다름없이 쾌활한 모습이었다.

"여보, 나 왔어." 그가 거실을 가로질러와서 넬에게 키스했다. "나 돌아왔어. 바다 건너오느라 힘들었어. 채널해협보다는 대서양을 건너는 게 훨씬 낫단 말이지."

넬은 조지가 돌아오는 날을 까맣게 잊고 있었다! 지금 조지에게 이야기할 수는 없었다—그건 잔인한 짓이다. 일상적인 대화를 하던 중에 난데없이 비극적인 소식을 전하는 건 너무 힘들다. 이따 밤에—나중에…… 그때까지는 아내의 역할을 다하자.

넬은 조지의 포옹에 기계적으로 응하고는 자리에 앉아서 그의 말에 귀기울였다.

"당신 선물을 사 왔어. 이걸 보니까 당신 생각이 나더라고."

그는 주머니에서 벨벳 상자를 꺼냈다.

상자 안에는 흰 벨벳 받침에 커다란 장밋빛 다이아몬드목걸이가 있었다. 흠잡을 데 없이 섬세한 다이아몬드가 박혔다. 넬은 숨을 멈추고 감탄했다.

조지가 목걸이를 들어 넬의 목에 걸어주었다. 넬은 시선을 내렸다. 장밋빛 정교한 보석이 가슴골에서 반짝였다. 뭔가가 그녀에게 최면을 걸었다.

조지는 그녀를 거울 앞으로 데려갔다. 넬은 아주 차분하고 우아한 금발의 미인을 보았다. 구불거리는 단발머리, 매니큐어 칠한 손톱, 풍성하고 보드라운 레이스 치마, 거미줄 같은 실크 스타킹, 앙증맞은 자수 슬리퍼. 그녀는 장밋빛 다이아몬드의 단단하고 서늘한 아름다움을 보았다.

그리고 뒤에 선 조지 첏윈드를 보았다─자상하고, 너그럽고, 아늑한 안정감을 주는 사람……

소중한 사람. 넬은 그에게 상처 줄 수 없었다……

키스…… 키스가 뭐라고? 그런 건 생각할 필요가 없다. 생각하지 않는 것이 좋다……

버넌…… 제인……

그들은 생각하지 않기로 했다. 좋든 나쁘든 넬은 선택했다. 괴로운 순간도 있겠지만, 모든 면에서 이편이 낫다. 버넌에게도 그럴 것이다. 그녀가 행복하지 않은데 버넌이 어떻게 그녀를 행복하게 해준단 말인가……

넬은 상냥하게 말했다. "근사해요, 여보. 정말 고마워요. 차를 준비하라고 종을 울려요. 여기서 함께 마셔요."

"좋지. 근데 누구한테 전화하려던 거 아니었어? 내가 방해한 것 같던데."

넬은 고개를 저었다.

"아니요." 그녀가 말했다. "마음이 바뀌었어요."

버넌 데어가 모스크바에서
서배스천 레빈에게 보낸 편지들

친애하는 서배스천

러시아에 '이름 없는 짐승'*에 관한 전설이 있다는 것을 알고 있나?

정치적인 의미에서 하는 말이 아니야. (그렇지만 적그리스도에 대한 집단 히스테리는 흥미롭지 않나?) 그 전설이 '짐승'에 대한 내 공포를 연상시켰기 때문이야. 나는 러시아에 온 후 '짐승'에 대해 꽤 많이 생각하고—그것의 진정한

------

* 구약 「다니엘서」 7장에도 이름 없는 짐승 이야기가 나온다.

의미를 밝히려고 애쓰고 있어.

거기에는 피아노에 대한 맹목적인 두려움 이상의 뭔가가 있었기 때문이야. 런던의 그 의사는 내가 여러모로 많은 것에 눈뜨도록 도와줬어. 난 내가 평생 겁쟁이로 살았다는 걸 깨달았어. 너도 알고 있을 거야. 넌 거기에 대해 조심스럽게 심중을 비친 적이 있었지. 난 지금까지 현실에서 도망치며 살았어…… 언제나 그랬지.

지금 다시 생각해보면 짐승은 나무와 철사로 만들어진 단순한 악기가 아니라 어떤 상징적인 의미를 지녔던 것 같아. 미래와 과거가 동시에 존재하고, 인간이 공간을 여행하는 것처럼 시간을 여행할 수도 있다고―말하자면 어떤 것에서 다른 것으로―말하는 수학자가 있어. 기억이란 정신의 습관에 불과하고, 방법만 알면 지난 일뿐만 아니라 미래의 일도 알 수 있다고 주장하는 사람들도 있고. 헛소리처럼 들리겠지만 난 다 가능하다고 믿어.

우리는 부분적이지만 미래를 분명히 알고, 가까이 인식하고 있어. 난 그렇다고 믿어.

그렇기 때문에 우리가 종종 움츠러드는 게 아닐까? 운명의 짐이 무거워서 우리는 그 그늘에서 움츠러들지…… 나는 음악으로부터 달아나려고 해봤지만 그것이 날 붙잡았어. 그 음악회에서 음악이 날 붙잡았던 거야. 구세군 집회에서 사람들이 종교에 사로잡혔던 것처럼.

　이런 걸 악마 같다고 해야 할까—신적이라고 해야 할까. 그렇다면 구약에 등장하는 질투하는 신이겠지—그건 내가 붙잡으려 했던 모든 걸 휩쓸어갔으니까. 애버츠 퓨이선츠……넬……

　이런 제길, 내게 남은 게 뭐지? 아무것도 없어. 심지어 그 저주스러운 음악조차 남지 않았어…… 이제 작곡에는 의욕조차 없어. 아무것도 들리지 않고—아무것도 느껴지지 않아…… 음악이 내게 돌아올까? 제인은 그럴 거라고 해…… 아주 확신하는 것 같아. 제인이 안부를 전하는군.

버넌

2

　넌 눈치 빠른 녀석이야, 서배스천. 넌 사모바르*나 러시아의 정치 상황이나 이곳 생활에 대해 좀더 상세히 쓰라고 닦달하지 않지. 물론 이 나라는 어수선하기 짝이 없어. 이렇다 할 게 뭐 있겠어? 하지만 아주 흥미롭지……

---

* 러시아 전래의 특유한 주전자.

제인이 안부 전해달래.

버넌

3

친애하는 서배스천

날 여기로 데려온 제인의 판단이 옳았어. 우선 여기서는 누구도 날 우연히 만나 죽음에서 부활한 걸 축복할 일이 없어. 두번째, 내 관점에서 이곳은 세상에서 가장 흥미로운 곳이야. 여긴 마치 자유롭고 편안한 실험실 같아서 누구나 위험하기 그지없는 실험을 하고 있어. 정치적인 견지에서만 보자면 전 세계가 러시아를 주목하는 것 같아. 경제, 기아, 도덕의 붕괴, 자유의 결여, 병약한 아이들, 비행 청소년들…… 기타 등등……

하지만 악덕과 타락과 무질서 속에서 종종 놀라운 것이 생겨나기도 하지. 예술에 대한 러시아의 사상은 전반적으로 독특해…… 난생처음 들어보는 유치한 헛소리도 있지만 거지의 누더기 사이로 보이는 빛나는 살결처럼 멋진 번뜩임이 엿보이거든……

'이름 없는 짐승'…… 집단적 인간…… 혹시 공산주의

혁명 기념탑에 그려진 그림 본 적 있나? 〈철의 거인〉 말이야. 그건 상상력을 자극하는 그림이 분명해.

기계―기계의 시대…… 볼셰비키들은 기계와 관련된 것이라면 무조건 숭배하지! 그러면서도 그것에 대해서는 아무것도 몰라! 그렇기 때문에 기계가 더 경이로워 보이는 거겠지. 시카고의 기계공이 자기가 사는 도시를 주제로 "한 개의 나사 위에 세워진 도시! 전기발전기와 기계의 도시! 강철 원반 위에 나선형으로 지어져 매시간 빙글빙글 도는―오천 개의 마천루……" 같은 문구가 들어간 역동적인 시를 짓는다고 상상해봐. 미국의 정신으로 볼 때는 정말 이질적이지 않나!

하지만 어떤 것을 아주 가까이서 본 적 있나? 기계에 대해 잘 모르는 사람들이야말로 기계의 영혼과 의미를 볼 수 있는 사람들 아닐까…… '이름 없는 짐승'…… 나의 짐승을? 그럴지도 몰라……

집단적 인간―결국 거대한 기계로 변하는 그것이…… 일찍이 인류를 존속시켰던 집단본능이 새로운 형태로 등장하고 있는 거야……

살아간다는 건 개개인에게 한층 더 힘들고 위험해지고 있어. 도스토옙스키가 어느 책에서 이런 글을 썼지.

양떼는 다시 한데 모여 다시금 복종할 것이며, 이번에는 영원히 그럴 것이다. 그때 우리는 그들에게 조용하고 겸손한 행복을, 그

들처럼 나약하게 태어난 피조물들에게 합당한 행복을 줄 것이다.[*]

집단본능…… 그게 뭘까……

버넌

4

도스토옙스키의 또다른 구절을 찾아냈어. 네가 쓴 이야기도 이걸 말한다는 생각이 들어.

"그저 우리, 비밀을 간직하고 있는 우리, 오직 우리만이 불행해질 테니. 그렇게 해서 수십억의 행복한 어린애들과 선악의 인식이라는 저주를 떠맡은 수십만 명의 수난자가 있게 되겠지."[**]

너처럼 도스토옙스키도 어느 시대에나 개인주의자는 있는 법이라고 말했지. 횃불을 드는 건 개인주의자들이야. 거대한 기계로 녹아들어간 인간은 결국 소멸하게 돼 있어. 기계에는 영혼이 없고 결국은 고철이 될 뿐이니까.

인간은 돌을 숭배해서 스톤헨지를 세웠지. 그것을 세운 인간들은 죽어서 이름도 남지 않았지만 스톤헨지는 지금도

---

[*] 도스토옙스키, 『카라마조프가의 형제들 1』, 김희숙 옮김. 문학동네, 524쪽.

[**] 같은 책, 525~526쪽.

존재해. 역설적으로 말하면 그들은 후손인 너와 내 속에 살아 있다는 거야. 비록 스톤헨지와 그것이 상징하는 것은 죽었더라도. 죽는 것은 살아남고, 불멸이어야 하는 건 소멸한 거야.

영원히 살아남는 건 인간이야. (그럴까? 인간의 터무니없는 교만 아닐까? 하지만 우리는 그렇게 믿고 있지!) 그래서 기계의 배후에는 개인이 있어야 해. 도스토옙스키가 그렇게 말했고, 너 역시 그랬지. 생각해보니 너도 도스토옙스키도 러시아인이군. 영국인인 나는 좀더 비관적이야.

도스토옙스키의 구절이 내게 뭘 연상시키는지 아나? 내 어린 시절이야. 미스터 그린과 백 명의 자식—그리고 푸들과 스퀴럴과 트리. 그건 수십만의 수난자지……

버넌

5

친애하는 서배스천

네가 옳다는 생각이 들어. 전에는 생각이란 걸 해본 적이 별로 없어. 소용없는 짓처럼 보였거든. 사실 지금도 그렇게 보지 않는다는 확신은 없어.

문제는 내가 '음악으로 이야기'할 수가 없다는 거야. 빌어먹을, 나는 왜 음악으로 그것을 이야기하지 못할까? 음악은 내 천직이라고 어느 때보다 확신하는데. 그런데 아직—아무것도 못하고 있어……

지옥이야……

버넌

6

친애하는 서배스천

내가 제인에 대해 전혀 쓰지 않는다고? 새삼 뭘 쓰겠어? 제인은 멋진 여자야. 우리 둘 다 알고 있잖나. 직접 제인에게 편지 쓰지 그래?

그럼 이만.

버넌

7

친애하는 서배스천

제인이 네가 올지 모른다는 이야기를 했어. 난 정말 네가 와주길 바라. 육 개월이나 편지를 못 보내서 미안해. 내가 원래 부지런히 쓰는 사람은 아니지.

조와 만났나? 나는 제인과 파리에 들렀을 때 조를 봐서 좋았어. 조는 믿을 만해. 우리 비밀을 절대 이야기하지 않을 거야. 아무튼 조가 알게 돼서 다행이야. 조와 나는 편지를 주고받지 않아. 서로에게 편지라는 걸 써본 적이 없지……하지만 네가 혹시 조의 소식을 따로 들었는지 궁금해. 그때 조가 별로 건강해 보이지 않았거든…… 가여운 조―일이 엉망으로 꼬여버렸지……

타틀린*의 제3인터내셔널** 기념탑 계획에 대해 들어봤나? 세 개의 대형 유리방을 수직 대들보와 나선형 구조물로 연결한 거야. 특수 기계장치를 이용해서 세 개의 방이 서로 다른 속도로 끊임없이 움직이게 되어 있어.

그 안에서 인간들은 성聖 아세틸렌*** 취관에 맞춰 찬송가를 부르겠지!

언젠가 밤에 차를 타고 런던에 가다가 루이셤**** 인근 철로

___

* 러시아 조각가이자 건축가. 기계적이고 기하학적인 형태의 새로운 형식미를 창조했다.
** 1919년 모스크바에서 창설된 공산주의 국제연합. 약칭은 코민테른.
*** 용접용 기체.
**** 템스강 남쪽의 부유한 주택지.

에서 길을 잘못 들어 서리 부두로 갔던 것 기억나? 누추한 집들 사이로 크레인과 자욱한 연기, 조립식 철근 다리들로 이루어진 입체파의 기묘한 그림 같은 풍경을 봤지. 그때 넌 연출가답게 그것을 무대 배경으로 쓰면 좋겠다고 했잖아— 전문 용어는 모르겠지만.

놀라워, 서배스천! 넌 기계의 웅대한 장관을 연출할 줄 아는 친구야—강렬한 효과와 조명—인간이 아닌 얼굴을 가진 군상—개인이 아닌 집단으로서의 인간. 너는 그런 것들을 생각하고 있겠지?

건축가로서 타틀린이 한 이야기는 훌륭하지만 헛소리도 있다고 생각해.

"대도시의 리듬, 공장과 기계, 대중 조직의 리듬만이 새로운 예술에 필요한 자극을 줄 수 있다……"

그는 '기계의 기념탑'이라는, 오직 현재에만 적절한 표현으로 계속 이야기했어.

물론 너는 오늘날의 러시아 연극에 대해서도 알 거야. 그건 네 일이기도 하니까. 난 메이예르홀트*가 소문대로 뛰어난 연출가라고 생각해. 하지만 드라마와 프로파간다를 뒤섞어도 되는 걸까?

그래도 극장에 도착해서 여기저기 행진하듯 돌아다니며 군중과 어울리는 것도 흥분되는 일이긴 해. 막이 오르고, 흔들의자와 대포와 회전 장치뿐인 무대를 보면 어린이 연극 같은 기분이 들지만. 유치하고 터무니없긴 해도 그 아이는 위험하고 상당히 흥미로운 장난감을 쥐고 있어. 그게 다른 사람 손에 들어간다면⋯⋯

네 손, 서배스천 네게 들어간다면 말이야⋯⋯ 넌 러시아인이야. 하지만 다행히도 신神의 도우심과 지리적으로 떨어져 있다는 것 덕분에 프로파간다에 물들진 않았지. 그냥 순수하고 단순한 흥행사인 거야⋯⋯

대도시의 리듬—그것을 그림으로 그리고⋯⋯

젠장—거기에 어울리는 음악을 네게 줄 수 있다면⋯⋯ 지금 필요한 건 음악인데.

공장 사이렌 소리의 교향악 같은 그들의 '소음 음악'에는 돌아버리겠어! 1922년에 바쿠*에서 공연이 있었지. 포병대의 포열—기관총—합창—해군의 무중 호각. 우스꽝스럽더군! 그래, 하지만 작곡가만 있었다면⋯⋯

아이를 원하는 여자의 갈망보다 음악을 만들고 싶은 내 갈망이 더 간절할 거야⋯⋯

---

* 아제르바이잔의 수도.

그런데 난 씨가 말랐어—불모의 상태야……

버넌

8

친애하는 서배스천

네가 여기 다녀간 일이 꿈만 같아…… 난 네가 정말 〈세 악당을 속여넘긴 악당 이야기〉를 올릴지 궁금해.

나는 이제야 겨우 네가 얼마나 큰 성공을 거두고 있는지 깨닫기 시작했어. 네가 현재의 일인자라는 사실을 이제야 실감한 거야. 그래, 넌 내셔널 오페라 하우스를 세웠지—영국에 그런 극장이 생길 때도 됐어—그런데 오페라를 올린다고? 그 고리타분하고 진부하고 우스운 사적인 연애담을……

지금까지 내게 음악이란 아이가 그린 집 그림과 비슷했어—벽 네 개—문 하나, 창문 두 개, 굴뚝. 그래, 그 이상 뭐가 더 필요하겠어!

페인베르크*와 프로코피예프**는 그 이상의 것을 달성했

---

* 러시아 피아니스트이자 작곡가.
** 러시아 작곡가.

지만 말이야.

우리가 얼마나 '입체파'와 '미래파'를 헐뜯었는지 기억나나? 적어도 난 그랬지—생각해보니 넌 동의하지 않았던 것 같지만.

그런데 어느 날—극장에 갔다가—공중에서 대도시를 찍은 장면을 봤어. 첨탑이 뒤집히고 빌딩이 기울어져 있었어. 콘크리트와 강철과 쇠는 그렇게 될 수 없다고 알았던 사람으로서는 믿을 수 없는 장면이었지! 나는 그때 비로소 아인슈타인의 상대성 이론이 무엇을 의미하는지 어렴풋이나마 이해하게 됐어.

우리는 음악의 형태에 대해 아무것도 몰라…… 거의 모든 사물의 형태에 대해 아무것도 모른다고 할 수도 있지…… 왜냐하면 사물의 한 면은 언제나 다른 공간을 향해 열려 있으니까……

언젠가는 너도 내 말을 이해하게 될 거야…… 음악이 무엇을 의미하는지…… 내가 이해하게 된 게 무엇인지……

내 오페라는 정말 졸작이었어. 오페라라는 게 원래 다 그렇게 엉망이지. 음악은 절대 묘사적인 것이 아니야. 어떤 이야기를 취해서 거기에 묘사적인 음악을 부여한다는 것은 어떤 악절을 쓴 다음—말하자면 관념적으로—그것을 연주할 수 있는 악기를 찾는 거야. 스트라빈스키가 클라리넷을 위한 악절을 썼다면, 다른 악기가 그 악절을 연주하는 건 생각도 할 수 없는 일이라고!

음악은 수학 같은 것이어야 해—순수과학이니까—소리가 일으키는 순수한 감정만 있어야 하고, 거기에는 드라마나 낭만주의, 관념 같은 것도 근접할 수 없어.

나는 마음속 깊이 항상 그렇게 느껴왔어…… 음악은 절대음악이어야 한다고.

물론 내가 그 이상을 실현한다는 말은 아니야. 관념에 영향을 받지 않는 순수한 소리를 만드는 건 불가능에 가까운 이상이니까.

내 음악은 기계의 음악이 되겠지. 그것을 어떻게 요리할지는 네게 맡길게. 현대는 연출의 시대고 연출은 우리가 상상도 못했던 수준까지 이를 거야. 아직 시작도 못한, 그리고 영원히 시작 못할 가능성이 높은 내 걸작의 시각적인 효과에 대해서는 네게 일임하는 게 좋겠어.

음악은 음색, 음도, 상대적 속도, 반복으로 이루어진 사차원적인 것이어야 해.

아직도 우리는 쇤베르크*를 정당하게 평가하지 않는 것같아. 현대 정신을 대변하는 그 명석한 냉혹함. 오직 그만이

---

* 오스트리아 출신의 미국 작곡가. 무조음악, 십이음 기법 등을 도입했다.

전통을 무시할 수 있는 용기, 본질을 규명하고 진리를 발견하는 용기를 지니고 있었어.

내게 중요한 인물은 쇤베르크뿐이야. 그의 보법譜法은 널리 받아들여져야 해. 읽을 수 있는 악보가 되려면 그게 절대적으로 필요해.

하나 유감인 것은 쇤베르크가 악기들을 경시했다는 점이야. 그는 악기의 노예가 되는 것을 두려워했지. 그는 악기가 바라건 바라지 않건 악기를 자신에게 복종하게 만드는 사람이었어.

나는 내 악기에게 영광을 줄 거야…… 그들이 원하는 것을 줄 거야—늘 원해왔던 것을……

그런데 서배스천, 대체 음악이라는 이 괴상한 것의 정체는 뭘까? 생각할수록 더 모르겠어……

버넌

9

그동안 좀 뜸했지? 줄곧 바빴어. 여러 가지 실험을 하느라. 이름 없는 짐승을 표현하는 수단, 그러니까 악기를 만들고 있었어. 금속은 정말 흥미로워. 지금은 합금으로 시험해

보는 중이야.

소리만큼 환상적인 것이 또 있을까……

제인이 안부 전하는군.

네 질문에 대답할게―아니, 난 러시아를 떠나지 않을 거야―네가 새롭게 구상해서 세운 오페라 하우스에 턱수염을 붙이고 가볼까도 했지만 그것도 하지 않겠어!

이곳은 네가 왔을 때보다 훨씬 더 야성적이고 아름다워졌어! 풍만하고 유려하고 성깔 있는 슬라브 비버 같아!

숲의 보호색을 쓰고 있지만 난 여기 있고, 여기에만 있을 거야. 사나운 아이들 일당에게 먹힐 때까지.

그럼 이만.

버넌

버넌 데어가 서배스천 레빈에게 전보를 보냈다.

"뉴욕. 조, 매우 위독. 제인과 나도 리스플렌던트호 승선. 런던에서 합류 희망."

Chapter

5

1

"서배스천!"

조는 침대에서 몸을 일으키려다가 다시 힘없이 누웠다. 그리고 믿기지 않는다는 듯이 그를 쳐다보았다. 커다란 모피 코트를 입은 서배스천은 다 안다는 듯한 차분한 눈으로 담담하게 미소 지으며 조를 내려다보았다.

서배스천은 순간 가슴을 찔린 것 같은 아픔을 느꼈지만 내색은 하지 않았다. 조—가여운 우리 조.

양 갈래로 땋은 머리가 어깨까지 내려와 있었다. 얼굴은 애처로울 정도로 여위었고 광대에 소모열消耗熱이 있는 듯 홍조가 돌았다. 얇은 잠옷에 어깨뼈가 도드라졌다.

조는 열병에 걸린 아이 같았다. 놀라고 기뻐하며 이것저것

묻는 모습이 꼭 어린아이 같았다. 간호사가 병실을 나갔다.

서배스천은 침대 옆에 앉아 조의 마른 손을 잡았다.

"버넌이 전보를 보냈어. 나는 기다리지 않고 바로 첫번째 배를 탔어."

"내게 오느라고?"

"당연하지."

"고마운 서배스천!"

조의 눈에 눈물이 고였다. 서배스천은 걱정이 되어 황급히 말했다.

"일을 안 하는 건 아니야. 난 사업차 자주 외국에 다니고, 사실 유리한 계약도 당장 한두 건 처리할 수 있어."

"산통 깨지 마."

"사실이야." 서배스천이 발끈하며 말했다.

조는 웃다가 갑자기 기침을 했다. 서배스천은 불안한 마음으로 지켜보면서 간호사를 불러야 하나 생각했다. 그는 미리 주의를 들은 참이었다. 하지만 기침은 멎었다.

조는 편안하게 누워서 다시 서배스천의 손을 잡았다.

"우리 엄마도 이러다 돌아가셨어." 조가 속삭이듯 말했다. "불쌍한 엄마. 나는 엄마보다 훨씬 더 똑똑하게 살 거라고 장담했는데, 역시 엉망진창이 되고 말았어—아! 정말 엉망진창이야……"

"가여운 우리 조."

"내가 얼마나 엉망이었는지 넌 몰라, 서배스천."

"상상은 돼." 서배스천이 말했다. "너라면 그럴 거라고 늘 생각했거든."

조는 한참 침묵하다가 말했다.

"널 보니까 마음이 얼마나 편한지 모르겠어. 난 정말 못된 인간들을 수없이 만났거든. 난 네가 강하고 자신만만하고 성공한 사람이라는 게 거슬렸어―반발심을 느꼈던 거지―그런데 지금은―그래! 정말 훌륭해!"

서배스천은 그녀의 손을 더 꼭 잡았다.

"일부러 와주다니―그렇게 멀리서 곧바로 달려와줄 사람은 너밖에 없어. 물론 버넌이 있지만 그는 친척이고―남매나 다름없으니까. 하지만 넌―"

"나도 남매나 다름없어―아니 그 이상이지. 네가 애버츠 퓨이선츠에 살았을 때부터 계속―네가 부른다면 언제라도 달려와 네 곁을 지켰을 거야……"

"아, 서배스천." 그녀는 행복한 듯 눈을 크게 떴다. "난 네가 지금도 그런 마음인 줄 전혀 몰랐어."

그는 조금 뜨끔했다. 그런 의미로 한 말은 아니었다. 그건 설명할 수 없는, 아무튼 조에게는 설명할 수 없는 감정이었다. 유대인들의 고유한 감정이라 할 수도 있었다. 친절을 절대 잊지 않고 영원히 감사하며 살아가는 것. 서배스천은 따돌림당하는 어린아이였고, 조는 그를 편들어주었다. 그녀는 자기가 살고 있는 세계에서 기꺼이 도전했다. 서배스천이 잊어본 적이 없는—앞으로도 잊지 않을 그 아이가 조였다. 그의 말처럼, 조가 원한다면 그는 세상 끝까지라도 갔을 것이다.

조가 말을 이었다.

"사람들이 나를 이 병실로 옮겼어—형편없는 곳에 있었거든—네가 한 일이야?"

서배스천은 고개를 끄덕였다.

"전보로 처리했지."

조는 한숨을 쉬었다.

"일을 참 잘하는구나, 서배스천."

"그런 것 같아."

"너 같은 사람은 또 없을 거야. 요즘 네 생각을 많이 했어."

"그랬어?"

그는 외로웠던 세월을 떠올렸다—고통스러운 갈망과 억눌린 욕망—모든 건 왜 이렇게 때늦은 뒤에야 찾아오는 걸까?

조가 계속 말했다.

"난 네가 아직도 날 생각하고 있는 줄은 꿈에도 몰랐어. 난 네가 제인과 맺어질 거라고 생각했었어—"

서배스천의 가슴에 묘한 아픔이 밀려왔다. 제인……

그와 제인……

그는 무뚝뚝하게 말했다.

"제인은 신이 창조한 인간 중에 가장 멋진 인간이야. 하지만 제인의 몸도 마음도 이젠 모두 버넌의 것이야. 앞으로도 영원히……"

"그래. 하지만 아쉬워. 너와 제인은 강한 사람들이고, 둘은 어울렸거든."

그들은 묘한 방식으로 그랬다. 그는 그 말뜻을 알았다.

조가 살짝 웃으며 말했다.

"그 얘길 하니까 어렸을 때 읽은 책이 떠오르네. 교화적인 임종 장면 말이야. 가족 친지들이 모여 있고, 여주인공이 힘없이 미소 짓고."

서배스천은 마음을 정했다. 이것이 사랑이 아니고 무엇일까. 사랑이었다. 순수하고 사심 없고 애틋하고 다정한 열정—오랫동안 지속된 깊은 애정. 비슷비슷하게 반복되는 폭풍 같은 연애나 미지근한 연애보다—진짜 깊은 곳은 건드리지 않고 삶에 간간이 끼어드는 연애보다—천배는 가치 있는 감정이었다.

그의 마음은 아이같이 작아 보이는 조를 향했다. 어떻게든 해주고 싶었다.

서배스천이 부드럽게 말했다.

"그런 일은 없을 거야, 조. 넌 건강해져서 나와 결혼해야 해."

"사랑하는 서배스천! 폐결핵 걸린 아내에게 묶이려고? 그럴 순 없지."

"바보 같은 소리. 넌 죽든 낫든 둘 중 하나야. 죽으면 모르겠지만 나으면 나와 결혼해. 그리고 난 네가 나을 때까지 돈을 아끼지 않을 거야."

"난 상태가 아주 나빠, 서배스천."

"그런지도 모르지. 하지만 결핵은 쉽게 단정할 수 없는 거야—의사들도 다 그렇다고 말할걸. 네가 체념했을 뿐이야. 하지만 넌 나을 거야. 길고 힘든 일이겠지만 나을 수 있어."

그녀는 서배스천을 보았다. 그는 조의 앙상한 뺨에 떠올랐다 사라지는 홍조를 보았다. 서배스천은 조가 자신을 사랑하고 있다는 것을 알았다. 그의 심장에서 묘하고 뜨거운 뭔가가 꿈틀거렸다. 그의 어머니는 이 년 전 세상을 떠났다. 그후 그를 진심으로 사랑해주는 사람은 없었다.

조가 낮은 목소리로 말했다.

"서배스천—정말 날 원해? 이렇게 망가진 나를?"

그는 진심으로 말했다.

"널 원하느냐고? 난 세상에서 가장 외로운 남자야."

그는 갑자기 무너졌다. 태어나 처음이었다—그도 예상치 못한 일이었다. 조의 침대 옆에 무릎을 꿇고 얼굴을 묻었다.

그의 어깨가 떨렸다.

조는 서배스천의 머리를 쓰다듬었다. 그는 조가 행복하다는 것을, 자존심 강한 그녀의 영혼이 편안해졌다는 것을 알았다. 사랑스러운 조―충동적이고, 따뜻하고, 고집불통인 조. 그에게는 세상 누구보다 사랑스러운 여자였다. 두 사람은 서로 도우며 살아갈 수 있을 것이다.

면회 시간이 길어지자 간호사가 병실에 들어왔다. 간호사는 서배스천이 작별 인사를 하도록 다시 자리를 비켜주었다.

"그런데 그 프랑스 남자는? 이름이―" 그가 말했다.

"프랑수아? 그는 죽었어."

"그럼 됐네. 물론 이혼할 수도 있지만 과부인 쪽이 훨씬 수월하지."

"정말 내가 나을 수 있을까?"

조는 애처로운 마음이 들게 말했다!

"물론이지."

간호사가 다시 들어왔고, 서배스천은 병실을 나왔다. 그는 주치의를 만나 오랫동안 이야기했다. 의사는 희망을 주지 않았지만 가망이 전혀 없지 않다는 데는 동의했다. 결국 플로리다로 요양을 가보자고 의견을 모았다.

서배스천은 병원을 나왔다. 그리고 깊은 생각에 잠겨 거리를 걸었다. '리스플렌던트호 대참사'를 알리는 호외를 봤지만,

아무 느낌이 없었다.

서배스천은 조를 생각하느라 여념이 없었다. 조에게 뭐가 최선일까? 사는 걸까 죽는 걸까? 그는 궁금했다……

조는 힘들게 살아왔다. 서배스천은 조에게 최선인 것을 해주고 싶었다.

그는 눕자마자 깊이 잠들었다.

2

서배스천은 불안한 느낌으로 깼다. 뭔가가 있었다―뭔가가. 하지만 그게 뭔지 도저히 짚어낼 수 없었다……

조는 아니었다. 조는 그의 마음 맨 앞에 있었다. 이것은 마음 뒤편에 있는 무엇이었다―떠밀리듯 올라오는 무엇―그때까지는 신경쓸 수 없었던 무엇.

그는 생각했다. '곧 생각나겠지……' 하지만 생각나지 않았다.

그는 옷을 갈아입으면서 조를 생각했다. 최대한 빨리 플로리다로 데려가야 한다. 나중에 스위스로 가는 것도 괜찮을 것이다. 많이 허약해졌지만 움직이지 못할 정도는 아니었다. 버넌과 제인이 도착하는 대로―

두 사람은—언제 오지? 리스플렌던트호에 탔다고 했던 것
같은데? 리스플렌던트호……

그는 들고 있던 면도기를 떨어뜨렸다. 이제 알았다! 눈앞에
신문 호외가 떠올랐다.

리스플렌던트호 대참사……

버넌과 제인은 리스플렌던트호에 탔다.

그는 정신없이 전화를 걸었다. 몇 분 후에는 조간신문을 훑
어보고 있었다. 상세한 내용이 실려 있었다. 재빨리 훑어내려
갔다. 리스플렌던트호 빙산에 충돌—사망자 명단, 생존자 명
단……

승객 명단…… 생존자 명단. 그는 그린이라는 이름을 발견
했다. 버넌은 살아 있었다. 그러고는 다른 명단을 확인했고,
마침내 그가 찾던—겁내던—제인 하딩을 발견했다.

3

서배스천은 신문을 멍하니 보면서 미동도 없이 서 있었다. 이
윽고 그는 신문을 조용히 접어 탁자에 내려놓고 벨을 울렸다.
잠시 후 호텔 종업원의 전갈을 받은 비서가 급히 찾아왔다.

"열시에 취소할 수 없는 약속이 있어서 그러는데 자네가 대

신 좀 알아봐줘야겠어. 정보를 수집하고 내가 돌아오는 대로 알려줘."

그는 비서에게 간략히 설명했다. 그리고 리스플렌던트호에 대한 특정 정보를 최대한 수집하고, 급하면 전보를 치라고 지시했다.

서배스천은 조가 입원한 병원에 전화해서 리스플렌던트호 참사에 대해 조에게 아무 말 말아달라고 부탁했다. 평소처럼 자연스러운 말투로 조와 통화도 했다.

그러고는 꽃집에 들러 조 앞으로 꽃을 배달시키고, 모임과 사업상 회의로 빡빡한 긴 하루를 시작했다. 출중한 서배스천 레빈이 아주 조금이라도 평소답지 않다고 생각한 사람은 없었을 것이다. 일을 빈틈없이 진행해 유리한 조건으로 계약을 성사시켰고, 자신의 의지를 관철하는 능력도 이날따라 돋보였다.

그는 여섯시경 빌트모어호텔로 돌아왔다.

비서는 필요한 정보를 빠짐없이 챙겨놓고 그를 맞았다. 생존자들은 노르웨이 선박에 의해 구조됐고, 사흘 후 뉴욕에 도착할 예정이었다.

서배스천은 표정도 바꾸지 않고 고개를 끄덕이고는 다시 몇 가지 지시를 내렸다.

사흘 후 저녁 호텔에 돌아왔고, 그는 미스터 그린이 도착해서 옆방에 있다는 전갈을 받았다.

서배스천은 그 방으로 성큼성큼 걸어들어갔다.

버넌은 창가에 서 있었다. 그가 돌아봤다.

서배스천은 충격 같은 뭔가를 느꼈다. 분명 버넌이지만 이상하게도 예전의 버넌이 아니었다. 무슨 일이 일어난 것 같았다.

두 사람은 마주보고 섰다. 서배스천이 먼저 입을 열었다. 온종일 그의 마음속에 있었던 것을 꺼냈다.

"제인이 죽은 건가." 그가 말했다.

버넌은 침울하게 끄덕였다—그 말의 의미를 잘 알고 있다는 듯이.

"응." 그가 나직하게 말했다. "죽었어—내가 죽인 거야."

평소의 냉정함을 찾은 서배스천이 나무라는 투로 말했다.

"제발 버넌, 그런 식으로 생각하지 마."

"넌 이해 못해." 버넌이 말했다. "무슨 일이 있었는지 너는 몰라."

버넌은 말을 멈췄다가 아주 낮고 차분한 목소리로 말했다.

"자세히 기억할 수는 없어. 한밤중에 너무 급작스럽게 벌어졌으니까. 어떻게 해볼 시간이 없었어. 배가 무서운 각도로 기울었고…… 두 사람이 동시에—갑판으로 미끄러져왔어—그들의 힘으로는 버틸 수가 없었어."

"두 사람이라니?"

"넬과 제인 말이야."

"넬이라니?"

"넬도 그 배에 타고 있었어ㅡ"

"뭐?"

"그래, 나도 몰랐어. 제인과 나는 이등실에 탔고, 탑승자 명
단은 볼 생각도 안 했으니까. 그런데 넬과 조지 쳇윈드가 그
배에 타고 있었어. 네가 말을 끊지 않았다면 더 빨리 말했을
거야. 그 일은ㅡ구명튜브 같은 걸 챙길 틈도 없이 벌어졌어ㅡ
악몽 같았어. 난 갑판 기둥인가를 붙잡아서 바다로 떨어지지
않을 수 있었지.

그런데 그들이, 그 두 사람이 갑판을 따라 미끄러졌고ㅡ내
옆으로 더 빠르게 미끄러져 내려갔어ㅡ바다가 그들을 기다리
고 있었어.

난 넬이 배에 탄 줄 몰랐어ㅡ넬이 죽음을 향해 미끄러져 가
면서ㅡ'버넌' 하고 외쳤어.

그런 상황에서 생각할 여유 따윈 있을 수 없어. 그저 본능적
으로 행동하게 될 뿐이지. 난 한 사람만 겨우 잡을 수 있는 상
태였어…… 넬이거나, 제인이거나……

난 넬을 힘껏 붙들었어."

"그럼 제인은?"

버넌은 조용히 대답했다.

"제인의 얼굴이 눈앞에 아른거려ㅡ나를 쳐다보던 얼굴ㅡ

시퍼런 소용돌이 속으로 떨어지면서……”

“아아.” 서배스천이 갈라진 목소리로 탄식했다.

그는 갑자기 냉정하던 태도를 버렸다. 그의 목소리가 황소처럼 우렁차게 울렸다.

“넬을 붙들었다고? 멍청한 놈! 넬을 구하려고 제인을 죽게 내버려뒀군. 맙소사, 제인의 발끝에도 못 미치는 그런 여자를 구하려고! 멍청한 자식!”

“나도 알아.”

“안다고? 아는 놈이—”

“분명히 말하지만, 그건 네가 생각하는 그런 게 아냐. 맹목적인 본능이 시킨 거지……”

“멍청한 자식—멍청한 놈—”

“네가 말하지 않아도 알아. 난 제인을 물에 빠지게 내버려둔 바보 같은 놈이고—그녀를 사랑해.”

“사랑?”

“그래, 난 언제나 제인을 사랑했어…… 이제 똑똑히 알았어…… 처음 만났을 때부터 난 제인을 두려워했지—사랑했으니까. 하지만 난 겁쟁이였어. 다른 사람들처럼—나도 현실에서 도망치려고 했어. 난 제인과 다퉜고—그녀에게 휘둘리는 날 부끄럽게 여겼어—난 그녀를 지옥으로 끌고 갔어……

이제 난 그녀를 원해—그녀를 갖고 싶어—손닿을 수 없게

되자마자 그것을 원하고 있지. 넌 과연 나다운 짓이라고 비웃
겠지—그래 맞아—난 그런 인간이야……

　내가 아는 건 내가 제인을 사랑한다는 것뿐이야—내가 제
인을 사랑한다는 것—그리고 제인이 내게서 영원히 떠났다는
것……"

　버넌은 의자에 주저앉아 덤덤하게 말했다.

　"일을 해야겠어. 이만 나가줘, 서배스천. 나가주면 좋겠어."

　"맙소사, 버넌, 내가 널 증오하는 날이 올 줄은 몰랐다—"

　버넌이 되풀이했다. "일을 해야겠어……"

　서배스천은 홱 돌아서서 나갔다.

4

　버넌은 꼼짝 않고 앉아 있었다.

　제인……

　이런 고통을 느끼다니 끔찍했다—누군가를 이토록 간절히
그리워한다는 것이……

　제인…… 제인……

　그랬다, 그는 줄곧 그녀를 사랑했다. 처음 만났을 때부터 그
는 그녀에게 거리를 둘 수 없었다…… 거부할 수 없는 힘이

그녀에게 빠져들게 했다……

　바보 같고 겁쟁이인 그는 겁을 먹었다—계속 두려웠다. 현실의 깊이를 두려워했다. 격렬한 감정에 빠지는 것도 겁이 났다.

　그리고 제인은 알고 있었다. 언제나 알았을 것이다—그녀는 그를 도울 수 없었다. 그녀가 뭐라고 했던가. "같은 시간 속에서 떨어져 있다." 서배스천의 파티에서 처음 만난 밤에 노래했다.

　아름다운 그녀를 보았네

　길고 흰 손가락, 물에 젖은 머리카락……

　물에 젖은 머리카락…… 아니, 아니다, 그게 아니다. 그녀가 그 노래를 불렀다는 것이 이상하다. 익사한 여자를 표현한 조각상…… 그것 역시 이상하다.

　그날 밤 제인이 또다른 노래를 불렀는데?

　친구를 잃었네, 그녀는 죽었네

　모든 것은 영원으로 사라지고

　영원으로 걸어간 그녀는

　내 마지막 사랑을 앗아갔네……

그는 애버츠 퓨이선츠를 잃고, 넬을 잃었다……

하지만 제인을 잃음으로써 '마지막 사랑'을 잃었다.

이제 여생에는 한 여자만 기억하고 살아갈 것이다—제인을.

그는 제인을 사랑했다…… 그는 그녀를 사랑했다……

그는 그녀에게 고통을 주고, 냉대하고, 마침내 그녀를 성난 푸른 바다에 가라앉게 했다……

사우스 켄싱턴 박물관에 있는 조각상……

아—그 생각은 하지 말자……

아니다—모조리 생각해야 한다…… 이번에야말로 외면하지 말자……

제인…… 제인…… 제인……

버넌은 그녀를 원했다…… 제인……

다시는 그녀를 보지 못할 것이다……

그는 모든 것을 잃었다…… 모든 것을 잃었다……

러시아에서의 몇 날 며칠, 몇 달, 몇 년…… 헛된 나날……

어리석다—그녀와 살고 그녀의 몸을 안으면서도 그녀를 두려워했다…… 그녀를 향한 정열을 두려워했다……

오래전 짐승에 대해 가졌던 공포……

짐승에 대해 생각하다가 문득 깨달았다……

마침내 그에게 주어진 유산을 받았음을……

5

〈타이타닉〉 음악회에서 돌아온 날 같았다. 그때 그는 환영을 보았다. 그것을 '환영'이라 부르는 건 들었다기보다 본 것 같았기 때문이다. 보는 것과 듣는 것은 하나였다―물결치고 소용돌이치는 음―상승하고 하강하고 돌아오는 음.

이제 그는 알았다. 기술적인 지식을 쌓게 됐다.

그는 종이를 잡아채서 급히 적었고, 속기라도 하듯 미친듯이 기호를 휘갈겼다. 앞으로 작품을 쓰며 지새울 긴 세월이 남아 있지만, 지금이 아니면 이 새롭고 명료한 환영을 다시 포착하지 못하리란 걸 알았기 때문이다.

꼭 그래야 했다―그래야만 했다―금속의 무게감―금관악기―세상의 모든 금관악기.

그 새로운 유리 소리가 울려퍼질 것이다―투명하게―

그는 황홀했다……

한 시간―두 시간이 지났다……

한순간 그는 광기에서 빠져나와―제인을 생각했다!

그는 진저리를 쳤고―부끄러웠다…… 하룻밤의 애도도 못한단 말인가! 그가 슬픔과 욕망을 소리로 바꾸려는 데에는 비열하고 잔인한 뭔가가 있었다.

그러나 창조자란 그런 것이다…… 비정하고―모든 것을

이용하는 자다……

그리고 제인 같은 사람이 희생물이 되는 것이다……

제인……

그는 번민과 맹렬한 환희라는 감정 사이에서 쪼개지는 것 같았다.

어쩌면 여자가 아이를 낳을 때 이런 감정을 느끼는지도 모른다고 생각했다.

그는 다시 몸을 숙이고 정신없이 적어나갔고, 다 쓴 악보는 바닥으로 떨어뜨렸다.

그는 문이 열리는 소리도, 여자의 옷자락이 스치는 소리도 듣지 못했다. "버넌" 하며 겁먹은 듯한 작은 소리가 났을 때에야 비로소 고개를 들었다.

그는 겨우겨우 얼굴에서 멍한 표정을 지웠다.

"그래, 넬." 그가 말했다.

넬은 서서 두 손을 비틀듯이 맞잡고 꾸물거렸다. 안색이 창백하고 황폐해 보였다. 그녀가 숨을 몰아쉬며 말했다.

"버넌―사람들에게 수소문했어―당신이 어디 있는지―내가 온 건―"

그는 고개를 끄덕였다.

"응, 당신이 온 건?" 그가 말했다.

오보에―아니, 오보에는 빼는 게 낫겠어―소리가 너무 부드러워—거슬리는 소리여야 해, 대담한 소리. 하프는? 그래, 하프의 촉촉한 소리라면—물 흐르는 듯한—힘의 원천으로 물을 사용하자.

성가셨다—넬이 무슨 말인가 하고 있었다. 그는 들어줘야 했다.

"버넌—죽음에서 벗어난 후에야 알았어—중요한 건 하나뿐이란 거—사랑뿐이라는 걸. 난 언제나 당신을 사랑했어. 난 당신에게 돌아왔어—영원히."

"아!" 그는 멍하게 내뱉었다.

더 가까이 다가섰던 넬이 그에게 두 손을 뻗었다.

그는 아주 낯선 사람처럼 그녀를 바라보았다. 사실 넬은 정말 아름다웠다. 왜 넬을 사랑했는지 충분히 알 수 있었다. 그러나 이상하게도 이제 그는 그녀에게 아무 감정도 느낄 수 없었다. 모든 것이 너무도 어색했다. 그는 넬이 가주기를, 하던 일을 계속할 수 있게 되기를 간절히 바랐다. 트롬본은 어쩌지? 트롬본을 더 발전시킬 수 있을 텐데……

"버넌—" 넬이 겁먹은 듯 날카로운 목소리로 말했다. "이제 날 사랑하지 않는 거야?"

솔직하게 말하는 것이 최선이었다. 그는 이상할 만큼 정중한 어조로 말했다.

"정말 미안해. 난—나는 그런 것 같아. 그래, 내가 사랑한 사람은 제인이었어."

"나한테 화가 나서 그런 걸 거야―그 거짓말 때문에―아기 이야기 때문에 그러는 거잖아."

"무슨 거짓말? 무슨 아기?"

"기억 안 나? 아기를 가졌다고 내가 거짓말했잖아…… 아, 버넌, 용서해줘―날 용서해줘―"

"괜찮아, 넬. 신경쓰지 마. 결국 이게 최선이라고 믿어. 조지는 좋은 남자고, 당신은 그와 함께해야 가장 행복해. 그리고 제발 부탁인데 이제 돌아가줘. 미안하지만 난 아주 바빠. 지금 제대로 써두지 않으면 다 날아가버릴 거야……"

그녀는 그를 물끄러미 바라보았다.

넬이 문 쪽으로 천천히 걸음을 옮겼다. 그러다 멈춰 서서 몸을 돌려 그에게 손을 내밀었다.

"버넌―"

절망적인 마지막 호소였다.

그는 고개도 들지 않고 짜증스러운 듯 고개를 저었다.

넬은 밖으로 나가 문을 닫았다.

버넌은 안도의 숨을 내쉬었다.

이제 그와 그의 음악 사이에 끼어들 것은 아무것도 없었다……

그는 책상 위로 몸을 숙였다……

문학작품을 번역하다보면 바닷속을 헤엄치는 듯한 기분이 들 때가 있다. 얼마나 넓고 깊은 바다인지는 작품에 따라 다르다. 단편, 중편, 장편, 대하 등 분량에 따라서도 다를 것이다. 텍스트 양이 많을수록 등장인물이 많고, 그들의 관계와 사연 또한 복잡하다. 어떤 소설은 사건이 기둥이 되고, 거기서 파생하는 상황 속에서 인물들의 관계와 심리를 알 수 있다. 긴 호흡을 따라가며 인물에 대해 이해하고 공감하게 되는 것이다. 한편 작가가 인물과 관계를 밀도 있게 파고드는 소설도 있다. 사건보다는 인물 자체가 기둥이 되고, 그들이 서로 작용하며 이야기가 자연스럽게 흘러가는 것이다. 본래 인간은 복잡하기에 이러한 소설 속 인물들의 심리와 행동을 따라가다보면 예상치 못한 상황에 직면하게 되고, 점점 더 이야기 속으로 빠져든다. 이때 깊은 바닷속에 있는 듯한 기분이 밀려든다.

애거사 크리스티의 『인생의 양식』을 번역하면서 넓고 깊은 바다를 헤엄치는 것 같은 독특한 경험을 했다. 인물들과 사건들이 유기적으로 폭넓게 어우러지면서 소설을 읽는 맛과 번역하는 맛에 흠뻑 빠질 수 있었다.

애거사 크리스티. 수십 편의 뛰어난 추리소설을 쓴 '추리소설의 여왕'. 다양한 이야기 속에서 보통 사람들은 상상하기도 힘든 인간의 본성과 관계를 들추어내고 그것이 발로한 사건으로 우리를 충격과 놀라움에 빠뜨렸던 그녀지만, 수많은 추리소설에서도 미처 다 풀어내지 못한 이야기가 남아 있었나보다. 그래서 웨스트매콧이라는 필명으로 일반 소설을 여섯 편 발표했다. 그 소설들을 번역하는 행운이 내게 주어졌다. 애거사는 수완 좋은 이야기꾼답게 여섯 작품 하나하나에서 각기 다른 이야기를 풀어낸다. 그 작품들을 한 편씩 번역하면서 나는 그녀의 스타일에 웬만큼 익숙해졌지만 『인생의 양식』을 옮기면서 다시 한번 인간을 보는 애거사의 통찰력과 사건을 구성하는 재능에 충격이라 할 만큼 감탄했다.

영국 잉글랜드 지방의 애버츠 퓨이선츠라는 대저택에서 태어난 버넌 데어. 그의 옆집으로 이사온 러시아계 유대인 서배스천 레빈. 다른 남자와 사랑의 도주를 벌인 엄마가 죽은 뒤 사촌인 버넌의 집에 오게 된 조지핀. 가끔 만나는 동네 친구 넬. 이 네 인물은 소설의 네 기둥이 되어 가족으로, 친구로, 연인으로 사랑과 우정을 나누며 이야기를 엮어간다. 천부적인 음악성을 가졌지만 무의식적으로 음악과 소음에 공포를 느끼는 버넌. 예술에 대한 탁월한 안목을 바탕으로 사업가로 성장하는 서배스천. 소수자와 예술에 공감하고 욕망을 행동으로 옮기는 용기를 가졌지만 진정한 사랑은 알아볼 줄 모르는 조지핀. 뛰어난 미모의 이기적인 현실주의자 넬. 각기 다른 기질, 다른 경험, 다른 기억을 가진 이 네 인물은 관계를 이루며 또다른 도형을 만들어간다. 그들의 부모들의 이야기도 풍성하게 얽혀든다. 그리고 복잡한 관계 속에 버넌의 음악과 그의 본모습을 아는 오페라 가수 제인 하딩이 있다. 인물들의 관계, 사건, 배경, 심지어 음악까지도 얽히고설키며 뫼비우스의 띠처럼 이어진다.

『인생의 양식』은 누가 언제 어떤 마음으로 읽느냐에 따라 주인공이나 작가의 의도를 다르게 볼 수 있는 소설이다. 남녀의 사랑과 우정, 천재 음악가의 삶과 야망, 부모와 자식의 애증으로도 읽을 수 있고, 인간의 이기심이나 사랑 앞의 희생에 대한 이야기로도 읽을 수 있다. 찬찬히 다시 보면 작가가 제시하는 또다른 무언가로도 읽을 수 있을 것이다. 이 모든 것을 아우르며 애거사 크리스티는 인간에 대해 무엇을 말하고 싶었던 걸까. 넓고 깊은 바닷속에 있는 기분, 좋다.

공경희

옮긴이 **공경희**
1965년 서울에서 태어나 서울대학교 영어영문학과를 졸업했다. 성균관대학교 번역대학원 겸임교수를 역임했고, 서울여자대학교 영어영문학과 대학원에서 강의했다. 시드니 셸던의 『시간의 모래밭』을 시작으로 『모리와 함께한 화요일』 『비밀의 화원』 『매디슨 카운티의 다리』 『파이 이야기』 『천국에서 만난 다섯 사람』 『우리는 사랑일까』 『행복한 사람, 타샤 튜터』 『우연한 여행자』 『타샤의 정원』 『포그 매직』 『꿈꾸는 아이』 『매뉴얼』 『빗속을 질주하는 법』 『좀비—어느 살인자의 이야기』 『대디 러브』 『카시지』 등을 우리말로 옮겼다.

문학동네 세계문학
인생의 양식

초판 인쇄 2026년 2월 10일 | 초판 발행 2026년 3월 20일

지은이 애거사 크리스티 | 옮긴이 공경희
기획 김혜정 | 책임편집 윤정민 | 편집 김혜정 이희연
디자인 김유진 이원경 | 저작권 박지영 형소진 주은수 오서영 조경은
마케팅 정민호 서지화 한민아 이민경 왕지경 정유진 한경화 정경주 김혜원 김예진 이서진
브랜딩 함유지 김은솔 박민재 이송이 박다솔 조다현 김하연 이준희
제작 강신은 김동욱 이순호 | 제작처 한영문화사

펴낸곳 (주)문학동네 | 펴낸이 김소영
출판등록 1993년 10월 22일 제2003-000045호
주소 10881 경기도 파주시 회동길 210
전자우편 editor@munhak.com | 대표전화 031) 955-8888 | 팩스 031) 955-8855
문학동네카페 http://cafe.naver.com/mhdn
인스타그램 @munhakdongne | 트위터 @munhakdongne
북클럽문학동네 http://bookclubmunhak.com

ISBN 979-11-416-1531-4 04840
          979-11-416-1525-3 (세트)

잘못된 책은 구입하신 서점에서 교환해드립니다.
기타 교환 문의 031) 955-2661, 3580

www.munhak.com